知是派 | 回归常识 重新想象
ZHISHIPAI COMMON SENSE & IMAGINATION

实习医生手记

A DOCTOR'S BEGINNING

Shū jǐng
殳儆 著

北京联合出版公司
Beijing United Publishing Co.,Ltd.

图书在版编目(CIP)数据

实习医生手记 / 殳儆著. — 北京 : 北京联合出版公司, 2024.9
ISBN 978-7-5596-7571-2

Ⅰ. ①实… Ⅱ. ①殳… Ⅲ. ①长篇小说－中国－当代 Ⅳ. ①I247.5

中国国家版本馆CIP数据核字(2024)第077573号

实习医生手记

作　　者：殳　儆
出 品 人：赵红仕
责任编辑：李艳芬
产品经理：齐文静
特约编辑：彭亭亭　车梦莹

北京联合出版公司出版
（北京市西城区德外大街 83 号楼 9 层　100088）
河北鹏润印刷有限公司印刷　新华书店经销
字数298千字　880毫米×1230毫米　1/32　印张12.5
2024年9月第1版　2024年9月第1次印刷
ISBN 978-7-5596-7571-2
定价：58.00元

目 录 CONTENTS

引子

一九九五年，盛夏，浙江。

暑气在七月到达了顶峰，杭嘉湖平原笼罩在副热带高压下，又热又湿，如同蒸笼一般。

这是求是医科大学的实习医生们在禾嘉市第一医院报到的第一天。一帮大学生离开了酷热难当的杭州，坐着绿皮火车到了禾嘉市，还没等他们缓过一口气来，临床实习就像大幕拉开一般轰然开始，没有前奏、没有预演，医学生们都被直入主题地嵌到了自己的角色和位置上。

住院部大楼六楼的外二科，护士站墙上的挂钟指向 9 点半，病区走廊里熙熙攘攘，送手术室、送检查的病人和新收入病区的病人，交汇出嘤嘤嗡嗡的各种声音。电梯门移开，门诊服务台的轮椅推进来一个新收住院的病人。另一拨医务人员簇拥着急诊室的金属平车，声势浩大地又送进来另一个急诊病人。

穿着白衣的人影进进出出，都在病房或者治疗室里忙着。一个小个子女生和一个瘦削白皙的男生，被科教科干事带了过来。那中年女干事在医生办公室外张望了一下，带教老师一个都没在。她走到半圆形的护理台边上，对主班护士扬声道："红霞，这是两个新来的实习医生，我先放这儿了，看到王主任说一声啊。”

“知道了。”红霞随口答应一声，头也不抬地处理面前的几沓新医嘱、化验单、输血单。

中年女干事回头对两个新来的实习生说：“上午先在这里看看，熟悉一下环境，等外二科王宜君主任来了，你们俩自己去找他报到，让他安排排班。”

“嗯！好的，老师。”两个年轻人点点头，一脸茫然还带着点紧张，一时不知道该做什么，两人小心翼翼地看了看坐在护理台后忙碌的红霞。只见她一手整理面前的单子，一手拿起电话：“喂，下午 1 点半需要加两个 CT……”

外勤工人在她的指挥下，兜里揣着一沓输血单，手里拿着两管血标本，一路小跑出了病区的走廊，嘴里还念叨着：“好了，别催我，马上去。”

一个高个子的外科医生走路如一阵风，斩钉截铁地吩咐红霞：“这个手术约了下午 3 点的台子，上台之前一定要再明确一下 CT……”

“知道了，知道了！”红霞从护理台里探出头来，扶了一下快要歪倒下来的护士帽，小声嘟囔道：“都当我有法术呢，单子都会自己飞回来的。”

两个新来的实习医生，看着繁忙的景象，又相互看看，脸上都闪过了一丝怯意。

“喂！这个同学，这堆单子赶紧拿到 CT 室划个价，再到住院部收费处去记个账拿回来。”红霞一把抓住一个面前的实习医生吩咐道。

“哦，好吧。”被抓差的小个子女生是求是医科大学五年级的学生，簇新的白大褂穿在她身上有点长。她的大脑门上闪着油光，胸前的工牌上贴着临时打印的“实习医生 罗震中”。猝不及防地被砸了个活儿，她像是脑筋还没转过来，就答应了。

她拿过单子看了一下，CT 单上别着计费的小单据，还有几张检查单。她挠挠头，赶紧默默复述了一遍：“CT 室划价，住院收费处记账……”唉！上工第一天，东南西北都还认不清楚，权当熟悉一下医院环境好了。她迅速把单子摞齐，一看电梯拥挤不堪，她也不耐烦等，一路顺着楼梯跑了下去。

禾嘉市第一医院的住院部大楼是一栋新建的十八层高楼，一楼大厅是挂号处、收费处、药房、检验科等各种窗口科室。一个个玻璃小窗口外面密密层层排着队，一条条人龙歪歪扭扭地把一楼大厅挤了个水泄不通。

影像楼和急诊楼分立在住院部大楼的两侧，是两栋各自独立的小楼。三栋楼合围而成的小广场中间，竖着一座白求恩雕像。眼下这个时段，太阳明晃晃地炙烤着水泥路，每条通道上都看得到脚步匆匆的工作人员，到处都是看着标识牌找地方的门诊病人。

罗震中穿过一楼拥挤的人群，穿过小广场，跑到影像楼，循着路标找到 CT 室。CT 室的窗口正排着长队，等罗震中排到窗口，递进单子，只听“啪”的一声，单子被扔了出来，一个尖厉的女声训斥道：“下次整理清楚，乱七八糟的，丢了算谁的？！”

罗震中气鼓鼓的，但又不敢吭声，她把手里的单子排齐整，灰溜溜地绕了一圈，又跑回住院部收费处排队。长长的队伍移动缓慢，等她排到窗口，单子刚送进去，又是“啪”的一声，单子又被扔了出来。“造影剂不划价，怎么收？去补！”嫌弃的语气就像一记猛拳，捶在了罗震中的鼻子上。

啊？！罗震中赶紧翻了翻这一沓单子，果然，有一张小单子漏掉了，她又赶紧一路小跑，回到 CT 室门口，愤愤地闷哼了一声：“倒霉！”

她往前头窗口处斜斜地一探头，CT 室窗口的划价员头也不抬，喊道：“后面排队。”就把她轰到队尾去了。

罗震中等了又等，终于又排到了窗口，说：“那个，刚漏了一张单子。”“喂！你懂不懂规矩，怕漏，你自己整理清楚啊！”划价员的口气冲得像机关枪，她飞速地写了个数字，再一次把单子扔了出来。

罗震中一张水嫩的脸热得通红，额头冒汗。她停下来，站在空调的风口处，喘了一口气。她朝窗口白了一眼，心里抱怨：“你自己漏掉了单子，还这么理直气壮，讲不讲道理了？！”

“喂。”一个高个子男生从身后叫住罗震中，捡起她不小心掉在地上的一张小单子，交到她手里。

“谢谢。”罗震中拍拍胸口，心想这要是掉了，回头又得有好多麻烦。

高个子男生拿过罗震中手里的一沓单子翻了一下，把其中几张抽出来，用回形针别好，递还给她。“别急，容易忙中出错，按次序去办不容易漏。”罗震中茫然地抬头看他一眼，一个上午总算听到一句语速正常的话，没有厌烦、没有嫌弃。对方是个格外高大的男生，清爽的板寸头，戴着淡蓝色的口罩，看工牌应该也是个实习医生。她勉强露出个笑容，就又拿着单子向住院部收费处跑去。

好了好了……快了快了，罗震中一阵安慰自己，她拿着一沓单据，穿过人群拥挤的住院部大厅，直奔收费处，然后又在人肉长阵里耐着性子等着。这里一个挤一个，好像叠罗汉……

等到罗震中拿着一摞单子跑回住院部的外二科，一个多小时过去了。红霞一脸不耐烦地埋怨：“你搞个 CT 单子，去了一个多小时，在搞些什么东西？”

红霞翻了一下单子，越发地炸了起来：“超声干吗不记账？干活带不带脑子？下午的超声做不了，明天手术延迟了，算谁的？！”

“……”罗震中瞪着那张漏网的 B 超单，脸都快绿了。她暗暗地咬牙切齿，狠狠忍了一下，才没让抱怨冲口而出：你又没告诉我！罗震中心里的委屈汩汩地冒上来，果然新上工的“菜鸟”，谁的气都得受着！

“喂，我们正要送病人去做超声引导穿刺，我带你去超声科吧！”一个嗓音沙哑的男生叫住她，罗震中仔细看了看他的工牌，他叫李青云。

“别急，跑腿是实习生的日常工作，要跑出质量来。”李青云调侃道，像是揶揄，又像是自嘲，“我比你早实习一个月，刚来的时候，也经常爹毛的……”

“哎，你别这么死心眼，去跟那个护士说，让外勤工人去跑好了，这又不是实习医生的活儿。”面容白皙的钱修远跟在李青云的后面，语气嘲讽，他个子瘦长，书生气十足，话里话外透着同班同学的随意劲儿。不过此刻一看罗震中的面色，顿时打住了话头，把矿泉水瓶递给她。

罗震中一言不发地接过矿泉水，一口气灌下去半瓶。

一个上午，她在人声鼎沸的门诊部、住院部、影像楼之间穿梭了若干个来回，沮丧得快要趴下了。

等到单据全部弄好，交还给护理台，红霞一把拿回超声单子，往夹子里一放，敞着声音说：“这到底是哪个学校的实习生，做事情一点都不像样。”罗震中顿时愣住了，脸涨得通红。

钱修远刚好开好一摞化验单回来，凑过来接茬道：“她这么小，应该是禾嘉卫校的吧！”这家伙居高临下，似笑非笑地看着罗震中，一副幸灾乐祸的模样。

罗震中脑袋一阵嗡嗡乱响，回到办公室，她看没人注意，一拳头“咣”地捶在钱修远背上，砸得他“哇”的一声怪叫。

钱修远露出一个不怀好意的微笑，贼贼地说：“丢人家学校的人，不要紧的……他们都还不认识你……好了好了！我帮你去买中午饭。”

罗震中一头趴在办公桌上，气呼呼地说：“不吃了，气饱了！崩溃！”

“菜鸟嘛！人也认不清，地方也认不清，流程也搞不清……化验单也不会开，医嘱一开就错……”钱修远缩了缩脖子，语气中带着点同道中人的凄惨。

“呵！碰点钉子好啊，打起精神来，小妞！今天下午轮到我们组收病人。”一个中年男医生迤迤然走进医生办公室，看见罗震中一副垂头丧气的样子，语调轻松地冲她说。

“……知道了！”罗震中一听下午就要开始收病人，立刻强打精神，哭丧着脸大声回答。跑得再头昏脑涨，她也认得清楚，这个微微有点谢顶的男医生，就是她的带教老师——匆忙打过一次照面的主治医师余运东。

第　一　关

LEVEL 1

外二科：

简单而深入地思考，接受自己的使命

01
阑尾炎秒变恶性肿瘤

告知就是把有效信息传递到位，明白吗？

禾嘉市第一医院位于城市中心的十字路口，大门口的禾兴路车流拥挤，道路两旁高大的梧桐树长了许多年，繁密的枝叶在路中间几乎合拢成浓荫的拱门。远远能看见两个尖耸的拱形教堂钟楼，矗立在一片平平无奇的灰色建筑中。

教堂钟楼紧贴在新建的住院部大楼东侧。玲珑剔透的纹饰有一点残旧，外墙的颜色经过几十年的风雨磨洗，变成了凝重的灰色。这钟楼仿佛一盏旧时代的烛火，默默地照耀着一代代医务人员在此地奔忙。

盛夏的正午，热辣的阳光直射着市第一医院大门口的禾兴路。只听“呜哇……呜哇……”的声音由远及近，救护车拐进大门的同时，拖着尖锐的警笛尾声在急诊楼前的停车坪上停稳，转运担架车从救护车打开的后门里“咣啷”一声被拉了出来。

吴伟在床上屈膝弯腰，左翻右翻，身体僵硬痉挛，不停地挣扎着。这个从杭州来的彪形大汉，出差在外，在酒店里肚子痛得不行了，大堂经理不得不打 120 把他送来市第一医院。

迷蒙中，他感觉手背上被扎了针，耳边嘤嘤嗡嗡的各种询问声，还有来来去去的白衣人影。等到疼痛像海啸袭击过海岸一样凶猛地过去了一波，这个身高一米八的彪形大汉已经躺在了住院部外二科的病床上。

“我是罗医生，需要问一下你的病史。”

疼痛还在隐隐地翻腾，吴伟欠起身，才看清，来人是小个子年轻女医生。她身上的短袖白大褂洁白崭新，胸前有一个小小的深蓝色标志——一只雄鹰下面写着“求是”二字。

“水。”吴伟低声简短地说。

“下午要做急诊手术，现在不能喝水。”小个子女医生拒绝得很干脆，随即又把小瓶矿泉水递到他嘴边，“喝一小口，润一下喉咙，我们尽快把病史和术前准备做好。”

干渴让人无法拒绝这一小口水在舌头上滚过的诱惑，感念这小小的“通融”，吴伟嘘出一口气，开始叙述昨天半夜发生的各种状况。

这时候，一个中年男医生走进病房，头顶微秃，额上闪着油光。他眯着眼扫过床头上方的盐水瓶标签，神色像逡巡的狼在巡视自己的领地。吴伟想着这大概就是他的主治医生了。

“小妞，填个手术申请，下午 2 点。”他简单直接地吩咐年轻的小罗医生。

“好的，余老师。”女医生清脆地答应。

时间刚指向晚上 12 点整，逐渐安静的病区里，更换盐水的铃声此起彼伏，左边床位的病人夸张地打起了断续的小呼噜。

“医生，我家里人没来，一定要下午手术吗？”趁一阵阵绞痛停止袭击的间隙，吴伟赶紧问。

“没有家里人就自己签字，不做手术的话，阑尾就穿孔了，腹膜炎很麻烦，知道吗？”中年医生口气里有着本地口音的和缓，但又不容置疑。

吴伟双手捂着肚子，蜷起腿来侧了个身，点点头表示服从。

正午的医生办公室空荡荡的。罗震中把病历夹“哐啷”往桌上一搁，重重地坐在一张办公椅上，仍是左晃半圈，右晃半圈，脸上的肌肉在无人的地方顿时垮了下来。

这是实习的第一个星期，她在繁忙的外二科成为一个被叫作“同学”“小妞”的菜鸟医生。连续几天，她都在找不着北的混乱中收获一堆的酸涩难当。

以前写过几份病历，参观过几台手术，见习的时候也受过几个月的训练，这些分内之事不算太难。最不适应的是每每面对病人那些五花八门的问题时，翻遍学校里的教科书，就只在巨厚的《外科学》里翻得到几行字。这不知算不算是现实版的“书到用时方恨少”？医院里那些繁复的流程就更让人摸不着头脑，上工头一天的“下马威”只能算是小意思。

罗震中揉一揉自己的圆脸，驱赶一下困倦，手里不由得加快了速度。手术室的规矩她已经搞懂了，手里这七八页医疗文书必须赶在下午2点之前完成，急诊室的若干术前抽血化验，也必须在下午2点之前整理清楚。若是少了几页，麻醉师指定会给脸色看的。

罗震中埋头在一堆文字中间，短发间渗出密密一层汗。记得开始实习前，年级老师训过话：“你们去的市级医院，都是各个地级市医疗水准最高的医院，所有要求和求是医科大学附属医院一模一样，求是医科大学是本省最好的医学院，全国最老牌的医学院之一，希望你们每一个人都能在岗位上证明这一点。

“只要够勤快，手术室里的机会有的是。你们要因地制宜去加油！争取各种操作和实践的机会。我们求是医科大学的学生有天然的优势，赞助我校的 HOPE 基金会[1]给你们提供的基础训练，是没有任何一家医学院可以匹敌的，你们到临床就知道了……”

罗震中不由得叹了一口气，到临床才知道，五年本科快读完了，重点大学即将毕业，其实也就是一个小跑腿、小学徒、小跟班、倒茶小妹、速记秘书……一天到晚听着各种呵斥。

“小妞，走了。”余运东的吆喝声在办公室门口响起。那片刻眯瞪的午觉，没有让他的面色看上去好一点，眼睛在明亮的日间始终眯着，如同电量不足的灯泡。

李青云刚到门口就被他顺手逮住。“同学，上台帮个手。”

“来喽！”李青云立刻答应，屁颠屁颠地跟了上去。

走到手术室门口，余运东拿过病历夹，翻了一下，几页新写好的大病历墨汁淋漓，化验单背后的胶水还没有干透，几页病历整理得整整齐齐。他点点头，签完字，顺手把病历夹递给手术室护士，转头对着罗震中喊：“小妞，快一点换衣服，上台当助手。”

“哎。”罗震中立刻跑进女更衣室，换上淡蓝色的短袖刷手服，头发统统包进蓝色的帽子里面，口罩遮住口鼻。

“喂！小妞。”余运东在走廊上打量了一下罗震中，拉拉她的衣襟下摆道，“把衣服束进裤子里面去。”

罗震中左右一看，犹豫了一下。手术室里进出的男男女女都是把衣

1　世界健康基金会，简称世健会——Project HOPE（Health Opportunity for People Everywhere）。

服束在裤子里面的，但是眼下在手术室门外的走廊里整理衣裤，还当着李青云的面，这可有点……不大好意思。

余运东似乎看出她的犹豫，瞥她一眼。“上个星期，我没束进去，手里拿着东西正在消毒，手术室护士长一句话都没说，上来拉开我的裤子，就把我的衣服‘噌噌噌’放了进去……”

“哧。”李青云笑了出来。

罗震中脖子一缩，也不敢笑，左右张望一下，赶紧动手把衣服束进裤子里，把腰带束紧。手术室护士的“凶相”毕露她已经领教过几次了，护士长更加不得了，这衣服的下摆要是晃来晃去，沾染了无菌区域，说不定得亲身感受一回护士长的霹雳火暴了。

“你这个同学，下次上台前，把指甲修到这样。”罗震中和李青云正站在水槽前用短毛刷子刷手，一个年纪略长的手术室护士抓住罗震中的手，严厉地说。

她伸出自己的手，放在罗震中眼前。那一双手就如同古龙小说里对绝代刀客的描写：指甲很短，很干净，没有一丝一毫会影响到用刀。

罗震中再看看自己的手，她虽然没有留长指甲的习惯，但比起这个要求，指甲还得死命往肉里修剪，三天修一次，修到寸草不生。“知道了。”她赶紧脆生生地答应，心里却在抱怨：管完衣服管指甲，这不就是给刚入伍新兵的下马威吗，新来的先被从头到脚修理一遍，往死里挑剔。

“下次再看到不符合要求，我跟你老师算账。”那护士的眼睛横了一眼洗手完毕的余运东，语气说不出是开玩笑还是认真的。

一层层消毒，一层层的无菌铺巾，等到巨大的洞巾兜揽一切地铺下来，在药物产生的混沌中，病人就像进入一个蓝色的茧，迷迷糊糊再不能听清手术室里的声音。

无影灯下，罗震中站在助手位置帮着主刀医生余运东，扩大视野、按压止血和剪线。这些都是粗夯的下手活儿，用拉钩、纱布就行，不需要多少技巧。她没怎么上过台，一双小手生疏笨拙，努力跟上余医生的快节奏。

到关键步骤了，余运东向罗震中示意："看到没有，粪石嵌顿。"只见阑尾的根部有炎症导致发红，黄色的脓性液体包绕在红肿周围。罗震中用力点点头，方才自己的诊断得到亲眼验证，让她一直紧张到快要炸裂的心略感松快。

李青云在洗手护士的工位上帮忙，探头看着，不敢随便作声。他心痒难耐，忍不住有点羡慕，他跟自己的带教老师张松海上台的次数比罗震中可多得多了，副主任医师张松海是外科出名的狠人，手底下活儿漂亮，可是上了手术台经常一言不发，他没看懂也不敢问。

罗震中跟余运东老师在一起，就没有绷着的紧张和疏离，她左手用拉钩拉开腹壁，右手帮助剪线，趁这个操作的空隙，罗震中问："余老师，他为什么上腹部会有压痛？"

"压痛应该是个假象，你术后再压压看，一定不痛了。"

"嗯，我明天再试试。"罗震中点点头。

逐层缝合中的腹壁肌肉脂肪十分厚，淡薄的血水带着一层油，被纱布瞬间吸净。余运东示意罗震中换到主刀的位置上，完成手术的最后一道工序——缝合皮肤。罗震中的注意力顿时被占满，全心全意对付这几个线结。

她用持针器夹住三角针，尖利地穿入皮肤，从另一边穿出。镊子顺时针绕一圈打结，线结滑到一侧压线固定，逆时针再绕一圈打结，对齐皮肤切口。她一双小手生疏，用工具打外科结不算容易，余运东不时用手里的镊子上来帮忙临时固定一下，两人默不作声地完成了手术的最后工序，整个过程充满默契。

李青云瞥一眼专心致志的罗震中，心里更加羡慕了，她和余老师有商有量的样子，竟挺像搭档。中年男老师对着女生，果真凶神恶煞不起来。

傍晚时分，病区走廊里，光线逐渐暗淡，体感上没有了中午的灼热难当。医生办公室的窗全部开了，房间内弥漫着一层水蒸气。潮腻腻散发着汗味的工作衣实在是难以穿上身，几个年轻人都没有去套白大褂，一身汗衫短裤坐在办公室里整理化验单。每天这个时候，是大医生们下班，小跟班们开始打杂做下手活儿的时候。山中无老虎，实习医生们松一松紧张了一天的神经，聊天也放肆了很多。

“一个星期了，我还没有听见张老师说过几句话呢！”钱修远长叹一声，抓着脑袋写病程记录，“副主任医师张松海查房”这几个字的下方还空着，他看看自己的搭档李青云，两个男生交换了一个灰溜溜的眼神。

他们俩的老师张松海，面孔像刀砍斧凿，轮廓分明，常常森冷地黑着一张脸，青黑色密密麻麻的胡子楂，透着点让人不敢冒犯的煞气。只要是看见他的脸，任何问题都会卡在喉咙里被噎住。

“他查房说了啥……明天可以出院了！”钱修远语带讽刺，手里拿着钢笔，对着空白处，挖空心思地想着措辞。

李青云把整理好的化验单一沓沓地夹到病历夹里，再合上病历夹放到病历车里去。

“这么大个子，血红蛋白不应该只有10克多一点。”罗震中自言自语，她从成堆的化验单里拎出一张来，十几行数字中，有一个小小的向下的箭头提醒结果“不正常”。

钱修远瞄了一眼化验单说:“贴好得了！你们余老师自己不会看吗？他是主治医师，你就‘是、是、是，好、好、好’就行了。老师个个都是黑脸，你没受够吗？”

罗震中脸色一僵。其实下午在手术室外，她向余老师汇报过吴伟的急诊血常规结果，余运东毫无表情，就像没听见，哼都没哼一声，害她碰了一鼻子灰。花了好一会儿，她才慢慢消化掉这不良情绪。

“是是是……是……是。”罗震中惟妙惟肖地模仿起来，叹了一口气，拖过桌上巨厚的《外科学》，开始哗啦哗啦翻书，过了一会儿，她站起身，套上白大褂。

“还去病房问，你倒是真拿自己当个人！你没听他‘小妞、小妞’地叫你吗？老师连你的名字都懒得记！”钱修远冷哼一声，冒出一句土话，“热脸贴冷屁股！跟个阑尾炎较什么劲儿？简单得要死的转移性右下腹痛，几天就出院了。”

“我去看看伤口，手术后总要查看一遍的！”罗震中深吸一口气，给自己壮壮胆。

李青云正在哗啦哗啦地翻《解剖学》，他眼下管着一个诊断不出病因的腰痛病人，肾脏、腰椎查了个遍，就是搞不清楚哪里痛。只要病人一拉铃喊痛，李青云就开始焦虑。

瞟一眼小妞，李青云快速地下了个决心，明天早上查房，无论张老师拉着多黑的脸，都非得问明白这鉴别诊断的问题不可，问个底朝天！问十个问题，张老师总会搭理一个的。眼前这个小妞的优点就是脸皮挺厚，时时刻刻敢碰余老师的钉子，也敢碰病人的钉子。连碰几个钉子，余老师居然跟她有商有量起来。

李青云看小妞挂着听诊器往病房去了，又看了看钱修远，自己的新搭档仿佛是缺点冲劲儿。

一条走廊之隔的病房里，病人吴伟酣畅淋漓地撒完术后的第一泡尿，套上自己的灰色运动中裤，心满意足地躺回到病床上。手术后五个小时了，麻药带来的眩晕、麻木已经像潮水一样退去，除了被纱布覆盖的手术切口有点牵痛，其他都很好。

“还好吗？”手术前见过一面的年轻女医生径直走到床前。

“还好。”翻江倒海的肚子痛完全消失了，一桩麻烦事解决了，吴伟的心情大大放松，对着面前身材矮小、面容稚气的女医生也十分客气。他已经在心里计算起出院时间——小手术，也就几天的事儿。

女医生检查了一下切口纱布，吴伟自己也欠起身看了一下，纱布干干净净、严实妥帖地覆盖在手术切口上。她示意吴伟屈起双腿，放松肚子，随着吸气在他的上腹部做了一下深部压迫的动作。

吴伟皱了皱眉说：“轻点。”她又拨开吴伟的下眼睑看了一下，停顿了一会儿，她开始询问吴伟这阵子的饮食情况，有没有反酸、有没有不良饮食习惯、有没有半夜腹痛……

吴伟隐隐记起这个位置不舒服已经有一段时日。这小姑娘问的每一个问题，都仿佛踏在自己的痛处上。只是这隐隐的不舒服程度尚轻，上医院显得有点小题大做，就一直耽搁着……有三个多月了。

她指着裤带问：“你最近是不是瘦了点？肚子小下去了？”

这下子，吴伟诚心地点了点头。身上这条去年夏天经常穿的裤子，留了点证据下来：眼下打的这个裤带结不在去年固定的位置上，打皱的部分退出来了几厘米，说明腰围在不知不觉间缩小了几厘米。

“你的意思是说，我有别的问题？”吴伟的语气有点干涩。

“啊……我不是很确定。”女医生冲口而出，脸上有点讪讪的。吴伟顿时“嗤”了一声，鄙夷的气流快速地通过了烟渍斑斑的齿列，迅速冲散了稀薄的礼貌。

完成这个阑尾炎手术的第二天是周末。医院的工作哪有什么双休日。星期六早晨，还没有到交班的时间，余运东医生就带着罗震中开始快速地巡视病房。余运东这组的其他医生出去短期学习，他一个人带着一个实习生完成这么大的工作量，任务可不轻。今天是余医生难得的休息日，他想着快点完成查房，就能消消停停地休个大半天，去装修市场忙点自己新房子的事情。

余医生对“小妞”的印象挺好，她是个不需要盯着就能把病历完成的好劳动力。有她跟班跑腿的这几天，每一床的病例夹都整理得很干净，手术病人的伤口换药也完成了，干净的敷料妥帖地覆盖在伤口上，看上去叫人满意。连续几个早上查房都是这般光景，省了自己不少时间，余运东心里是有数的。

带实习生这活儿，其实很费神，“放手不放眼”，你只要一不当心，这些小鬼都是小闯祸坯。上一个禾嘉卫校的实习生就老出小纰漏，简直防不胜防，皮试医嘱忘了开，没完成的出院病历交到病人手里，每天都在捅娄子。这个小妞才刚来，也得时时看着点。

按着床位的顺序，余运东一个一个地摸病人的肚子，检查引流管，检查前一天的液体出入量，不时和罗震中交代两声。罗震中捧着病历夹，迅速把这些要求记录在临时医嘱单上，两眼紧紧盯着余运东的动作。

病人们纷纷跟余医生打招呼：“余医生早！”

“余医生，明天可以拆线了吗？”

…………

走到病人吴伟跟前，罗震中注视着余运东，语气郑重地说："余老师，他的术后复查血常规，血红蛋白仍然只有10克。"说完给吴伟使了个眼色。

"这里，一直有点不舒服，也不知道是不是胃溃疡。"吴伟指一指上腹部，自己把上衣捞了起来，整个白白的肚子松泼泼地袒露在视线里。病人既然有要求，余运东倒不能不查一下。

"屈腿，吸气。"余运东简短地示意，用纤长的手指发力按压。吴伟皱了皱眉头，轻轻呻吟了一声。余运东的心"咚"地一跳，他又在附近的位置深压了几下。

"哎哟，轻点，医生。"吴伟的语气带着点求饶，眉头皱着。

余运东拨开吴伟的眼睑看了一下，那淡淡的粉红色，一看就不太对劲儿。他又取过罗震中手里的病历夹，翻到血常规那页看了一眼，默不作声地点了一下头。

"开个上腹部CT。"余运东的语气波澜不惊。

"不需要做胃镜吗？"罗震中一边记一边问。

"明确诊断的检查需要先无创，再有创；先大范围，后小范围；最后取病理。"余运东的语气里有一点微不可察的正式。

"明白。"罗震中脆生生地答应一声，她仿佛立刻感觉到了那种郑重。这些天来，这是余医生头一次开医嘱的时候还详细地说了一下规则和理由，"被当回事"的松快感顿时在她脸上绽开了一朵花。她默念了一遍"先无创，再有创；先大范围，后小范围"，用鬼画符般潦草的字体速记在草稿纸上。

吴伟并没有听懂他们两个人在说什么，早晨吃进嘴里的白粥仿佛塞在了胸口。

“我什么时候可以出院？”

“CT 做了没问题，就可以出院，一周后去门诊拆线。”余运东简洁的答复让吴伟略略松口气，待医生出去了，吴伟忍不住在自己的肚子上按了几下。

“哦！”他忍不住呻吟了一下，痛和痛真的是不一样，今天的痛，虽然不是手术前那样翻江倒海似的，却像是底下藏着什么怪兽，每一次按下去，都有真真切切的回应。

病房里，一早就是一片繁忙的景象。走廊东面尽头的大病房里，“姜组”也在查房。姜鹏医生正用他那热情的大嗓门，一路给两个实习医生讲解如何鉴别诊断，演示阳性体征，叽里呱啦清脆的讨论声远远传来。

张松海已经带着自己组的医生查完了重点病人。他烟嗓里冲出一声粗重的咳嗽，面无表情地对住院医生吩咐道：“改医嘱动作快一点，上午我门诊收的新病人，尽快做检查，尽量争取周二手术。”

“知道！”

“做事要干脆，出院病历都事先送到病人床边。”他哗哗快速浏览了几份出院病历，铜钩铁划般签上名，随即站起身来，准备出门诊。

“知道！”

李青云闷着头快速开着化验单，瞅一眼忙着改医嘱的住院医生，心里揶揄：你们倒不如高喊一声“喳”。

张松海是外二科的医疗组长，管的病人占了半个病区，轮廓刚劲的脸上，有一种人到中年的自信与强硬。周末是他的专家门诊，双休日的病人量经常会比平时多三分之一。烟燎火气的上午，嗓子得省着点用，必须留着力气对付川流不息的门诊病人。

他端着茶杯，挂着听诊器往门诊去的时候，顺便瞄了一眼护士台墙上的床位示意图。看样子又是一轮大收病人，整组的医生全得开足马力工作，医院哪有什么周末不周末的？

“张老师，15 床的 CT 片上显示有腰椎间盘突出，需不需要让骨科会诊一下？”李青云追出办公室，觑一眼张松海的神色，鼓起勇气问道。

刚才查房，张松海问了几句就从 15 床边上过去了。也许是止痛剂的药效还在，那病人竟然没有追着医生问腰痛的原因。李青云在边上看着，心里着急，你倒是问哪……

“可以。”张松海简单地答完，大步往电梯去了。

“这个人适合用口服的解热镇痛药物吗？”李青云锲而不舍，继续追到电梯门口。

“可以开一个试试。”电梯门关上之前，张松海总算撂下一句。

“知道了……喳！”李青云大喊一声，咧着嘴一路小跑回办公室，对着住院医生大喊一声：“开个扶他林试试，张老师说可以试试……”

医院的工作像河流中的水车，没有静息的片刻，只有车轮般的翻班和周转。9 点一过，张组的医生们就忙得不可开交了。外科专家门诊间里，张松海正面对着周末川流不息的门诊病人，不停地开住院单。护士站墙上，记事板“新病人”一栏里，录入了四个几乎同时收入的病人，分别是肠梗阻、疝气、肾结石、软组织感染。

护士每隔一会儿就到医生办公室里来喊——

“张组谁在？”

“张组新病人谁看？”

“张组医嘱开错了，快来改。”

主班护士是个 30 多岁的瘦高女人，怀着快 7 个月的身孕，嗓门尖厉，每次到医生办公室喊一声，就吓得几个年轻人心头一颤。

钱修远算是进入正式的工作状态了，刚采完病史，又来了新病人，他跑进跑出，屁股都没有沾凳子的时候。汗水从他的额上、脖子上蜿蜒流淌下来，背脊汗湿了一大片。同样满脸油汗的李青云坐在他对面忙着开化验单，一脸的痘痘热得通红。

办公室外不时飘来一个婉转娇柔的女音——

“钱修远，过来。”

“钱医生，过来一趟嘛……”

“钱修远，我跟你说……”

那是实习护士周珏，声音又甜又腻，一双丹凤眼水灵灵的。

搭档李青云却粗着嗓子不时地催促着——

“钱修远，化验单送过去，别搁这里又忘了。”

“钱修远，动作快点，连累我又挨护士骂了。”

“钱修远，你到底是好了没有……”

罗震中一边帮钱修远开单，一边饶有兴趣地观察实习生周珏。这个护士实习生，个子高挑，一件普普通通的护士工作服被她穿得胸是胸、腰是腰，起伏有致，眼神像柔丝一般，时时黏着钱修远的身影。大学五年来，钱修远一向是个不显山不露水的角色，成绩不见得出色，也没什么出风头的特长，就是个“沉默的大多数”，只有五官算得上清秀，白净的脸上一颗痘痘都不长，看惯了也不过如此，忽然这么招小护士的青睐，让人忍不住多打量他几眼……

罗震中正在开小差，病人吴伟突然出现在办公室门口，他用手护着右侧腹部的手术切口，走起来已经蛮顺溜了。

“罗医生，CT 是做什么的？”吴伟的脸上隐隐露着担心。

罗震中赶紧站起来，觑着他的脸色，不禁心虚道：“检查上腹部压痛的那个地方，有没有什么病灶。”

“会是恶性的毛病吗？”吴伟眼神灼灼。

罗震中迎着他的目光，小心翼翼地回答：“有这个可能才需要检查。”

仿佛有一根无形的刺，结结实实地戳中了吴伟的心。罗震中看着他脸上的肌肉一跳，心里顿时有点气馁，果然被病人叫“罗医生”时，回答任何问题，都是要扛着分量的。

“结果几时能出来？”

“做完 CT，当天晚上就能看到报告单。”

吴伟无声地点点头，沉默着一步一步挪回病房去。

罗震中看着他魁梧的背影，叹了一口气，视线掠过墙上一排科室成员的介绍照片，主任医师、副主任医师、主治医师，墙上那风格一致的证件照上，每个人脸上都透着笃定的信心和气势。副主任医师张松海的冷峻煞气、副主任医师周凯峰的英气勃发，看了就让人心生安全感，自己要长出那种精气神来，不知要何年何月呢。

正在愣神中，她忽然发现有人正看着自己，赶紧站了起来。原来是一个大高个子男生，他皮肤黝黑，面容瘦削，一双细长的眼睛十分沉静，头发剃成极短的板寸。白大褂上的标志和李青云一样，是一个驯鹿角的图案。

“我下个星期一就来了。”男生扫一眼台板下方夹着的实习生排班表，指一指道，“郑羿，鹿城医学院的，住你隔壁寝室，该认识的吧？”

哦！罗震中猛然记起他是第一天帮自己捡单子的男生……这么高的个子，在她脑海中还是留了点特别的印象。

“嗯！那天……谢谢你。”罗震中心里略感安慰，露出一个灿烂的笑容，啊！终于来了搭档。

这些天，姜组的两个女生合作默契。张组的钱修远和李青云，马马虎虎也算凑合。现在谢天谢地，自己的搭档终于也来了，他看上去体力很好，也很友好。

郑羿翻了翻医生的排班表：“嗨，我们俩是一组的，对吧？”他看了看罗震中。

“你排在我们组了，跟着余运东老师。下个星期可以分掉我一半的工作量……真是太好了，这个星期快把我脑子累瘫了。”

“你说吧，分哪些给我，我现在就可以接手。”郑羿爽朗地说。

罗震中拍拍手，心里一阵松快，也顾不得看钱修远的好戏了，带着郑羿就往病房去。这个星期，钱修远只管了五个病人，她一个人倒管了十四个病人。信息量过载，她的脑袋都发涨了，恨不得赶紧有人分摊些。

罗震中在护士站的病人一览表前站住了脚，指着一列病床号说：“这是我们组的病人——这三个是快出院的，归你了，等他们出了院，新收的病人你再从头管起就比较容易交流。”

郑羿一边记录病人的情况，一边跟上，他看看面前个头小小的罗震中，不由得暗自感慨，这家伙也挺不容易的，实习刚开始，还没摸到门道，就要完成这么大的工作量。难怪两条小短腿，跑得跟逃命似的。

罗震中径直往29床走去，向跟在身后的郑羿说：“这是前天收的，血尿待查，考虑尿路结石。”

罗震中说着对床位上的病人笑笑说：“肖非，你好，这是郑医生，我把你交给他了。”

年轻人正斜靠在病床上翻着一本《读者文摘》，看见她，立刻搁下了手里的杂志，身手矫捷地站起来，笑着说：“罗医生，你把我转手倒卖了，对吧？就像旅游中巴卖游客一样……下午的 CT 结果还好吗？”

“报告还没有出来，等出来了就告诉你。”小个子女生站在两个高大的男生中间，仰头向两边望一望。

“我们倒跟哥俩似的。”病人肖非站在郑羿身边，就近比画了一下，倒还是郑羿更高一些，都是清爽的板寸头，一眼看去像篮球队的队友。

郑羿在笔记本上快速记了“29 床，肾脏 CT，明天一早”几个字，接着朝肖非笑了笑说：“自己感觉有什么不舒服吗？”

“报告郑医生，前几天体能集训搞得我脑袋涨得很，眼下赖在床上就不涨了。”肖非笑道。

“你是……”郑羿打量着他，这年轻人哪有一丝病容，他肌肉结实，身材健硕魁梧，一件普通的白色汗衫穿在身上，显得他英气勃勃。

“我是市消防中队的。”肖非语气里有几分骄傲。

周末的傍晚，气温在 38 摄氏度左右徘徊，食堂楼上的集体宿舍，就像蒸笼一般，所有的实习医生都待在住院部大楼里蹭空调。医生办公室里源源不断的活儿，需要这帮小跟班踩着点尽快完成。

在大型的教学医院里，有铁一般的纪律，住院病历必须在 24 小时内完成，首次病程记录必须在 6 小时内完成；当天分回的化验单，必须在主治医生查房前整理粘贴完……几个年轻人各自面前堆着自己的活儿，每张桌上都散放着一堆病历夹。

新来的郑羿架着长腿坐在病历车前面分拣化验单，他一个倒仰，一伸手，CT 报告就跨越办公桌递到了罗震中跟前：“哎，这张 CT 报告有点问题。”

一听这话，罗震中腾地站起来接过报告单，只见上面写道：“幽门处胃后壁异常增厚，建议进一步检查，腹腔淋巴结肿大。”罗震中那神情不知是吓的，还是兴奋的，一双杏核眼瞪得大大的，目光炯炯。

“什么病人？新入院的吗？”郑羿问。

罗震中把CT报告拿在手里又逐字逐句看了一遍：“他是昨天做的急性化脓性阑尾炎手术。”

“啊？阑尾炎病人怎么想到做上腹部CT的？居然还做出个中晚期的胃癌来！”郑羿问。

“中晚期胃癌。”她下意识地复述了一遍，语气里带着浓浓的不安。

“我们看片子吧！”郑羿“唰”地抽出CT片，插到了看片灯上，李青云和钱修远一听，一齐凑过来看热闹。

黑白的影像一格格顺序排列着，是腹腔各个位置连续的横断面。郑羿用手指着图像一格一格移下来，最终停在了某一格，说：“这里。”

三个脑袋凑上去，睁大了眼睛。

“看不出来。”钱修远摇摇头。

“这一点点算是增厚了吗？”罗震中拿着圆珠笔尖指着可疑的位置回头问。

“我看着像，但拿不准啊。水平就那么点，别问我淋巴结的事，我一点都不会了。”郑羿挠挠头。他在影像科实习的两个星期里，虽说看了不少片子，但仅能勉强把报告上非常显著的“不正常”辨认出来而已。腹腔的解剖这么复杂，胃肠连接起来九转十八弯，影像上的小病灶不容易发现。

“我应该跟病人说吗？”罗震中侧头看看他。

“你怎么说？告诉他阑尾切掉了，但是胃癌转移了？”李青云继续在CT片上仔细搜寻，一格一格循着胃壁的走向找幽门的位置。

“你敢说吗？”郑羿问。

罗震中摇摇头道：“我不敢。”她抓了抓脑袋，把垂在眼前的刘海儿掠到一边，露出锃亮的大额头。

“大便隐血查了吗？”郑羿翻了一会儿书，现炒现卖地问。

“肿瘤系列检查开了没有……算了，那个挺贵的，还是问过余老师再说好了。”李青云随口提醒道。两个男生一唱一和，瞎参谋、烂干事般地抛出点想法来。

“大便常规还没有留出标本来，肿瘤系列检查明天早上开吧，现在反正也做不了，我去催他一下留大便标本吧。”罗震中想了想，径直往病房去了。

傍晚，手术后的病人们三三两两在病房阳台上吹风，吴伟半躺在床位上。罗震中走进病房，迎头就看见吴伟期待的灼灼目光，还没等她开口，吴伟就问：“罗医生，CT 结果出来了吗？”

罗震中心里“咯噔”一下，到病房来的目的一下子就被吓忘记了，她暗骂自己一声“笨蛋”，却不由自主地点了点头。

“结果不……太好？”吴伟的面孔看上去阴郁、紧张。

罗震中又不由自主地点一点头，脸色十分僵硬。她真恨自己的直白和简单，一点都藏不住事。她莫名其妙地跑到病房，在病人眼里简直就是特地来告诉他检查结果的。

“确定了吗？”阴霾笼罩着这张中年人的国字脸，让人不敢直视。

“现在还说不上来，胃壁有增厚，淋巴结有肿大，得拿到病理结果才能定性质。”罗震中稳了稳情绪，终于说了一句比较像医生该说的话。

“明天让余医生跟你好好解释吧，有些我也还不明白。”

罗震中一阵慌神，就这样猝不及防地胡乱处理了一个难题，本来进病房的目的也忘记了，大便常规这回事早丢到了九霄云外。她不敢等吴伟反应，径直从病房出来。一到办公室就垂头丧气地瘫倒在办公椅上，习惯性地左晃半圈、右晃半圈，独自消化着不良情绪，脸都拉长了。

她忽地一眼看到郑羿正在练习打外科结，他把一根线中间固定在抽屉的金属插销上，两头拿在手里，手指翻飞，一遍又一遍重复着一模一样的动作。他的手指纤长有力，指甲都修得短短的，干干净净，外科结打得十分灵巧，颇有熟练工的架势。

“咦！”罗震中凑了过去，拿住线头两端，跟郑羿一样打了两个结，速度明显落了下风。

“不是这样的。”郑羿从罗震中手里抓过线头，又上下翻飞地打了一正一反两个结。“不能像打毛衣一样手动脑子不动，要想着这是在病人的肚子里。”郑羿演示得行云流水，打出来的线结均匀一致，十分牢固。

“嗯。”罗震中点点头，看他一眼。

见罗震中慢慢表现得顺畅了一点儿，郑羿说：“操作的事情，就和比赛训练一样，多练练就会好一点。”

罗震中听了也不回声，依旧一副垂头丧气的样子，郑羿突然想起来，开口道：“你有没有告诉病人 CT 的事情？”

罗震中一边打结，一边气鼓鼓地说：“嗯！说了。”

郑羿见她习惯性地噘嘴，一脸的孩子气，实在有点好笑，这搭档的模样和身高都像没有发育的小孩子，心智好像也分外幼稚，加上大脑袋上的短发还带着一点点天然的小卷，让人总忍不住想摸一摸她的头。

余运东医生清早一走进办公室，便径直去翻病历夹里 24 床的 CT 报告。他迅速看完 CT 报告的结论，不禁呆了片刻，后背凉飕飕的，一阵后怕从心底升起。

“幽门处胃后壁异常增厚，建议进一步检查，腹腔淋巴结肿大。”

接着，他抽出 CT 片，仔细看了片刻，以他的经验可以判断出来，这个病人已经错过最好的手术时机，胃癌腹腔内转移，几乎是确定无疑的了。肿瘤估计已经穿透浆膜层，幽门周围的淋巴结都有转移。胃里的少量出血，导致了他的轻微贫血。还需要进行胃镜检查，若是运气好，结果显示是化疗有效的病理分型，那还可以考虑化疗后再手术。至于生命的时限，眼下需要用一年、五年这样的短周期来评估了。

余运东的后脑勺凉飕飕的，差一点就……要不是那个小妞几次三番较真儿，病人就顺理成章地“痊愈”出院了，病历首页的诊断是急性化脓性阑尾炎，治疗效果是治愈。未来，也许在两个月后，病人会忽然发现自己病情已经发展到胃癌终末期。

他又翻看了一会儿病历夹，叹了口气，沉默了好一会儿后，喊了一声：“罗震中，查房了。”

“哎！”罗震中从治疗室里答应一声跑了出来。这仿佛是余老师第一次喊她的名字，让她有一瞬间的意外。她一看余老师往吴伟那个房间去了，赶紧跟了上去。

“还好吗？”余运东拉上 24 床周围的围帘，用惯常的查房语气询问病人。

围帘围出的空间，四四方方又阴暗狭小，仿佛隔绝了所有的干扰信息，让人心生紧张。吴伟目光灼灼地注视着余医生问：“CT 的结果还好吗？”

“CT 的结果提示胃部有肿瘤迹象，需要马上做胃镜来明确病理分型。”结论简单直白。吴伟的耳畔仿佛一阵焦雷滚过，罗震中也诧异地瞪大了眼睛。

“是恶性肿瘤吗？”吴伟颤声问。

“CT 上的表现，基本倾向恶性肿瘤扩散的可能，需要胃镜检查尽快证实。”余运东语气平缓，一字一句地说。

“我的医药费不能在这里报销，需要回杭州去做胃镜检查，什么时候可以帮我办出院？”他稍一愣神，回应得很快。

“今天就可以。回去之后，在浙一、杭州市一这样的大医院检查都没有问题，千万不要耽搁时间。”余运东把门诊病历抽出来递给罗震中说：“帮他写清楚出院记录。”

“嗯！”罗震中点点头。

余运东没有再说什么，掉头出了病房，罗震中随即跟了出来，仍是有点担心地回头望了望吴伟。

余运东停下脚步，语气难得地温和：“告知就是把有效信息传递到位，明白吗？告知到位就好，每个病人都有他自己解决问题的方式和态度，医生不用干预太多。”他一字一句直言不讳地告诉面前这个较真儿的实习医生，心里仍含着一丝羞愧。临床医生不能疏忽查体，不能疏忽细小的检验异常，这原是他多年来遵循的原则，如今竟还需要这白纸一张的小菜鸟来警醒自己。唉！差点漏诊。

“嗯！”罗震中点点头，明澈的眼睛望向余运东。这是她第一次看到医生向病人告知坏消息，一点也不戏剧化，丝毫也不委婉曲折。这是她第一次用自己查到的线索，完成一个重要的诊断，还没有来得及自豪一秒钟，就被恶性肿瘤的结果惊到了！这也是带教老师第一次这么郑重地向她传授临床经验……

复杂的感受凝滞在心头，罗震中忽然感觉这一周实习以来的连滚带爬有了明确的意义，自己的脚实实在在地踩到了地上，不再有云里雾里不知所措的感觉。问诊、查体、化验……这些琐碎的日常真真切切地和病人的命运联系在一起，这就是“临床医生”，如果她不在医院里对着真正的病人，即便读破万卷书也不会感受到！

晚上 9 点半，郑羿从影像科完成交班，抱着一摞书到了外二科办公室。他熟门熟路地换好白大褂，环视四周，余医生不在，罗震中也不在。姜鹏医生正扯着爽利的大嗓门，指挥手下的小跟班们开术前医嘱——

“每张检查单都要盖我的章，不然等下护士连我一起骂。

“小胖子同学，动作快，不要一副没睡醒的样子。这么磨蹭我们得半夜才能下班喽！”

两个鼻子上冒着油汗的实习生一路小跑地出门，去主班护士那里送修改完的医嘱。郑羿抿嘴暗暗一笑，明天就该自己干这些活了，他特意先来熟悉一下，免得到时候手脚慢了，被带教老师嫌弃。

28 床肖非的病历上从头到尾都是罗震中的字迹，钢笔字写得顶天立地，力透纸背，病史和化验结果等信息逻辑严谨、细节到位。看了一会儿，郑羿觉得心头有点压力，不比不知道，难怪带教老师喜欢求是医科大学的实习生。

肾脏 CT 报告已经夹在病历里，想是今天早上查房的时候余医生已经跟病人说过情况了。他仔细看了一下结果：双侧多囊肾，左侧肾盂结石。

郑羿一页一页地翻阅了验血的结果，血常规正常、肝肾功能正常，除了少量血尿，几乎没有异常的数据，血尿估计也就是结石造成的。这个病人没有什么大问题，加上体格健壮，再住上一两天就可以出院了。

把罗震中移交过来的几个病人的病历逐一看完，郑羿拿着听诊器去了病房。他在心里打了个大概的草稿，刚住院的小病人王加其是需要重点关注的。小男孩的诊断不明确，需要好好地再仔细问一遍，其他几个病人术后每天换药就行了。

“小朋友，你好。”郑羿蹲下身，抓住王加其的肩膀说。6岁的小男孩手里正抓着魔方，红、黄两面接近最后一步，他聚精会神两下拧完，松一口气，乐呵呵地打招呼：“叔叔好。”

王加其的妈妈看见医生来了，赶紧跑过来。

“近一年体重增加有多少？”

“近期有没有过腹部碰撞？”

“有没有低热？”

郑羿一边问一边记录，把事先列好的问题一项一项抛给王加其的妈妈，又看一眼王加其，他有点瘦小，很老成地点头或者摇头，也不插嘴。郑羿把听诊器递给他，他立刻戴上，把听诊头放到自己的胸口，王加其似乎先是被自己的心跳声吓了一跳，而后又仔仔细细听着。

终于全部问完，郑羿点点头，开始给王加其做腹部查体。小鬼怕痒，笑着缩了几下，不吵不闹地配合郑羿检查完。“你太乖了。”郑羿摸摸王加其的脑袋，夸奖道。

“医生，谢谢啊！你们真是仔细。”王加其的妈妈不住地道谢。

这时郑羿用余光发现肖非一直躺在床上，神色沮丧，对病房内外的说话声完全无动于衷。他双手抱胸，两眼望着阳台外面，不知道在想什么。

郑羿起身走过去跟肖非打招呼："嗨！今天怎么样？怎么没精神？病房里睡不好？"

肖非斜靠起来，心不在焉地摇摇头，神色完全没有了上次的跳脱和轻松。他的眉心有一道深刻的竖纹，看上去心事重重。

"CT 结果出来了，问题不大。"郑羿温和地笑一笑。

"知道，余医生说了。"肖非淡淡地点点头。

郑羿有点疑惑，这小伙子，两次的态度相差太大，他在挂心什么？尿路结石又算不得什么大问题。

"什么叫常染色体显性遗传？"肖非忽然问。

"呃……"郑羿给问住了，眉头一挑，有点尴尬。郑羿心里嘀咕，他问的是什么？多囊肾？多囊肾是遗传性疾病吗？

"这得画个图来解释……我现在有点别的事。这样吧，我画清楚，空了来跟你仔细解释基因传递的关系和比例。"郑羿掩饰住慌张的情绪，赶紧打了个马虎眼。

等出了病房，他松了一口气，还好这一个月学会了个"拖"字诀，万试万灵，拖出个空当来，赶紧翻翻书，弄懂了才能跟病人解释。

临阵磨枪是不太体面，那也比愣在当场不知所措好一点。

罗震中上完一台急诊肠梗阻手术出来，已经下午 3 点了。病房里，病人陆续走光，准备接新病人。她忍不住到吴伟的病房门口张望了一眼。24 床前，床头柜空无一物，擦得干干净净；蓝白条纹的床单铺得笔挺，一个褶痕都没有，白色的枕套虽然有点旧，但是有新洗涤晾晒过的整洁。拉在床头一侧的床帘被束成皱褶均匀的一束。经过护士终末清洁的流程化处理，病床呈现出等待新病人入住的状态，仿佛吴伟从来没有来过。

“罗震中，24 床的出院病历和 CT 片都给他了，他临走的时候，说谢谢你。”郑羿走过来说。

出院时，吴伟穿好了日常的短袖衬衫和西裤，脚步稳重，腋下夹了个皮包，脸上没有一点病容，若不是看过他的 CT 报告，站在护士台忙碌的郑羿根本没法把胃癌晚期和他联系起来。吴伟办完了所有手续后，从护理台拿过自己的出院病历，仔仔细细地看了一遍，面无表情地叹了口气，便向病区的电梯口走去。没走几步，他忽然又折了回来，像是想起了什么，对护士说:“帮我谢谢余医生，还有……罗医生。”

郑羿内心涌过一刹那的感动，罗震中被病人认认真真地叫作“医生”了呀!

“余老师说，告知就是把有效信息传递到位，每个家庭都有他们自己解决问题的方式和态度。我听他告知吴伟的时候，真是吓了一跳，怎么可以那么直白。”罗震中把几小时前从余老师那里听来的话一字一句地复述了一遍。

郑羿看看她的神态，微微一笑。这个家伙真是把浑身的执拗劲儿都用在了病房里。

罗震中顺手把病历夹里吴伟的住院病历抽出来，用夹子夹好，放到了“出院病历”的抽屉里。

吴伟这样的出院病人如同一滴水，从此汇入汪洋大海中。你不会知道他将怎么劝慰妻子，怎么面对命运，这都与禾嘉市第一医院的外科医生无关。医生和病人就是这样一种既生疏又亲近的奇怪关系，素昧平生却分享秘密，建立了信任却不必长久，走了这一个，还有下一个。

想到这些，罗震中长长叹了一口气，向郑羿抱怨：“我刚在手术室里，被章越主任抬胳膊一挤，直接从两层踏脚凳上掉下来了。”

郑羿忍不住笑了，她的挫折感跟他的刚好相反，他为了配合带教老师的身高，经常会佝偻着直到腰酸背痛。一帮跑腿的小跟班，高矮胖瘦，各有各愁，只有闯过重重难关，来日才能担得起重任，才有机会两只脚稳稳地踏在地上，舒展了肢体在无影灯下当主角。

“余老师早上查房的时候，跟肖非说了什么吗？”郑羿问罗震中，两个人边聊边往办公室走。

罗震中凝神想了想说：“早上把CT报告给病人看过了，跟他解释了一下，多囊肾是一个遗传的良性病变。”

“他今天心事好重，问我什么叫常染色体显性遗传。”回到办公室，郑羿翻开厚重的《外科学》，“余老师查房的时候，跟他怎么解释的呢？”

“余老师说，后代有50%的机会得这个病，多是慢性的、良性的，问题不大。”

罗震中想了想又说：“他是消防员，入职体检比一般人要严格，应该是没问题的吧……啊对了，他提起过，正在准备结婚。”

郑羿正在一行一行细细地看《外科学》中对“多囊肾”的描述，其中几行文字他看得尤其认真，显然是被文字深深吸引住了。

过了片刻，郑羿叹了一口气，屈起指节来敲了敲书本，说：“这种边边角角的内容，以前哪里会注意！唉，多囊肾这种不考试的病，我们谁会看得这么仔细？”他像是恍然大悟，拿起铅笔来在文字下方画了几下，“你看。”

罗震中赶紧凑过来，只见郑羿用铅笔画过的字句是：“常染色体显性多囊肾是常见的遗传性肾病，是引起终末期肾病的第四位病因，进入肾替代的中位年龄为 58 岁。”

“这并不是我们所认为的良性疾病，对吗？多囊肾可不是几个良性的水泡这么简单。”郑羿抬头看看罗震中。罗震中咬着大拇指的一点指甲，一字一句地看下去——“其疾病特征和进展在家族内及家族间有很大变异性，即便同一家族成员，进入肾衰竭的变异程度也很大”。

“原来这所谓的良性病，也可能进一步发展成肾功能衰竭！喂，你翻翻大病历，我记得他说过他的大伯伯就死于尿毒症。”罗震中用手掌拍拍桌子。

“难怪他这么垂头丧气。”郑羿想到肖非仰面朝天躺在床上的样子，心里轻叹一声。郑羿翻了一下大病历，不由得佩服罗震中问诊够仔细的。一行端正的钢笔字写在家族史一栏里：大伯伯于 56 岁时死于尿毒症。

“换了是你，你怎么办？”郑羿问。

“立马结婚，好好旅游一趟，玩个痛快。如果注定比别人短寿，那我非今朝有酒今朝醉不可。”罗震中想也不想，直截了当地说。

郑羿没好气地白她一眼，想了想说：“我猜肖非肯定是在考虑要不要告诉女朋友，要不要在婚前讨论一下可能会遗传给孩子的问题。”

罗震中顿时吐了吐舌头说：“啊！我可没有想到这些，算我少一根筋吧！”她咬着指甲，注意力再次回到书本上。

郑羿也停住了话头，思索着怎么跟肖非解释“常染色体显性遗传”的问题。他先是搬下科室书架上的大部头《泌尿外科学》，逐字逐句地看“多囊肾”这一章。他又抽出肖非的 CT 片，插在看片灯上，一格一格地看。只见左侧肾脏上有大小不等的几个囊性病变，右侧只有一个水泡样的病变。过了好一会儿，他在草稿纸上把《泌尿外科学》上的图画下来，仔细琢磨了一下，往病房里去了。

罗震中瞟了一眼他的背影，继续翻书。

之前真看不出这大个子有这么细心，真是各有各的愁，不过相互支持的感觉挺好的。他也不像初见时那么老成持重，翻着书本纠结来纠结去的样子，显得也很菜。菜鸟和菜鸟才容易搭嘛！

郑羿走到病房门口，向肖非努一努嘴，肖非立即脚步轻巧地出了病房，和郑羿一起来到了楼下小花园。

医院花园里的小池塘蜿蜒曲折，几朵睡莲已经合上了白色的花瓣，红色的蜻蜓轻盈地停在荷叶上，金鱼在池塘中游弋。未名园的紫藤花廊被纠缠的藤蔓层层覆盖，密密层层的叶子间透过来几缕金色的光，清风徐来，大大小小的叶子沙沙地轻轻摇曳。

肖非在小池塘边的座椅上坐下，随手摘下一片紫藤叶子，无意识地搓揉着，轻声问："余医生跟我说，多囊肾是良性的病，但是我有印象，奶奶说过，我们肖家的男性都短寿。我的大伯伯死于尿毒症，余医生是不是为了安慰我，才没有说得很重？"

"医生的规矩，就是告知到位，绝不会为了安慰你就说轻一点。这个病我懂得不多，按照现在的常识，就是个遗传性的、良性的毛病。"郑羿脱下身上的白大褂，搁在椅子上。

肖非抬头看着郑羿的眼睛问："眼下我的情形，是不是可以认定这病已经从我老爸那一代传到了我身上，而且也会传给我的下一代？"肖非眼神里的迫切和纠结，让郑羿一阵揪心。

"从你的 CT 结果来看，多囊肾的情况不严重。按照遗传学来说，子代有 50%的概率携带这个基因。"郑羿把口袋里的草稿纸拿出来给肖非看。

肖非拿在手里仔细地看了一会儿，重重地揉了揉眉心，苦笑了一声："基因里带着这么个玩意儿，我还该结婚吗？"

郑羿伸手搭在肖非的肩膀上："人的基因有几万个，就像我，也许带着好几个肿瘤基因，谁知道呢。"

"可是现在我已经知道了，难道瞒着她，不跟她说？"无法掩饰的焦虑让肖非年轻的脸看上去老了几岁。

"问题是，带着基因和最终的基因表达是两码事，双胞胎兄弟都有可能一个轻，一个重……你没必要把你大伯伯和你自己还有你的下一代等同起来。"郑羿看着肖非，心里有点发虚。他下午翻了好半天书，想到的能够给肖非的解释理由就这些了，再解释下去，又该黔驴技穷了。

"你是说，权当没有这回事，混到哪里算哪里？"肖非苦笑了一下。

郑羿有点羞窘地说："说实在的，这病我也不是很懂，做重大决定之前，你是不是该先好好把问题搞懂？"

肖非凝神犹豫了片刻，点点头说："你说得对，我没搞得很懂，也没想得很清楚。尤其你刚说的基因表达、发病轻重这些，我没有听余医生说起，也不太明白。"两个年轻人不约而同地叹了一口气。

"不如明天查房的时候，你再仔细问问余医生吧……再不然，看王主任有空的时候，到办公室问他一下。"郑羿挺没把握地说。

肖非的眉头松了一松，在郑羿肩膀上捶了一拳："嗯！多谢你，本来我在纠结要不要跟女朋友说清楚，现在看来，还不能太莽撞了。"

"你肯定还没有女朋友，对吧？"肖非沉默了片刻，又追问了一句，"当真在意一个人，会真心在意她未来的幸福……"他低头，闪过片刻极其温柔的神色。

郑羿拎起自己的白大褂，不置可否地笑了。

02
两个5岁男孩

手术室里的“下不来台”，是一句货真价实的诅咒。

晚饭后，罗震中回到寝室，“嘎吱”一声坐到自己的下铺，冲得湿淋淋的两只脚踩在拖鞋上，顺手拿起清早凉下的大杯白开水，一阵猛灌。傍晚时分，位于七楼的房间气温直逼35摄氏度，五个人蜗居的宿舍门窗大开。吊扇嘎嘎作响，却没有一丝凉意。汗水从罗震中的发丝间渗出，顺着耳后和脖颈，汇聚成细细的水流，从前胸后背淌下来。

室友梅芮洗完澡，头裹着毛巾，穿着一条蓝白相间的连衣裙从浴室里出来，她打开台扇，开始收拾那头湿淋淋的长发。

室友盛星宜盘膝而坐，手里捧着一个大搪瓷缸子，慢条斯理地一边吃晚饭，一边翻面前桌子上摊开的《心电图手册》。她浓密的头发被束成一把，用大夹子夹在脑后，露出细细的光脖子。听到动静，她抬头看着罗震中道:“你可算是回来了。”

“阵亡在前线也不稀奇……她们人呢？”罗震中毫无坐相，盯着自己的两只光脚，对着盛星宜问道。若不是放松下来，她还不知道身上的每块肌肉、每个关节都在酸痛。

“不知道，都神出鬼没的，这个晚上 6 点钟出门，那个半夜回来。就说你吧，有几天没在这个时间回来了。”盛星宜“哗啦”翻一页书，继续对着各种形状的心电图曲线，有一搭没一搭地应着。

“心脏侧壁对着的，是哪几个胸前区导联来着？”她敲敲面前的搪瓷缸子，提醒同伴问题来了。

“饶了我吧，我脑子里现在装满《外科学》，走楼梯都会掉出来，已经放不下心电图了。”罗震中没准备理她，汗水哗哗地流，脑子处于放空状态，这感觉真是久违了。

罗震中看了一眼正在梳头的梅芮，潦草地问候了一下。天天睡在一个寝室，好些天都没有脸对脸看个仔细了。

台扇把梅芮蓝白相间的连衣裙吹得蓬起，裙摆飘摇十分好看。可梅芮雪白秀气的一张小脸却是阴云密布。她无精打采地回答盛星宜道：“I，avl 是高侧壁，V1-V3 是前间壁[1]。”

说着，她梳好一头齐腰的黑发，戴上和连衣裙同色的发箍，穿过满屋六神花露水的清新味道，抱起考研习题资料，垮着脸出去了，边走边道：“真是个破地方，连个安静看书的图书馆都没有。”

“梅芮怎么了？”罗震中站在镜子前，套上短袖的白大褂准备出门。

“她第一天就被门诊病人投诉，说是态度不好，不理人。昨天又被一个酒鬼纠缠，差点又被投诉。”盛星宜终于吃完了饭，“铛”的一声把勺子一撂，饶有兴趣地看着罗震中在镜子前扣扣子。

没想到模范优等生身上已经发生了这么多事！进入实习，大家都瞬间变成正宗小菜鸟，成绩的优劣不再重要，人人都在科室里各受各的打

1　指心电图的不同导联对应着的心肌解剖位置。

击。罗震中一边蹲着系鞋带，一边在心里琢磨，梅芮待在鱼龙混杂的门诊窗口科室，可能还真有点招架不住。

“你看你，就像个幼儿园小朋友穿上白大褂上台扮演医生，病人拿你当回事吗？”盛星宜捏捏罗震中的脸颊。

“有啊！”罗震中装着样子学病人的话：

“护士，盐水没有了。”

“护士小姐，交钱在哪里？”

“护士，我们28床是哪个医生管的？！”

……她越说越恼，长长叹了一口气，掉头出门去了。

“嗨！”郑羿在身后小声喊罗震中，也准备去科室。

罗震中看一眼郑羿怀里比《外科学》教材更厚的蓝色精装《黄家驷外科学》上册，又长长叹了口气。两个人一起走那条完全不照顾人体力的螺旋长楼梯，脚步声隐隐回荡在深井一般的回旋处，好像永远走不到尽头。

宿舍楼距离住院部大楼的后门只有一个篮球场的距离。傍晚的这个时候，住院病区里大部分病人的盐水已经滴完，三三两两在病房的阳台上乘凉聊天。

5岁小男孩曹福弟的妈妈正端着碗，追着他满世界喂饭。这小鬼是罗震中的新病人，他下颌长了个巨大的脓肿，嘴都肿歪了。福弟黝黑的皮肤显然是成天在太阳底下乱跑的结果，身上总有一层滑溜溜的汗。生病也挡不住他用两条蛮横的小腿顽皮地攀高爬低。

他隔着老远对着罗震中虚踢一脚，觑着罗震中的反应，接着一溜烟儿钻进了病房。

“护士小姐，盐水没有了……”一病房的病人看见罗震中从门口晃过，斜斜地靠在病床上，提高声音喊起来。

罗震中的脚步一点都没有减速。

“来了。”郑羿高声应了一声，一把拽住罗震中，把手里的书往她手里一放，进了一病房。他拿下盐水，查对标签上的姓名和床号，关闭液体，拔针，把针头更换到新的液体上，然后在莫非氏滴管上排气，用流速调节器调整滴速，一通操作行云流水，有种别样的爽快和利落。

“病人叫你，干吗不应？”拿着空瓶退出病房的郑羿语气中带着点教训的意味，他“砰砰”弹了两下换下的空盐水瓶，提醒罗震中。

罗震中把巨厚的《黄家驷外科学》抱在胸前，像抱着块盾牌：“他叫护士。”

“你不会？”郑羿疑惑地朝她看看。罗震中一层红晕浮上面颊，后退了一步，点了点头。

“打针、抽血也不会吗？”郑羿问。

罗震中摇摇头，吐了下舌头。

“改天教你吧。”郑羿把语气放轻了一点。郑羿的临床实习排班是从“跟护”开始的——跟着护士打针、抽血、抽药、测血糖、换盐水、换微量泵、换引流袋……鹿城医学院的实习生们从早到晚，重复又重复地跟了两个星期下来，日常应对病房里拉铃唤人没有任何困难。手脚勤快的实习医生，简直可以充当半个护士来用。

罗震中噘着嘴，讪讪地，气馁只持续了两秒。

“明天……明天早上我求护士让我抽血。接瓶的事，你来帮我看着？”罗震中仿佛小孩子一样软语央求。

郑羿抿着嘴点点头，这小妞皮实得很，没有半点玻璃心，还挺好相处的。他这才觉出来，没有这基础训练还真不行。这不，连求是医科大学的实习生都翻车了，自己学校这番“跟护”的实习安排还真挺有用的。

早上 5 点多，天色已经大亮，厚重的云层已被朝阳染得流光溢彩，镀上了一层金边。几百只聒噪的麻雀刚刚醒来，在梧桐树密密层层的枝叶间叫成一片。洒水车一路放着《兰花草》，从中山路转过十字路口驶入禾兴路，又从医院的大门口缓缓而过。街面洒过水后，蒸腾出清早洁净清凉的植物气息。

郑羿绕着医院的围墙晨跑完，满身大汗地大步走回医院。他家其实就在几个街区之外的少年路，贪图方便，他天天住在条件简陋的实习生宿舍，下个楼，穿过小花园，就到住院部大楼了。

郑羿老远就见罗震中的身影一闪，穿过了宿舍区通往住院部大楼后方的铁门。他微微笑了笑，这么早出门，必定是去练习抽血了。

这个点儿，护士站里，一试管架贴好条码的空试管被排得整整齐齐，列队等待着护士用百发百中的针头，依次抽出患者的静脉血缓缓注入。

郑羿抬眼望了一眼住院部大楼，伸展双臂做了一下拉伸动作，这是一幢新建不久的十八层大楼，与禾兴路对面二十四层的戴梦得大厦，双双醒目地矗立在城市的中心，像两把笔直的利剑。

住院部大楼的有些窗口还亮着灯，外走廊上，早起的病人站在阳台边远眺。操场上，求是医科大学的实习生高胖正在一个人打篮球，球“砰砰”砸在地面上、篮板上，在清早的宿舍区里带着回音，鼓点般响亮。梅芮捧着英语书在喷水池边背单词，大家公认的学霸滕宏飞背着大书包低着头匆匆走过。底层的食堂里，传出锅碗瓢盆的声音，弥漫着油条、大饼的香气。太阳忽地从云层中钻出来，空气像瞬间轰然着火了一样瞬间热起来，医院在此刻像刚刚苏醒的怪兽，繁忙的一天又开始了。

“怎么了？大早上的，拉着个脸。”郑羿到办公室的时候，罗震中鼻子尖油油的，一脸不高兴。

“五针下去，只抽到两针血。”她坐在郑羿常坐的位置上，两只手拿着线，不停地打外科结。病人都挺好的，并没有口出怨言，但呼痛的啧啧声，就是很打击信心。

“等下教你打静脉针，谁也不是一下子就厉害的。”郑羿安慰她。

罗震中伸出藕节一样的手臂，从手背到肘弯，细细研究自己的静脉。郑羿抓过她的手臂，见静脉埋在雪白的皮肤下面，隐隐透出一点点蓝色的影子，直摇头说：“你这种难度太大，容易戳个对穿，盐水挂上就肿了。下次看到这样的，让有经验的护士扎，你退后些。”

罗震中也抓过郑羿的手臂看，他皮肤黝黑，肌肉修长结实。她像扎脉带一样握紧郑羿的手腕，用手拍拍其手背的血管，粗大凸出的静脉分外鲜明。

“你的血就很好抽，我保证一针下去就抽出来。”

郑羿没好气地在她手背上拍了一巴掌，道：“这是傻瓜级的难度，戳不中才怪。”

“我们学校一点不接地气，真是的，护理基本操作一点都不教，放我们出来丢人。”罗震中轻声抱怨道。

“打针、抽血两个星期就会了，你跟钱修远两个的查体手法都是教科书级的，考试一定很严格吧？你们那本浅蓝封面的查体手册，我们就没学过。”郑羿道。这是他亲眼见证过的，连钱修远这么个懒散的家伙，腹部查体的顺序、手法、位置、轻重，都透着规矩。

“那个啊！是美国的 HOPE 基金会的项目，那本手册是美国某个医学院翻译过来的。那个基金会给我们学校训练了好几十个标准病人，我们每个人都得按书上要求的标准全套过关，你只要听诊器放错位置，他就扣你分；腱反射敲不对地方，没有做出来，也扣分……那些招募的标准病人是些中学老师、公务员啊什么的，都是知识分子，给训练得可难缠了，收费也老贵了，按小时计价的。”

“难怪呢！我前些天还在嘀咕，怎么套路和我们教的有点不一样。”

罗震中看看郑羿，恍然大悟道：“啊！原来每个医学院都不一样，我还以为全国统一教材，大家学出来都一模一样呢。”

“才不会一样呢，我们解剖课老师说，你们学校每年消耗的大体标本是我们的四倍，财大气粗得很！”

正说话间，余运东在办公室门口探头，扫了一眼两个小跟班。“小鬼的下颌脓肿需要切排，你们俩谁做？”

郑羿望望罗震中，两个人迅速出拳：“石头、剪刀、布！”罗震中的“剪刀”胜了郑羿的“布”，她脸上的表情顿时多云转晴，一路小跑到治疗室去准备操作物品。

罗震中几下就准备好了治疗车上的东西：清创包、针筒、消毒液、纱布、凡士林纱条。清点完毕，又手不停地戴好一次性帽子和口罩。她一边准备，一边狂吞口水，控制自己的心虚。

“要局麻吗？”罗震中拿着利多卡因的小玻璃瓶问余运东。要一刀划在这样一个哪吒般闹腾的小孩身上，当真让人发怵。

“脓肿切排要什么局麻？”余运东回答得干脆。折腾了快两个星期，总算是摸到了脓肿成熟的波动感。划这一刀，是结束感染的关键操作。

“两厘米的切口，不要太浅，把手指伸进去打开分隔，让脓都流出来，放根引流条就完事。”余运东指着自己的下颌角比画了一下。他在自己口袋里放了一副备用的无菌手套。这些第一次做操作的小鬼若是手感不佳，他会直接戴手套自己做，机会只给一次。

“我们来了。”郑羿身上没穿白大褂，抱着福弟从病房里出来。小家伙的注意力被郑羿手里的威震天吸引了，福弟的妈妈走在郑羿侧面，不让他看到治疗室这边的动静，脸上满是忐忑。“我们明天就去……买一个一模一样的，”她停在了治疗室门口，声音都发颤了，“我们福弟勇敢，妈妈明天就买啊！”

踏入治疗室的一瞬间，福弟的脸色就变了，干号声震耳欲聋，他见门重重地关上，两条胖腿立刻开始没命地踢打。

“你帮忙按着，你力气大，小鬼凶得要命。”余运东指挥郑羿。

“同学，你也来帮个忙。”一旁的钱修远也被抓了差。

福弟的哭声是一种攻击性武器，带着颤音、尖啸，且不设暂停键。小胳膊小腿力气却一点不小，撒泼踢打起来毫无顾忌，所向披靡。

郑羿把福弟放在床上，摁住他的身体和小手，用手肘的力量摁住两条腿，震耳欲聋的尖叫声就在耳边，他咬紧牙关，抵抗住一阵耳鸣，手肘上又加了把力。钱修远赶紧上来帮忙压住小鬼的两条胖腿。

余运东两手摁住福弟的脸颊，固定在明亮的射灯光线下。

罗震中快速在他的颈部铺好消毒铺巾，戴着手套的右手摸了摸脓肿的范围和软化程度，接着用左手固定皮肤位置，用锋利的手术刀在脓肿处迅速地划了一个两厘米大小的横切口。

余运东看在眼里，大小深浅刚好。

放下刀，脓血已经从切口处流下来了，罗震中用空针筒抽了些流出的脓液，注入无菌培养瓶里。浑黄浓稠的脓液散发出强烈的臭味，透过口罩仍是熏得罗震中迅速屏住了呼吸。

不顾福弟的干号，罗震中努力克服感官上的不适和内心的恐惧，戴着手套的食指深入脓腔，打通了脓肿周围的分隔。稠厚的脓液沿着手套流到了治疗巾上，进入金属的治疗弯盘里。

她换口气，手指向另外一个方向探入，继续分开小脓腔之间的纤维分隔，让脓液尽可能顺畅地流出来，再用手指向四周探查了一下。之后，她抬起头，看看余运东，征询他的意见。

“放引流条。”汗滴从余运东的额头上渗出来，手底下的小男孩像条滑溜翻腾的小黑鱼，仿佛随时能跳回水里。

用事先剪好的凡士林纱条填满整个脓腔的空隙之后，罗震中用三角针缝合一针，再次消毒，用两层纱布盖好切口。

“好了。”余运东的语气听不出是夸奖，还是感叹。终于结束了。就那几分钟，好像比一小时还久。

郑羿和钱修远也不由得长出了一口气，汗顺着脸颊、脖子哗哗地流下去，背上一大块湿透的汗迹。

福弟滑溜溜地挣脱了郑羿的手肘，蹦了起来，一脚踢中钱修远的额头，又迅速在金属治疗床上“砰砰砰”地踹着。

“好了，好了哦！”郑羿一把抱起福弟，哄着抱着送回病房里。对面的王加其小朋友捂着耳朵，跳下床来看热闹。“福弟，我的威震天今天晚上都借你玩，不会要回来的。”稚嫩的声音让整个病房的病人都微微笑了起来。终于，福弟震耳欲聋的哭声转为一下一下的抽泣，渐渐平息了下来。

“咦！挂彩了。”罗震中仔细一看钱修远的额头，被小男孩踢中的地方鼓起个包，擦破了点皮。

她拿来棉签和碘伏来，给伤口消毒，抱歉地问：“要用冰袋敷一下吗？”接着又轻轻地吹吹碘伏消毒过的创口。钱修远倒吸一口冷气，不客气地说：“为你的操作而光荣负伤，至少也得请顿夜宵做弥补。”

郑羿伸头看了一下，说：“没事，这种小伤口，一晚上就好了。”

“踢你额头上就更没事了。”钱修远白他一眼。

罗震中扔掉手里的棉签，“扑通”一声坐在了办公椅上，左晃半圈，右晃半圈，面无表情，眼神呆滞：“刚才余老师跟我说了句什么来着？我吓忘了。”

郑羿“扑哧”笑了。“他叫你记得看脓液培养的结果，看看是什么细菌造成这个大脓肿，这事还有点儿蹊跷。”

罗震中重重地叹口气，一副惊魂未定的样子，随即眼神一凛，说：“下次不会再这么紧张了。”

“看你刚才手挺稳的。”郑羿由衷地说。她下手麻利精准，要不是她自己说出来，根本看不出她紧张成这个样子，这小妞简直是个比赛型选手。

“……人家从小就在医院里长大，你是二十几岁当医生，她从娘胎里出来就在实习了。”钱修远冷笑一声。

“什么意思？医二代？”郑羿看看钱修远。

“她老爹老妈都是医生，从小每个暑假和寒假都混在医院里，瞧她那小样儿，妥妥的是个老医生。”钱修远瞥了罗震中一眼。

郑羿眯起细长的眼睛饶有兴味地打量着罗震中，“老医生”正处在紧张之后的虚脱状态，眼神呆滞，毫无往常的灵动。

“郑医生，我要出院了。”肖非背着包，在办公室门口伸头对郑羿说，又对罗震中笑了笑。

郑羿赶紧跑到走廊上。“嗯？”他钩住肖非的肩膀，仔细看着他的神情，却没有问出口。

“我准备推到后半年办婚事，去上海的大医院找专家看一下，多看几家，听听不同的专家怎么说，然后再决定。”

郑羿不禁点点头。这比冒冒失失找女朋友摊牌可靠谱多了。

“你问过王主任了吗？”郑羿问道。

“我问了主任，也问了余医生，后来忍不住还问了张医生，”肖非摊摊手，“把病区里的大医生差不多都缠着问了一遍。”

“他们怎么跟你解释的呢？”郑羿觉得很好奇。

“几位都说得挺认真的，但是都不太一样，听到后来我也有点明白了，其实这病的前因后果，医学上本来就不是太清楚。”肖非看看郑羿。

郑羿点点头。

“这病不会影响性功能吧？”肖非忽然降低了声音在郑羿耳边问。

“怎么可能？你们家几个兄弟姐妹？你爹几个兄弟姐妹？”郑羿忍着笑。肖非随即“噗”的一声笑了出来，不好意思地在郑羿肩膀上推了一下。

“有空到我们消防中队来打球，在环城路跟少年路交界那里，有个小篮球场。”他对郑羿说着，神情轻松了很多。

郑羿重重地握一握他的手。“好，我知道那个地方，我家就在消防中队对面……有时候站在阳台上，就能看到你们在训练。”

“多谢，你到底书读得多，我就是做事太直，太莽撞，应该多想想。”肖非诚挚地说。

郑羿看着他离开病区，松了一口气。唉！医院的围墙仿佛就是医生视线的尽头，在那围墙之外，你看不到人潮人海中的他们后来怎么样了，但是你的专业知识有时候仿佛真的能改变他们的计划，某时某刻对病情的一句解释仿佛真的能改变他们的命运。能帮到别人还真挺有成就感的。

上午10点钟，罗震中和郑羿坐在不起眼的角落里，围观外二科的术前病例讨论。外科医生要在这个点凑到一起，还真有点不易。大医生们不是在门诊应对如潮水般的病人，就是外出培训还没有回来。

姜组的查房刚结束，年轻的医生都在忙着改医嘱、开化验单。姜组的老大姜鹏医生坐在办公桌前，一本一本签着出院病历。

28床男孩王加其的CT片整整齐齐地插在看片灯上。陆续到场的大小医生都在自顾自地忙着，不时抬眼看一眼外二科主任王宜君，等着开场。

张组的查房结束得早，张松海可能是刚刚过了烟瘾回来，身上带着隐隐的烟气。李青云和钱修远面前各自摊开一本病历夹，一边写首次病程记录，一边竖着耳朵听。

郑羿手里拿着准备好的王加其的病情简介，不时觑着王主任的面色。

王主任没有吱声，他坐在中间的椅子上，拿起病历夹一页一页仔细地翻看，看到重点内容，粗短的手指头就在纸页上“笃笃”敲两下，显然是准备迅速掌握关键内容。可能在他看来，病史并不繁难，重点在CT影像上面。

“腹腔内的肿块一个月前刚刚发现，近期有快速增大的趋势，肿块的内容物大多是液体，肿块的性质和来源不明确。”余运东坐在离看片灯最近的位置，单刀直入地开始介绍重点。

王加其是余运东看门诊时收来的病人，这孩子跟福弟完全是两种调性，白色的翻领衫干干净净，脸小小的，最讨喜的是，他整天都微笑着，见人就有礼貌地打招呼。肚子里的肿块丝毫没有影响到他日常活蹦乱跳，吃饭胃口也好，所以家长一直以为肚子肉肉圆圆的不过是胖的缘故，没有当回事。直到他穿上夏天的薄衫，家长才意识到反常，于是急忙带到医院来检查。

“小孩子，就那几种可能性，畸胎瘤会长这么大吗？外伤有过吗？囊肿感染的迹象有吗？反正先开下来，看病理咯。”姜鹏有点应付差事似的心不在焉，但字字说在点上。

“包膜完整，应该困难不大。”张松海医生咳嗽一声，仔细看了一下 CT 片，接过话来。

“我觉得这是个跟血管腔半通不通的囊肿，最近出了点血，出的速度也不快，所以长大了一点。图像上那些不均匀的东西，应该是机化[1]的血块或者纤维条索。”郑羿坐在罗震中身后，压低了声音，向同伴偷偷发表自己的看法，同时手上不停，快速记录术前讨论的内容。

CT 片上，肿块像一个大水球，醒目地覆盖在肠道上方，占据了腹腔内一大块容积。“水球”里有几块密度不均匀的区域。

“你的肚子里有什么？”郑羿之前问病史的时候，半真半假地问过王加其本人。

“叔叔，肚子里有个小妹妹。”小男孩一点也不惊慌和害怕，自己

1　坏死组织、血栓、脓液或异物等不能完全被溶解吸收或分离排出，而由新生的肉芽组织吸收取代的过程称为机化，通常会形成瘢痕组织。

掀起汗衫来，拍拍圆滚滚的肚子，笑嘻嘻地回答，语气像个小大人。

“诊断基本考虑囊肿，性质待排。小孩子手术风险大，先备 4 个单位红细胞吧。”王主任声音不大，一旦他开始总结性发言，就意味着讨论结束了。他心里明白，简短的术前讨论，头尾俱全，形式到位了就好，外科的功夫造诣，终究还是要台上看的。

“小余，下午章越主任跟你一起上台手术，约个下午 2 点的台子。”王主任翻了一遍病历夹，在手术审核的单子上签下名字。

罗震中看看郑羿。“下午手术台上，一看就什么都清楚了。”她知道，这病史郑羿采集得极仔细，为了搞清楚，他还特意到影像科去请教了之前带过他的老师。

钱修远和李青云这两个家伙，前一天甚至为这 CT 片打了个赌。

“这么大的肿块，像病理实验室里的畸胎瘤。”李青云说。他用 CT 的尺幅量了量，用两只手比画一下大小，肿块倒比他的两个拳头加起来还大些。

“你说是畸胎瘤，我赌不是畸胎瘤，这样赌公平吧？谁输谁请夜宵。”钱修远抱着胳膊，看着 CT 片。

“好！好！见者有份。”一同在场的罗震中和郑羿赶紧起哄。

科室讨论完毕，余运东回头叮嘱郑羿：“准备 4 个单位红细胞，开手术用血，不是备用……”

说完，又加重语气道，“再备 400 毫升血浆……宁可准备多一点，探查手术就怕万一。”

郑羿赶紧点头记下来。外科医生都知道，探查手术是带着点探险性质的，上了场要随机应变。简单起来极其简单，情况不好时就有“下不来台”的危险。手术室里的“下不来台”是一句货真价实的诅咒，性命攸关。像余运东这样年轻的主治医师，要在能力上受到主任的通盘认可才能独自接这种活儿。

一早做完脓肿切排手术的曹福弟并没有睡着，晚饭吃了一半，他就站在病床的中央，把病床当成了蹦床，手里的威震天已经换成了擎天柱。福弟的妈妈端着饭碗，趁他略略消停的间隙赶紧往他嘴里送一勺子。

他一眼瞥见前来检查手术效果的罗震中，马上愣在了床上，面色大变，一脸敌意。

切排引流的效果相当明显，一个下午的时间，福弟面颊和脖子的红肿就消退了好多，小嘴不歪了，皮肤也不再是绷得发亮，仿佛要破开似的。罗震中不看他的眼睛，心下一横，干脆利落地扳过他的脸，检查颈部感染的变化——切口上覆盖的纱布有一点点黄色脓液渗出来，但腥臭的味道已经消失了。

“乖啊！王加其做手术去了都不哭，我们也不哭的。”福弟的妈妈放下勺子，下意识地箍住儿子的腿，以防他再“意外行凶”。

引流条没有脱出来，只是小男孩流了太多的汗，胶布的边边角角有点松脱了。罗震中从口袋里掏出胶布加固了两道。

“姐姐轻一点。”小男孩哼唧两声，一脸想哭的表情，却还是没有哭。罗震中“扑哧”笑了出来，在这个小屁孩眼里，她这绝不手软的狠角色，眼下成了一个需要尊敬的“恶人”。

“叫医生阿姨！”罗震中毫不客气地纠正他。

与此同时，急诊室的平车正经过病区的走廊。

“呜……呜……”平车上的小女孩哭得一声高一声低，断断续续的，带着明显的痛意。女孩的父亲许胜峰一只手护着盐水，另一只手紧紧按着转运车，唯恐一点点的颠簸再震痛了孩子。

进了病房，男人小心翼翼地抱起孩子小小的身体，把她移到了病床上，护士正七手八脚地整理输液滴管和心电监护仪导联。

夜班护士晓梅一路小跑过来和急诊室的护士交班，一项一项地核对：许多多，10 岁，车祸外伤……复测血压，记录生命体征。两个护士一问一答，快速核对记录各项数字，没有人回答孩子父亲许胜峰的话："医生呢？医生……"

繁忙的外科偶尔会出现"空仓"状态，白班医生开急诊刀去了，夜班医生的择期大手术还没有结束，副主任医师都还没从手术台上下来，呼叫备班来又显得有点小题大做。

护士晓梅到医生办公室里张望，办公室里只有罗震中一个人，她顺手就拉了来应急。

"啊……"10 岁的女孩子也不说痛，哀号一声接一声。父亲许胜峰在床边心惊胆战地给女儿擦着脸上的汗，心里懊悔不已。

傍晚他陪女儿练自行车，刚好遇到了熟人，自己忙着和熟人聊天，就没有看护周全。多多的骑自行车的技术还不熟练，一头撞上了正在倒车的小货车。崭新自行车的前轮顿时被挤压得扭曲变形，车头打横转了 90 度，孩子"咚"的一声撞在货车后面，摔在一米开外的水泥地上。

等许胜峰回过神来，自行车已经成了一团废铁。想到女儿的身体一样受了那么大的撞击力，他快疯了，抱起女儿，顺着紫阳街人行道一路狂奔，没命般地穿过姚家埭，跑进市第一医院急诊室。

多多身上并不见严重的外伤，认人也还算清楚。做 B 超、CT……一通检查，每挪动一次，多多都会倒吸着气大哭不止。当爹的简直吓掉了半条命。

“脑子没事，肋骨断了好几根，右侧肺有点儿问题，得住院。”急诊室的医生论断清晰，语气平静。许胜峰额头冒汗，始终没缓过神来。

病床上的多多脸色苍白，额头上鼓了一个乌青的包，膝盖也破了皮，渗出一点新鲜的血迹来，“呼哧呼哧”地抽泣着。

“什么时候受的伤，怎么撞的？”罗震中一边看监护仪上的数据，一边询问。

“不是说过好几遍了吗？”许胜峰不由得提高了声音。从进急诊室开始，他已经跟医生说了所有记得起来的细节，越说越后悔，捶胸顿足恨不得撞车的是自己才好。眼下又被问一遍，情绪瞬间升温。

罗震中有片刻的窘迫，她弯下腰来，抓着多多的手，整理了一下她乱蓬蓬的头发，问抽泣的多多：“小朋友，现在哪里最痛？”

“爸爸……”多多不知道是吓坏了，还是痛坏了，不回答问话，只是哭叫。

罗震中有点不知所措，只好开始做胸部的检查。见多多右侧的胸壁上有一大块瘀青，罗震中在她右侧肋骨的地方叩了几下。

“啊……”多多呼痛的声音突然尖厉了起来。

“别哭啊！小朋友，你倒是告诉我哪个位置痛啊。”

“你会不会看啊！快点叫医生来！”许胜峰顿时脸红脖子粗地高声吼了起来。

他瞪着眼睛凶狠地看着罗震中，眼前这个头小小的女医生看上去也不比多多大多少，毛毛糙糙、心急火燎的神态，一看就是个新得不能再新的新手。再看多多还在呜呜咽咽，气息仿佛没有刚才那么有力了。许胜峰的脑子一团混乱……想到还没有通知老婆，老婆要是知道了还不晓得要怎么跳脚呢！还有爷爷奶奶、外公外婆也都不知道，多多是丈母娘的心肝宝贝……想到这些，他紧张地握紧了拳头。

“值班医生在手术台上，马上就过来了。”护士说。

“血快来了，先开医嘱和输血用药吧。”护士晓梅觑一眼，赶紧把罗震中从病房里叫了出来。

“晓梅老师，我该怎么办？”罗震中满脸通红不知所措地问。

“你到手术室跑一趟吧，看一下章主任和余运东下手术了没有。”晓梅大约知道这位病人刚在急诊室做过系统检查，就这转运的一小会儿，一般还出不了大纰漏。只见罗震中也不等电梯，一溜烟儿走楼梯，往四楼的手术室去了。

“催什么催，电话已经来过了，催也不能开着肚子下台来，里面在抢救呢！”手术室门口的中年护士嗓门超大，盘踞在门口的桌子前，吼得罗震中倒退一步。

“病人很急啊！”她鼓起勇气再追加一句。

“不会叫备班的啊？！”罗震中被戗得呆立了片刻，估摸着不会有结果了，她蔫了下来，灰溜溜地跑回外二科去。

下了楼梯，一眼看到张松海正从电梯里出来，她像见到救星了一样，欢呼一声“张老师”，便“咚咚咚”地跑过去跟在后面，声音带着如释重负。张松海啼笑皆非，低头看一眼这个小妞，长相太稚嫩，情绪太激动，整个人还没长大呢。

罗震中跟在后面，赶紧汇报状况：“10 岁的小姑娘，车祸，半个小时前来的。查体好像右侧肺有问题。”她挠挠头，没想好应该说胸腔积液，还是气胸，反正自己没分出来。

张松海粗着嗓子重重咳了一声，也不知道有没有听清楚，他手里抓着听诊器，大喇喇走进病房。钱修远不知道从哪里冒了出来，也悄无声息地跟进了病房。

许胜峰立刻站了起来，脸上的表情转为恭敬和期盼，一言不发地在旁紧盯着他们。张松海粗壮的手指在多多的左侧胸腔上敲了敲，又在右侧同样的位置敲了敲。不知怎的，两边胸腔明显发出不同的叩诊音。

“这边是浊音。”罗震中挺有信心地指指右侧。张松海瞧她一眼，微一点头。

他拿下听诊器按在多多的左侧肺部听了一下，又在右侧听了听，“唰”地抽出 CT 片来，看了两眼。

“血胸，准备做引流。”

许胜峰着急地搓着手：“医生……要不要紧啊……”

张松海没有接话，只向身后的钱修远干脆地示意：“去准备。”

钱修远应着，一路小跑到治疗室去取东西。许胜峰看这个架势，不敢再多言，抓着多多的手，蹲在床边，紧张得浑身颤抖。

罗震中和钱修远在治疗室柜子抽屉里找了一阵：清创包、引流管、引流瓶、利多卡因……“还有什么？还有什么？”“乒乒乓乓”开关柜门和抽屉的声音响过，两个人对望了一眼，想不起来了。

“缺什么我来跑腿好了。”罗震中催钱修远快推着治疗车过去。有张老师在，眼下再急也只是找不到东西的手忙脚乱，没有了方才的心虚。

只见张松海消毒，铺巾，局麻，切皮，钝性分离肌肉组织，引流管“噗”地置入女孩的胸腔，手法利落又精准，从头到尾没用两分钟，暗红色的胸腔积血就顺着管子流了出来，进入引流瓶。多多来不及喊出声，胸腔引流管已经放好，随后尖利的针尖穿过皮肤，缝合一针，固定引流管。

“帅呆了。”罗震中吐吐舌头，嘘出一口气，抬头看看面无表情的钱修远。

多多的爸爸吓得都快坐到地上了。他看见张松海“唰”地脱下乳胶手套，便知道是操作结束了，这才带着哭腔颤巍巍地说了一声“谢谢”。

“你至于急成这样吗？”钱修远在治疗室里一边收拾无菌包，一边问罗震中。罗震中看上去惊魂未定，开大了水龙头，捧着凉水狠狠地抹了一把脸。

治疗室里的一个个柜子柜门大开，抽屉拉得乱七八糟，治疗桌上扔着大小不一好几个治疗包。刚才这两个人为了尽快找齐物品，把治疗室翻了个底朝天。正逢晓梅往治疗室里探头一看，差点没跳起来。“你们俩欠揍吗？把治疗室搞成这样，给夜班巡查的护士长看见，我还要不要活了！”

罗震中尴尬地露了一个笑脸，赶紧说：“马上整理好，不用着急，马上……”说着就开始关好一格一格的抽屉。

“我们是实习生，又不用开医嘱，也不用担责任。”钱修远一边关好柜门，一边继续说道。

罗震中濡湿的头发卷卷地耷拉在额头上，噘着嘴：“胸腔里出血，能不急吗？你不也是被老师催得急死了。”

“张老师平时不给你们讲操作流程的吗？”罗震中问钱修远。

“嗯……”钱修远模仿着张松海毫无表情的面孔，拉长了声音，用那种特有的粗重胸腔音“嗯”了一声。他的个头本就跟张老师差不多，发型也很相似，只是面孔清秀白皙，这般硬学中年男人发出粗悍的老烟枪腔调，未免有点滑稽。

“你往常听他讲过十个字没有？我们被冷暴力惯了，他不讲就只好自己看书。”钱修远一脸悻悻。

“余老师给我脸色还少吗？不过操作他是很放手的。”罗震中想想余运东那张一天到晚疲倦懊恼的脸，觉得还是自己运气好些。

这时，刚从手术室回来的郑羿，伸头进来看看他们两个。“你们干什么了，搞得这个样子，来强盗了吗？”

“王加其小朋友好吗？”罗震中看见郑羿，赶紧问手术结果。

“还好，大网膜囊肿内出了点血，跟我预料的一样。”郑羿语气间颇有点得意。

“好吧，你比副主任医师还要厉害。”罗震中揶揄道，忽然想起来张老师就在附近，赶紧看看门口。

“囊肿对吧？我赢了。”钱修远得意地弹了个响指。

“切下来的肿块有整整一个小脸盆大，端出来给他老爸老妈看的时候，他们都吓坏了。”郑羿说。从人身上取下来的血呲呼啦的组织，真的蛮瘆人的。刚在手术室门口，王加其爸妈捂住嘴，害怕又强迫自己仔细看了看那团东西，差点晕过去。

“曹福弟小朋友好吗？”郑羿也忙不迭地问搭档。

“挺好的，红肿消下去好多，没有发烧。”

“你们两家的娃都挺好，我也要写我们家娃的病历去了。”钱修远收拾完器械，开大了水龙头，哗哗地放水洗手，洗得水花乱溅，衣襟上顿时湿了一片。

“这个病区怎么收了这么多孩子？”钱修远忽然有点奇怪。

“你不知道吗？禾嘉市区所有的儿童外科病人都会收到这个病区来。妇幼保健院的外科太弱，开不了刀。”

郑羿好像对这家医院熟门熟路，继续道："我小时候摔骨折两次，都是在这家医院的骨科治的。"他露出左手肘上的手术疤痕来。粗大的白色疤痕看上去颇有些时间了，左臂仍是肌肉遒劲，看不出受骨折影响的样子。为他开刀的那位医生，是人称"赵木匠"的骨科大主任，一位在本地远近皆知的名医。

治疗室的柜子抽屉终于全部收拾妥当，恢复了日常的整洁规矩，罗震中转了一圈，看了看几排柜子门和抽屉，有点迷糊。她又把钱修远刚刚关上的柜子门一扇一扇打开，抽屉一格一格拉开，仔仔细细地检视着每一个小格子里收纳的东西。

"你在干什么？"郑羿看着罗震中问道。

"我认真看一遍，省得下次又搞得跟强盗扫荡一样。"罗震中嘟嘟囔囔地抽开一格一格抽屉，仔细翻看着各种包装：皮试针筒、20 号胸腔引流管、皮肤缝线、心电图电极片、大号敷贴、心电监护热敏纸……嗯！护士长收纳得挺有条理的。

治疗室被她"乒乒乓乓"一折腾，又惊动了晓梅，她伸头进来一看，喊道："喂，你们又在搞什么鬼啦？还不收拾干净？！"

罗震中尴尬地露了个笑脸，赶紧说："我翻翻家当，免得白天找不着东西，又被护士长骂！"晓梅张望了一下，见只有罗震中跟前的一个抽屉开着，其他部分已经收拾整齐，才哼了一声走了。

罗震中冲着她的背影做个鬼脸，继续翻抽屉深处的几个分隔，说："到今天，我有点摸到门道了，外科也不是操作为先，你得先搞明白需要做什么操作，东西在哪里，然后才是操作流程……接着是操作后的流程。"

"在病区里翻一遍家当还是要的，不然紧急操作的时候，东西都找不到。实习之前我们老师说过，不过……我之前只当耳旁风。"郑羿有点尴尬，也加入了进来，一格一格地翻看物品的收纳位置。

“你们鹿城医学院的老师体贴得多了，我们学校有点简单粗暴，啥也不关照，把我们往水里一扔……自己扑腾去吧！”罗震中道。

“我要去看一下许多多的引流到多少了。”钱修远看够了热闹，忽然想起胸腔引流来，“啊！我得快把病历写好。”

“我陪你去吧。”罗震中突然想到，钱修远还没有领教许胜峰有多难说话。

晓梅把浓缩红细胞挂上输液架，浓厚的血液通过输血器和留置针，流入多多的血管里。已经平静下来的多多半睡半醒地抽泣着，面色比刚才好了很多。

多多妈妈身着粉红色的睡裙，头发乱糟糟地扎个鬏鬏，显然是急三火四地刚从家里跑来的。她正浑身颤抖地盯着女儿，从头看到脚，眼泪鼻涕流个不住。多多爸爸蹲在床脚，抱着头，知道自己犯了大错，一句话也不敢说。

罗震中和钱修远面面相觑，望了一眼胸腔引流瓶的液面刻度。看晓梅向他们两个使了个眼色，两个人脖子一缩，一起退了出来。

“不如你直接告诉我病史算了。”钱修远灰溜溜地说。看得出来，此时的病房犹如火药桶，一句话说得不小心就会当场爆炸。这夫妻俩一肚子火，谁撞上了谁倒霉。

罗震中一阵后怕，说：“刚才这小孩的爹又损又凶……像要吃了我，我差点直接让他踹成一块年糕。”

“看起来……是有点吓人。”钱修远心有戚戚地附和。

郑羿挂着听诊器，去看刚从手术室回来的王加其。小男孩迷迷糊糊地还在麻醉未醒的状态，小小的身体在偌大的病床上，只一点点，看上去越发让人心疼。王加其的妈妈坐在床边，两手抓着床栏，两只眼睛看不够似的盯着儿子。

小男孩闭着眼睛，无意识地发出轻轻的呻吟。

“医生，手术做得好吗？毛病算是断根了吗？”她看着郑羿，急切地问道。其实在手术室门口，章越主任已经跟他们夫妻俩说过手术的情况了。郑羿回道：“很好，很惊险，亏得手术及时，这么大的肿块完整地剥离下来了，你看才用多长时间！”

郑羿仔细地听了一下王加其的双侧呼吸音，记录了一下监护仪上的心率、血压的数据，又蹲下来看了一下腹腔引流管里的液体。

“肿块切得很完整，应该是不会复发的。”郑羿调整了一下输血的速度，由衷地漾起一阵轻松。

“谢谢啊！谢谢！”王加其的妈妈瞬间抹起眼泪来。

刚才在手术室门口，夫妻俩已经极力道过谢了。可孩子没醒，为人父母的心到底还是揪着的，能抓着谁问，就抓着谁问。

“晚上有什么情况，随时拉铃。”郑羿嘱咐道。他退出病房，好像放下了一件心事，随即又想：刚手术台上要真的是大出血、大抢救的话，那此刻的谈话……可够受的！光想一想就觉得头皮发麻！

但是外科医生总会有面对手术不成功的时刻吧！想到这里，他的心上不禁添了一分沉重。手术成功，人人都欢喜，可是手术中的失败和挫折，书本里可没有教过怎么去面对。

禾嘉城边，萨克斯乐手正在吹奏肯尼·基（Kenny G）的《回家》，乐声远远地随微风入耳，时断时续。天空墨蓝，只有西面地平线残留着红艳艳的火热颜色。金蛉子带着金属音的长鸣在草丛中此起彼伏……

想到后天早上就是一周一次的大主任查房，钱修远百般挣扎，拒绝了周珏的邀请，在一堆病历记录里埋头忙活。周珏站在办公室的阳台上吹着凉风，有一搭没一搭地把玩着自己浓黑的长发。

“置入胸腔引流管的位置应该是紧靠着下一肋的上缘，还是上一肋的下缘来着？”钱修远一边写胸腔穿刺的操作记录，一边把一本巨厚的外科书翻来翻去，翻了好一会儿都没有找到具体的解剖位置说明，毛毛躁躁地问旁边的伙伴。

郑羿挠挠头回答不出来，他瞄一眼外科书说：“绕口令一样，我也记不清……上那几节课的时候，我正好参加青运会排球集训去了。”

“找个软的地方戳进去就是了，不靠上也不靠下。哪有那么准，刚好戳到血管上。”李青云插科打诨道。其实他心里记得挺清楚，只是不想直截了当告诉钱修远。

罗震中在一张白纸上“唰唰”画了两根肋骨，接着勾勾手指头说：“过来看着……我来教你。”

她换了支红蓝铅笔，在肋骨的下方画出静脉和动脉，三个男生都伸头过来看示意图。

“你看，肋间血管是行走在肋骨内侧下缘的凹槽里的。为了防止针尖戳穿肋间血管，进针的位置应该贴着下面这根肋骨的上缘，避开上面那根肋骨的下缘。”

罗震中重重地在纸上画了个叉，标示了胸穿针应该进入的位置，她信心满满地提高声音说：“肋骨的上缘！明白了吗？”说着，还用铅笔在纸上“笃笃”敲了两下。

草图寥寥数笔，却很直观。罗震中得意扬扬地把示意图推给钱修远，趁钱修远研究示意图的工夫，罗震中又拎过巨厚的外科书一阵翻，找到说明指给钱修远：“看，没错吧？”

“书上又没说你讲的那个位置，只说是下一肋的上缘。”钱修远看看书上的文字，点点头，马马虎虎地表示认同。

“牛气冲天哟！”郑羿语气里带着三分佩服和三分调侃，罗震中的逻辑能力简直不容小觑。李青云暗暗地吐吐舌头，还好自己没说，这个知识点，他也没有小妞倒腾得这么清楚。

“这位小兄弟，知识点靠硬记怎么行？”罗震中很踐地对钱修远说。

“你知道我是怎么搞懂的吗？”罗震中对着郑羿卖了个关子，眨巴一下眼睛，嘴角露了个俏皮的笑容。

“嗯？”

“上局部解剖学的时候，我们班男生都把骨头标本带回宿舍去，钱修远这死家伙抢了根胫骨，我搞不过他，抢了根肋骨回去……肋骨多嘛！这根肋骨被我放在抽屉里几个月，我摸着这根肋骨下缘的血管切迹，摸着摸着就想通了。”

李青云和郑羿顿时都乐了，李青云说：“这是什么品种的妞，简直是恐怖分子！”

罗震中忽地想起什么来，把草稿纸往郑羿眼前一推。“喂喂，画个图，告诉我王加其的肿块长在肠子的哪个位置，你上过台，总该画得出来吧？”

郑羿一边画图，一边向她勾勾手指，说：“来看……”他“唰唰”几笔就画出肠道和肠系膜血管，几个人又都凑了过来。

手术台上的惊险仿佛还在眼前：主刀医生打开腹膜后，囊肿逐渐显露出来，就在肿块全貌逐步暴露的过程中，囊肿壁和腹膜粘连的部位在分离时忽然破了，囊肿里忽地涌出暗红色的液体，决堤一般……

“快、快，吸引器……”章越主任的语调忽然急促了起来。余运东立刻用吸引器把涌出的囊液吸掉，一边吸一边看吸引器里囊液的性状。

“输血！输血！麻醉师准备好了没有……哎呀，快一点，小孩能有多少血可出！”这一刻章越恨不得人人长出八只手来，麻醉科医生刚刚还安然地坐在圆凳上记录麻醉情况，一下子跳起来。

郑羿手里握着拉钩，身上不由得惊出了一层汗，目测吸引器吸出的液体快有 400 毫升了，这若是静脉破裂出血，王加其在几分钟内就会丢掉性命。

“别慌……这看上去应该不是静脉血。”余运东看着吸引器的大瓶子，语气平静镇定。

郑羿顺着他的视线也仔细看了一眼，果然，液体的颜色更像是稀释过的酱油色，说明这一定是比血液要稀薄得多的液体。而且监护仪上病人的心率没有增快。反倒是他自己的心跳，重重地捶击着胸腔，一搏一搏地释放着紧张焦灼。

“B 型，少浆血 2U[1]。”麻醉师和巡回护士麻利地核对着血袋上的标签，手术室里的气氛再度紧张起来。

“卵圆钳！”章越大喊着，他手上的动作倒也不慢，已经快速分离到了肿块的根部。长在肠系膜上的囊肿跟周围没有太多关联，分离起来出乎意料地容易，他用两把卵圆钳从根部夹断了瘤体后，像欢呼一样喊了一声：“好了，好了！”

分离下来的肿块，连带着两把卵圆钳从王加其的腹腔里取出，蒂部结扎妥帖。章越在腹腔里面继续探查一下，完全正常。分离下来的囊肿

1　1U 全血，通常是 200 毫升；1U 血浆制品或者红细胞制品，通常是 100 毫升。

放在金属盆子里，整整一盆。

“快，叫人来拍照，这么大的肿块，你们看到过没有？”章越对麻醉师说，“哈，这个可以好好宣传一下，这么大的肿块，快拿去给家属看一下！”语气里尽是兴奋，说完，他把头伸到旁边郑羿的肩膀处擦了一下额头的汗水。刚一紧张，汗水已经把他的眼镜片蒸出了水汽，巡回护士赶紧过来帮他擦干净眼镜。

郑羿抬眼看他额头上爆出的汗滴，心想，这章老师看上去好沉不住气的样子，估计手术不顺的时候，会更加口无遮拦。以后在他手下干活儿，可有的受了。

余运东在一旁闷声不响，一步一步协助关闭腹腔。

待到腹膜缝合结束，章越转身下了台，说道：“好了，你们做完吧。后面的步骤给小郑。”他一边脱手套，一边关照余运东。余运东微微一点头，继续低头操作。

“余老师，这是囊肿内少量陈旧性出血，对吧？”郑羿身上的冷汗此刻正在慢慢收干，他一边帮忙缝合，一边跟余运东核实。

“对，出血有点时间了，血液都不新鲜了，这孩子估计前阵子有过腹部撞击。”等章越出了手术室，余运东抬起视线，看了眼郑羿。

“还好，肿块蒂部和肠系膜静脉不是畅通的关系，不然这出起血来，也真是会要命的。”余运东感慨道。

“你跟章主任很熟？”余运东似是有意无意地问道，“线结打紧。”他的语气略带一分严厉，提醒郑羿手里的线结必须严丝合缝。

“……跟着章主任上过一次急诊手术。”郑羿略有点惴惴地回答。

最后余运东用手里的持针器协助郑羿缝合皮肤，眼睛盯着线距和打结，随口评价道：“不够稳妥，还得多练。”他又看了一眼郑羿，忽然点点头，似有所悟。

郑羿一边画，一边跟罗震中解释："那时候，囊肿壁破了，一下子涌出好多深红色的囊液来，我还以为是大出血……就看见章主任冷汗都下来了，麻醉师手忙脚乱地把血输上去……我忽然就意识到……"

郑羿叹一口气，加重了语气说："术前多准备点血，还是有必要的。"他心里暗暗觉得，以后自己得沉住气一点，千万别像章主任，虽说手里功夫也有，但急得火星乱迸，乱发脾气，多招人厌。

罗震中若有所思地说："嗯！今天做胸腔闭式引流我也感觉到了，准备得齐全一点，才能减少临阵抓瞎的可能嘛！"

"你输了，不是畸胎瘤。"钱修远一拍李青云。

"等病理报告结果出来了，再说谁输谁赢的事情！"李青云撞他一下，"病理是金标准！"

"去你的，你就赖吧，我记在账上的，不会忘。"钱修远也不跟他啰唆，加快速度完成病历。

张松海站在病历车前面，一本一本拿出病历夹来签名，旁边的年轻人叽叽喳喳的聊天声，他竟然没有嫌烦。用余光瞥过，只见小个子妞和大个子男生，各自托着腮帮子，头碰头在看示意图，两个男生在相互扯皮、打嘴仗……青春正好。

03

主任大查房隆重登场

接种史不详……哪有这么多的不详？！

“嗒嗒嗒——”曹福弟看见郑羿，一边跑一边射击，郑羿两只长手一伸，蹲下来把他圈住，查看他的脖子。福弟左右挣扎了一下，动弹不得，立即向郑羿投降道：“叔叔轻点，叔叔轻点。”

小孩子的恢复能力真是惊人，一天过去，红肿消退了大半。这顽皮男孩身上始终有一层滑溜溜的汗，脖子上的汗渍已经结成了乌黑的垢，好在切口上面的纱布已经更换过。郑羿放松手臂，由他逃开，拿着换药碗去看王加其。福弟一溜烟儿跟了过来，站在床边张望。

“睡得好吗？”郑羿弯下腰问刚刚醒来的王加其。王加其的妈妈整晚没睡，睡眼惺忪，关切地凑过来。大大的蓝色条纹薄被上面印着“嘉一”字样，王加其小小的身体裹在里面，看上去分外可爱可怜。

“痛不痛？”福弟看一眼王加其，拉一拉郑羿的白大褂紧张地说：“叔叔轻点。”

郑羿掀开王加其肥大的病号服，他肚子正中的伤口敷料略有血迹，引流管里的引流量不多，揭开敷料，小小的肚子上从上至下纵行一道长长的手术切口露出，缝针间距整齐。王加其的妈妈别过头不敢仔细看。

“嗯。”小小的男孩子呻吟一声。

郑羿快速给伤口消毒，更换敷料，听诊肠鸣音，快手快脚地做着换药操作。今天早晨看到王加其，他心里的感觉一下子不一样了，没有了前几天那种沉重的负担感，没有了每次查体都在探究的好奇心，现在的他，就像面对一道解完的难题，还带着一点点小满足。

他用手摸摸王加其的小脑袋，说:“王加其最像男子汉了，好厉害的哟！”这么小的男孩子吃了好大的苦头，又这么乖巧，是挺让人心疼的。

余运东不知何时出现在床尾，他看了一下切口和引流管情况，对郑羿说:“别忘了盯着点病理结果，病理报告要一个星期才出来。”

“嗯！”郑羿点头，他赶紧掏出小本子记下 7 天后的日子，在“王加其病理报告”几个字上重重地画个圈，打赌的时候都是拿病理报告当金标准的。

“余老师，如果是轻病人，7 天后已经出院了，病理报告该怎么处理呢？”

“电话打到家里通知病人，病理结果任何时候都要关注。”

外科医生的习惯，每天一到病区，就先看前一天刚手术完毕的病人，病人状态良好，医生的心思也就稳笃起来了。

等郑羿和余医生看完王加其，时钟才指向早上 7 点钟，早班护士在收拾病历夹，金属夹子撞在金属病历车上叮当作响，清洁工挥动巨大的拖把来来回回拖着走廊的磨石子地面，把灰色的地面擦得锃亮，留下浓重的消毒药水气味。大主任查房的早晨，大家都得提前准备妥当。

罗震中正在办公室里收拾病历夹，摊了一桌子手术记录、麻醉记录、核对单、交接单、护理记录……经过昨天的手术，王加其的病历记录增加了厚厚一摞。见郑羿进门，罗震中对准他虚开一枪，“啪！神枪手百发百中之第三枪今天早上完成了。”说完，她学着特工 007 的样子吹了一下食指，一脸得意扬扬。

看样子这小妞是非要在一个星期里把打针抽血练过关不可了，郑羿朝她笑了笑，一眼看见她正在排次序的记录单，他的心里不由得涌过一阵暖意，收拾王加其的病历夹的活儿本该是他的。

从办公室门口进来的钱修远一脸不高兴，他把手里的草稿纸重重地往桌上一拍，咕哝了一句：“鬼才要做小儿外科！”

罗震中吐吐舌头，估摸得出来，钱修远又碰在那个多多爸爸的“钉子”上了。

“预防接种史随当地进行，体格发育基本正常，既往无先天性疾病史……”钱修远正草草往大病历上填写遗漏的项目，脑海中还是刚才去病房检查多多胸腔引流管的场景。

当时多多的爸爸妈妈又在发生口角。他想看看固定引流管的胶布有没有松脱，刚伸手动了一下，多多又哭叫起来。果不其然，钱修远又挨了孩子爸爸的一顿训斥。

钱修远阴着脸，不由得撇一撇嘴，家属不把你当个人，你能有什么办法。快要查房了，病历总不能还有空着的项目，不然主任查房若发现了，必不会放过他。先这么填满再说吧。

钱修远“噗”地吐出一口恶气，歪倒在椅子上，揉一揉两侧太阳穴，平静一下情绪准备应付主任查房。自己的运气有点差，这几天尽是不顺心的事。

张组的病人多，可是医生也多，住院医师周训霆是个事无巨细一手包揽的勤快角色，他这个一米七不到的小个子，工作才两年，平时不太敢支使两个实习医生。钱修远的搭档李青云竞争意识太强，事事抢在前面，搞得钱修远到了前天才有机会写实习以来的第一份大病历。

“这个你去问，你来写。等主任查房发现实习生一份病历都没有写过，肯定得发飙，我也得吃不了兜着走。”周训霆看见急诊室送了病人进来，指挥钱修远道。

“好。”钱修远拿着草稿本跟着急诊室的平车进了病房，心里有点紧张。往常看着罗震中天天焦头烂额，自己还会调侃她几句，但这妞最近混得顺溜起来，风风火火的，看样子还挺自信的。钱修远自我检讨了一下，自己就是没她胆气壮，所以进入不了状态，今天硬着头皮也得上。

病人是个 60 多岁的本地农民，痛得弯腰驼背地斜躺在床上抱着肚子。跟着一同进来的儿子倒是穿得挺讲究，一件“梦特娇”的墨绿色 T 恤丝滑服帖，西裤笔直，他腆着肚腩，西裤的腰上挂着寻呼机，有点生意人的派头。

“怎么不适意了？”钱修远用本地土话开头，“你跟我讲，我是钱医生。”

“肚皮痛，今朝痛得厉害起来了。”老人回答时还“哎哟”个不停。看来本地土话还是有优势的——农村病人嫌弃“外地人”，不喜欢讲普通话的医生。钱修远心里一阵放松，和病人交流，一来一去越发顺溜起来。

“肚子痛一天，呕吐三次，腹胀加剧，肛门停止排气排便。”钱修远看了一下草稿本上记录的现病史，对自己还挺满意的。“痛、吐、胀、停”这不是把急诊肠梗阻的几大特征性表现问全了吗？

钱修远接着问病人的过去史和家族史："父母还在吗？身体好吗？"钱修远按照常规的套路问下去。

还没等病人回答，旁边的儿子冷冷地说："病人痛得嘎厉害，你这是查户口哪？"

钱修远看他一眼，有点不快地解释道："每个住院病人，病历都是这样问的。"

"老人死掉好多年了，你也不看看我老爸的年纪……脑子不动动的。"中年人的语气轻蔑，仿佛在训斥一个迟钝的晚辈。

钱修远用力吞了口口水，强行压住脾气，放下纸笔，开始做查体。病人的肚子胀得滚圆，满腹都有压痛，左侧下腹部的反跳痛尤其明显。这分明是肠梗阻的表现，应该要急诊手术，钱修远心里想。虽说刚才被恶言恶语撑了一通，但憋着不去看那张嫌弃自己的脸，把疾病诊断明确，还是有点成就感的。

"张老师，病人痛、吐、胀、停的表现都有，有腹膜刺激征，诊断急性肠梗阻。"钱修远见张松海进了病房，赶紧规规矩矩地汇报，压抑着心里的小得意。

"喀！"张松海粗嘎嘎咳嗽了一声，伸手摸了摸病人的肚子，接着"唰"的一声拉起床帘，伸手就把老人的裤子脱了下来。

"咦！"钱修远一阵惊讶。

病人左侧阴囊肿起了一个很大的包块，张松海用手一触，病人立刻发出一阵急促的呼痛："哎哟……"

张松海乜一眼钱修远。"斜疝嵌顿。"

钱修远顿时好像鼻子挨了一拳，忍不住暗骂自己怎么不看仔细点，又暗自怪这个病人，这么大的问题刚才居然也不说。他心里一阵连一阵的懊恼。斜疝嵌顿不是肠梗阻的重要原因吗！考试碰上这样的题目，自己是可以过关的，碰到病人，脑子就没转过来，真是的，糗大了。

病人的儿子立刻像是变了个人，殷勤备至地说：“医生，医生，我老爸本来就有小肠气（疝气）的，等下是您开刀吗？”随即从包里摸出烟来，“到底是大医生有经验，一看一个准。”

张松海跟病人家属的交流，钱修远半句都没有听进去。他心里憋屈了好一会儿才缓过来，就好像滑板溜得正在兴头上，一个倒栽葱摔了个狗吃屎。

“嗨！快点写个首次病程记录，马上急诊手术了！”周训霆开完手术申请单，又是一阵催促。

“好了，好了，马上搞定。”钱修远恹恹地埋头在一堆记录里，一边写，一边排解不良情绪。若是等张松海准备完毕，底下打下手的活儿他还没有完工，张老师那嫌弃的眼神可是跟刀子似的。

“哇！开张大吉。”罗震中路过他的桌前，忍不住调侃他。

“吉个头。”钱修远咕哝了一声，没空斗嘴。

手术台上，患者腹部正中切口暴露无遗，松解了肠道之后，只见有50厘米长的肠道表面呈现绛紫色，主刀张松海停住不动了，吩咐护士用温盐水纱布覆盖肠道表面。他和一助周训霆都停住了手里的操作。

站在二助位置上的钱修远有点莫名其妙。连续跟台几次了，他知道张老师是个快枪手，一言不发地高效完成手术是他的常态。这停住不动是什么意思，切不切呢？

张松海口罩上方森冷的眼神射向钱修远。

周训霆赶紧问道：“张老师问你，这是什么操作。”

“哦……”钱修远蒙了，他依稀记得《外科学》的某个章节里有相关内容，自己应该是看过的，答案就在嘴边，可就是一点都记不起来。

“温盐水湿敷，看看缺血的肠道能不能恢复血液供应，判断需不需要切除坏死肠段。”站在张松海后方参观手术的郑羿回答道。

张松海略略一点头，仍然用冷冷的眼神看了一眼钱修远。

周训霆又问：“张老师问你，除了这个方法，还有其他什么方法可以用？”

钱修远脑袋嗡嗡作响，恨不得挖个地洞钻进去。他记得在《外科学》期末考的试题里做过这个内容，做选择题容易，要原原本本复述，自己是真不行了。

“血管根部注射普鲁卡因胺？”郑羿不是很肯定地回答道。

张松海又略略一点头。只见说话间，原先嵌顿成绛紫色的肠段慢慢变得红润了，其中一段肠道有气无力地蠕动了一下，像一条僵死的虫子在慢慢恢复活力。

“保得下来。”周训霆的语气里有一分惊喜。

手术在 15 分钟的停顿后继续进行，这 15 分钟的时间窗，足够医生们判断得很清楚，缺血的肠段不用切除，血液供应恢复得很好。修补疝囊，关闭腹腔，钱修远手忙脚乱地跟着主刀的指令一步一步协助，心头一片茫然和懊丧。

“我说老弟，你明显内功不行啊！”从更衣室出来，周训霆拍拍钱修远的肩膀，看着刚来实习的菜鸟师弟，一脸的嫌弃加同情。

“记住了，这病历你可得好好写完整。我告诉你啊，这种诊断上步步深入、手术方式上有点弹性的病例，王主任查房时最喜欢考了。”周训霆叉着腰，像个前辈般谆谆教导。

“王宜君主任大查房时最不给面子，谁要是在众人面前回答不出基础问题，他能嫌弃得……让人钻到楼板底下去！”

钱修远拖着脚步，一言不发，垂着头，在电梯门上“咚”地捶了一下。

“你把大病历写好一点，把《外科学》上相关的章节背熟，这次主任查房差不多就能完美过关。”周训霆看着钱修远垂头丧气的样子，换了温和的口气说。

手术后回病区，钱修远站在病房门口叹了一口气，又叹了一口气，没有勇气进去看病人。自己的表现一无是处，不要说病人和家属，连那段缺血的肠子都会笑话自己，他真想趴下，躺平算了。

“钱修远，病人术后心率 100 次 / 分，血压 100/77 毫米汞柱。”护士实习生周珏拿着血压计，从病房里出来，用甜美的声调殷勤地说。

“知道了。”钱修远答应一声，阴沉着脸，在手里的草稿纸上潦草记录了一下，掉头回办公室去了。

要不算了，今天碰钉子的勇气已经耗竭，下次查体仔细点，好好看看《外科学》。明天一早，等自己状态好一点，再早点来换药。钱修远一脸颓废，在心里暗想。

“术后病人看过了没有？”张松海从手术室回来，问钱修远。

“呃……”钱修远顿住了，他不敢说看过，也不敢说没看过，灰溜溜地垂下眼睛。

“病人有糖尿病，谁开的糖水？”张松海翻了一下医嘱本问道。

“开错了，我马上去改……”李青云一看钱修远萎靡不振的蔫巴模样，赶紧帮忙挡一下。

钱修远迅速拿起病历夹回去看术后病人，趁机躲出办公室。他茫然地站在走廊里，后悔、懊恼快要从每个毛孔里溢出来。这一天简直是灾难现场，自己这只菜鸟真的一无是处！

罗震中推着轮椅，从 CT 室回来。她把病人送进了病房，推着空轮椅出来。

一进一出，就看见钱修远一动不动，背脊靠在墙上，垂着头，抱着手，一脸颓丧，赶紧问候一下。

钱修远指指自己的心口，说："被连捅了三刀，想死的心都有了……"

"哈哈，三刀而已，我哪天不被捅成马蜂窝？"罗震中"扑哧"笑了一声，脚步带着弹性，一溜烟儿从他跟前过去了。

主任大查房开始了。大多数家属被护士长请出了病区大门，病区里忽然安静了下来。外二科全体医生一路尾随在主任后面，推着病历车，依次向主任汇报病人目前的状况，声势浩大的队伍最后是责任护士和实习生。

每个星期一次的主任查房，是王主任对一个星期来病区临床工作的检阅，病区医生的年龄和能力参差不齐，一家之长得维护医疗质量的稳定。另外，王主任常常忙得见不着人影，每个星期的这次正式查房，是治疗上比较麻烦的病人唯一一次可以让大主任亲自诊疗的机会。

罗震中站在一病房外没有进去，这里是姜组的病人。管床的实习生结结巴巴汇报病史的声音断断续续地传出来。王主任提高了声音，听上去颇为严厉。

她踮脚往病房里望去，病人正半卧在床上，恭恭敬敬地听着主任讲什么，频频点头，也不知听懂没有，站在跟前的杭医专实习生满脸油汗，低头拿着笔记本记录。

到王加其了，郑羿把病史汇报得很顺溜。那些内容，几天之内被他“推敲”过无数遍，从现病史到手术前的各项检查、诊断思路、手术方式都是脱口而出，他就像是再做一遍已经解过的难题，成竹在胸。

王主任摸过王加其的肚子、检查过伤口之后，一页一页仔细翻看手术病历。他点点头，对站在对面的郑羿说：“病历写清楚、整理清楚是对实习生的基本要求，多关注诊断过程，参与手术要用点心思在诊断上，个人水平的提高很快就能看得出来。”

郑羿站在余运东医生后面，两人都频频点头，如释重负。郑羿凝神辨别，觉得主任真的是老江湖了，这叮嘱乍听好像不褒不贬，却字字砸在痛点上，既低调又中肯，好像是在表扬郑羿，又好像是在说给余运东听。一句话说得这么含蓄又低调，相比之下，章越主任那霹雳火暴的性子……

“人家的伯伯可是郑书记……”不知道是谁在用不忿的语气咬耳朵，极细微的话音传入罗震中的耳朵。

“主任，那我们加其的肿块会不会复发？”王加其的妈妈第一次见主任查房，赶紧问重要问题。

“可能性基本不存在。”

罗震中听完低下头微微一笑，和传说中的一样，靠谱的医生很少直接说“是”，也很少直接说“不”。

“谢谢爷爷，谢谢叔叔。”王加其躺在床上说，那副一本正经的样子，让几个医生顿时微笑了起来。

查到张组病房的多多床前，多多脸上的瘀青比昨晚更加明显，眼睛也充血了，她躺在床上，头发乱蓬蓬的，一脸委屈和害怕。张松海简要说道：“昨晚收的车祸病人，多发性肋骨骨折，右侧血气胸。”说完示意钱修远汇报病史。

罗震中有点担心地看看钱修远，多多的病史她昨晚就没问得太清楚，过去史、家族史根本都没有来得及问，她开口都开不了，快被那个老爸噎死了……钱修远更是抄了个二手货，这回估计要悬。

果然，钱修远支支吾吾地报了急诊病历上写的车祸情况，大病历里的生长发育史、预防接种史都含混不清地跳了过去。

“接种史不详……哪有这么多的不详！”张松海的语气冰冷严厉，眼神落在钱修远脸上，像刀子似的。罗震中和郑羿对望了一眼，又觑着主任威严的脸色。“这样的病历，以前我们要敢拿到主任跟前，就是这样……”王主任把整本医疗文书从病历夹里拿出来，作势一扬手，“然后一张一张到楼底下去捡回来！”病历夹被“咣啷”一声拍在病历车上，震得人心惊。整个查房队伍都安静了下来，病房里所有的交头接耳、窸窸窣窣声都戛然而止。

钱修远灰头土脸，低着头不敢分辩。李青云一看情形不对，料到同伴没心思也没胆子再做全套的体格检查，赶紧过来接手，小心翼翼地给多多做胸部体检。

“不要由着实习生胡来，把基础打好。”王主任顺手纠正了一下李青云的叩诊动作，压了压火气，语气生硬地继续说。张松海这个级别的大医生，主任不会当众太不给面子，但是也不能只教训小菜鸟，不提醒高年资医生。更何况这个张松海，一早查房就一身烟味儿，不准时出现在队伍里，先去过一通烟瘾，这么目中无人，像什么话？

郑羿用余光瞄一眼张松海老师，心想：这下好，连累张老师也吃了瘪，回头钱修远还得挨一顿数落。

“昨天右侧胸腔闭式引流，一共引流出血性液体200毫升。”张松海咳了一声，不动声色地补充了一下病人的情况。

“说一下胸腔闭式引流的进针位置。”床旁小考核来了，罗震中松了一口气，看看钱修远，心说，这我可教过你了，一功抵一过，好自为之啦！

钱修远张了张嘴，眼前闪过罗震中昨天画的草图，终是没干净利落地说出来。

罗震中倒吸一口冷气，恨不得踢他一脚，这都说不出来，吓傻啦？

张松海冷冷的目光扫过钱修远，落在郑羿脸上。

“下一肋的上缘。”郑羿简短地回答道。

王主任点点头，换了和蔼的神色对多多说：“小朋友，别怕痛，多咳嗽两下，来！给我看看。”随着咳嗽声，胸腔引流瓶里咕咕地冒出了气泡，痛得多多皱起眉头，抽泣般地倒吸了口气。

“主任，我们会不会有后遗症？你们给用好一点的药，贵一点没关系。”多多爸爸央求完，随即又向张松海说：“谢谢张医生，幸亏昨晚抢救得快，我们今天好一点了。”

罗震中和钱修远看着这个中年男人，简直气不打一处来。原来你只对大医生礼貌，我们就是打杂的，就不是人？谁不是为了病人好呢？

算了算了，只要小姑娘没事，受点气就受点气，罗震中在心里安慰自己，又瞄了一眼钱修远，只见他木木的不在状态，灰头土脸低着头跟在队尾，恨不得谁也注意不到他。

查房回来后，钱修远一直脸色阴沉，他本来就不太爱说话，现在更是满脸的懊恼和厌烦。

傍晚，他还在补大病历，越补越气愤难平，又唯恐漏了点什么。

罗震中小心翼翼地看他一眼，又看他一眼，坐得离他远远的，装作埋头写出院记录。

郑羿也躲得远远的，刚才大查房时自己出了点小风头，眼下还是别没眼色地在钱修远面前晃。他跟李青云对视一眼，心里也有点讪讪的。

李青云却不太同情自己的搭档。这家伙平日里太懒散粗糙了，自己净在后头帮忙填窟窿。这次被主任严厉教训过，希望他能长点记性吧。

“我陪你到南湖边逛一圈，心情好一点再回来写。”终于，钱修远被周珏哄着出去了，周珏挽着钱修远的胳膊，嫩黄色的裙子衬得她一张俏脸如桃花般娇艳。

罗震中伸头向窗外，看着他们两个从楼下走过，往大门外去了。她叹口气道：“怪谁呢，又不是不想救你。谁叫你的记性差出天际……还被小妖精迷昏了头，更加没得救。”

“啊，原来他们两个也是一对？”郑羿扇着风，站在窗口往楼下瞭望。罗震中伸头一看，自己的同学梅芮和陈孝毅在喷水池边絮絮低语。梧桐树影下，穿蓝色连衣裙的女郎，一张雪白的俏脸没有一丝笑意，两个人仿佛起了点小争执。高大的男生别过脸，没有迁就的意思。

“我们班眼下就这一对，陈孝毅是我们班班长。”罗震中站在窗边看热闹。

“梅芮好像不太适应医院的环境，前两个星期我们一起在影像科，她跟人相处有点困难。”郑羿的语气不算十分友好。

这女生样子文静又秀丽，像是有一点洁癖，看到农村老太太无力地躺上 CT 的移动床，会局促地站在旁边不帮手；又有点脸皮嫩，对着江湖气十足的大汉，会不知所措频频往后躲。当时郑羿顺手帮了一把，给她解了围，可问题是，门诊向来都这样，三教九流，什么人都要看病的。医生哪能这么娇贵呢？

“梅芮的成绩一向很好，你别看她有洁癖的样子，上解剖课的时候可奋勇了……她可能是我们班最有机会留附属医院的。”罗震中看着窗外，只见喷水池边的僵局维持了一小会儿，梅芮抱着书头也不回地走了，陈孝毅在水池边发了一会儿呆，穿过住院部的铁门，往住院部大楼里去。

“我觉得，当医生不全在成绩好坏上。我们不嘉话不是说，好医生三分糨糊（江湖）吗？她就是少了点……江湖气吧！”郑羿侧过脸看看罗震中胖嘟嘟的脸蛋。

“唉！”罗震中看着楼下不欢而散的小情侣，不禁叹了一口气。梅芮出身于城市知识分子家庭，一直觉得陈孝毅家那个山区小镇有点不称心，眼下没毕业倒也无妨，将来真谈婚论嫁起来，还有的啰唆呢！

“咦！郑羿，怎么就你们两个在？”

脑门又大又亮的滕宏飞，背着沉重的双肩包，手里拎着工作衣，在门口探头探脑。说话间走了进来，工作衣口袋里的叩诊锤、圆珠笔掉了出来，噼里啪啦，滚落了一地。

“过一会儿就都出现了。”郑羿蹲下身帮忙把滚到桌子底下的圆珠笔捡出来。

“明天我和李青云‘换防’。”滕宏飞把大书包搁在桌上，环视一下外二科的办公室。

“嗨！”罗震中认识这个隔壁的“鹿城医学院学霸”，听几个室友提起过他，到哪儿都很显眼。

“我昨天在科教科看了一下大排班，我们四个人像一串螃蟹，这半年的排班都捆在一起，差不多每个科室都是我们几个。偶尔李青云混进来串个场子。”滕宏飞对着排班表指了指钱修远和罗震中，他嘴角微微上翘，不笑的时候，也像带着笑，让人心生好感。

“真是好消息，钱修远这家伙太懒，又幼稚，最近还被小妖精迷昏了头，我看李青云都收拾不了他，眼下有大神认领，我也放心点。”罗震中拍拍自己胸口。

实习生排班表就压在张松海的办公桌台板底下，旁边就是全院医生的排班表，郑羿一边看一边指着几个人的名字说：“你们看，这全院医生排班表像不像住院部大楼，我们是地基……”

“余老师爬到了五楼，张松海和周凯峰老师爬到了十楼，王主任爬到了十五楼……”罗震中说。外二科医生名单对齐的是外一科、骨科、妇产科……那些医生虽然自己还不认识，可进出手术室的次数多了，也听到过外一科陆清晨主任的名字，还有骨科“赵木匠”的名字。名单越往前，就越是本地有点名气、带点传奇色彩的医生。

“一个医生爬着爬着楼梯，就老了。”罗震中托着腮帮子。

“也有变成医务科科长、科教科科长、副院长的，消失在了名单里。”滕宏飞说。

郑羿笑笑道：“我们将来，也是顺着某个医院的‘楼’，不知道在哪条楼梯上，一步一步往上爬。”

“别这么说，我觉[illegible]的……楼梯走完了，‘咕咚’一声就退休了。”罗震中指着王主[illegible]前方吐吐舌头。滕宏飞侧头看着郑羿和罗震中两个人有说有笑[illegible]他俩身高相差 30 厘米，一个高大黝黑，一个雪白粉嫩，站在一[illegible]不禁有点好笑，灌篮高手和机器猫应该能相处得挺好。

04
这个肿瘤病人不简单

可能性的大小，对一个病人来说没有什么意义。

“罗震中，郑羿。”余运东把 CT 片往看片灯上一插，扬声叫两个小跟班过来。已经晚上 6 点了，下班的高峰都过了，他下午的专科门诊看到这个时间，几乎是给门诊护士轰着下班的，他的声音沙哑干涩。

“收了个后腹膜[1]淋巴结肿大的病人上来，你们好好问问病史。”余运东在看片灯上仔细地一格一格看 CT 图像。罗震中和郑羿的视线也跟着他的手指，一点一点移动着。

“好，大致什么样？”罗震中问，口气熟稔。

“这个人坐公交车的时候，车子一个急刹，他的腰撞在扶手上。公交车司机担心撞出问题来，让他做个 CT，看看腰有没有问题。结果腹部 CT 显示……”余运东指着自己的左腰部，示意撞的位置，又用手指敲一敲桌上的 CT 报告，让罗震中自己看。

1　现在学术层面多称为“腹膜后”。二十世纪九十年代，医生们口头交流多是称为“后腹膜”。——作者注

“您最近有食欲下降、午后低热的状况吗？”郑羿的声音出现在罗震中的身后。

罗震中略松一口气，亏得援军来得快，不然就要抵挡不住了。

“体重有下降吗？”郑羿继续问。罗震中稍微定一定神，趁着低头在纸上快速记录的工夫，自己也整理了一下思路。病史一会儿就问完了，没有发热，没有食欲减退，没有体力下降，没有体重下降，没有大小便异常……什么也没有。郑羿看看罗震中，她开始做体格检查。

“罗医生，明天这个时候你在吗？”年轻人问。罗震中点点头。

“我白天得上班，明天这个时候，有问题可以来问你吗？”年轻人问得这么信任感十足，让人毫无理由拒绝，罗震中赶紧点头。

“儿子管起老子的事情来了，我自己也会问医生的。”朱新水笑着朝儿子轻斥一句。

“问了点啥出来啊！人家根本就是健康人。”罗震中嘟囔着回到办公室，把手里的草稿纸扔在桌上，抬眼看看郑羿。她一肚子不高兴，这文质彬彬的父子俩又客气又配合，比多多的爸爸强得多了。可问题是，自己什么有效的信息都问不出来，什么有效的回答都提供不了，这个钉子碰得不着痕迹，简直太打击信心了！

“增强 CT 是怎么回事？给我扫扫盲，明天我会被他问傻掉的。”罗震中问郑羿。

“往血管里打点造影剂，然后扫一遍 CT，看那些软组织静脉和动脉分布的情况……我就懂那么一点点啊。”郑羿坐在一堆书跟前“唰唰”翻动书页，他偷瞄一眼坐在办公桌前的张松海，压低了声音说。自己那点菜鸟功夫，底气严重不足，才不敢在张老师跟前显摆，万一说错了，就糗大了。

今晚是张松海当班，他面前堆着一堆病历，正在写什么。钱修远默不作声地坐在离他最远的办公桌上写病程记录，李青云和滕宏飞两个人在护理台那边交接班。只要张松海当班，他手下的小跟班们都诚惶诚恐，一句话不敢说，在办公室里安分地守规矩。

“零基础的菜鸟呢，最好找个靠谱的人先打个底子，比傻乎乎地翻书效率高。”张松海看也没有看他们，仿佛只是随口说一句。

“张老师最靠谱了，给我们大补一下？”罗震中立刻一脸谄媚，笑嘻嘻地说。

张松海啼笑皆非，瞅瞅罗震中，说：“等下有手术，没空跟你歪缠，术业有专攻，到 CT 室去找个人补。”他黑脸惯了，年轻人见了他都规规矩矩，大气不敢出，还没见哪个实习生敢这么顺杆子爬的。

“我不认识 CT 室的老师！”罗震中看看郑羿，“你带我去？”

“带着你小女朋友快走吧。”张松海貌似嫌烦，又似揶揄，说得郑羿灰溜溜一缩脖子，耳朵红成了透明的红萝卜。

放射科在影像楼的二楼。门诊通道关闭后，曲里拐弯的连廊上只有幽暗的照明灯光，从住院部大楼通往门诊的繁忙通道此时黑黢黢的，又很安静，两个人的脚步声分外清晰。

“你总在上其他组的手术，将来是想做外科吗？”罗震中问。

“外科也不是想做就能做的，稀缺资源大家都抢。眼下我挺喜欢外科的，操作很过瘾……眼科、五官科、乳腺科适合女孩子，不太累。”郑羿说。

罗震中撇撇嘴道：“我是大型食肉动物，不喜欢掏洞洞，一点都不过瘾。我老爸门诊的边上就是五官科，我仔细观察过，那个活儿像掏煤炉，通下水道，一点都不好玩。”

“你干吗选医科大学？爸妈做主的吗？”郑羿放慢了脚步来迁就她的脚步。

“医生的变化可多了，做超声、拔火罐、打石膏、拍片子的都叫医生，总有一款适合你，不比银行、机关……闷得一佛出世。你呢？你为什么考医学院？这么高的个子，当医生挺浪费的。”

“我从小又骨折又脱臼，对医生有点天然的崇拜感。脱臼弄进去的时候，‘咔嚓’一声，吓了我一跳，但一点都不痛。再说了，个子高除了打篮球有优势，也不能当什么用！”

灯光拉长了两个人的影子，郑羿对着罗震中的影子比画了一下：“你个子这么小，还大型食肉动物？你只能算小型啮齿类。”

罗震中哼一句《变形金刚》的调子，说：“除了拍集体照的时候，我都觉得自己是威震天。”

“你最多就只能是大黄蜂，大黄蜂是个头最小的汽车人。”郑羿抢白道。

“我喜欢威震天，每次他被汽车人打成一堆废铁，转个身又气势冲天地来了，哼哼！”罗震中狞笑一声，稚气的圆脸蛋上露出一个狰狞的坏蛋表情，“我就喜欢他那个臭不要脸的劲儿。”

“嗯！这个方面，你倒是挺像威震天的，在张老师跟前也敢顺杆就爬……”郑羿忍着笑，望着别处，轻轻地说，忽然抢先一步发力，在空荡荡的长廊里跑起来……

“啊！找死……”罗震中气恼得笑着跳起来追打。

晚饭后，梅芮洗完澡又在跟自己那头浓密的头发较劲儿，她瞪大了眼睛看圆镜子里自己的眼睛。“你过来，让我仔细看看。”梅芮对罗震中说。

“干啥？”罗震中伸头去照梅芮的镜子，湿漉漉的短头发一小卷一小卷地耷拉在额头周围。镜子里的梅芮仔仔细细地端详罗震中的眼睛，就像在做几何题画辅助线。

“我明天准备开双眼皮。”梅芮轻描淡写地说。

“搞笑吧，你？”罗震中跳开一步，“你的眼睛不是挺好的？”她仔细端详一下梅芮，雪白的小脸，小小的翘鼻子，略有几颗不明显的雀斑，清纯又可爱。她的双眼皮不是很明显，但是一点不影响整体的和谐。

“嘘……”梅芮示意罗震中少安毋躁，朱雅文正在浴室里冲凉，寝室其他人都不在。

“你在哪里开？回附属医院吗？”罗震中瞪着梅芮的眼睛。

“这又不是什么了不得的手术，据说眼科的陈老师开了很多，效果都挺好的，我明天休息，就在她那里搞定。”梅芮无意识地把玩着自己的大眼镜。

“居然有无聊的医生愿意开双眼皮，还有无聊的病人想开双眼皮，真搞不懂你们。这个结缔组织的褶皱对你来说，真的这么重要？”罗震中瞪着镜子里的自己。

寝室里的吊扇“呼啦呼啦”地吹着，浴室里的水声“哗啦哗啦”地响着，青柠檬香味的沐浴露从门缝里带出一股浴室的气息，梅芮恨恨地用大梳子梳着浓密的黑发。

“趁没人注意，在这个陌生的地方，给自己做个改变，不然生活一点意思也没有。”浴室里的水声停了下来，梅芮立刻做了个“嘘”的手势。

“好吧，随你，明天需要我的话，随时招呼。”罗震中马马虎虎地结束话题，心想反正又不是我挨刀。她突然想起什么，努嘴示意隔壁——班长陈孝毅快要丧失知道的资格了。

“他忙着呢，从早到晚都泡在科室，碰到了也没兴趣多看我几眼。”梅芮百无聊赖，语气中透着冷淡，年轻的恋人像是经历了多年柴米油盐的婚姻。

“先搁着吧，等过了毕业这一关再看合不合适。”梅芮整完了头发，看见朱雅文湿淋淋地从浴室里出来，立刻停住了话头，抱着书出去了。走到门口回头打量了一眼朱雅文，抿抿嘴，什么也没有说。

“哇——”罗震中看着朱雅文身着深色真丝连衣裙，夸张地叫了一声。她这个倒腾劲儿，该不是去夜自修啦！

“好看吗？”朱雅文身材丰满，在真丝连衣裙下，曲线毕露，她吹着头发，站在镜子前，从左边转到右边。

“嗯。”罗震中点头。朱雅文细腰丰臀，让人恨不得伸手在屁股上摸一把。那句想问的话就在嘴边，硬生生忍了下来。

只见朱雅文用颜色鲜艳的玫红色口红在唇边比了一下，又换了一支深红颜色的，说道：“他是我哥哥的朋友，已经工作了，是这边市政府的秘书。”她神色间颇有点自得。

“哦！”罗震中点点头，看着朱雅文穿上了黑色细高跟凉鞋，“那种鞋，我穿一个小时，就终身残废了。”

“你迟早也会穿的。”朱雅文转了半圈，表示满意，在耳后喷了一点点香水，终于拿着包出去了。

傍晚的栀子花散发着浓香，细细的月亮眉毛一样悬在墨蓝的夜空中。罗震中背着书包，在小花园的太湖石边深深呼吸，眺望不远处灯火闪烁的医院大楼。

大家好像各自玩着一盘电子游戏，高潮迭起的兴奋点各不一样，罗震中这盘激战正酣，杀得兴起，她感觉有意思得很，乐此不疲。

那就各玩各的吧！

“朱十万先生刚来过了。”罗震中对着郑羿发牢骚。她两只手托着腮帮子，累得不行。

“朱新水的儿子？”郑羿抿嘴一笑，她像一棵歪着脑袋的向日葵。

“他姓朱，名叫十万个为什么。”罗震中把头埋在《诊断学》上，两手抱着头，“我们学的那两下根本不够接招的。”

昨晚，罗震中和郑羿两个人在CT室补了好一会儿课，值班老师把增强CT的原理好好讲了一遍，又指点他们看了好几张现成的片子。两个人从影像科听完课出来的时候都有点信心了。毕竟有医学功底在，来个病人问询还能接不住招？

“他问什么了？”

“增强CT的药水隔几个小时能排出来？晚点排出来的话有什么害处？怎么让药水排得更干净？这种药会不会有其他的毒副作用？肿瘤筛查的结果都是阴性的，为什么还怀疑是肿瘤……”罗震中像机关枪一样，连环扫射，倒了一大堆问题出来。

“如果他问的是我，我就直接告诉他去问余老师好了。”钱修远瞅着罗震中说。刚才他是现场目击者，有心无力，啥忙都帮不上，干脆悄无声息地躲开了。

郑羿想了想这一通问题，觉得没有一个可以很有把握地回答，问道："那你怎么回答的？"

"我……使尽九牛二虎之力，绞尽脑汁，回答到想死的心都快有了，最后说……"罗震中趴在《诊断学》上，眨巴眨巴眼睛，又看看郑羿，"你要么明天来问余老师好了。"说完气急败坏地拍拍书，又瘫在书本上。

"崩溃！恼羞成怒！悲恸欲绝！"她抱着头。

钱修远懒懒一笑。"也许帅哥看上你了，拼命找话题泡妞，不然你看哪个病人认真把你当回事过？"忽然他又想起了一个很具体的问题，"增强 CT 什么价钱？可以报销吗？"

罗震中往钱修远的脑袋上扔去一个纸团，斥道："自己到主班护士那里去查！"这同班同学最会往自己身上补刀。

笑过一阵之后，滕宏飞拿过朱新水的病历，开始看影像报告。"增强 CT 是什么结果？"

"没有结果，影像科的老师说，明天一早读片会的时候需要大家一起复核一下。"罗震中气呼呼地说。

"明天现场看余运东老师如何回答朱十万先生。"郑羿推推罗震中，"快记下来，你看人家理工科的多厉害，问的问题这么直截了当，病人的视角和我们的视角不一样。你发现没有？"

"嗯？"罗震中撑着脑袋瞪着郑羿，"怎么不一样了？"

"病人问的问题，主语都是'我'。而我们问带教老师的问题，中心点都是围绕着这个病。"

郑羿把那一串问题潦草地列在草稿纸上，推到罗震中面前。

罗震中竖起脑袋好好地看了一会儿，在郑羿的背上重重地拍了一掌。"哇……"她悠长柔嫩的尾音像是在感慨，又像是在表达佩服之情，

“所以说，准备病人问题的时候，要转换视角，对吧？”

滕宏飞跟钱修远相互看了一眼，啼笑皆非地扁扁嘴，这家伙跟周珏放在一起，简直就是女生中的南极和北极。

说话间，周珏在门口探了个头，柔媚的丹凤眼斜斜看了一下钱修远。

“钱修远，我给你留了个肌肉注射，做不做？”周珏甜腻的声音带着诱惑，婉转曲折让人不忍拒绝。

罗震中在一旁看得发呆，明明是帮别人忙怎能说得仿佛是在低声下气地求人，只见周珏桃花般粉嫩的嘴唇撇一撇，不笑也似带着笑。

“做就做。”钱修远目光散乱在案头的一堆字纸上，正一肚子厌烦，做个操作正好可以调剂一下精神。

医生办公室的背后有个极小的传递窗，安了块玻璃，与治疗室相连。从那个视角望过去，正好可以看见做肌肉注射用的高凳子。

周珏的准备工作做得万分尽心，药给抽好放在针筒里，治疗盘里样样俱全，唯恐怠慢了钱修远，盘子搁在右手边最方便取用的位置上。她一边笑语盈盈地跟病人说笑着，一边示意钱修远站到病人后面的操作位置上。只见钱修远慢慢腾腾地洗完手，拿起了注射器。

郑羿看见罗震中探头探脑看热闹，也伸头过来看，正好看见钱修远右手持针，“噗”的一针戳进去，推完针筒里的药液，干脆利落地拔出针头。

可他的左手没有准备好干净的棉签或者棉球，针头一拔出皮肤，一缕血液就从针孔里滴了出来，淌出一道醒目的红线，钱修远下意识地用手指头按住了针眼。

“噗。”罗震中差点笑喷，她立刻用手捂住嘴，东倒西歪着蹲到地上，一头撞在郑羿怀里。郑羿扶住快要倒下的小妞，赶紧向她做出一个“嘘”的手势，自己也笑得忍不住抱着肚子弯下腰去。

再往玻璃那边看，周珏气也不是，笑也不是，抿一抿嘴，立刻拿起棉签消一消毒，再用干棉球按住针眼。钱修远呢，一脸木然，拿起一个棉球，抹干净自己手指头上的血迹。好在病人的面孔向着另外一侧，没有看见这“灾难现场”。

看着钱修远茫然地擦着手，罗震中和郑羿两个人更加忍不住了，一前一后逃到办公室的阳台上，前仰后合放声大笑。郑羿用一根手指头按了一下罗震中的额头："要不是我救了你，你也这样。"

"我现在百发百中，你少臭得意。"罗震中上气不接下气地说。

夏季的高温还在继续，病房内病人和家属大多穿着随便，套件松松的汗衫、大大的中裤，趿拉着拖鞋的居多，更显得穿着西裤、衬衣的朱新水有点正式。

"还好吗？"余运东医生的查房口头禅十分固定，问完了才想到这个病人并没有任何症状，略觉尴尬。

"余医生，我的CT还好吗？"朱新水父子一起礼貌地站起来。

"CT的结果……"余运东停顿了一下，搞得身后的罗震中和郑羿越发竖起耳朵听。

"光凭影像来判定良性恶性不是很准确，我们建议手术取病理解决问题。"余运东把病历夹中的CT报告递给朱新水，让他自己看：右肾旁间隙占位，后腹膜淋巴结肿大。

父子两个人想了想，仿佛要相互借一点力量似的对望了一眼。

"做手术把肿大的淋巴结取掉吗？"朱新水疑惑地问。

“手术进入后腹膜的位置，会先取一点组织做快速病理切片，确定性质，然后我们会在手术台上决定是继续做手术清除，还是结束手术。”余运东用手在自己的腰部比画了一下手术的位置，视线在两个人脸上快速扫过，判断父子二人有没有听懂。

“恶性肿瘤就做大手术，良性的肿瘤就结束，是这样吗？”朱新水点点头，追问一句。

“恶性肿瘤的可能性大吗？”小朱急切地问。

“如果是恶性的话，需要做右肾摘除加上淋巴结清扫。如果是感染性病灶的话，那就清理一下，结束后用药物治疗。”余运东对病人说。经验告诉他，应该把恶性情况放在前面说，让当事人先做好最坏的打算，最终结果不管怎么样，病人都会好接受一点。

“余医生，从现在的资料分析，倾向于哪种可能？”朱新水的问题听起来像是经过深思熟虑。罗震中注视着他，不由得心生好感。从病历资料上知道，他是海关稽查的行政人员，往常他上班的时候，办事状态可能也是这样有条不紊、有理有据的稳妥样子。

“恶性肿瘤的可能性大，所以建议手术。”余运东的回答听上去虽然刺耳，但也透着深思熟虑。

郑羿在身后默默听着，恍然大悟，刚才在办公室跟罗震中争论时，自己觉得应该建议患者先做诊断性抗结核治疗，三个月后看看反应再说，如果治疗后淋巴结缩小、好转，就证明是结核导致的淋巴结肿大，患者也能免了挨一刀之苦。一听余老师的告知，他立刻就明白了前后的逻辑关系。

“会切除右侧肾脏吗？”朱新水的问题一环扣一环。

“如果证明肿瘤是恶性的，又跟肾脏贴得很紧的话，肾脏就没有办法保住。肾脏的质地很脆，不容易部分切除。”余运东从袋子里拿出CT片，对着亮光指给父子二人看。

片子上，紧贴右侧肾脏的位置有个不容易发现的小团块。余运东指给罗震中和郑羿看过，两个人面面相觑，实习医生都看不明白的影像，病人就更不容易明白了，父子二人不明所以地凑上去仔细看，也不知道看懂了没有。

朱新水沉吟了一下，点点头说：“我跟儿子商量一下，等一下去找你，可以吗？”整个人依旧理性，依旧平静。

倒是他身后的小朱有无数的话想问，目光从医生身上转到父亲脸上，小朱看见父亲的神色，勉强点头，同时别有意味地看了罗震中一眼。

罗震中被他的目光吓了一跳，低下头去。

余运东点点头，这病人分寸掌握得极好，几句话就像是明白了一大半的样子，跟这样知书达理的病人打交道，最是爽气明了。

“罗医生，你有空吗？”小朱把罗震中从办公室里叫了出来，来到电梯边的楼梯通道。

罗震中额头的汗忽然就蒸腾了起来，她心虚地说：“手术的事情我不算太懂，估计你爸爸也问过余医生了，他怎么想的？”

“他说手术，很干脆，没什么好犹豫的。”小朱的焦虑不加掩饰，就好像目睹一列火车高速开上一座危桥，惊心动魄又无可奈何。家里向来是老爸做主，也的确由不得他多嘴。

“你妈妈呢？你们不需要商量一下吗？”罗震中下意识问到了重要的家庭成员。这个家庭似乎应该有一个温文尔雅的女性成员。她穿着深色的碎花连衣裙，梳着圆圆的低发髻，脖颈的弧度优美。

小朱沉默了片刻，说："我妈妈一年前病故了……乳腺癌转移。"他声音干涩，一下子眼圈都红了。

"哦。"罗震中张了张嘴，觉得有点谈不下去，这简直不是自己能够应付的局面。那种失去至亲的寒意并不是她一个自幼备受钟爱的独生女能够共情的。

"我没有人可以商量。"他显得彷徨无助，"如果是恶性肿瘤，手术完了是不是又要化疗、放疗？"他的语音有点哽咽，两手狠狠地交握，指节都握得发白了。

"病理结果出来是恶性的话，治疗方法可能也就那些。"罗震中搜肠刮肚，也没有想起来那个位置的常见肿瘤应该是什么病理类型。唉！巨厚的教科书，对上了具体的问题又显得挺单薄，病人那些问题，书上经常连一句话都翻不到。自己在家里若是碰到任何问题，父母都是妥妥的依靠，但她从来都没有经历过这样的家庭变故，罗震中想想都为小朱感到酸楚难当。

"会不会只是虚惊一场，只是之前说的结核？"小朱抬起眼睛，期盼地看着罗震中。

"可能性的大小，对一个病人来说没有什么意义。"罗震中暗暗自嘲，自己在病人眼中都快成靠谱的医生了。她感觉到小朱灼热的眼神片刻不停地在她脸上搜索着希望，那种期盼和信任，简直被当成了救命稻草。这感觉实在是沉重至极，尤其自己还是根很不结实的"稻草"……

小朱迟疑片刻，有点失落地问："我是不是需要在手术室门外，等着你们来告诉我结果，然后决定接下来该怎么办？"

手术室外有两排靠墙的长凳，手术助手经常会在门口喊一声，然后把金属弯盘中的组织拿给病人家属看一下。这个程序由来已久，已经成为手术过程的一部分，罗震中见过很多次。手术室的电梯口本来有一株幸福树，现在只剩下顶端几片翠绿的叶子，让人感觉它被焦虑折磨得快死了。

“你和亲戚一起，不是可以商量一下吗？”罗震中想象着他一个人在电梯口来回踱步的样子，不敢迎着问题直接回答，只觉心虚得不行。

“只能靠我了，爷爷奶奶年纪大了。”小朱握紧了拳头。

汩汩的同情像泉水一样往上冒，罗震中鼻子酸酸的，说：“别担心，眼下又没确定是恶性的。”

小朱向她微微欠一欠身，把头转向窗外。罗震中试着去理解他的感受：肿瘤这个陌生的东西，一次又一次地威胁着他的至亲生命，而他能做的却只剩下默默等待、默默承受。只见他用手背擦了一下眼睛，一路小跑消失在了楼梯上。

梅芮的手术已经做完三天了。

“别动，别动。”罗震中按住梅芮的肩膀。两个人相互瞪着眼看个仔细。双眼皮的痕迹太深，还有点肿，所以很难说手术做得好不好。

梅芮研究了一下罗震中的天然双眼皮，“嗯！过一阵子消了肿之后就会像你这样子。”她自我安慰道。寝室里没有其他人，她的精神略微放松。“还好吗？”她问罗震中。

“还行吧。”罗震中安慰道。梅芮这几天都掩饰得好，戴着大眼镜，刘海又故意留得很长。

“人家怎么评价？”罗震中指指右手的宿舍，这几天可没见陈孝毅鞍前马后。

“他还不知道呢。”梅芮的语气有点带刺。

罗震中站远了端详一下梅芮的脸，说："那你折腾个什么劲儿？！"

"这种小事，没有必要和谁商量。"梅芮扯一扯嘴角，算是冷笑了一下，"我自己需要就行了。"她看看眼前这马大哈的假小子，不再多解释。

"你真是个狠角色！"罗震中觉得有点好笑，这样的梅芮说不定能干出读着读着博士，暑假抽空生个孩子的事儿来。

"我跟他将来都未必在一个城市……唉！算了，先过了毕业这一关再说。"梅芮收拾起书本、笔记，戴上大眼镜，准备出门夜自修。

等为期半年的实习告一段落，之后研究生考试就开始了。所有想留在杭州工作的医学生，不管是留在附属医院当医生，还是留在学校当老师，又或者留在市级医院，都得过研究生考试这一关。不死磕那一大堆书，是不行的。梅芮心里计算过，实习手册上的分数，跟毕业关系不大，也就那么回事，老师一般不会太不给面子，而考研究生的分数可是货真价实。

这阵子，梅芮白天在门诊实习，晚上在自修教室里待到 11 点才回寝室睡觉。她真心觉得，在西医综合试卷里翻滚的时间固然辛苦，却比在门诊看各种人的脸色要容易。果然，就像年级老师说的，跟人相处是最难的！比起自己来，幼稚迟钝的罗震中反而有点优势，也不知道是不是从小在医院里耳濡目染的缘故。

手术完了这几天，男友如此粗心和疏忽，让梅芮不止一次起过一拍两散的念头。一门心思搞事业的男人，再好也有限，将来恐怕得自己一个人去生娃和装修房子，搞得有苦无处说。最近两个人的关系，好像生意场上的合伙人，因为暂时没找到更合适的，只好暂时互相迁就着。

十个月之后毕业，更是人生中的一道重要关口，大家其实想起来都有些烦恼。

成绩在第一梯队的，拼杀留附属医院和留校的名额；成绩在第二梯队的，忙着在市级最大医院的重点科室找位置；委培生会按照当初的合同，回到克拉玛依油田、胜利油田等委托地的医院。求是医科大学就没有太蹩脚的学生，大家都知道优胜劣汰的竞争体系，各个暗自发力，哪怕是自己不太上心的，家里也会发动所有的社会关系去争取较好的工作岗位。梅芮和陈孝毅两个，成绩虽然是在第一梯队，却都不是顶尖的，两个人都悬着心。

学生情侣就更多了一重烦恼，从多少师兄师姐的先例看过来，两个人只要在一个城市，修成正果的可能性就很大。若是天各一方，那用不了多久，感情就会随着忙碌的工作节奏烟消云散。两个人在学校里再浓情蜜意，也抵挡不住几百公里的空间阻隔。

正因为这样，寝室里的几个室友，聊起毕业来，都小心翼翼的，既不能太泄露了自己的小心思，也不敢随意碰疼了别人的玻璃心。

开双眼皮，梅芮也是下了一阵子决心的，若说容貌上有瑕疵，也就那一点，补齐了，自己更有自信心不说，说不定对前途也会有帮助。但跟眼前这马大哈的假小子讲不清楚，她的那个马虎劲儿，不想留校，不想留杭，不愿意考研，本地人有句土话形容得好——“着地瘫[1]”。她连留长发梳个辫子都嫌麻烦，宁可早上多赖一会儿床。

梅芮瞟一眼罗震中床上的书，揶揄道：“看曾国藩和马尔克斯的外科女医生，将来只好嫁给变形金刚，地球人消化不动。”

“原来我的销售前景这么差，那岂不是现在就得搞个备胎？”罗震

1　方言，耍无赖。

中对着镜子做个鬼脸。

朱雅文的床架上挂了一条真丝长裙，飘飘摇摇的，床尾边的细高跟的凉鞋带着黑色的闪烁亮片，欲语还休。罗震中轻轻拎了拎连衣裙，说道:“这种裙子要是我穿，打个喷嚏就会被撑破。”

梅芮被笑牵痛了手术伤口，忍着痛说:“真是灾难现场。”说完转头看看这个同伴，罗震中开心的时候有种甜腻骄纵的神态，一双灵动的杏核眼最吸引人，梅芮笑着说，“有人喜欢重口味，有人喜欢原味。”

“我喜欢番茄味和海鲜味。”罗震中哈哈大笑，顺手把桌上的半袋薯片拿在手里，拎上白大褂，和梅芮一起出门。

朱新水的手术排在了上午第一台，一大早他换好蓝白条纹的病号服，坐在病床上等候护士通知。小朱的白T恤、牛仔裤让他看上去更像一个学生。

“走了。”罗震中从护士台拿了病历夹到病房门口喊了一声，她瞥一眼小朱，心里一阵酸楚，立刻移开视线，向着朱新水轻松地笑道:“睡得还好吗？”

“好啊！”朱新水神态自若，“就是好饿，我真的要到明天才能吃东西吗？”他摸着肚子问。

罗震中被他说得一愣，随即明白他在故意转移儿子的注意力，“麻醉之后就不饿了，我倒是没听手术后的病人喊过饿。”她立刻回答。

“原来麻醉能把知道饿的神经全部麻倒。”他笑笑说。

“喜欢吃什么流质呢？皮蛋瘦肉粥还是水蒸蛋，明天早上就可以了。”

“太素了，谁吃得消那些。”朱新水表情明朗，眼光仍然停留在儿子紧张的脸上。

为人父母当真是不易，罗震中心里轻叹，去手术还要担心儿子的情绪。自己老妈也是这样，那次她出了车祸骨折，硬是不让自己知道，说是出差去了，等到出院才说出来。

小朱跟在后面，没有什么表情。进入手术室的时刻，父子俩没有对视，也没有肢体接触，罗震中却感觉得到，小朱随老朱进了手术室，老朱陪小朱留在了等候室。

蓝色的电动门缓缓关闭，蓝色大门之内是另外一个世界。手术台上，生命暂时就只剩下了一具单纯的肉身。麻醉会把所有的担忧、焦虑、怀念、期待……全部关闭。

“余老师，有没有穿刺活检的方法可以够到那个地方？”罗震中一边刷手，一边问余运东。一排水槽前，短毛的小刷子清洁着他们手上的每一条皮纹、每一个毛孔。

“这个地方不好穿，周围是密集的血管丛，深部是腔静脉，风险很高。”余运东刷着手回答道。

“你还在我这里轮多久？”余运东问。他最近睡眠充足，胃口大开，耗在病历上的时间少了，一家三口生活质量都好了很多。

“还有大半个月。”罗震中洗完了，高举着手，用脚踢了一下感应器，进入手术室。

随着肌肉组织的一层层分离，视野越发深且小，像一口井，通向身体深处。无影灯“尽心尽责”，把光线投射到狭小的视野底部，让医生能够辨认不见天日的深处脏器、组织和细胞是否形态正常。深处这些脏器和组织仿佛有自己的生命，它们像一个小社会团体，相互缠结，彼此沟通，有时候已经共同叛变和异化，主人却没有感觉到任何的异常。一侧肾脏显露后，肿大的淋巴结也出现在视野中，黄豆大小的球形颗粒，是人体重要的守护者和哨兵。只看它们的大小和形态，就可以判定一些细微不可辨的问题正在细胞层面滋生。

病理是最终的裁决者，在显微层面昭示着组织是否已经成为身体的敌人，敌人的阵地是否已经扩大到看不见的远处。

“恶性间皮瘤考虑。”打到手术室的电话大家都听得到，接电话的护士又清脆地把裁定复述了一遍：“外二科 37 床朱新水，住院号 2077894，恶性间皮瘤。”监护仪发出单调的“嘀、嘀、嘀”的脉搏节奏声，如同一串感叹号重重地砸在大家心上。结果揭晓了，很意外……又一点也不意外。

主刀医生副主任医师周凯峰浓眉一挑，与助手余运东对视一眼。

余运东简短问了一句：“肾切除加清扫？”

周凯峰点头复述了一遍：“切除加清扫。”

余运东确认后，从手术室的电动门走了出去。

“快速冰冻切片结果，是恶性程度很高的肿瘤，我们必须切除右肾，并且尽可能地清除掉周围淋巴结，来减小肿瘤转移的可能。”

罗震中知道，这个残酷的结果即将给到小朱，命运根本没有给他选择的机会。

罗震中发了一会儿呆。对成熟的外科医生来说，告知家属这样的消息一点也不费力，自己都听到过不止一次，但即使知道话该怎么说，也还是说不出口。那份力气和底气到底来自哪里呢？

“所以不能先抗结核，做治疗性诊断，懂了吗？”周凯峰看了看面前的实习生，放慢了语速说，“评估手术的风险和获益，比手术本身还要难。”

罗震中一个字一个字地想了一遍，觉得自己每个字都懂，但惶惑的心还无法完全懂得这几个字背后的深意，她的眼神更加迷茫。周凯峰的口罩下面是无所谓的淡淡一笑，十多年累积的手术的精义，也确实不是一个刚入门的医学生一时半会儿可以领会的。

等余运东回来，停滞了二十分钟的手术又开始了，他坚决地阻断病损肾脏的血流，把它完整地从身体里摘除，接着是清理周围的结缔组织和淋巴结。那些已经叛变的恶性细胞可能已经顺着淋巴网络扩散到一站又一站的远处，目力所及之处，医生只能努力腾挪做出最大范围的清理。

两个半小时后，手术结束。洁白的敷贴妥帖严密地盖上切口，通往身体深部的缝隙复位关闭，从外表看不出有什么大的改观和不同。

罗震中看了一眼还在麻醉复苏室的朱新水，从医务人员专用通道往外走。

腿脚酸痛、口眼干涩都不算什么，复杂情感带来的钝痛，让此时此刻的她有种莫名的愧疚和畏惧。真的有点搞不懂自己！自己在怕什么呢？明明此刻已经从手术室出来，疾病的诊断已经明确，治疗已经完成了关键性的一步。这难道不是医生的主要职责吗？

“罗医生。”小朱迎上来。

“手术过程我讲不太清楚，你还是等一下问余老师和周主任吧……”罗震中愣了一下，用了最笨、最烂、最无能的一招，不做抵抗就彻底放弃了。她垂着头，眼睛没有抬起来。瞥见电梯门刚好打开，她立刻逃也似的离开了手术室。

罗震中盯着电梯光可鉴人的内壁，瞪大了眼睛看反光里的自己，颓然一叹。

“什么结果？这么快，应该是良性的吧？”郑羿有点期待地问，但一见罗震中的脸色，他立刻知道自己猜错了。

罗震中摇摇头：“恶性间皮瘤，做了切除加清扫。”她重重地坐在椅子上，拿着圆珠笔，习惯性地在手指上飞速转两圈。

“肿瘤是自己长的，又不是我的错，可是不知道为什么，我就是不敢跟家属说出口。”她颓丧地翻开巨大的书本，开始找关于“后腹膜肿瘤”的章节。这些字段在过去的几天里她曾经看了又看，如今在手术台上看见了它的原型，闻到了电刀烧灼组织的气息，在冰冻切片上看到了显微镜下恶性细胞的形态，她才终于真实认识到了什么叫恶性肿瘤，真是触目惊心。

郑羿把一张纸放到罗震中面前，上面是他写的像多项选择题一样的四条：一、做了抗结核，没做手术，病人的肿瘤切除被耽误；二、做了抗结核，没做手术，病人结核好转；三、做了手术，病人的肿瘤是恶性的，没有耽误放化疗；四、做了手术，肿瘤是良性的，抗结核后好转。

“什么意思？”罗震中露出疑问，要不是这两天都埋头在这个案例里，脑子简直转不过弯来。

“我刚想了好久，这个病人的临床决策，应该就是这几种可能性，对吧？”郑羿支着脑袋，看看罗震中。

“一是最差的结果，二是最好的结果，碰上这两个都需要运气。”罗震中用笔一画，干脆地划掉了选项一和二，高才生做选择题的麻利劲儿一下子就出来了。

“三和四都是创伤性的选择，它们的结果是机会性的，这是一个最不坏的结果。”郑羿目光炯炯地看着罗震中的眼睛，像是等着在她眼里印证点什么。

“最不坏……”罗震中的眼神慢慢从迷茫转向清晰，水晶般的光在两个年轻人的眼里闪现，“我明白了……”罗震中怅惘地看着郑羿的眼睛，明澈的眼睛浮着一层泪光。

“医疗决策的理性选择，应该是最不坏的结果，不能听凭运气，不能假设最好。”

“周主任去谈话了。”郑羿往门口瞄了一眼，在她面前的书本上弹了一下，提醒有些魂不守舍的同伴。与一个病人接触得越深，就越能尝到那种酸涩难当，他知道那种味道不好受。

罗震中站起来，目光离开书本，和郑羿一起向谈话室走去。

周凯峰在蓝色刷手服外面套了一件白大褂，左手拿着病历夹，右手揽着小朱的肩膀。他用力一按，小朱就坐在桌前的骨牌凳上。小朱两手撑着头，手掌刚好遮住自己的眼睛。

他就那样低头看着桌面。

“手术可见的范围内，我们把肿瘤细胞，以及可能转移的淋巴结都清除掉了。”周凯峰声音清楚而稳定，“但是目测肿瘤肯定有一定范围的转移，后续还需要等病理结果，再决定治疗方案。”

看着小朱用手蒙着自己的脸，肩膀耸动，罗震中也黯然失神。与此同时，隐隐的电流从全身通过，她需要用很大的勇气，阻止自己把视线移开，阻止自己回避复杂的情绪。

书上的一小段文字，对应一个具体的医疗决策，也对应一个家庭的悲欢离合，后者是在学校里没有学过的。

鼻子酸痛的感觉，让罗震中的回忆回到了 12 岁生日那天。

那天，天朗气清，罗震中打算以横渡钱塘江的“壮举”为自己庆生。她自小就是游泳健将，在标准奥林匹克池里，由高手调教多年。可是当她信心满满地跳入水面平静的钱塘江，那些暗流，那些不能预期的拍在脸上的小浪头，那些隐秘的小漩涡，滑溜的、尖利的各种小石头，让她明白挫折无处不在。罗震中的鼻子里不知道呛了多少水，各种标准优美的泳姿都动作走样。当然，她最终顺利抵达了彼岸。欢呼和赞美声中，罗震中望着波光粼粼的平静江面，再也不敢随便自称游泳健将。

书本是书本，病历是病历。从读书到临床，就像游泳池里训练的健将进入大江大河一样。罗震中暗自点头，郑羿说得没错，临床实习的王者跟考场里的高才生就是这样的差别。

“我会告诉他所有结果，但是你需要振作一点，小伙子。”周凯峰医生的语气中不带任何情绪。他的手仍然重重地搭在小朱的肩膀上，用力摇一摇，“你不能让病人来安慰你，对吧？”

小朱蒙着脸，用力点点头。

解决现实问题，是最有力的劝慰。罗震中抬头偷偷望一眼周主任，佩服！

“说给我听手术的过程。”郑羿放了张白纸在罗震中的面前。滕宏飞和钱修远都把头伸了过来。罗震中和郑羿这几天形成的默契是，不管谁上了手术，都画个图，互通有无。

罗震中抱过一本手术图谱，翻到后腹膜的冠状位图那一页，把书放在一边，用笔寥寥几下勾出轮廓，一边画一边说:“从这个位置进去……在这里看到组织的颜色有异常，取块组织做快速冰冻切片……然后切断肾脏的血供……”

她一边说，一边努力回忆手术的过程。要不是必须向同伴复述一遍，手术的时候还免不了会走神，也免不了会放过看不懂的细节。眼下为了讲清楚，倒不得不好好探究一下。纠结处，罗震中使劲儿挠了挠头，回想当时的状况。

“周围的结缔组织不多，清扫起来很快，基本没有出血。”她一边回想，一边讲述，磕磕巴巴，终于讲完了。罗震中抬眼看着郑羿，心想，自己存货有限，细节上也要求不了更高了，不知道郑羿听明白了没有。

“所以说手术记录按规定必须一助写，我们没资格……我觉得把手术过程复述一遍真还挺考验眼力的。”滕宏飞听完感慨了一声，“复述也是在训练逻辑能力。”他觉得罗震中讲得不怎么样，但是若让自己来讲，估计也好不到哪里去。

“讲得可真不怎么样，一大段关键部分……气若游丝，听不懂。”钱修远嫌弃道。

罗震中抬眼张望了一下，看见余运东坐在办公桌前，正在写手术记录，她有点心虚地问：“余老师，我没讲错吧？”

余运东抬起头说：“马马虎虎，等下自己再看遍手术记录。”几个小鬼的讨论他听得清清楚楚，也算难为这小妞了。余运东听着一帮小鬼叽叽歪歪，莫名还有点羡慕他们。一个医生渐渐年长之后，职业路途就只剩下独自修行，向上级学，向文献学，一起叽叽歪歪的伙伴们慢慢走散，渐行渐远。回不到当初的自己，人到中年了啊！

“梅芮的眼睛搞过了？”闲来无事，钱修远悄悄地跟罗震中咬耳朵。

“你倒挺眼尖的嘛！比人家男朋友还上心。好看吗？”

钱修远“扑哧”一笑，脱口而出：“看都看不出来，好看也有限。周珏说的，她这几天轮眼科，看到梅芮去做手术。”他抬头不自觉地看看罗震中的眼睛，感慨一声，“女生为了漂亮真什么都敢干！她遮得挺好，我今天打了个照面才看清楚，有点怪怪的。”

罗震中发现钱修远在研究自己的双眼皮，立刻恶狠狠地说：“看什么看，我不是靠手术的好吧？”罗震中白他一眼，忍不住又有点好奇，“你觉得开完好看点没有？”

“梅芮是美女，女孩子好看不是因为双眼皮，不好看也不是因为双眼皮，纠结在上眼睑的皱褶上，挺不好理解的。她已经成绩这么厉害了……你那种头大脚短的问题，就不是手术可以挽救的了。”钱修远不由自主地往玻璃上照一照自己。

“陈孝毅看到了吗？”罗震中有点好奇地打探道。

“应该没有吧，班长这阵子在脑外科忙着呢，早晚都不见人影，周珏班里的姑娘挺仰慕他的……”钱修远瞬间觉得说漏了嘴，讪讪地看看面前这个短头发的小妞。

“我才懒得多管闲事呢，反正他们俩都厉害，一拍两散的话，马上可以找到下家。”

“梅芮太精明计较，不是做老婆的合适选项。”钱修远忍不住评价道。罗震中就挺“哥们儿”的，又抗分量，又不小心眼，还不多嘴。在一般女孩子面前，他才不敢这么乱说。

“陈孝毅也太精明算计了，不实诚，做他老婆没有安全感。”罗震中口无遮拦地说。

郑羿坐在不远处低头写病历，听到两个人在窃窃私语，他没有抬起头来，也没有插话。混了这些日子了，他知道这两人相互嫌弃，又相互讲义气，相爱相杀无疑了。

05
终于盼来了肾移植

一个名词蓦然从书本的某个角落中浮出来——

“病耻感”。

这天外二科的早交班气氛有点特别。

医生到得整整齐齐，人比平时多了好些，在办公室站了一圈。张松海医生已经换好了手术室的刷手服，外面套着白大褂，随时准备去手术室的样子；周凯峰医生肩膀上横挎着听诊器，显然也是突然被叫来的，随时准备去门诊。罗震中环顾了一周，只有姜鹏医生不在。

王主任两手插在白大褂口袋里，站在中间，环视了一下科室的医护人员，重重地清了清喉咙说：“和大家说一下，今天海盐县人民医院有一个脑死亡病人捐献肾脏，我们科今天下午要完成两个肾脏移植手术。”

肾脏移植手术在各个地级市的中心医院都不多，市第一医院有肾脏移植手术的能力也就是这一两年的事情。毕竟愿意捐献器官的病人和家庭极少，因此完成这样的手术，也得看机缘巧合。

“护士长把两个单间准备好、消毒好，上午两个血透病人就会从门诊收进来。”

护士长听了立刻重重地点头。看得出来，王主任还是有几分激动的。

走廊的东面尽头有两间单人病房，平时只收住有特殊要求的病人，这些病人有时候是高干，有时候是指定要住单间的有钱人。单间自带小空调、卫生间，配有会客沙发，淡褐色的墙面，搭配布艺沙发，看上去有点像酒店大床房，条件比普通病房好得多。

“两个病人张组和周组各管一个，先把血压控制好，做好手术前准备。”王主任眼睛一扫张松海和周凯峰，两位大医生微微点头。

“准备的时间不多，病人找到配型不容易，希望下午上手术之前，该写的都写好，该签的字都签好。手术后安排特护。”王主任缓缓地环视全科医生和护士，继续加重了语气说，“手术后病房限制探视和进出，病人抗排异，容易感染。除了必需的操作，严格限制进出病房的人员。”他又看着护士长嘱咐道：“房间里不必要的生活用品、装饰品都清理出去。”

“好的。”护士长立刻点头。

“姜鹏这一组主要处理移植肾的问题。希望大家都加快准备。不出意外的话，下午2点左右开始手术。”王主任言简意赅地把话说完，又向着实习生道：“手术后，没有老师允许，实习生不许进特护病房。除了主管医生、特护班的护士，其他人一概不许进特护病房。”郑羿看看罗震中，钱修远看看滕宏飞，一声不吭，听着主任把话说完。

早会一结束，快手快脚的护士长就大张旗鼓地指挥着清洁工阿姨收拾病房。布艺沙发被清理了出来，几下就被搬到了走廊上。“这个不好消毒，小心真菌孢子。”护士长说。

“包子？沙发上没有放过包子！”矮胖的护工张阿姨瞎七搭八，一边干活一边唠叨。卫生间传出浓烈的消毒药水味。

“手术后，我们就不是人了，现在还算。”钱修远叹口气，想着主任那“手术后，实习生不许进特护病房”的规定，伸头远远望了一眼特护病房，那边正在大动干戈。

“我来收吧。”滕宏飞看了看钱修远，干脆利落地把收病人的活儿讨了过来。

罗震中和郑羿隔着桌子正在玩“石头、剪刀、布”，两通拳猜过，罗震中的石头胜过了郑羿的剪刀。她露出一个笑脸，说道：“我问病史，你去拉钩。”她在心里盘算着，这么重要的手术，全科的住院医师都上去了，实习生估计连像电线杆一样站在一助旁边，手持大弯钩拉开手术视野的份儿都没有。还不如问清楚病史，等下去观摩手术，多少还有点参与感。

郑羿点头，搬出大部头的书，准备先好好看一下手术图谱和解剖图谱，下午观摩手术的时候，心里好有个谱，也算没白花力气在手术台上。“你问完病史告诉我，我看完图谱给你补课。”他轻声跟罗震中说。

“我蹭一下。”滕宏飞凑过来对郑羿说。

“还有我。”钱修远说。

“特一收病人了。别进去，里面在紫外线消毒。”护士红霞对着余运东喊道。余运东冲着罗震中一努嘴，罗震中立刻拿着记录本过去。

病房显然还在消毒中，门上的玻璃上透出紫外线灯的冷冷紫色光线。一对中年夫妻坐在特一病房外面走廊的长椅上，空气里弥漫着淡淡的臭氧和消毒水气味。

红霞刚收好血压计的袖带，说：“有点高。”

罗震中的目光在夫妻二人的脸上一转，直觉告诉她，那个中年妇人应该是病人。一眼看去，两人就是寻常随处可见的中年夫妻，但是仔细分辨，中年妇人的脸上有一种特别的青灰色，皮肤还有很多色素沉着，看上去脏脏的、松松的，像不新鲜的水果，她倒是也没有用任何脂粉来遮掩。

“章一心的爱人到这里来签字。”余运东在办公室门口喊了一声。

罗震中看着中年男士应声走过去，有点懊恼地想，没机会听一下他们谈话了。她索性转向病人，开始问病史：“你好……”开场白还没有结束，病人目光灼灼地盯着她，伸出手一摸罗震中红粉绯绯的脸颊，似叹似赞地感慨：“这脸蛋真的是好嫩……都不记得我有没有过这么粉嫩的时候了……”

罗震中脸上一片红晕飞过，她用笑容掩饰一下尴尬。心里暗叹，完了，又给病人当成小孩子了，哪有病人随便摸医生脸蛋的。

“你是什么时候开始血透的？”罗震中仔细看她，头发细弱枯黄，嘴唇干涩苍白，整个人清淡得仿佛要化去，脸颊上那些大小不同、形状各异的色素斑十分醒目。

“很久喽。”章一心仔细地看着罗震中，笑容不知为何透着点凄凉。“刚结婚的时候还好好的，生了儿子之后不久就开始患上肾炎……”语调平淡没有起伏。

“后来就开始没有尿，做腹膜透析，肾内科徐主任给做的通路，接着一个星期透三次，透了快五年了，这医院来得快跟自己家似的，熟门熟路。”章一心说着说着，语速不由自主快了起来，她有点气喘吁吁的，呼吸粗重。两个人离得实在是近，她的呼吸中透出一股酸酸的气息，浑浊难闻，罗震中不由自主地与她拉开了一点距离。

“怎么就活到了今日，总觉得哪一次透得不及时，就死掉了。”章一心低头看看自己的手。手心特别白，手背和脸上一样，有着洗不掉的污迹。十个指甲歪歪扭扭并不透明，看上去脏兮兮的，仿佛长了满手灰指甲。

病人拿过罗震中的手来，比了一下，洁白细嫩的皮肤，大拇指上缠着一个创可贴，指甲剪得极短，看上去一个一个小小的像蔷薇花瓣，中指上有一个小小的茧子，沾染着墨水的痕迹。肉肉的手背上，有小小的圆窝。

“还是幸运的，这不是等到了配型合适的肾脏了吗？”罗震中努力搜寻了一下可以鼓励她的话。

“这话说的是，还挺幸运的，这么长时间的血透，老公还愿意出这个钱来给我做手术。”她的眼睛不知道为什么看上去也不清透，脏脏的像蒙着一层云雾，本该泪眼盈盈，现在却干涸而枯萎。

“命已经算硬的了，还怨什么。”章一心低下头去，两手紧抱，在炎热的夏天，显得她有点异样和紧张。

“你知道吗，我脖子上好像套着根缰绳，给拴在这个医院附近，永远不敢离开，兜兜转转永远只能在这个距离内，到第三天不血透，就会要了命。夏天的时候，喝口水都要想想，我是喝呢还是不喝。”章一心苦笑了一下。

罗震中略一凝神，汹涌的同情心就像气泡一样冒出来，她顿住了，不敢往下问更加实际的问题。

“平时月经正常吗？”罗震中赶紧另起一个不相干的话题。

“还有什么月经，血透每次要用抗凝药，用了之后每个月就出血很多，三年前在市妇保医院处理过了，现在已经不来了。”章一心的嗓音略微粗嘎，并没有这个年纪女性的柔媚。

罗震中吓了一跳，顿时期期艾艾，又有点不敢深问了，这“处理”

是怎么回事，估计又是件血淋淋的让人头皮发麻的事情。她在草稿纸上画了个圈圈备忘，等一下得到教科书《妇产科学》上去深究。

还有作为一个未婚女子问不出口，但是又心知肚明的问题……枯黄的头发、松弛的肌肉、酸臭的口气、干涩的眼睛、污秽的指甲……很难把亲密进行下去……罗震中脑袋有点发麻，禁止自己继续想象，决定停住话题，再换一个。

“手术后好起来，那是最好；如果死在手术台上，对家里人来说，也是解脱了。”章一心倒是有种一了百了的坦荡之意。

“不会的。”一句劝慰冲口而出，罗震中立刻意识到，这根本不是医生应该说的，连忙讪讪地打住。

“有几个孩子？”罗震中换一个话题继续问。

“儿子 12 岁了，现在马上要上初中，在清河中学。”章一心轻轻地擦一下眼睛，“以前，谁问我过去史、月经史、家族史，我都会发火。”她的语速有点快，有点激烈。看得出来，她性子颇为火暴。此刻她略微前倾地坐在长椅上，两条胳膊紧紧抱在胸前，一条腿不由自主地抖动。

长期和医院打交道，医生的所有这些问诊，都已经在她身上进行无数遍了，厌烦、拒绝、懊恼，如果不是有这次换肾的机会，问病史也许依旧会成为一次非常困难的短兵相接——讽刺、挖苦、拒绝、回避等，各种情绪一起爆发。

“我们约好，等到我这次手术结束，就签字离婚。”章一心的腿抖动得更加厉害了，整个人都在颤抖，金属长椅也跟着发出轻微的咯吱声。章一心用微不可闻的声音说：“他对着我，这么多年了……不容易。”

她说着望向走廊尽头的窗外，身体渐渐放松，瘫坐在椅子上，面容松弛，好像和这个世界已经完全妥协。窗外天主教堂钟楼那一对破败而美丽的拱形塔尖近在咫尺，仿佛有让人平静的作用。一对平凡的夫妇为了治病而奔忙，在抱怨和摩擦中，感情慢慢瓦解和消散，最后解散婚姻。最后的最后，目标就是——活下去。

“签过了。”章一心的丈夫从医生办公室出来，简短地说了一句，坐在她身边。肢体语言透着多年夫妻的熟稔和默契，只是并不和她靠得十分近，神情也没有太多的激动和紧张。

罗震中望一眼他，有点好奇，两人即将离婚，她还是把最重要的签字交给了他。这情分，真是应了那句话——“至亲至疏夫妻”。

“病史问得怎么样？”滕宏飞看见罗震中回来，好奇地问。

“挺好，基本完整。”罗震中扫了一眼草稿本，没有什么太大的缺项了。

“哇！”滕宏飞惊讶地叹了一句，“她是血透室里出了名脾气火暴的病人，高兴就理你一下，不高兴张嘴就骂。”

“还好啊。”罗震中想了想，转念道，“刚才你为什么不告诉我？”她拿起个回形针“咚”地扔在滕宏飞的脑袋上。

“他说你从来不怕碰钉子。”滕宏飞一边躲，一边笑，瞟了一眼郑羿。

郑羿低头抿嘴一笑，平常看她碰了钉子也好，挨了骂也罢，经常嘛嘴，像小孩子一样灰溜溜的，对方就会因为“童言无忌”而放她一马，这伎俩快成为一项进阶技能了。

“哼！”罗震中给郑羿好大的一个白眼，随即问滕宏飞，“内瘘是怎么回事？还有还有，女性的血透病人做什么妇科处理可以让经血减少……还有还有……病人问我，原来那个萎缩的肾脏要不要摘掉？”

“那个好奇宝宝，快点把大病历写掉。”坐在办公桌前的余运东医生粗声大气地冲罗震中吆喝一声。

三个实习生听到工头的催促，立刻闭了嘴，加快速度处理手术前的各种工作。滕宏飞的特二床也来了，他赶紧去问病史。

“余老师，你告诉我萎缩的肾脏怎么办？我马上就写，我很快的。”罗震中跳到余运东跟前，两手撑在桌子上，用软软的声音讨价还价。

余运东鼻子里哼了一声，从桌上随手撕了一张草稿纸过来，画了个草图说：“增加个不必要的创面对病人有什么好处？原来的肾脏不用去动……”一屋子的实习生都赶紧趁机围过来看，拥在余运东的旁边。

他一边画一边解释：“移植的肾脏放在这里，连接动脉、静脉、输尿管，就行了。”重重的笔画，用红色圆珠笔勾画了一下主动脉和肾动脉。

余运东寥寥几笔在草稿纸上画出两个萎缩的肾脏，个子大了一倍的肾脏放在髂窝的位置，像树上的三个果子，各自连接着血管和输尿管。

“放在这里它不掉下来吗？血管是要做端侧吻合吗？输尿管这样会不会打折、梗阻？”罗震中拿过草图来端详一下，想象了一下手术视野下的立体实体，觉得这些已经超出自己的认知范围了。

“去去去……臭小妞，快点写好，下午上台自己去看。”余运东啼笑皆非，阻止她继续问十万个为什么，他把手里一摞谈话记录一起塞进病历夹，开始开手术医嘱。罗震中悻悻地吐吐舌头，白了郑羿一眼，加快手里的速度。

滕宏飞不知什么时候进来的，已经开始写病史了。

“咦，你问完了？”罗震中抬头看看他。

“这个病史不难，十年前肾炎，三年前血透，其他内容都可以在以前的病历上看到。”滕宏飞把一本装订整齐的旧病历放在边上，一边翻看一边说。

“哟！可以这么干！”罗震中恍然大悟。她拿起这本旧病历翻了翻，婚育史写得清清楚楚：26 岁结婚，育有一子，1—0—1—1[1]……无须再用一句一句胶着的谈话去揭开那些充满了疼痛的人生经历。简单明了，速度又快。病历已经陈旧变黄，力透纸背的娟秀钢笔字迹，竟然大多数是肾内科徐佳凝主任的亲笔。

可是，这么简单地照着旧病历写病史，又好像缺了点什么……罗震中托着脑袋想了想，又觉得自己并没有做多此一举的事情。

“我老是觉得，问过去史、婚育史、家族史，是在借着病史跟病人聊天，她把家庭琐事都跟你说了，日后查房就熟悉亲近很多，要好说话得多了！”罗震中对滕宏飞说。

“话是这么说，但今天得节省时间。”滕宏飞马不停蹄“唰唰”写着首次病程记录。

“王琴琴。”罗震中念了一下病人的名字，从办公室探出头去，看到病人正在护士站称体重。也是一个中年女性，身材矮胖，胡乱扎了个低马尾，脸色是和章一心约略相近的青灰色。

“血透病人需要用抗凝剂，这种病人都有肾性贫血，有些需要用药物制造人工周期，减少经血的量。”滕宏飞从书包里拿出一本翻得边边角角都卷起来的《妇产科手册》，翻了一会儿对罗震中说，“好像还有一种操作，减小子宫内膜的厚度，可以减少失血……一下子找不到……”

“内瘘，是把动脉和静脉做了一个短路的血透通路。”他又说，“这

1　1—0—1—1，对应“足月—早产—流产—活产”，意思是生过一个孩子，没有早产，流产过一次，存活一个胎儿。

种短路我见过，很大很丑的一团一团血管，看上去还挺瘆人的。”

“这样啊。”罗震中看滕宏飞的眼神里顿时有了点崇拜的味道。这两个问题跨越了几个科室，要在片刻之间找到答案，那真得有点功底和修为。

“唉，我刚有点感觉，慢性肾功能衰竭真的不是书上写的这么简单。”罗震中叹口气。

“血透室中午的时候有一批病人上机下机，等一下我们去看内瘘怎么操作。”滕宏飞对罗震中说。他的动作真是快，片刻之间，面前是整整齐齐的大病历，首次病程记录都已经完成。

“我快好了，你怎么像变戏法一样，简直太厉害了。”罗震中加快速度把入院诊断、鉴别诊断、诊疗计划写完。

“他问得马虎，就写得快……”郑羿揶揄道，“抄作业当然比你问起来容易了！他们温州人最知道抄近路，赶进度。”他拍拍旧病历说。

“你看半天，还不如余老师画个图讲的干货多。”滕宏飞反唇相讥，对罗震中的温文有礼半点都不用在大个子身上。

“滕宏飞是个机器人，他有三挡调速的加快键。”钱修远说着把一叠检查单送到主班护士那里。几个实习生分工合作，一页一页医疗文书增加得飞快，片刻之间，两份病历就完成得差不多了。

“余医生，特一病人的血压有180/100毫米汞柱，她是前天下午血透的。”护士长到医生办公室里，语气郑重地对余运东说，她皱着眉头，显然对这个血压数字大大不满意。

“眼下肯定是来不及加透一次了，先加一次口服减压药，把血压降下来。”余运东迅速地开出医嘱来。

片刻之前的消息是：移植肾已经在获取手术的过程中，虽说从海盐转运到这里还需要点时间，两个手术病人需要马上做好各项手术前准备。一次血透要花至少 4 个小时，显然是来不及的。余运东翻看了一下所有的医疗文书，仔仔细细地检查了一遍知情告知书。这样的移植手术他当助手都还是第一次，助手也是要看资质、看水平的，要像张松海、周凯峰那样成为主角，不单需要时间，也需要巧手。姜鹏略差了三年资历，就吃了亏。

余运东的视线在办公室里溜了一圈，想到章越今天借故休息了，他在心里忍不住“嗤”了一声。章越是凭年纪和资历熬上的副主任，手底下没有硬功夫。平常巴结领导的那个腔调，垂着手点头哈腰的……像李莲英，让人看了就不爽。他年纪都超 50 了，却还是手感太毛糙，轮不到主刀。眼看着被人后来居上，滋味肯定不太好受。所以这重要的大手术日，他只能适时地躲一下，眼不见为净。余运东低头签完字，默默地想，这辈子决不能混成老章那样。

“下午 1 点钟送手术室。”余运东简短地对护士长说，回头又看了眼小跟班。

几个脑袋正凑在一起，听郑羿讲器官配型的机理。一群人听到余运东的话，立刻一哄而散，相互使个眼色，准备提早出去吃午饭。

“带我去血透室。”罗震中捉住滕宏飞。一看她意犹未尽的样子，滕宏飞只好对郑羿说：“给我们带几个包子回来。”

郑羿对钱修远说：“增加两个。”钱修远左右一看，对周珏说：“八个包子。”

周珏咯咯地笑了起来，用软软的声音说：“都疯魔啦！中午饭都不吃了。”

四个人一路小跑，穿过阳光明媚的连廊，往血透中心跑去。

中午的血透室门口熙熙攘攘，在门口等候下午班次的血透病人正在吃中午饭，刚刚结束血透的病人一路整理衣服，陆续往电梯里走，三三两两地大声聊着天。门口的电子体重计上不断有病人在称体重，护士正在麻利地拆装管道和消毒机器。

“这是从水处理器里出来的血透水，这个滤器就是书上说的半透膜……”滕宏飞指着机器给几个伙伴看。“施老师，今天有内瘘的病人下机吗？”他问正在操作的护士。

“啊！滕宏飞啊，那边33床，他是内瘘。”护士熟稔地跟滕宏飞打招呼。

中年人肌肉松弛，胳膊血管极其粗大虬结，还带着动静脉瘘让人肉麻的震颤。护士把粗大的人工管道从他身上脱离开后，他从病床上起身，长袖衬衣的袖子立刻滑下来。

罗震中忽然想起章一心，大热的天，她也是穿长袖的。一个名词蓦然从书本的某个角落中浮出来——“病耻感”。啊！原来他们都是这样嫌弃自己的身体，眼不见为净，或者是怕别人看见了，嫌弃自己。她偷瞄了一眼那个中年病人的脸，漠然、厌倦、冷淡……

“血液流速快，流过滤器的血液总量多，就会有更多代谢废物从半透膜中透过……”滕宏飞轻声给几个伙伴介绍，他完全没有菜鸟常见的胆怯，一步一步讲下去，甚有章法。

血管嗡嗡震颤，唇齿间令人难堪的气息，皮肤上那些遍布的灰褐色斑点，还有污秽不平整的指甲、破败如棉絮的腹部脂肪……罗震中暗暗地叹一口气……出局！出局！感官上的出局是没有办法的事情。这个疾病有偌大的杀伤力，几乎可以让一个人万劫不复。

再坚贞的爱情也抵御不住感官上的嫌弃，这结论太令人酸楚了。

一趟血透室跑完回来，时钟已经过了正午，周珏带回来的一堆包子还在休息室的桌子上热气蒸腾，四个跑得一身汗气的年轻人一只手拿着包子，另一只手拿着茶杯，站在桌前狼吞虎咽。一群人紧赶着时间，准备去手术室。

“血透病人每餐的水分量都要很节制，不然到第三天心脏就吃不消了。”滕宏飞吞完满嘴的食物，满足地叹息一声。

“三天的尿全部在血管里，鬼才吃得消。”钱修远的话听上去挺瘆得慌的。罗震中和郑羿正举起茶杯，四个人都不约而同地停下来，仔细看了看自己茶杯中的菊花茶，水面静静地晃动几下，水面下的菊花新鲜水嫩，花瓣缓缓摇晃着。

四个人大眼瞪小眼，片刻，不约而同地举起茶杯碰了碰。玻璃和瓷器发出清脆的“叮叮”声。

滕宏飞用力揉一揉眉心，驱赶午间的困顿。他在心里暗想，在外科实习的机会真是不错。肾移植手术不是随便碰得上的，等这一趟手术下来，自己对肾衰竭病人，算是有了粗略的“全局观”了。

实习的最初一个月，外科的实习生太多，滕宏飞被科教科安排到了肾内科和血透室。当时一看排班表，他心里还有点不高兴。

没想到血透室里一台一台的机器，复杂的管道像迷宫一样难懂，而越难理解，就越让人着迷。

“老师，这个水是怎么配比的？机器怎么控制它的速度呢？”滕宏飞拿着本子跟在血透室护士后面刨根问底。

“老师，这血透的水，和血液是不混合的，对吗？隔着半透膜吗？”

“喂，你这臭小子，倒有点管道工的素质，你是实习医生还是实习工程师呢？”见他问得热络，护士倒也尽其所能地回答他的各种问题。

“我搞清楚机理，不然对肾脏替代的理解度太低。”滕宏飞一边问，一边在大笔记本上画图，笔记本上的“线路图”一天比一天详细。

看见他不嫌脏也不嫌麻烦地把拔下来的血透导管纵行剪开了看其中的结构，搞了一地淋漓的血渍，护士简直啼笑皆非。“刨腾完了，给我把治疗室的地拖干净啊！”

“好嘞，反正要拖地，我再拆个滤器看一下！”滕宏飞摊开一地工具，戴好乳胶手套，真有点管道维修师傅的样子。

带教老师对滕宏飞的惊异还不止这点，这小子只要搞清楚了来龙去脉，学上机操作，学管路封闭操作，学血气分析，那速度简直是见风就长，比护士快得多了。

“厉害啊！小滕。”

“明白了原理，我觉得操作起来放心很多，心里有底。”

知其然而知其所以然的精气神，还没有见谁比他更强。

“哇，这小鬼有点门道啊！”血透室的徐主任有一天刚好看到滕宏飞在帮着护士安装管路，旁边摊开的操作台上，是他画的血透示意图。厚厚的笔记本上，一连几张详细的示意图：图一是机器如何连接病人身上的导管；图二是血透机的工作原理；图三是血透用水的来龙去脉……还有血透用水的渗透压计算公式……

一页一页地翻阅，心里暗暗赞道：这资质绝对是人中龙凤。

“徐主任，我理解得对吗？”滕宏飞熟练地操作完毕，把示意图拿到徐主任面前，问道。

“嗯，血透用水的结构示意图，还有点问题，应该是这样……”徐主任拿起圆珠笔在滕宏飞的原稿上改了几笔。“我带你进去看一下吧！

我们几个专科医生都没你这么大的好奇心！”徐主任看着滕宏飞的大额头笑道。

制备血透用水的机器在锁闭的设备间里，一般的医务人员不会进去，也没见有人问。居然有实习生对它的工作原理这么深究，徐主任对这个年轻人大有好感，竟也不嫌麻烦，亲自开了设备间带着滕宏飞进去看。

“你看，这是两种配置的液体，这是电解质粉剂，水路从这里来，混合之后从这边的管路输送出去……”徐主任把复杂的结构详细地解释给滕宏飞听。

“哎，你将来对肾内科有兴趣吗？”已到中年的徐主任忍不住问道，大有把滕宏飞留在肾内科的意图。

“徐老师，我才刚实习呢，现在正是打基础的时候，对什么都有兴趣，将来做什么我可真心里还没有底。”滕宏飞看着这位中年女主任，感激地说。她的眼角有明显的鱼尾纹了，这是经历了好多年修炼的专科大主任，居然专门给一个刚入门的小菜鸟做带教。果然，教学医院的老师们都是把教学生当作责任来做的，每个人都不遗余力。

“明天有三个病人需要留置永久血透管，你跟我到手术室里去看操作吧。”徐主任对滕宏飞说。

“谢谢主任！”滕宏飞答应道。

像他这样的医生，不管到哪个医院，各个专科都得抢！我恐怕是想留也留不住他。徐主任心中感慨道。

肾内科的轮转，滕宏飞以满分出科。一个月下来，他和肾内科的医生、护士混得烂熟，人人都喜欢他。

滕宏飞的信心也在慢慢增强，对肾功能衰竭的病人，自己已经有一定的认知和处理能力了。

手术室里没有日与夜，没有温度、湿度的波动，没有情绪起伏。两个大手术室里，几组人马一起开动，用最快的速度完成手里的分解任务。监护仪和麻醉机的屏幕上，记录着一串串的数字和波形。

手术操作者用简短的语音交流彼此的要求，离体的肾脏用合适的温度和酸碱度保持着细胞的活性，所有连接身体的管道被精细地修理完毕，等待连接新的主人。

病人已经在深度麻醉中准备完毕，身体的某个部位正在分离、准备，像一个温暖的巢，迎接新的器官，安放新的希望。手术视野细小而深邃，主刀头上戴着手术显微镜，那些精密的人体管路，需要借助器械，精细地重新建立结构。

副主任医师张松海是这一台的主刀，他刀削斧凿一样的脸，晨星一样的眼睛，视线聚焦在狭小的范围内，简直像是有光环笼罩。

实习生们站在后方的观摩位置上，伸长脖子，看着红色的手术视野下并不清晰的操作。

这样的手术，是主刀医生和人体结构的短兵相接，其他人都是后方的补给和支持团队。主刀医生就像开着法拉利赛车的车手，在跑道上风驰电掣，一个人和速度孤独地对话。

隔壁的手术室内，是另外一队人马，他们视线的核心是副主任医师周凯峰。

主刀医生绵绵密密地完成新的连接。十几二十年的修为，化成没有差别、没有缺陷的一针一针缝合。旁人，哪怕是一助，都只有一种疏离的参与感。

“尿量？”张松海询问。

“尿量150毫升，血压160/90毫米汞柱，心率105次/分。”麻醉师简短地回应着。肾脏在新主人的血液循环下开始工作了。

郑羿低头看手术台下挂着的引流袋，只见里面的尿液竟是浅浅的淡红色。想到这常人眼中的排泄物，对肾功能衰竭的病人来说，简直是生命的泉水。他忽然记起从血透室回来的路上，滕宏飞说起的那个病人。

“你们知道吗，就是刚才那个内瘘的33床病人，他老婆说他早上有时候会特地往抽水马桶里倒一大瓶水，问他干吗？他说很想很想听听早起撒尿的声音。”

此刻在手术室里，看到这金贵的150毫升小便，他才略有所悟：对于病人来说，这竟是生命中难以追回的致命缺憾。

从手术台上下来，疲倦的罗震中伏在办公桌上，侧头休息片刻，她看着郑羿坐在办公桌前，手指绕着缝线打结的两根黑线，无意识地把玩着，没有像往常一样打结。她知道，他只有在凝神静气的时候才练习打结，不会在百无聊赖的时候做。窗外医院小花园里，知了在艳阳下的树荫里高声长鸣着，格外让人困倦。

“张老师做外科已经十五年了，周老师是十七年。”郑羿看一眼罗震中，轻轻地说，“你看他们真像是武功高手，一边要修炼内功，一边要对抗心魔。在兵器谱里要争取排名靠前，然后才有机会一展身手，侠之大者为国为民……”

“同门师兄弟里武功排名第一的师兄，才能够执掌门户，成为掌门人。”钱修远接着郑羿的话说道，随即又感慨了一句，“自古文无第一，武无第二，心好累啊！”

“和运动员也很像啊，没有这么长时间的训练，谁肯把小命交给你，躺在手术台上任你开膛破肚？”罗震中起身托着脑袋，侧头看看两个大男生。

郑羿迟疑了片刻，若有所思：“那不太一样，运动员是求胜，而医生是求……不败。”

“运动员跟自己的极限较劲儿的时候多，医生是在跟……”钱修远停顿了片刻，想想措辞，“……跟命运较劲儿。”

“你知不知道，余老师跟章一心的丈夫说手术风险的时候，他怎么回答？”郑羿有一搭没一搭地聊着，那个中年男人平静得近似残酷的语句，真让人惊讶。

“嗯？”罗震中露出一个询问的表情。

“‘她不管是好了，还是死了，我都解脱了。’”郑羿学着他的语调，把那句刺耳的话复述了一遍。

“和王琴琴老公的话很相似。”钱修远说，“‘给她换完肾，我也算是尽到责任了，不亏欠她，也不亏欠儿子了。’”他刻意把话说得抑扬顿挫。

郑羿和钱修远惊讶地对视了一眼，直接从中年男人的嘴里听到这层意思，明显感觉到他们夫妻之间只余若干责任和道义，感情已经山穷水尽了。

“你们知道吗，血透室的病人脾气都好暴躁的。我有一次管路安装得不太顺利，有个中年男病人拿起一本杂志，手一挥，拍在我脑袋上，气得我鼻血差点喷出来。”滕宏飞说，“他们对家里人，也会特别‘作’。家庭关系都不太好。”

“章一心给我的感觉，比朱新水还要沉重。”罗震中又趴下去，靠在自己的手肘上，不知不觉地慢慢睡着了。

滕宏飞在笔记本上记录着手术笔记，褐色封面的笔记本又厚又黑，字迹密密麻麻，还有好些草图。

午后的困顿和疲倦弥漫在空气里，不知道从哪里传来细细的音乐声，缓缓的乐曲，是一首老歌，断断续续勉强能听清："……海上漂流的是谁的遭遇，受伤的心不想言语，过去未来都像一场梦境……黑暗之中沉默地探索你的手……明天的我又要到哪里停泊……"

男声深情凄婉，反反复复唱道："是否我真的一无所有……是否我真的一无所有……"

"喂！梅芮的双眼皮，你看见了吗？"盛星宜低声问罗震中。这个星期她正在急诊室轮转，每天天一黑就出门，忙到半夜三更回来。两个人好些天都没有坐在一起吃饭了。

罗震中吃得双颊鼓鼓的，说："拜托，你视野缺损啊？都好久了。"

盛星宜拿起调羹，指指梅芮的床铺，说："真是个狠角色，自己脸上也敢动刀子。"眼皮已经完全消肿了，折痕清晰，非常标准。只是作为同寝室的室友，天天都见到，早已习以为常，也未觉得这折痕为容颜增色多少。

盛星宜张望了一眼，见寝室里其他人都没回来，说："每个人天生有个样子，就像朱雅文，胸大腰细；就像你，头大腿短……那叫恰如其分。"她压低了声音说，"那样改改，看上去怪怪的。班长不知道还敢不敢一口亲下去……"

"啊哈……"罗震中被同伴说得笑了出来。"她们俩，下个星期都要回学校谋划去了，梅芮去打听学校保送研究生的名额，朱雅文去打探留附属医院的消息。听说今年邵逸夫医院妇科有个名额，她还挺想去的。”罗震中“咕咚”一声躺倒在床上，翻滚一下懒腰，一副事不关己的无聊样子。

“你这个懒货，是没有发育成熟的无害型选手，对她们俩形不成任何威胁，她们俩倒都肯跟你实说。可能跟你聊两句，肚子里的小九九就不会憋得爆痘痘了。”

盛星宜狡猾地瞟一眼朱雅文床上的真丝连衣裙。“先搞定工作，再搞定老公，人家多讲究战略战术！”

罗震中像只猫一样肆无忌惮地翻滚两下，翻身坐起来。“找个备胎很辛苦，读研究生也很辛苦，我脑子简单，饶了我吧！万一抢来的不爱吃怎么办？万一抢来了，又喜欢吃别的，怎么办？”

盛星宜白了罗震中一眼，说：“你的神经系统发育不完全，女性的内分泌系统功能低下，X 染色体表达不灵光，等你回过神来喜欢的时候，好的都给抢光了，骨头渣子都不给你剩下。”

罗震中眼珠一转，不以为然。盛星宜的男友是浙大信息工程系的研究生，好像那个专业挺时髦、挺炙手可热的，眼下这半年正在跟课题角力，忙得昏天黑地的，两个人已经好久没有碰面了。说起终身大事，几年的恋爱长跑下来，她有种尘埃落定的笃定感。

“我们学校，好歹是老牌重点大学，等毕业工作了，立刻就是大龄待嫁女。你还能挑个清华的不成？”盛星宜一副娘家大姐的口吻，“唉，看你嫁掉我才省心。”

“嗒。”门口走廊上有人弹个响指。

“我走了，今晚值班。”罗震中一骨碌从床上爬起来，背起牛仔包，急急忙忙出去了。

盛星宜瞪了一眼，只见罗震中光脚套上一双帆布鞋，匆匆忙忙中用手指当梳子，抓了几下头发。出门的背影像一个放学的高中生。忽一眼看见郑羿，她跑到门口仔细端详了一下两个人的背影，嘴角露出一个促狭的笑容。

罗震中一边走，一边不由自主地叹气。她挨到快夜交班了才出门，实在是因为这个班有点让自己发怵。本来好好地跟着余运东老师，这几天科室里为了肾移植调整班次，变成了跟章越副主任值班。这个半老头子……唉！想起来就让人心情晦暗。每个实习生都被他不停地挑刺、教训，这些倒也罢了，他还动不动就到学科老师那里告一状，被告的实习生就会留下不良记录。上次钱修远本来把病人许多多的病历都改好了，一个星期后，教学办老师还特意拿个本子来调查实习生有没有旷工出去玩，这不是冤枉人吗?

“更年期……偏执狂……”罗震中一边暗骂，一边跟上郑羿的脚步。

郑羿挨骂少，最近就连迟钝的罗震中都发现了，她隐隐约约觉得关于他身份背景的传言有一点道理。

“别噘嘴，有点出息好不好。”郑羿别过头去看篮球场上的战况。高胖和杜逸各自带领一方，正在酣战，篮球砸在篮板上，发出重重的一声钝响，绕了一圈，掉入篮框。几个大个子一起拍手，场面十分热闹。篮球忽地飞出场地，郑羿飞身接住，一个优美的抛物线，把篮球扔回场地中间。

“嗨！来了。”高胖在场地中央接着球，招手叫他。郑羿有一刹那心痒难熬。

“没得玩，赶着接夜班。”郑羿拒绝了球场汗气蒸腾的玩伴们。场边上看球的有一帮小鸟一般闹腾的护士实习生。她们一边看一边叽叽喳喳说个不停，一个个笑语嫣然，摇曳生姿，时不时发出娇软的喝彩声，这样的场景郑羿再熟悉不过。

他不由得瞥一眼身边的罗震中，眼下她阴沉着一张脸，没有一丝笑意，就知道她是在担心跟着章越值班要吃亏。前些天见识过她在羽毛球场上对阵高胖，直线抽球的凶横劲头，满场救球的韧性，体能十分了得，一看就知道不是花拳绣腿，不容小觑，让人隐隐生出些佩服。这妞从不在意男女体能和力道上的差异，她要赢，就是凭硬功夫。

“你是不是水平不咋地？所以啦啦队的小野猫小美女都不喜欢你。”罗震中顺口拿同伴开涮。郑羿冷哼了一声，斜了一眼场边雀跃的啦啦队。三个长发少女在场边拍着手，正为高胖的进球助阵喝彩，清脆的嗓音，配着银铃一般的笑声。

他真心觉得，小护士们欢呼雀跃只是为了凑个热闹，她们从来不是真喜欢球赛，连规则都搞不清，就会咋呼。漂亮是一回事，一开口，顿觉索然无味。

“看看，都怎么当的实习生，踩着接班的点过来，有点自觉性没有？！”刚到办公室，罗震中就被劈头盖脸的数落吓得倒吸一口冷气。

“快去血库跑一趟，把备着的 4 个单位血全部取来。”章越把一沓单子往罗震中眼前一挥。

“哦！”罗震中答应一声，拿了单子掉头就走。心想谁知道血库在哪里，平时这事情都是外勤工人干的，但要是问眼前的章老师的话，无疑是自己讨骂，还不如跑出病区再想办法。

“血库在手术室通往重症监护室的连廊里，从那个夹层的楼梯上去。”郑羿瞥见章越往护士站去了，在走廊里追上罗震中小声嘱咐。他看着小妞急急忙忙没头苍蝇的样子，心里冒出一阵不安。

“多谢！”罗震中点点头，加快脚步去了。她低头匆匆看了一眼单子上的信息：“章一心，A 型，Rh 阳性。”

昨天早上交班，手术后的章一心露出了不太好的苗头。关于她的病情，占据了科室晨交班一半的时间。做特别护理的护士拿着护理记录单，一路报下来：血压偏低、贫血、移植肾的尿量偏少……每个数据都在偏离主航道，章越听得眉头紧锁。一整天余运东都待在病房里，处理高钾，用升压药，忙个不停。看着余老师的脸色，罗震中快手快脚地帮忙，却什么也没敢问。

两袋血和两袋黄色的血浆放在运送箱里，拎着跑回来，罗震中跑得大汗淋漓。

“来，你戴上口罩、帽子，跟我进去换个药。”夜班护士红霞在治疗车上准备好了换药的弯盘和棉垫，还有一堆输血用的东西，招呼罗震中。

“不是说我们实习生不可以进去吗？章主任到哪里去了？”罗震中从治疗室的玻璃窗往外张望了一下，语气充满了小心和戒备。

“老章做急诊手术去了，输血医嘱刚已经开了，是他吩咐你去换药的。”红霞是老资格的护士了，胖胖的圆脸透着让人放心的敦实和稳妥。罗震中急急忙忙按照她的要求戴口罩、帽子。

傍晚的病房里，窗帘早早地垂落下来，夕阳透不进遮光的窗帘，房间里光线暗淡。章一心躺在病床上，面无表情，像棵即将枯萎的植物。罗震中伸头看了看她，说道：“还好吗？”跟了余运东这些日子，这句口头禅会不由自主地冒出来。

“冷。”章一心从嘴里低低地蹦出一个字来。罗震中赶紧拉起被子把她的肩膀捂好，只露出需要换药的手术伤口部分，又摸了摸她的手，的确很凉。

病人的腹部脂肪像破棉絮一样松弛，有很多腹膜透析留下的巨大疤痕。腹部一侧的切口突兀而显眼，切口的敷料完全被血性的液体渗透了，空气中弥漫着一股又酸又腥膻的味道。罗震中揭开全层敷料，只见手术切口的缝线整齐妥当，但是在切口中间部位，有一缕细细的血水慢慢地渗出来。她用碘伏把血水擦拭干净，只片刻又涌出了新的血水。

血流速度虽然不快，看着也不像是动脉血，但源源不断地涌上来，下面好似有活的泉眼，让罗震中感觉十分不安。章一心用力抬了抬身子，低头看了一眼自己腹部的伤口，颓然地躺平，把头向窗的方向转过去。

雪白的新敷料盖上手术切口，底层立刻沾上了新鲜的血水，厚厚的敷料稳妥地固定好，上层仍然白得耀眼，遮住了底下熔岩一样惨烈的真相。

“冷。”章一心又说。罗震中换完纱布，赶紧重新把被子给她盖好，肩膀捂严实。回头看了一眼室内的空调，温度显示 28 摄氏度。片刻工夫，红霞把血输了上去，浓稠的血液一滴一滴地滴入血管中。罗震中又看了一眼挂在床边的透明口袋，里面只有很少的黄色尿液。红霞正在记录数据，整张特护单上是密密麻麻的字迹，今天的医嘱又调整了不少。

“她在出血？”待红霞推着治疗车出来，罗震中压低了声音问。

“张松海主任说，很可能是移植肾破裂，调整一下凝血功能再看结果，希望自己能够凝得住。”红霞不太确定地回答，眉心皱出了一条细纹。看来人人都十分疲惫了。

罗震中走过楼梯通道，忽一眼瞥见章一心的丈夫站在楼梯角抽烟，他弯着的背影都透着一股沉郁颓丧的味道。脑袋边上缭绕着浓浓的烟气，让人不敢靠近。脚下的楼梯上落满了长长短短的烟蒂。沉重压抑的空气带着烦躁和失望的焦煳味，让罗震中觉得透不过气来。“为什么会这样？”

上午 9 点钟，章越和郑羿从手术室回来，郑羿恭谨地走在章越一步之后的地方，两个人言笑晏晏。

“已经很好了，下次还有机会的。”章越把病历夹递给郑羿，用手拍一拍他的肩膀，语气是少见的敦厚和蔼。郑羿低头微微一笑，心里升起小小的成就感，让他真有雀跃一下的冲动。

章越看着罗震中兴冲冲拿着输血单去了，对郑羿说：“刚收的阑尾炎病人，加个急诊手术。”随即他亲热地拍拍郑羿的肩膀，“小郑，你给我当助手。”

“好嘞。”郑羿想也没想，爽朗地答应。

“你这手长得有外科医生的天赋。”章越看着正在开手术通知书的郑羿，悠闲地说。

郑羿微笑一下，礼貌地点点头，心里想，这章主任的彪悍自己又不是没见过，他今天心情倒仿佛很好的样子，真是个由着性子来的人。

“我说小郑，实习就是要靠多操作，来，我教你。”上了手术台，章越一步一步地分解动作，每做一步都不厌其烦地跟郑羿解释。

“这荷包缝合，线距看好了啊！就这个距离是最完美的，最后几针留给你操作……”他一边说，一边指挥着郑羿，两个人换了个位置，由他来充当助手。

这可是从来没有过的操作机会。郑羿拿着持针器，全神贯注，一针一针谨慎地完成荷包缝合，过程又顺溜又紧张。

“嗯……很好嘛！我就说，有些人的手天生就灵巧。”章越看着郑羿操作，偶尔帮忙，语气里没有惯常的那种不耐烦。

坐在一旁的麻醉师和夜班洗手护士不由得交换了一个惊异的眼神。麻醉师探头看了一下，关键操作已经完成，接下来就该关腹了。

“章主任，今天心情老好了？”麻醉师瞟一眼章越，搭讪道。心里想，往常老章值班，要开急诊手术的话，一圈人得轮过来被他骂一遍，今天这真是撞鬼了！

“少来搭腔，麻醉看好！”章越一脸嫌弃，对着年轻的麻醉师脱口而出。洗手护士顿时轻轻讪笑了一声，对嘛！这才是“正常”的章大主任。

“好！做得漂亮，这个线距，刀疤长平了也好看。”章越对着郑羿，又恢复了方才谆谆教导时的温和敦厚。

做完操作，紧张的情绪一扫而空，郑羿的心里突突一跳，仿佛咂摸出点滋味来了。

“以后我值班，你就跟着我嘛！跟着余运东能有多少手术机会呢，下次还能做得更好啊！”章越一路走，一路殷殷地关照道。

“病历嘛，让小妞去写好了。”

郑羿对着章越，一直礼貌地微笑着，笑得脸上的肌肉都差点僵掉。

回到办公室，郑羿的视线在罗震中脸上一扫，说：“开了一台急诊的阑尾穿孔……本来该你去的。”

“多谢。”罗震中无精打采地说，她的心思回旋在章一心的急诊血电解质报告单上，面前摊着章一心的病历夹和厚重的《外科学》。她没有注意到郑羿小心翼翼的表情，也没注意到钱修远对着章越的背影刻薄地撇一撇嘴。

趁着郑羿去开医嘱，钱修远压低了声音说：“这老章够会钻营的，故意把手术机会给关系户。”

“哦……”罗震中的脑筋总算是转过弯来了，郑羿不会是预先知道的吧？

“唉，我才不高兴跟他上台呢，欠骂不成。”罗震中听说过，这章主任，台风出了名的彪悍，是手术室里有封号的“四大恶人”之一，一助、二助、洗手护士在手术台上配合稍有不慎就会挨骂。据护士传说，几年前还有一次“台上飞剪刀”的记录。她往门口望一眼，很坦然地说：“他愿意跟台，也是好的，活儿总得有人干。”

钱修远看她一眼，又面色不善地瞪一眼郑羿。他得点一下郑羿，别欺负小妞天真幼稚，随便占搭档的便宜，抢了人家的操作机会。

“病历我会写完的。”郑羿回过头来，像是听到了点什么，略有点歉疚地说。他的视线刻意在罗震中脸上停留了片刻，像是在分辨她是否真的在意。

“多谢。”罗震中笑一笑，满不在乎地说。

滕宏飞老远向罗震中投去赞许的一瞥。

病区渐渐安静下来，夜色渐深。王宜君、周凯峰、张松海三个大医生陆续“闲逛”到病区里来，翻一下化验单，再看看特护记录，跟护士交谈几句，不知道什么时候又逛走了。罗震中知道，每个人的心里都牵挂着状态不佳的章一心。

“张老师，刚我进去换药，切口中间，我觉得应该是活动性出血。”罗震中对穿着汗衫、运动裤站在办公桌前翻阅化验单的张松海说。她对他不像旁人般那么敬畏和躲避，张松海也仿佛乐意跟她聊两句。

“眼下有点难了，输血之后钾更高，不输的话，血压维持不住移植肾的灌注，尿量少……”张松海不知道是对自己说，还是对小妞说。

“死循环……”他看看小妞明净的眼睛，年轻的心思还不足以推测出不远的未来，而他已经知道疾病必然的结局了。医生的心哪，真的需要特殊材料来打造！

罗震中硬生生把一句“那怎么办呢？”咽了回去，只是用一双大眼睛，可怜巴巴地向张松海看两眼，等了一会儿，张松海哼了一声，说：“明天看看要不要再次手术。”说罢，走出了办公室。罗震中不由得长叹一声。

这个病人是周凯峰的，张松海心里的压力没有这么大，可是兄弟相处这么久，张松海心里最清楚，在艰难的时刻，有一个水平相当的伙伴能够帮你合力扛一下，那是多么需要默契和担当。这些年来，他们已经一起闯过了那么多的关口。心意相通啊！

“王琴琴都已经好得差不多了，明天引流管和导尿管都可以拔掉了。”滕宏飞翻了翻病历夹说。虽然不能进病房去看，但是化验单、特护记录、早交班无一不在证明，病人王琴琴在向康复的方向进展。过不了多久，就能够痊愈回家，滕宏飞十分庆幸。

手术前，章一心坐在病房门口，紧紧抱着手轻声说话的样子在罗震中的脑海中浮现出来。“手术后好起来，那是最好；如果死在手术台上，对家里人来说，也是解脱了。”

她好像一个溺水的人，快憋死了，用尽全力挣扎到水面上来猛吸一口气，又沉下去，继续垂死挣扎；最后关头又浮上来猛吸一口气，看到一丁点希望，又沉下去。她那种挣扎在窒息边缘的生存状态……

“开始哪能想到，手术前谈话里的移植失败是这么一个状态！”罗震中对坐在身边的郑羿说。

郑羿侧头看了看她，很明显她心无芥蒂的样子并不是装出来的，他不由得大大松了一口气。在章越刻意的照拂之下，自己有机会上手刚才的急诊阑尾炎完成大部分的操作，此时，紧张和过瘾的感觉还没有完全过去。

一下手术台，郑羿忽然就明白了，天下没有不透风的墙，还能是为什么！这事自己好像真的挺没义气的，挺欺负人的，而她跟自己这么讲义气，真有点对不住她。

他一边埋头完成病历，一边装作没事般柔声说："你有没有感觉，困难的病例，不是难在手术本身，而是难在手术决策上。"

"嗯！阑尾炎手术开得再好，只是治病。像眼下这个，医疗决策简直会影响一家子的命运，人命关天的分量，真是好难好重！"

罗震中侧过头，脑袋搁在自己的手肘上，不安地用手指尖敲打着桌面，呆呆地出神。过了一会儿，她发现自己在敲的节奏，竟和那首歌词的鼓点一模一样："是否我真的一无所有……是否我真的一无所有……"

滕宏飞整理干净王琴琴的病历夹，说："并发症真是各式各样，简直不是手术前能预测的，本来我总觉得肾性高血压会出点状况。"

"话不好谈，刀不好开，最主要的是，眼下这个局面，压力不好扛啊！"郑羿叹息一声，瞧余老师和周老师那阴沉的脸色，一定是举棋不定，在考虑后招了。

钱修远望了望郑羿，又望了望罗震中，没有说话。

06
手术失败

理解病例，除了数据还要加上情感？

早交班的气氛十分凝重。凌晨时分，罗震中又被值班护士叫起来，给章一心换了一次药。几个小时前更换的厚厚敷料被血水渗透了。红细胞和血浆一直在输入，平躺在病床上闭着眼睛的章一心并没有睡着，形容枯槁，眼球在转动，浑浊的眼泪沁出了眼角。罗震中忍不住用轻不可闻的声音安慰她："会好起来的。"

早晨，罗震中听着后夜班护士一行一行汇报着章一心的情况，偷眼看了看周凯峰老师，他脸色凝重，但是平静如常，应该已经是箭在弦上，只等王主任最后发话。

"备血，准备探查手术。"王主任用简短的决定结束了冗长的交班。张松海向周凯峰投去的目光既像是在安慰对方，又像是在坚定自己的信心，他们像极了并肩战斗的兄弟，即将共赴战场，却一句话也没有说。

主任办公室里，周凯峰跟章一心的丈夫做手术前的告知。

"这是不得已的最坏结果，需要切除移植的肾脏。"

"切吧，让她死是句气话，能活下去，总要让她活下去……"数年郁积下来的情绪，并没有让男人哭泣或者愤怒，只有屈服之后的绝望。

站在办公室阳台一角听到对话的罗震中两手紧紧地抱在胸前，沉默地退到阳台的另外一侧。窗外，灰暗的云层正在积聚着雷雨。横行的风呼啸着吹过梧桐树密密的枝叶，茂盛葱郁的植物正在等待着滂沱大雨的来临。

“你去休息一下，我跟台，下午告诉你手术结果。”郑羿看着她的侧脸怜惜地说。夜班下来，罗震中的面色失去了粉嫩，满脸透着疲倦。对这个病人，隐隐的感伤是他们共同的情绪，朝夕相处了这么些日子，郑羿知道罗震中并不是一个粗枝大叶的假小子，自己对她的那份歉疚，也需要弥补一下，才能略微安心一些。

探查手术依然在做移植的第 11 手术间进行，大家为所有可能的结果都做了后续准备，但是切口一打开，在手术台上的人都知道，结果只有一个。

两厘米长的裂口横亘在肾盂附近，血块蔓延包裹着移植肾周围所有的缝隙，裂口慢慢地溢出血液，出血速度不快，但是新鲜血液蛮横、持久地一滴一滴从深处溢出。几天的低血压之后，移植肾已经失去了新鲜的颜色和外观。

台上的几位医生沉默了片刻，沉重地对视一眼。周凯峰简短地说：“切除。”站在他对面的张松海默默点了点头。

“移植肾的血液供应看上去很有问题……”郑羿坐在窗前，画了草图，跟罗震中和滕宏飞解释手术中的状况。黄昏时分，窗外吹拂进来雨后的风，带着浓郁的水汽和植物的芬芳。

“裂口能不能缝补呢？这个裂口是外力造成的吗？”罗震中有点后

悔没有上台去看个仔细，转念一想，又释然了，即使上台，手术视野下，还是有很多搞不清楚的问题。

“出血了之后，就不能抗凝，不然还可以再做几次血透，看看移植肾的血液供应能不能好一点。”滕宏飞咬着手指甲说。狠狠翻了一下午的书之后，他的脑门显得更亮了。

“烦死了，没事都快走。”连日的辛劳，失败的结果，加上情绪激动、不愿意配合的病人……余运东的忍耐简直达到了极限。这些小鬼说的都是之前的事情，而他正在面对的是黑暗蒙昧的前方困局。

余运东刚才进病房去查看切口情况时，章一心本来静静地躺着，一见他立刻暴躁了起来，扯掉静脉针，甩手把床头柜上的东西“乒乒乓乓”撸了一地，声音嘶哑、含混不清地叫着“让我死”……血从手静脉的针头喷出，滴得到处都是。此情此景，即便是成熟的外科医生，内心也不免大受打击。

“让我死”是一句气话，余运东知道，接下来的选择，已经被逼到了死角。

余运东一张阴云密布的脸吓得三个小跟班从桌前跳起来，一齐跑出了办公室。滕宏飞说：“不如出去逛一圈吧，免得被余老师当出气筒。”

“刚下过雨，到运河边去逛一会儿。”郑羿提议道，他往阳台下探头，张望了一下篮球场，水泥地面上一汪一汪的雨水。

“余老师心是很好的，给他当出气筒也就当了吧。”罗震中点点头说，“反正是钱修远值班，我们就别戳在那里当电灯泡了。”说着三步并作两步，跟上郑羿的步速。

三个人连跑带跳地转出医院大门，往不远处的城南公园跑去。斜斜的阳光穿出云层，在带水的草叶上反射出绚烂的水光，天空中悬着一道七彩的虹。“哦——”三个人一起吆喝，一起仰望难得一见的绚丽彩虹。河水汹涌而下，运河丰沛的水流在巨大的拐弯处，安静无声却暗流涌动。

“能出来缓口气真好，这一口闷气真不是随随便便消化得了的。”郑羿深深呼吸，高大的身形向着彩虹的方向展开双臂。刚才病区的空气都是凝滞的、缺氧的，简直让人窒息。

“光这两个病例，光这几天，我们就能学到很多，这比书本要艰深多了，难到令人难以置信。真的需要好好消化消化！”滕宏飞向河水中抛去一颗石子，打出一串水漂，扬起清冽的水花。

“好像每一个病例，你都学得比我们要多，滕宏飞教授，让我们怎么追得上你呢？”罗震中也向河中用力抛了颗石子。一串水漂从水面上削过，落水的位置比刚才的石子还要远。

“不，我觉得你理解病例的方式，和滕宏飞不一样。”郑羿看着水面，大声说。水花声既响亮又悦耳，两个伙伴顿时一起看着他。

“这个机器人，他理解一种病，就像地鼠掘隧道一样，纵横穿插，从理论到数据，从解剖到病理、生理，非打通任督二脉不可，那是谁也比不上他的。”郑羿居高临下钩着滕宏飞的肩膀道。

“而你理解病例，除了事实和数据，还要加上情感……和意义。”郑羿侧头看着罗震中。

滕宏飞张了张嘴，若有所思。这几天下来，他明显地感觉到，罗震中管病人的方式和自己很不一样，不落下风，但是又说不出明确的区别。郑羿一提，他这才豁然开朗。

罗震中觉得仿佛有电流穿过身体。自己也想到过仿佛……有区别，仿佛很不一样，但经他这么一说，才发现这就是自己感觉到而没有表达出来的意思。这家伙，个子大，心却是好细！

“喂，那你自己呢？”罗震中仰头凝视他。

“我嘛……我可不如你们这些学霸、书呆子，但是我会加上体育精神。”郑羿眉毛一挑，像是很得意，又像是自我解嘲，他看着罗震中清澈的目光，忽然涌上了一丝羞涩，不自然地移开了视线，不敢迎着这双晶莹的眼睛。

夕阳一寸一寸偏斜着落下，彩虹在天边渐渐消失。清脆的笑声从蓊郁的树木间传来。三个年轻人在运河边的道路上一边跑，一边说笑，连日来郁积的情绪和疲倦渐渐淡去。

第二天，觑着余运东身上绷着的那种紧张和郁闷已经消了一些，罗震中小心翼翼地问：“余老师，章一心以后怎么办呢？”移植肾切除一天以后，她的状况就慢慢稳定下来，不需要再输血，血压也稳住了，大出血死亡的阴影逐渐退去，整个科室不再紧绷着，连护理的特护班也撤了。

“回到血透的老路上去！”余运东冷冷地对罗震中说。他知道，章一心身体里的废水一点一点增多，肺水肿就会一步一步地严重起来。集聚的水分阻止氧气进入毛细血管，病人那种缺氧后的窒息感，就会像一根无形的绳子勒在她脖子上，一寸一寸、一分一分勒紧。最后活活被勒死。这是血透病人最深的梦魇。漫长的折磨，恍如死神站在眼前狞笑着问：“要不要血透，你自己说。”

残酷的心理博弈就在那小小的黑暗的特一病房里面，甚至没有蔓延到病房外面。

最终，章一心端坐着，吸着氧气，口唇发紫，同意做急诊血透。

“余老师，我帮忙推床。”滕宏飞跟在余运东的后面，推着章一心的病床去血透室。这是他特意等到的特别任务，没有叫上其他伙伴。

病床上的章一心，脸上扣着面罩，“呼哧呼哧”喘着粗气。滕宏飞知道，那是急性心功能衰竭的表现。按照以往的经验，血透机连上去，大功率工作两个小时，这肺水肿的表现就会好转。

“哎哟！还当是交了什么好运，开了刀，折腾了钱，还不是和我们一样，又血透了。”冷不丁，旁边传来一个中年女病人尖厉刻薄的声音。她躺在床上，手上连着血透管路，跷着二郎腿，看热闹般盯着章一心的病床，看着血透室的护士忙着给章一心过床、连接血透机，一脸的幸灾乐祸。

滕宏飞忍不住送了一个锋利的眼神过去，示意她闭嘴。他认识她，这个病人也是个素日里就难弄的，听说往常她就和章一心屡有龃龉。听这话音，她对章一心这次有肾移植的机会，真是从骨子里又妒又恨。

“是拿的肾脏不好，还是刀开得不好？反正总是造了孽了，怎么弄都好不了，前世作孽哦……”这个女人继续冷嘲热讽，长长的尾音像残酷的绳索，要飞出去把人勒死。

旁边床位的几个病人纷纷面露异色，有人同情，有人冷眼旁观，都一言不发地看着章一心。

“你怎么说话呢？一点人性都没有，是吧？”滕宏飞走到中年女病人床前，加重语气说道。见他一反常态大有教训人的意思，余运东赶忙伸手用力握了一下滕宏飞的肩膀，示意他克制情绪。

那个女病人往常挑衅的时候，也没有挨过哪个工作人员的训斥，她一时拿不准滕宏飞的意思，瞪着眼前脸色阴沉的年轻医生，讪讪地闭了嘴，冷哼了一声。

一时间，整个病房只余血透机运转的声音，复杂的情绪弥漫在空气中。

滕宏飞拿着听诊器，听了一下章一心的肺部啰音。随着血透机的运转，她症状好得很快。

“啊……唉唉唉……”病床上章一心的呼吸慢慢平稳了，她忽然清了清嗓子，拿腔作调地唱了一声。接着诡异地笑了笑，吊着嗓子开始唱起了越剧。婉转曲折的声调，一板一眼，倒像是经常练习吊嗓：“人说到，大观园，四季如春……我眼中，却只是，一座愁城……”

她一边笑，一边唱，旁若无人地表演着，手还甩几下水袖。嗓音唱破音处，声若女鬼。“这花朵儿与人一般受逼凌，我一寸芳心谁共鸣……”

渐渐地，章一心变成了一边唱，一边哭，“一朝春尽红颜老，花落人亡两不知”。刺耳的唱词肆无忌惮地回荡在血透室里，又凄惨，又张扬。

周围一大圈病人都默默看着她，本来手里拿着杂志看的、拿着半导体在听的都停了下来，静静地看着她如痴如癫地唱着。

血透室的老护士本要过去制止她，怎奈听在耳中，心里就明白了，这是谁能劝得动，劝得好的呢？随她发泄一下吧！

滕宏飞站在章一心病床边，默默留意着血透管路的稳定性，防着她情绪失控去扯身上的管道，引起大出血。他本来紧绷着的警戒之心，慢慢被怜悯和伤感一点一点充满了。之前玩儿命学习血透机原理的时候，还没有过这样的感觉。“情感和……意义”，滕宏飞心里咀嚼着郑羿的话。总有一天，自己要作为一个主诊医生去面对病人的痛苦和绝望，这不是靠努力学习可以得来的技能。

滕宏飞慢慢有点理解罗震中的态度和方式了，或许，这就是之前自己未曾在意却再确切不过的临床。

滕宏飞坚持着不让自己移开眼睛，把注意力重重地落在这浓重的悲伤里，控制着满溢的情绪，默默地对自己说："现在是在补课！"

好死不如赖活着，一番折腾下来，血透机把3000毫升废水从章一心体内排出，那窒息而死的感觉终于慢慢退开，勒在脖子上的无形绳索也随之松解。求生是一种多么强大的本能啊！虚弱而暴躁的病人无奈地慢慢接受这个残酷的事实。

她躺在病床上，从血透室被送回来，拍着床哭喊着："就不能给我死个痛快吗？！就不能给我死个痛快吗？！"余运东和她的丈夫一起在床边无奈地看着，他们都知道，让自己心痛的，甚至不是面前苟延残喘的中年女子的残躯。

章一心的丈夫抱着头，蹲下来，坐倒在墙角的地上，长久地沉默着。

余运东医生站在床边，两手紧紧环抱在胸口，也长久地沉默着。

求生不得，求死不能，这是医生、家属、病人共同对病人命运的不得已的选择，每个人都别无选择。

罗震中不敢再问下去，她心中胆怯，心想："还好特一病房不让实习生进去。眼下进去，真不知道如何面对那种绝望。"她想起问病史的时候，章一心曾经说起的秘密，想起手术签字的时候她丈夫说的话，鼻子酸酸的。命运没有垂怜这对平凡的夫妻！想到面色凝重的周凯峰老师，罗震中心里也是酸酸的。再精巧的手艺，有时候就是抵不过捉摸不定的命运！

郑羿忍了忍，终于没有把"为什么会肾破裂"这个问题问出口。他看得出余老师、周老师的心情都很糟，就算问了也不会有确定的结果。“人体是个黑箱”，这句话毫无道理，咀嚼起来却余味悠长。医生何尝不想知道为什么呢？除了知道原因，现在先得面对结果——不管是什么样的结果。

罗震中却找了个没人的中午，偷偷地问张松海：“张老师，移植肾为什么会自发性破裂呢？”

张松海的目光在她脸上一转，这个小妞不问自己的带教老师，却问到自己这里来，也算是个懂事的。“两侧肾本来就不是完全一样的，取肾有先后，快速取肾的手术，操作质量也有区别，按眼下的判断是说不太清楚的。”

这个结论，张松海在心头已经是想了又想。他看着这双明净的大眼睛，不由自主说了出来。

“手术前，如果再控制一下高血压，再做一次急诊血透稳定一下，是不是风险就会小一点呢？”罗震中眨巴眨巴眼睛，还没有罢休。

“限时要做的手术，有时候就等不得几个小时。”张松海没有嫌烦，心想小妞自己琢磨得倒也不无道理。

章一心的丈夫长久地坐在病房外面的长椅上，轮廓分明的国字脸呆滞着，没有期待，也没有盼望。郑羿记得手术前他说的话，而现实的结果并没有向左或者向右，而是回到了起点。

余运东看看眼前的两个小鬼，还是不忍心把章一心的样子说给他们听。小鬼们对医疗的复杂性，还不能理解到那种程度；对医疗残酷的承受力，也没有达到那种层次。这种情况甚至到了他——一个逐渐成熟的外科医生能够承受的极限。

余运东心痛如绞，暗含着手术失败的内疚，暗含着不忍直视病人走向痛苦的未来。昨晚他躺在床上，想到曾经的同事，理解了他。

是不是在同样的心情下，他甚至宁可让自己的心脏停止跳动，来拒绝面对明天的痛苦。是不是，沈子钧？

朱新水在这个早晨出院了，罗震中这阵子所有的关注重心都放在特一病房，每天换药和交谈不过是例行公事。不知不觉间，朱新水的手术切口已经可以拆线，病理结果也出了正式的报告：恶性间皮瘤，周围淋巴结未见转移病灶。自从做完那个手术后，小朱再没有滔滔不绝地提问过。

正式的病理报告像一纸裁决书，议定了病人需要在手术伤口愈合之后到肿瘤内科治疗。父子二人一起和周凯峰医生谈了一会儿，就决定了后续的事情。

罗震中站在周老师的背后听病情告知，这一次，波澜不惊。平静的问询，像问一次旅行攻略，或者一桩生意的细节。接受了恶性肿瘤的事实后，所有的不知所措、患得患失都已经消失无踪，父子二人只剩下走向未来之路的齐心协力。

小朱每天往病房送煨得酥烂的鸡汤和鱼汤。朱新水恢复得很快，能下床之后，就看不出病人的样子了。出院的早晨，朱新水换上干净的汗衫，像刚来的那天一样，斯文而健硕，让罗震中恍惚回到了原点。

外科病房就是这样，病人像潮水一样，一波又一波，为了这个病人担足心事，用尽全力解决问题，心情大起大落，等到这个病人的事情过去，下一个病人又来了，下下一个病人又来了。

出院记录上，周凯峰的签名朴拙有力，字迹虽不算优美，但像郭靖的“亢龙有悔”一样，大道至简。他的功力可能更加深厚一些，从外表上，看不出余老师那样郁闷得快绷不住的状态。有一天，郑羿甚至看到周老师在走廊的楼梯拐弯处，和章一心的丈夫在一起抽烟。两个中年男人在烟雾中沉默地对视着，谁也猜不出他们两个会在一起说些什么。没有怨怼，没有怒火，更像是生意伙伴一起面对一桩搞砸了的业务，一切尽在不言中。

罗震中把出院记录叠好，送到朱新水的病房里。

“谢谢你，罗医生。”小朱把一摞医疗文书仔细叠整齐，放入背包里，礼貌地向罗震中致谢。他年轻的面庞在几天之内添了成熟，骨子里对命运的接受，让他看上去有点一家之主的沉稳了。

“儿子大了，现在他是我的家长，收着我的作业。”朱新水和往常一样沉稳幽默。

目送父子俩离开病区，罗震中恍然对郑羿说：“原来他不是朱十万，结果不确定的时候，人特别焦虑，病人、家属、医生都是一样的。”

“对啊！比赛结果不确定的时候，场上最胶着，教练最容易跳脚。最后赢了或是输了，也就那么回事了。”

“你有没有觉得，病人知道自己得的是恶性肿瘤后，都没有那种天塌地陷的情绪，接受度都挺好的。我还挺意外的，电视剧里都是瞎拍的。”

“哧！”郑羿笑了，“你知道吗，输了比赛，选手在场上握手的时候，还能挺有风度的，要到场下换衣服的时候，看着人家拿奖杯，自己只有腿上的新伤旧伤，才会抱头想哭。然后当天晚上躺在床上，才会难过得抓肝挠肺睡不着，五内俱伤。”

第　二　关

LEVEL 2

外一科：

每个人都只有一次生命

01
全是重病人

一换科室，刚刚集聚的一点点底气又消失无踪了。

“罗震中，给你留了根导尿管，算作跟外二科再见吧。”余运东回头对罗震中说。刚看她往楼下外一科跑了一趟回来，抱着一大摞书搬地方，嚷嚷着去看下一周的排班。这小鬼换科室的准备工作做得还挺靠谱的。

接手小妞工作的男生也来过了，这一点尤其让余运东满意。求是医科大学的实习生到底质量不错，个个都知道做事情要有始有终。看着罗震中带着接手的男生在自己分管的病床前溜达一圈，又在治疗室里溜达了一圈，把每天该换药的病人、该等的化验单，诸如此类的细节交代清楚，俨然已经是助手的样子，不再是小跟班了。这么让人省心的实习生，谁不愿意带。

“哦耶！”罗震中一听有操作可以做，欢呼一声，麻利地戴好口罩、帽子。

“女生去插导尿管？那可是前列腺肥大的病人。我帮你好了……”郑羿跟到治疗室来帮忙准备东西，轻声说。

“走开，别跟我抢！”罗震中一声娇喝，用手肘杵他一下，把郑羿赶开，“余老师给我留的操作。”她手里端着准备好的一盘子无菌物品。口罩上方露出大眼睛，恶狠狠地瞪他一眼。

“好家伙，改天轮到脑外科的时候，剃头也交给你来做。”郑羿“扑哧”一笑，讪讪地退开一步，心说，这家伙真的雌雄莫辨，一点顾忌都没有。不过……她该不是因为上次的事，存了防范之心吧？

“同学，42 床肾结石病人快痛死了，又在拉铃，你去看一下。”护士长在门口指挥郑羿。

“好。”郑羿停下手里的活，往病房里跑。

“哦……嗷……”粗憨的大汉发出一声暴喝，把办公室、护士站的人都吓了一跳。

护士长摇摇头说：“这个人，一点都忍不住痛，一个下午已经拉 5 次铃了。石头不下来，咱有什么办法？”外二科多的是患泌尿系统结石的病人，痛起来都要命，但是这个病人好像动静格外大。五大三粗的糙老爷们儿一点都不耐痛。护士长无奈地叹口气，先找个实习生来对付着吧。结石嘛，总共就那点手段，但病人拉铃你不能不管。

罗震中收拾完一次性物品，一想郑羿好像没有处理过这样的病人，赶紧跟过去看看，只听“当”的一声，那个大汉把一个巨大的茶缸往床头柜上一放，咆吼道：“我要痛死了，还有没有办法？水都快要灌死我了！”他抱着肚子扭来扭去，一会儿站起来，一会儿坐下，没有半刻消停，巨大的身躯把钢丝床折磨得嘎吱嘎吱响。

郑羿在他后背叩过诊后，用平和的语音安抚道：“石头从肾盂掉下来，就是会痛的，等到掉出输尿管，就不痛了……你再跳一跳，帮它掉下来。”

“跳什么跳，你看我还跳得动吗？跳得动还用超声波碎什么碎……”大汉的声音比郑羿高了八度，像是在吵架，也像是在质问，整个人像一只暴怒的黑熊。

还没有等郑羿接茬，“啊……”大汉又是一阵咆吼，不停呼痛。

“那么这样。”郑羿让病人躺下，把床尾摇高，床头放低，病床成了个很少见的头低脚高位。大汉躺在头低脚高的斜坡上，两手抓着床沿，不安地扭动身子。身后的罗震中挠了挠头，不知道他要干什么，直担心这样子会不会让病人把一肚子茉莉花茶吐个满床。

罗震中不好意思在床边问，拉着郑羿到门外，轻轻地说：“这是什么道理？”

“唉！反正出不来，倒回肾盂里面去，不卡在输尿管里，不就不痛了吗？”郑羿理所当然地说。

“啊！”罗震中一手指着郑羿，一手捂着嘴巴，忍笑忍得满脸通红。“你等着。”说完她跑到护士站去开解痉止痛药的医嘱。

开完了跑回床边，罗震中把床摇平，对床上滚来滚去、呼呼喘气的大汉说：“这样可以了，你耐心一点点，我刚开了药，等一下护士就来给你打止痛针，会好一点的……”

一旁的郑羿意识到自己做了糗事，赶紧加快脚步，追过来把她拖到走廊尽头，一边笑一边放软了声音央求道：“怎么了？先告诉我。”

“输尿管结石的原理，就和生孩子差不多，这个道理知道吧？”罗震中想了一想，用了个千年老梗来说明问题。这个段子在大课上，老师说得满堂大笑。

“知道。”郑羿点头，但凡上过输尿管结石这一节的医学生都知道“男人生孩子”这个比喻。

“孩子生不出来，疼得要死，就把孩子塞回肚子里去，叫他不要出来……那就不痛了，对吗？”罗震中一边说一边笑得喘不过气来。郑羿这清奇的脑回路，真是让她眼泪都笑出来了。尤其这还是往常看上去挺靠谱的郑羿干的，说到底，实习的菜鸟堆里没有一个是真靠谱的。

郑羿又羞又窘，涨了个满脸通红，心想：“这下完蛋了，再有几天就出科了，还留个流传千古的医学笑话在外二科，那可糗大了！要是罗震中跑到办公室里一说，自己可真要挖个地洞钻下去了。”

他赶紧一把抓住罗震中，讪讪地道：“好了，好了，拜托了，你这个……”他一面笑，一面做了个“嘘”的手势，“算我欠你个大人情了，好不好？！”

他见罗震中笑得前仰后合，一脸促狭，不像是能放过他的样子，不由得恼羞成怒，像球场上防守已经无效，非得靠犯规才能控制局面一样，他扭着她的手臂，狠命拉了一把。罗震中措手不及，一个站立不稳，倒向他怀里，被他扭着手臂一把抱住，动弹不得。

她的脸蛋雪白粉嫩，又近在咫尺，看上去像水蜜桃一般，郑羿瞬间顽皮之心大起，看着左右没人，迅速在她粉嫩的脸蛋上亲了一下，然后挑衅般地瞧着她，三分要挟，七分赌气。

罗震中的笑声顿时停了，表情僵硬了起来，再过一会儿，冒出一脸的恼怒，拼命挣脱开他的手臂。眼见她一双杏核眼漫起了水汪汪的委屈，郑羿顿时怯意涌上来，松手放开了她。

罗震中甩了甩扭得疼痛的手臂，也没向办公室里去，一溜烟儿跑了。

这些天郑羿感觉有点压力。章越主刀的择期大手术，经常到快上台的时候才有意无意地喊一声：“喂，那个男同学，上台帮忙。”这种保持着距离的默契，当然不是无缘无故的。

郑羿握着手术器械的手，开始有了点感觉，缝合皮肤越来越平整和迅速。有时候他偷眼拿罗震中来作比较，那双小手没有刚健有力的手指，但不知怎的缝合和打结却未见一丝逊色，心狠手辣的稳定和精确，不容小觑。

搭档了这么些日子，哪天少了她的“叽叽喳喳”，心里会像缺了点什么似的不自在。有次他在手术室里拉钩没有拉住，松脱了。张松海老师斜他一眼，拿镊子柄在他手背上打一下，冷冷地说：“小妞不在，掉了魂啦？”

随着罗震中、钱修远转科室，郑羿也快要转到外一科去了。外一科是医院的重点科室，有着无数的荣誉称号，科室大门外的荣誉墙上，挂着半面墙的铜牌，亮晃晃地标志着：市重点科室、青年文明号、工人先锋号、敬业文明岗、三八红旗岗……

相比之下，外二科的病区门外，用一排温馨的小雏菊装点得洁净而清新。王主任说过：“收起来，一个牌都别挂。”护士长也说：“对！还是这样看上去干净、温馨。”

外一科的陆清晨主任是市民心目中大名鼎鼎的厉害医生。一聊起来本地最繁难的手术，老市民都会说：“哦！那是第一医院的陆医生做的。”政府里的公务员、菜市场的小贩、警察、老师……都知道陆主任的鼎鼎大名，在口口相传的本城历史上，陆主任是青史留名的传奇。

其中最为传奇的是，新中国成立后出现一大批“巨脾”血吸虫病病人，陆主任那一双手就好像是天生为开“巨脾”准备的，不管脾脏怎么粘连，如何巨大，在他手底下都能被快速、完整、干脆地分离下来，不

吃完收工，
卖力不卖命啦！

长命功夫长命做，
不然明天干不动了啊！

解决现实问题，是最有力的劝慰。

用自由舒展的心胸，
撞向未知的世界。

时间到了，积累够了，才有
本事思虑周全。

宁静不过是内心的井然有序。

偶尔也得放过自己，知道吗？

碰点钉子好啊，
打起精神来！

谁也不是一下子
就厉害的。

留后患。本地农村，哪个村都有他手术过的病人，“陆清晨”这个名字可以说是家喻户晓，尤其在有点年纪的本地农民眼里，他简直是神一样的存在。

多多少少也是因为陆主任的大名，外一科向来是向往留在外科的年轻医生的第一选择，外一科留不下来才会愿意被“调剂”到其他外科和骨科、妇产科这些科室。传说去年的一位师兄就是被“调剂”到妇产科去的，现在成为妇产科的“独养儿子”。

郑羿当然也想留在外一科，但显然母亲比他焦心多了。

“没空就别回来了，多努力一点，机会就多一点。”郑羿的妈妈把洗净折好的衣服塞进儿子包里。医院离家近，郑羿回来得却不多。他自小就知道，爹妈钟爱出类拔萃的大哥郑宇，也偏疼家中唯一的女孩——姐姐郑欣，自己身为老三，向来是被忽略的那个。不过也有好处，能成日跟小伙伴们在外边玩，挺自由的。从小到大郑羿酷爱运动，个子蹿得很快，有哥有姐，倒也不在乎爹疼妈爱多一点少一点。

“多跟陆主任上台，别天天记挂着篮球、足球，跟个小孩子似的。”郑家妈妈怒其不争地数落着，又往他包里塞进一包西洋参含片。大儿子当年要自觉得多，是个成气候的样子。

“一年顶多留一个，竞争对手多着呢！”她顺手擦干净双肩包的皮面，把拉链严丝合缝地拉上。

郑羿听得皱紧眉头，自从大哥郑宇出国留学、姐姐郑欣出嫁，老妈的注意力就集中到了自己的身上，对有关工作的种种信息敏感又紧张，虽然家跟医院近在咫尺，别说在家住了，光是回来这一小会儿都没得片刻清净。他动作迅速地离开家门，任凭沉甸甸的双肩包在肩膀上蹦跳，一口气下了楼梯，跑出香橼小区，长长地吐出一口气。

站在小区门口，远远地可以看见市第一医院住院楼，后方不远处是戴梦得大厦，家门口的这条少年路上，时不时就会有120急救车鸣着警笛向医院急诊室方向飞驰。

禾兴路两旁浓密的法国梧桐树开始转黄，初秋的天空碧蓝碧蓝的。

关于将来工作的事情，郑羿有次在办公室试探过罗震中："你们班会有多少人留在你们学校的附属医院？"他知道，求是医科大学的梅芮和陈孝毅这一对是他们这一众人里成绩最出色的，快毕业了，没有人不关注就业信息，每个人都挺敏感。

"顶多一两个吧，别看我，我成绩很烂的。"罗震中没心没肺地笑着说，"我这个水准的，一丁点机会都没有……留在附属医院就像只卖不出去的橙子，说不定被发配到哪个没人想去的辅助科室。"

"市级医院也不差的，尤其这边离上海近，交通方便，收入也不低，何苦在杭州挤破头，总是做个喜欢的临床专科更重要。"钱修远一副无所谓的表情，却十分小心地看了看郑羿。

罗震中翻翻白眼继续翻书道："跟梅芮那帮优等生混在一起，真是窒息！她们都不用睡觉，那种生活质量，还不如早点死了算了……我是很原谅自己的，对吧，老钱？"

"聪明，努力，又不用睡觉，还天天向上，跟那种优等生有什么搞头？"钱修远附和道。

旁边的滕宏飞听得轻轻笑了一声。

"你们二班不是年级重点班吗？"郑羿问，他感觉得到即使像钱修远这样懒散又一心二用的家伙，也是顶尖聪明的角色，这家伙一边跟美丽的护士实习生叽叽歪歪，一边没用全力，都能保持不掉队。

"实事求是地说，我们二班是一个很烂的班，全年级倒数第三。"

钱修远扁扁嘴。

“毫无保留地讲，我们俩在班里排名很差，在中位数之后。”罗震中唱双簧般地接上一句，两人相视一笑，好一对难兄难弟。

郑羿不说话了，自己这帮同学和他们那帮比起来，眼下倒看不出明显的高下之分，但是他们花在临床实习的功夫显然要少，打比赛、谈恋爱、埋头准备考研……一心二用的人倒占了一多半。重点大学出来的人，果然个个都是有点实力的。而且他多少次和罗震中一起接新病人，她的查体手法、体检规范度，每一处细节都透着严谨。她和钱修远两个人的查体手法，简直不是学习来的，而是从一个模子里刻出来的。求是医科大学是全省排名第一的老牌医科院校，听她说……那个什么基金会的巨额资助，诊断教学全套按照美国标准，的确不是吹的。

“你会回去和父母在一家医院工作吗？”郑羿似乎是想起了什么来，恍若无意地问道。

“才不呢！你知道吗，县人民医院从院长到太平间工人，从食堂师傅到手术室护士，谁都认识我，看到我就跟我说：‘嗨！叫伯伯，你上幼儿园的时候还在我腿上坐过呢……’你叫我怎么做医生啊！”

钱修远实在忍不住了，笑得咳嗽了起来，指着罗震中说：“嗨！那小妞，快叫叔叔，我还记得你上小学还在尿床……”

主班护士的召唤声又在走廊上响起。

“哎！”罗震中应声往护士站去了。

钱修远在背后揶揄：“她也是不用功的，你知道吗，她简直是只特大号书虫，看了一大堆课外书，《百年孤独》……难为她怎么看进去的。她比旁人强的，就是在医院里混的时间多……从胎教就开始了。”

办公室落地长窗外面淅淅沥沥下着雨，花叶在雨中瑟瑟缩缩地晃动着，金蛉子和蟋蟀的鸣声此起彼伏。郑羿很不明显地移了移座位，坐到刚才罗震中坐过的位置上，《外科学》摊开的书页之间，她的气息若有似无，郑羿不由得悄悄叹了一口气。

他仔细看了看摊开的书页，一行潦草的铅笔字：

“此处参考《病理生理学》第154页。”

又翻一页，写着细小的体会和笔记，还有潦草的箭头和标注。瞧罗震中这习惯，已经开始偷师滕宏飞的“地鼠掘地道”模式了，这还是“倒数班级的倒数排名”！让人情何以堪。

他拿起铅笔，找个空白的位置，几笔画了一只脑袋大得不成比例的机器猫，满脸得意。又对着机器猫看了一会儿，把书翻回罗震中原先看的那一页。

前些天还好好的，互帮互助，有说有笑。这几天，她都不理他了，坐得远远的，尽量不跟他说话，搞得郑羿颇为难受。当时他不知道怎么脑子搭错筋了，居然如此轻薄放肆。好好的搭档，一直有商有量，相处得这么开心，现在话都不说了。可是回想起来，当时真的是因为她的脸蛋粉嫩水灵，像水蜜桃一般诱人，所以才忍不住想咬一口……他对她，顽皮捣蛋多过亲近，还多少有点把她当个小孩子。

这下倒好，他凑过去跟她道歉，刻意讨好，又怕吓着她。自己只要是离她近一点，她就会不动声色地挪到旁人身边去，这可怎么处？郑羿想起来就有点后悔。

他只能在人多的时候跟她搭讪几句，为了不让旁人发现有状况，她不会不搭理，但那气鼓鼓的样子，瞧得出还是没有释怀。

“心理准备有吗？我们外一科的工作强度比其他外科都高，你吃得消吗？”副主任医师尤海宽打量了一下面前这个小个子女孩，语气温和地提醒道。外号人称“尤老大”的他敦厚扎实，笑起来脸上还有一个酒窝，罗震中连忙点头说：“个子小是没办法，但我体力很好，应该问题不大。”

“病历写好，病人管好，我们组的病人病情重，要把心思放在病房里。”高大的主治医师李明浩，语气威严，这个女生看上去又软又萌，粉粉嫩嫩的，看着有些幼稚，得先敲打一下才好。

李明浩低头看看下周的实习生轮转表，圆珠笔一勾，把钱修远和滕宏飞勾到另一组的排班里，副主任医师卢泽宇是那一组的医疗组长。把罗震中和郑羿放在了自己这一组的最后。

他的视线在郑羿的名字上逗留了片刻。

“明白。”罗震中干脆地说。上个星期她已经打听过了，尤老大这个组是外一科最硬核的医疗组，最重、最难的病例陆主任都会搭在这里。而这位李明浩老师，也是以严厉著称，“恶名在外”，常年管着外一科的临床带教，每个实习生一来就会被敲打要放低身段，经得起挫折，吃得起苦才行。

唉，咬咬牙，权当军训好了！不过又跟郑羿分在一块儿，罗震中对着排班本上的名字噘了噘嘴。好几天过去了，心里七上八下还没有平复，也不尽是恼火，有时候晚上一个人躺在床上想想，竟会面红耳赤起来。

“算了算了，烦死了！不想了，还是忙点好，什么乱七八糟的念头都搁在脑后。”

罗震中花了点时间，拿着病历夹一间一间逛病房，预先熟悉熟悉眼下的几个病人。

21 床的老李胰腺炎已经一个多月了，抗生素换了好几轮，腹腔的感染还是控制不住，一波又一波地发热。

23 床的老柳胆管癌接近晚期了，肠道粘连梗阻，腹水又多，整个人十分消瘦。

女病房里新收的病人，刚刚在做术前准备，胃癌发现得有点晚，据李明浩老师说，手术难度很大，还不一定能开。

罗震中潦草地记下一大堆的“备忘”，脑子里乱糟糟的，本子上也画得乱糟糟的。一、二、三、四、五，列了一大堆实际问题需要到书本里去找头绪。她感觉，一换科室，刚刚集聚的一点点底气又消失无踪了，还得从头经历一遍实习刚开始的慌张。唯一的好处，就是脑子被真刀真枪的临床问题填满了，忙着应付各种火烧眉毛的事情，没空去想这想那的……

“心里好没底啊。”她嘟囔着，“每个病人都命悬一线，每个手术都把人站得要死要活的！东西放在哪里，又都找不到了！”

和罗震中坐对面的滕宏飞刚从手术台下来，一脸疲惫，手脚摊开地发了会儿呆，有点懊恼地说：“今天这台手术，站了八个小时，手术位置太深，我站在那里啥都看不见，白干了个体力活儿。”他翻开厚厚的笔记本，本想凭着记忆画个手术示意图，奈何画着画着就卡壳了，他挠挠头，无奈地放松一下手臂。

“明天早上，陆主任要大查房。”钱修远正在整理病历夹，“周珏说，这种大查房都是一查就查到中午。”他对“主任大查房”一直心有余悸。

这个点儿，手术室里还有两台手术开得如火如荼，郑羿在台上帮忙还没回来。按照外一科的惯例，陆主任查房的当天上午，整个科室都不安排择期手术，不管有没有排休息，大大小小的医生都得到场。所以，今天各个组的医生都紧赶慢赶要把手头的活干完。

已经过了下班时间，办公室里还是很忙碌，年轻医生和责任护士不时争夺一下病历夹。副主任医师马思远站在病历车前，一本一本检查上级医师的签名。

钱修远看着面前桌子上自己负责的六个床位的病历夹，偷偷对着滕宏飞勾勾手指头："滕教授，过来给划个查房重点，押个题呗？我快不行了，脑子都快炸了。"

罗震中往草稿纸上一看，肠梗阻、消化道大出血、直疝、肝癌、脾破裂、腹腔脓肿，不由得笑出声来。难怪他要抓狂了，花样繁多的病种里有无数可以被主任查问的知识点，他肚里没货，活该临上阵紧张。

这兄弟，就指望拿人家学霸当挡箭牌呢！

罗震中拿着笔记本，往病房里一探头，刚好被护士乐乐看见："哎！帮我个忙。"

"尽管吩咐。"罗震中说。

乐乐小小的个子，忙得头发从帽子里掉下一绺，垂在脖子上，脸颊红通通的，刚一接夜班，就来来回回接盐水，接手术病人，忙得气都透不过来。

"她的玉镯子，帮忙想办法取下来，明天要是取不下来，护士长会说我的。"乐乐指着新病人舒琼英手上的饰物说。

那是一个美丽的贵妃镯，通透的玉色，有一痕格外鲜亮的翠绿。病人有点不好意思地看着自己的手腕，把镯子往外拔了拔。

"好，你先去忙，我试试。"

走廊里，呼叫的铃声此起彼伏，乐乐对罗震中耳语道：“她是麻醉科马医生的舅妈，小心别敲坏了她的玉镯，人家可是 VIP，你懂的……”说完，一路小跑赶着去接盐水。

“这是什么时候戴上去的？睡觉也不拿下来吗？”罗震中转着镯子，问镯子的主人。

“有年头了，这种镯子不兴拿上拿下的。”舒琼英的手臂有 50 余岁女性的丰腴，皮肤上的色斑越发衬得这玉色通透美丽。“戴久了，就和长在身上一样，没有感觉。”

罗震中在她手上抹了润肤露，用一个枕套把整个手都包起来，隔着布套，一点一点转着镯子，尝试着往下脱。

“很贵吗？”自幼不戴首饰的罗震中，对这类东西毫无概念。

舒琼英把手缩成梭状，努力配合着，皮肤都被磨红了，说道：“我婆婆戴了一辈子，传到我手上。”

“哇！”罗震中心里想，一辈子套着这个东西，碍手碍脚的。撞个裂缝都要心疼，做 CT 还影响质量，太麻烦了。

面容清秀的舒琼英并不怎么显老，但是处处让人联想到临窗绣花的古代女性，穿大襟衫，梳低发髻。“其实我一点也不想取下来，人家说，这种灵玉，是保佑主人平安吉祥的，是戴活了的，将来接着传给儿媳妇。”

“到手术室里，若是放体位的时候弄碎了，那可赔不起。”罗震中在她手腕上又涂了点洗手液润滑，继续柔缓地一抽一拔，玉镯仍然卡在手腕那里纹丝不动。

“怎么没看见你儿子来？”

“儿子刚从芝加哥大学毕业，在那边当助教。”她的语气颇为骄傲，

“媳妇生了娃，才出月子，还没有带回来过呢。”随即她又顿了顿说，“唉，儿子不在，还好外甥在这家医院工作，靠着他，到底是方便了很多。”

“不行。”罗震中看着她的手腕，一番折腾下来，手腕红了一大片，镯子仍然在手腕上晃荡。“明天我跟护士长说，让她再想想办法。”

舒琼英缓缓转着贵妃镯，对着灯光欣赏它美丽的云絮状的花纹。“本来，想先去南京玩一趟，回来再开刀的……唉！”

“南京？”罗震中好奇起来，这么近的地方还有去不了的道理吗？也就几个小时的事情。

“中山陵旁边的音乐台，你去过吗？”她旖旎地微笑，仿佛穿过久远的时间。中山陵旁边有一个依洼地而建的露天音乐台，大理石花纹上了年头之后，带着民国时候的风雅，环绕的紫藤长廊在仲春季节里垂下累累的紫色花串。前年罗震中刚好去过那个地方，印象深刻，立即报以会心一笑，点点头。

舒琼英的视线仿佛越过漫长的时间看到某一年的春天，玉镯在那个阳光艳丽的仲春的午后，就一直戴在她的手上……一痕翠绿，是春天留下的影子。这时，她的丈夫从门口走进来，她立刻住了口，没有说下去。

舒琼英的丈夫把搪瓷罐打开，殷勤地递到她眼前，略有点小心翼翼地看了罗震中一眼说：“今天还能补补，接下来准备手术，就得禁食了，多喝点汤。对吧，医生？”

空气里鸡汤的鲜香味道倏然关闭了时间隧道，回到柴米油盐的现实。相敬如宾、和睦美满，男主外，女主内，传统家庭中有些想法是无法直说的，比如那些渐行渐远的情爱，惦念着仿佛就是幼稚和不懂事，两个人都会心照不宣地绕着走，谁都不会去碰。举案齐眉里，到底有几分意难平。

罗震中站在走廊里，甩甩头。“听过就算了，这也不是我一个小实习生能帮上啥的。”

这几天，罗震中抽空往楼上外二科跑了两次。算算时间，章一心这几天应当要出院了。

一次经过走廊的时候，她心情忐忑地瞄几眼特一病房。那惨白色的门，稳稳地阻挡住里面所有幽暗的心事。罗震中很希望看见她安然无恙地走出病房逛逛，却也挺害怕面对她。她就在这一愣神中快步跑过，连章一心的人影都没有看到。另一次，是讨了送会诊单的差事，特意来张望一下。

“她还好吗？”罗震中问护士红霞。

“可以下床活动了，但是不理人。”红霞清理着出院病历答道。

说话间，有个十几岁的男孩子正从章一心病房里出来，身形细长，背着巨大的双肩书包，垂着头隐没在电梯拥挤的人堆里。病房幽暗，开门关门的一瞬间，看不清里面的人影。

肾移植病人王琴琴顺利出院，颇让外二科出了一把风头，禾嘉新闻台的记者特地来外二科的病区外采访主刀医生张松海。灯光、摄影、话筒、摄像机，阵仗搞得跟新闻发布会似的，团团围住主角。

但凡能从床上爬起来的住院病人都探头探脑地在走廊上看了一回热闹。连楼上、楼下病房里的家属，都站在病区门口张望着，交头接耳。

“现在技术真是厉害了，换一个器官，普通人也能做到了。”

“这得多少钱哪！不过话说回来，总是命要紧……”病人们议论纷纷，啧啧称奇。王琴琴夫妻俩在摄像机的注视下，把致谢的匾额交到张医生手里。

摄像机的焦点缓缓地从匾额上移过，“大医精诚”四个字墨汁淋漓，笔法稳健清逸。据说出自病人父亲之手，这位老先生书法造诣颇深，是禾嘉市书法协会的一位高手。这大俗套的场景虽说经过一番设计，但王琴琴劫后余生的笑容却很真切，还是颇让人感动的。夫妻俩在镜头前，露着共度劫难的默契和情深义重。

被采访的高光时刻，张松海仍然面色清冷，笔挺的白大褂里打着领带，身姿格外挺拔。“移植技术为器官衰竭病人带来新生，移植手术仅仅是其中的一个环节，有前期团队的器官维护、后期的抗排异，病人才能够重新获得良好的生存质量……

“非常感谢捐献器官的脑死亡病人家属，没有他们的大爱，后续的工作目标都无法达成……”

罗震中站在人群里，侧头端详张医生，他满颊青色、牙齿被烟熏得焦黄，还有永远不笑的面孔，和外科医生的形象还是很匹配的，妥妥现代版小李飞刀。而且张老师的傲气当真是要得！听他这番话，一点不觉得自己居功至伟。他平时不大说话，如今一张口，一句顶一句。

特一病房房门紧关，悄无声息，仿佛里面空无一人，章一心夫妻俩没有出现在走廊上。余运东看罗震中往那边张望，淡淡地说：“明天转去肾内科了。”边说边抬起手在罗震中背上轻轻地拍了拍。

罗震中抬头，余老师的大黑眼圈和满眼疲惫一览无余。

真是几家欢乐几家愁，沉重打击从不独来，它落在病人身上，也落在医生心上。

师徒二人各自沉默着，竟有了点前所未有的亲近。

02

不一样的主任大查房

短短几句话，病人跟年轻医生们听着的意思迥然有异，

却都货真价实。

“吃饱，拉干净，准备查房。”大清早，离上班时间还有一刻钟，几个住院医生和实习医生一起，声势浩大地准备病历车和CT片。半圆形的护理台前，准备工作一片火热。

钱修远跟着郑羿在阳台上扩胸拉伸。罗震中刚结束换药，把清早的记录塞进白大褂口袋里，她活动活动脚踝，在阳台上深深吸气。

她的状态有点疲惫，两条腿酸软无力，手脚冰凉，没有一丁点热气。生理期真难挨，今天是最糟糕的一天，体力不济，脑子也仿佛变迟钝了一点，要命的是，还得一直提心吊胆……

早交班之前，所有医疗组的准备工作全部就绪。病房走廊里忽然安静了下来，等待主角陆主任上场，连外面叽叽喳喳的鸟叫声，都似乎约好了似的消失了。

陆主任身材矮胖，腰板笔直地站在办公室正中间，主持交班。护士长站在左侧，副主任医师马思远站在右侧，两个人都双手在身前轻握，

恭谨又亲切。

医生一排在右侧，护士一排在左侧，整齐规整，好像刚刚经过军训。没有一个外二科那种抱着手、腆着肚子、叉着腰，脖子上横跨着听诊器的站姿。站在后排的实习生也不由自主跟着站直、挺直了腰背，屏息凝神地听交班。

简洁的交班之后，是陆主任的小讲课。

陆主任刚从青岛参加全国年会回来，一片安静中，他传达了本次年会的重点学术议题，大大小小的医生立刻拿出本子来记录。

这是罗震中第一次听主任讲课，陆主任把在青岛年会上分享的外一科的胰十二指肠手术经验讲了一遍：这个号称普外科“之最”的手术，有那么多的吻合口、那么多的术后并发症，他不用任何图示，就讲得明明白白，条理清楚。罗震中一边记笔记，一边从心里佩服起来。从手术的质量上来看，外一科真的是本地翘楚！

“腹腔镜技术目前是普外科发展的趋势之一，杭州的几家附属医院发展都很快，我们这里虽然起步才两年，但技术能力一直紧跟着上级医院，今年还要送一位年轻医生去上海进修……”陆主任讲完了经典，讲新技术的发展，脉络清晰，胸腔里回荡着有力的共鸣，中气十足。

陆主任的目光好像永远有着明确的焦点，浑身散发着力量。罗震中忽然想到他的那种姿态很像电影里的“委员长”，顿时有点好笑，但脸上一个笑容也不敢漾出来的。

接着各组的组长向主任请示重点的疑难病人。

副主任医师卢泽宇问：“五病房有两个病人发生了绿脓杆菌感染，现在床位紧张，要不要把两个病人单独换房间隔离起来？”

陆主任的眼光严厉地扫过，回答道：“马上办。”

“16 床，从 CT 片上看，胃癌已经确定，可能有肝门部的转移，明天的手术是不是需要推迟？”主治医师李明浩问。

“手术带有探查性质，再多做检查也判断不清，明天等术中再判断。”陆主任的回答简洁有力，不容置疑。罗震中注意到，他有时候会习惯性地停一停，像是在征询“有什么问题吗”来缓和一下那种逼人的气势。

当然没有，没有人质疑，没有人接话，甚至没有人咳嗽。

大队人马开始查房。分管病房的一组医生紧跟在主任身边，一个一个依次介绍病人的情况。住院医师紧紧跟随在后面，病房里站不下的医生在门口站着等候。

全幅排场摆开，场面有点惊人。护士长走在队伍的最前面：“老李，今天是我们陆主任大查房，靠着就好，不用起来，让主任看一下。”护士长温柔的语句给查房打了个前哨。

看见这么大的架势，整个病房的病人和家属都安静地行着注目礼。大家看着副主任医师尤海宽“尤老大”简单扼要地介绍病人，陆主任缓缓地走到病床前，询问，查体。

钱修远表情紧张地站在主任前面，随时准备被提问。一病房里这个血便的女病人病情较重，诊断也没有完全厘清。他昨天做了好一番准备，此刻紧张得脸上的表情肌都有点颤抖。

“报病史。”卢老师咳嗽一声向钱修远示意。

“患者，女性，58 岁，反复黑便半月余，呕血一天。”钱修远定定神，面向主任，尽力挺直了背脊，开始汇报病史。

“……否认近期体重下降，否认空腹及餐后腹痛，否认里急后重[1]……”钱修远一边汇报，一边厘清思路，他忽然有点开窍了——原来这阴性体征只要顺着鉴别诊断的思路来报即可，甚至不用刻意去背。这不就是在鉴别消化道肿瘤、消化道溃疡和结肠炎吗？

他心头一松，脸上颤抖的肌肉立刻放松了，嘴巴也利落起来，汇报大病史时，连一个疙瘩都没有，格外顺溜。

“很好。”卢老师听完病史，简短地点一下头。示意钱修远给病人做重点查体。他端详一下这个男生，表情似是欣慰。

钱修远走到病床右侧，拉起床帘，按顺序查蜘蛛痣、听肠鸣音、叩诊移动性浊音、触诊肝脾……他一边做，一边心里越发敞亮起来，原来重点查体也是在鉴别诊断，按着刚才的几个重点鉴别，一个体征一个体征地分辨下去就可以了……他心里一阵喜悦：我可真是后知后觉！

昨晚看的那些书本内容仿佛成了主心骨，手底下也不禁平添了几成自信。

罗震中低头吐了一下舌头，心里暗笑：钱修远今天的表现有如神助，这下子在陆主任跟前可露脸了。这家伙脑子聪明着呢，就是懒坯一个！

“上腹部深压痛，左下腹可疑包块，边界欠清楚，有深压痛，无反跳痛，肠鸣音亢进。”钱修远汇报查体的结果。

“很好。”本该卢泽宇老师分析鉴别诊断，陆主任却简短地截过话头，向钱修远提问道，“你的鉴别方向主要是什么疾病，怎么鉴别？”他灼灼的眼神注视着面前的年轻医生，视线自带威慑力。

1　里急后重是一种常见的排便异常症状，患者主要表现为便意频繁、排便不尽感，尽管有排便冲动但每次如厕排便量较少，且排便后不觉腹中轻松。

问题一出口，罗震中、滕宏飞、郑羿都暗自替钱修远捏一把汗。往常面对这么难的提问，钱修远一张俊气的脸都会突然僵掉，眼神黯淡，讷讷地憋不出一句话来。滕宏飞站在他后面，想小声提示，却又怕被发现。

“眼下辅助检查还不足以明确诊断，还需要鉴别肠道憩室出血和肠道肿瘤出血，我认为 DSA[1] 或者增强 CT 可能是有效的鉴别手段。”钱修远一板一眼地回答道，口齿清晰。

滕宏飞默默地点点头，罗震中露出一个微笑，郑羿暗自吐吐舌头。

“很好！”陆主任满意地点点头。年轻医生朝气蓬勃的工作态度，最让人欣慰了。接着他又对 DSA 技术诊断出血性疾病做了一段分析，一帮实习生都不由得拿出小本子来记录。

“小钱医生蛮好的，这两天问了又问，可仔细了。”查到末了，躺在床上的女病人凑了个趣。

这下陆主任和卢泽宇老师一起露出了微笑。“好，好，仔细是应该的，等做完检查，我们再仔细讨论一下。”陆主任和颜悦色地对病人说。

罗震中看看陆主任行进的路线，心里想，幸好就这样查完了钱修远管的病人，要再多查一个，老钱又该被打回原形了。

她觑一眼钱修远，到底添了信心之后，整个人神采都不一样了。

等到走出病房，钱修远长长地出了一口气，汗都下来了。他跟在众人后面，仰天无声地叹一口气，拍拍自己胸口，庆祝自己顺利过关，滕

1 数字减影血管造影。

宏飞冲他做了个“耶”的手势。

昨晚钱修远磨叽到 9 点钟还没个完，眼看着活儿实在完不成了，滕宏飞说：“我帮你押个题吧。疝气、肠梗阻都简单，入院一个星期还诊断不明的就只有这个 58 岁的女病人了，重点攻一下鉴别诊断，没错的。”他的额头闪亮，语气平和，不急不缓地嘱咐几句，钱修远毛刺遍布的心顿时被抚平了。

听他这么说，罗震中不由得抬眼望了他一眼，这个鹿城医学院的学霸说的有点道理，主任查问的问题，环环都扣着临床的诊断，这可不就是明天最容易查到的点吗？！

于是钱修远花了一个小时，埋头啃完了“消化道出血”那一节。今天的上场表现果然有如神助。“早死早超生，要是最后一个查到，我吓都给吓死了。”他向罗震中嘀咕。眼下松了一口气，他站得懒散垮塌，头发都耷拉下来了。

罗震中管的三病房正斜对着护士站，是放重病人的大病房，每个病人的病情都比较麻烦。陆主任细细查问了胆管癌病人老柳的情况后，来到舒琼英的病床前。

“明天择期手术的病人，已经开了手术医嘱。”尤老大向主任介绍，语气中透着不言自明的默契。

罗震中注意到，尤老大这几句话讲得格外轻描淡写，从头到尾没有提诊断，没有说胃癌，也没有说肝门部转移，和刚才在办公室讨论病情的方式截然不同。

“眼下诊断明确，基本确定术式是根治术。各种术中的状况都已经告知清楚。”尤老大把病历夹递到陆主任手里，说了一句谁都听得明白的大白话。

舒琼英焦虑的眼神直直地落在陆主任的脸上，而陆主任简略地翻看了一下术前检查，又做了一下腹部的查体，说道：

“手术条件好，营养状态也还不错，术后恢复应该没问题，要有信心。”没有分析诊断，不讨论病情预后，只三言两语处理实际治疗问题，简单明了，亢实有力，听得舒琼英仿佛打了一针强心剂，频频点头。

这可是众目睽睽之下的大查房，陆主任这短短几句话，病人听着是一层意思，跟着查房的年轻医生们听着是另外一层意思，两边迥然有异，却都货真价实。

让听的人没了点盼头是断不行的，若只是安慰，又太像空头支票，让人缺了安全感。

罗震中自然体会得到，手术的难度和风险极高，陆主任说的却是病人的基础条件良好，每个字都是事实，却又不是全部的事实。

再看舒琼英那亮闪闪的眼睛，想到病人只能在医生的对话中，似懂非懂地接受一些模糊的信息，一个疑惑不由得从她心头升起：

“她眼下知道自己生了什么病，到什么程度了吗？”

“同学，说一下急性胆管炎的三联征。”陆主任给罗震中出题了，可这个问题看似和舒琼英的胃癌诊断毫无关联。一个小鬼悟性是否足够，一个问题就能问出来。

“腹痛、寒战高热、黄疸。”罗震中很有信心地回答，接着补充了一句，“如果有休克和神志淡漠的话，是更加危重的表现，叫五联征。”

陆主任轻轻一点头，罗震中顿时松口气，知道顺利过关了。

仔细一想，她顿时明白，这是主任在提点舒琼英术后可能的并发症，不由得心中一凛，又向病人看了一眼。此刻肿瘤虽然在消化道恣意生长，她整个人外观上仍然与正常人无异。漫漫前路，有无数未知的险恶。她自己到底知道吗？

身后的郑羿这时也想到了术后并发症的问题，不由得心里暗赞一声：“厉害！陆主任威武，罗震中灵气！”

陆主任仔细看了一眼罗震中，她白大褂上的求是雄鹰标志太熟悉、太亲切了，这么聪颖的年轻人……可惜是个女孩儿。

从逻辑链条上来说，病人手术需要重建肝门部的解剖结构，手术后如果胆汁引流出现问题，胆管炎的风险是很高的。这得跨越好几级台阶，初入门的实习小鬼自己能领会得到，也算是用了心思，而且蛮灵透的。

陆主任的视线从郑羿身上掠过，一种似曾相识的熟悉感，让他停留了片刻。

快 10 点了，照这个速度，余下的病房起码要查到 11 点半。从三病房出来，罗震中刻意落到了队伍的最后，拿出口袋里一直备着的最大号卫生巾，急急忙忙跑了趟厕所。这是这个月最难挨的一天，两三个小时已经是极限，夏秋之交衣衫单薄，经不起血渍的沾染。

浓稠的血液带走了体温，罗震中时时感觉冷。晚上睡眠也不踏实，整个人疲倦、四肢酸软、情绪低落、活力不足，带着体温的潮涌分散了注意力，脑子都仿佛变笨了一点，意志力断崖式跌落。

罗震中懊丧地想，今天也就这样了，希望快点哗哗地出完存货，不然明天手术漫长，中途不能停止，那真是有苦难言，更难应付。

待她回到查房队伍，陆主任正在查看外伤后肝破裂的病人。

这台急诊手术昨天做到很晚，病人右肝碎得非常厉害，腹腔内出血达到 3000 毫升，输血输得哗哗的，二换班都没能干下来。

主刀杜医生汗都下来了，完全慌了神，看着肝脏表面渗出血水来，无论如何修补都搞不定，结果越急越乱，越乱越急。等尤老大一到，他才仿佛有了主心骨，手都稳了很多。

尤老大在外一科，俨然“长兄如父”般的存在，他上台补完还不放心，又请陆主任最后上台检查。

等到请陆主任上台时，出血已经止住，病人的血压也稳定下来，陆主任只探查了片刻，就手套一脱，下台了。

“好。”师徒之间的默契和信任，就一个字。

郑羿昨晚跟这台手术跟到快晚上 10 点才下，补完记录已是半夜，好在他经常锻炼，到底有体格优势在，一觉醒来又神清气爽了。

尤老大是所有组长中的老大，面色黝黑，倒也看不出熬夜，等郑羿汇报完毕，细致地帮他补上若干遗漏的手术细节和化验结果，便开始分析手术的思路和术后治疗的要点。

“肝脏的质地脆弱，修补不能成功止血的时候，坚决地选择填塞，这个策略需要果断执行。”尤老大的眼神转向昨晚手术的杜医生，语气平和却自带威严。

“手术后，尽快补足新鲜冰冻血浆，改善凝血功能，后续才能有机会逐步取出填充的纱条。”一帮主治医师、住院医师都打起十二分精神，聚精会神地听着尤老大分析，手术台上的能力有高下之分，那是不得不服气的。

“看来尤老师昨晚手术后做的功课不比我们少。”郑羿在心里仔细地分辨了一下，尤老大确切地知道今天凌晨好几次急诊化验结果的细节变化，他和善的圆脸让人看不出他竟如此精明细致，陆主任手上病历夹里皱皱巴巴的化验单，正是今天早上自己紧赶慢赶整理好的，真不知道尤老大的时间是怎么用的，简直滴水不漏，严谨细致到了极致。

再想到昨晚自己下手术手脚酸软，后半夜睡得死死的，尤老大却时刻警醒地关注着患者病情的变化，估计一晚上都没有好好睡着，郑羿不禁自问：自己实习期间的苦，靠着屏住一口气，总能够熬得下来。尤老大 40 来岁的人了，若是整个职业生涯都要这样一直保持着苦行僧一般的习惯，还能行吗？

“很好。”陆主任听完尤老大的查房分析，语气充满嘉许。他又补充了几个细节，接着开始分析创伤性休克的补液方式。

疲乏让罗震中有点走神。她张望一眼，陆主任这个矮胖的五短身材，年轻的时候也不见得有多壮实。再看他的手，手指粗短，手背宽厚，骨结粗大。记得郑羿对他这双手的形容是：“他那双手，手术的时候指哪儿打哪儿，像变形虫，没有够不到的位置，没有探不清楚的缝隙。”他当时一脸的不可思议。

她再瞟一眼郑羿的手，手指细长有力，有先天的本钱在，又专注于训练，他将来应该也不会差。想到这里，她忽然脸颊控制不住地红了起来，赶紧调开了视线。

佩服归佩服，腿还是软的。罗震中换了条腿支撑身体的重量，尽量保持“稍息”的站姿。肌肉放松了，脑细胞反而可以紧张活跃起来，她继续集中精神听繁复的补液规则。

“我刚在那个胃癌病人床边的时候，真怕你直接报出诊断来了。”滕宏飞偷偷对罗震中说，“忘了跟你说，那天家属来跟尤老大千叮咛万嘱咐，要求先别告诉她。”

“我大概感觉出来了，可是我觉得这样答应家属，有点对不住病人本人。”罗震中往队伍的前端张望了一眼，陆主任换了一间病房，继续带着查房的队伍前进。

“我觉得你还是看着尤老大的眼色行事吧。毕竟这个是医院职工的家属，刻意拂了家属的意愿，好像也挺不好的。”滕宏飞嘱咐了一句，赶紧跟上去，陆主任已经快到他管的床位边了。那一组的重点技术是陆主任提到过的腹腔镜技术，卢泽宇老师组里多的是做腹腔镜开胆囊的病人。郑羿跟上滕宏飞，站到近旁去听关于腹腔镜的内容。

漫长的上午，脑力激荡，也消耗体能。这么长的时间，没有人像外二科的张松海那样溜去过个烟瘾。

主治医师们抽空把医嘱的修改信息全部交给主班护士，责任护士推着治疗车，从一病房静静地开始一天的输液和推针治疗。常规的病房工作用静默的方式照常进行。连食堂订餐的阿姨都关闭了日常敞亮的喉咙，压低了声音让病人选餐。

外一科的主任查房像一台隆重演出的剧目，所有配角、乐队、布景、灯光的工作都在动态运行着，但是一切以光环下的主角为焦点，不容半点喧宾夺主。

罗震中乖乖跟在队伍里面，钱修远凑过来在她耳边悄悄说：“像不像你看的那本书？”这残酷、稳定、层次鲜明的结构图，可不像极了那本日本小说——《白色巨塔》。

陆主任真是精力非凡，查到最后几间病房，细致和气势不减，严厉目光所到之处，医生都打起十二分的精神来应对。

果不其然，查房到中午 11 点半才结束。

“你真厉害，脑子里的书比我们多得多，问什么都知道。”罗震中对滕宏飞说，佩服之情溢于言表。几个人东倒西歪地坐在办公桌前，连去食堂的力气都没有了。

“别这么说，就是不熟才紧张成这样。”滕宏飞鼻尖冒油，额头发亮，瘫在椅子上，连个笑脸都支撑不起来了。今天他管的病人刚好在最后一个病房，从前到后都得打足精神应付，前头还得提着精神帮着钱修远，弄得就像跑了场马拉松。

“走了，吃饭去……”周珏在办公室门口露了半个脸，对着钱修远妩媚一笑。

钱修远腾地站起来，对着滕宏飞说：“亏了你救我，我去帮你买午饭。”

“脸色这么差，要帮你带饭吗？”郑羿像是随口对罗震中问道，看得出这小妞今天明显“电量不足”，行动滞缓。身为医学生，他心里哪有不懂的。

钱修远听他这么说，也回头看了罗震中一眼，这家伙面色苍白。罗震中也伸头在窗玻璃的反光里看了一下自己，淡薄的反光里看不清脸色，她勉强站起来，淡淡地说：“不用，没有这么娇贵。”她浑身酸乏，欠缺胃口，如果现在躺倒在床上，保证几秒内就能够睡死过去，可又忍不住回想起来下午办公室门口的一幕。

“老大，尽量还是开掉，开掉了化疗，总能多些日子。”麻醉师小马深蓝色刷手服外面套着白大褂，一次性帽子也没摘，语气有点期待，也有点执着。

“知道，尽量……陆主任也说了，尽量。”尤老大点头道，“估计得做胆肠吻合。”态度和蔼的安抚也只是安抚，话里话外也没有完全让步的意思。

“我舅妈真的是苦，养个儿子弄到国外，优秀有个鬼用，见一面都难。”小马一把拽下口罩，揉一揉，重重地扔进垃圾桶，说，“这独生子女政策搞得，现在只剩下我舅舅一个人照顾患胃癌的老婆，连个帮手都没有。”小马的语气里带着三分埋怨。

尤老大并没有干脆地接受小马那曲里拐弯的请求，径直说：“等上了台再定，强行开了下来，生存期也不会太长……术后并发症又多。”他话中略带惋惜，却毫不含糊。

“知道，知道，我们反正到觉海寺烧烧香，尽人事，听天命。”小马用力地拽着尤老大的手，摇一摇，又握着拳头，在他肩膀上轻轻敲两下。

哦！罗震中听明白了，尤老大的意思，是并不认为根治手术是个好的选择，反倒是小马很执着，求了尤老大不说，还越级求了陆主任。眼下听这意思，陆主任也还没有松口，只是答应上了手术台，亲眼判断过了，再做手术方式的选择。

唉，小马这麻醉医生是不是有点太自作主张了，一场手术下来，效果是好是坏总是外科医生更清楚些。万一开掉了肿瘤，却搞砸在并发症上，你到底图个啥呢？

“外一科比外二科累多了，难多了！”郑羿由衷感叹道，他连续几天睡眠不足，恨不得赶紧倒头睡一会儿。

滕宏飞说：“我得练好身体，除了手术，还得兼顾科研。”他盆子里的饭比郑羿少好多，累过了头，更加没有胃口。

罗震中瞄一眼滕宏飞的发际线，顿觉好笑，这个弧度，这个光亮度，估计他到了中年，会长成很“知识分子”的模样。

“大树底下不长草，我还是比较喜欢外二科。”罗震中手脚酸软，只觉一点胃口也没有，一盆子饭，有一搭没一搭撩几筷子。她斜眼看看滕宏飞，又说：“你这样又做手术，又搞科研，有命在就不错了，还有时间骗个老婆吗？”

滕宏飞用手撑着头说：“等过了压力最大的最初几年，找个贤妻良母，应该不难吧？”

“这话说的，你是找保姆呢，还是找老婆？”郑羿笑话同伴。心想，瞧这状态，搞不好就弄成医院里最常见的医护配，全权让老婆拿捏着衣食住行。

“你那位呢？”郑羿问。他看到过滕宏飞的女朋友，两个人在阶梯教室里一起上晚自习，她梳着活泼的马尾辫，身材纤细，巧笑嫣然。

“哄妞很花精力，现在耗不起这个精神。”滕宏飞略有点脸红，脑海中有片刻出现她的样子。那阵子他们俩在学校里同进同出，空气中都是淡淡的甜香。现在严酷的训练状态，怎么去克服时间、空间上的距离呢？不想分开，也只得分开，时间一过，浅浅的粉红色就湮灭在大学校园里了。

钱修远和周珏两个人亲密地坐在窗下的一桌上，没有跟一伙人混在一起。他们俩偶尔细语，自然拒其他人于千里之外。滕宏飞挑一挑眉毛，张望一眼。郑羿顺着滕宏飞的视线，瞄了一眼，周珏已经吃完了，握着自己的一缕头发，无意识地把玩着，浓厚的黑发披在肩膀上，侧脸饱满而婉约，一缕淡淡的笑意凝在唇边，视线温柔地垂下。

这样天真活泼的小女生，经常是球场边的一道美丽风景，他也算熟悉，但是……郑羿微微笑了一下，这些美丽的小女生，让人眼前一亮的就是忽然看见的那一瞬间，后面仿佛就没有什么惊喜了……眼下，他不由得耳朵渐渐发烫，心里时常浮起的是她的一颦一笑，她噘嘴的样子、发呆的样子……明明就坐在对面，却不敢正视她，怕吓着了她。见不到她的时候，时时刻刻想看到她，亲近她，哪怕是看她生气。

“他估计也就在这里玩玩，我猜不会太当真。等一毕业，家里要是反对的话，他绝对不会坚持。老钱很幼稚的。”罗震中瞥了一眼，表情非常不以为然。

“哈哈。”滕宏飞笑了起来，“你们俩很像亲兄弟，说话腔调都一模一样……他也这么说你。”

郑羿和滕宏飞都想起钱修远那副腔调来，“她很幼稚的……”没有女生在场，讲话更加肆无忌惮一些。“别看她书看得多，第二性征长齐了没有都不一定。瞧她那样子！”

郑羿眼光不敢在她脸上多停留……看得出，她还在生气，只是这生气是暗暗的，紧紧掩饰的，这是他们两个人之间的秘密。她越是这样，越像是对他一人的娇嗔，让他看了，心不由自主“怦怦”直跳。

03
她被骗上了手术台

切口吻合做得好不等于愈合良好。

换好了手术衣裤，护士长发现舒琼英的镯子没有取下来，皱着眉头用力拔了一下，终于还是放弃了。“这样吧。”病人自己拿了一条大手帕，把玉镯裹了起来，圈成一圈在手腕上打了个结。

“万一碎了，磕碰了，我绝对不会找麻烦。”病人举着手腕给丈夫和护士长一起检视了一遍，“胃溃疡手术应该也要不了多少时间……”

原来她真的不知道自己的病情，罗震中顿时觉得鼻子上像被捶了一拳。靠这么瞒能瞒得下去吗？手术后也不让她知道？难道还能瞒着她做化疗吗？

她想起了吴伟、朱新水，医生都直接告诉了他们恶性肿瘤的诊断，而他们也都磊落地接受了自己的命运，舒琼英的丈夫为什么要这样瞒着她呢？她就应该在保护下，由旁人来选择“更正确”的道路吗？

来不及想下去了，手术室的电动门打开，麻醉师迎出来交接病人，手术即将开始。

今天是大手术日，麻醉科办公室的日程上，列了一长串的手术。第十手术室是市第一医院手术室里配置最好的大手术室，一早第一台手术就是舒琼英的“胃癌根治术”。

尤老大主刀，李明浩一助，麻醉科孙恒主任亲自负责麻醉，这阵仗可不常见。罗震中第一次和孙主任同台，见他细长条的瘦身板，套着又松又大的刷手服，一进来就用嘎嘎的公鸭嗓冲着尤老大说：“阿大，等下陆爹爹上吗？”大咧咧，毫无顾忌。显然，手术里的人都熟知陆主任的习惯，不用等人请，自己就会来。

“等下看。”尤老大开始切皮了，电刀烧灼人体组织，一层层分离。他抬起眼看了一下墙上的钟。

无影灯像个永恒不动的小太阳，让人忘记时间。手术视野一层层深入，待到腹腔内的解剖结构完全清晰地摊开，尤老大和李明浩对视了一眼。

肿瘤的情况比 CT 图像上显示的更坏一点，肝门的地方有一个小小的转移灶，不大，但正好挡在交通要道上，贴着主要的血管，还和胆总管有粘连。肿瘤就像三岔路口上的一个钉子户，连罗震中这样的菜鸟都能看出情况大大不妙，她握着大弯钩，抬眼用询问的眼光看了看尤老大。

“叫一下陆爹爹。”孙主任吆喝一声，小护士一溜烟儿出门，陆主任刚好已经洗手完毕，高举着两只手，走进手术室，他环顾一周，开始不紧不慢地穿手术衣，站上台来。

李明浩让开位置，让陆主任站到视野最清楚的地方。明亮的视野下，只见胃部的癌变部分范围很大，而肝门部的转移灶如一着阴险的棋，落在了最让对弈者难受的位置。

“胃用毕Ⅱ式[1]。”陆主任抬眼对尤老大说，“这个胆肠吻合很难！”他回头看了一下在台下等候的李明浩。

“浩然，有把握吗？”陆主任鹰隼般犀利的眼睛向两个弟子投去征询的眼光，李明浩果断地点点头。

“这已经到了能做手术的极限，如果直接关腹不做，也是可以的，我再和家属谈一下选择的问题。”陆主任说。

只见陆主任下台来，向长廊外的家属等候区走去。尤老大和李明浩两个人都没有说话，两双眼睛在胃和肝门的地方游走着，计算着，设计着。

一会儿，陆主任回来了，果断地冲着尤老大点一点头，尤老大停顿了片刻，眼神中有犹豫也有交锋，终于也点了下头。陆主任转身离开了手术室。

仍是尤老大主刀。空气里弥漫着电刀烧炙组织的焦臭味，接下来的操作，需要分步切除半个胃，断端连接小肠；切除肝门部的转移瘤，胆总管用拉过去的小肠的侧壁做一个吻合。

手术前，罗震中看尤老大用简笔图画过这个术后的解剖结构——用小肠来代替切掉的胃和胆总管，消化道用一种奇怪的方式重新连接通畅。

简笔图画起来容易，在狭小深邃的手术视野下操作，那就得靠功夫和时间了。尤老大熟练地处理胃部的病变，罗震中负责肝脏那侧的拉钩，李明浩块头大，为了让他活动方便，助手罗震中只能侧身而立，按要求拉着钩，让出空间来，而且只能保持这个累人的姿势不变。

1 “毕Ⅱ式”胃大部切除术是由毕罗于1885年继毕Ⅰ式后应用的胃切除术，故简称毕Ⅱ式。原则是胃大部切除后将残留胃和上端空肠吻合，将十二指肠残端缝合。

做到肝门，手术视野变成了一个斜向下方的“深井”，罗震中只能过一会儿，努力踮脚伸长脖子看一下进展。李明浩小心地分离紧靠血管的肿瘤，在那么小而深的范围内，孤军深入。

冷汗慢慢爬满罗震中的后背，两只脚轮流支撑着身体的重量，双脚开始发硬，关节慢慢有刺痛感。

终于，大块的癌变组织分离下来，不正常的红色和豆腐渣样的黄色肿瘤，令人反胃。护士用大弯盆承接下这些癌变的组织，放入标本袋，贴上标签，准备送到病理科。

无数的缝针、打结、剪线，终于把胆肠吻合做完。无日无夜的手术光线下，罗震中茫然地看了一下墙上的钟。有点搞不清这个时间点是上午还是下午。

台上的外科医生，像欣赏艺术品一样，仔细检视一下重新构建后的胃肠道。护士清点器械和纱布时的清脆嗓音，是手术即将结束的一段悦耳和弦。

“没让小马来看一下吗？”李明浩问。一整天，没见麻醉医生小马进来张望一下。

“我没让他进来，我看着，他有什么不放心？陆爹爹要是看见小马进来张望，骂我没教好规矩倒也算了，搞不好连我师父一起骂。”麻醉科孙主任哈哈笑着说。

罗震中看了眼孙主任，想不到这个不起眼的麻醉科主任如此家规谨严，小马今天是家属身份，就严格不许他进入手术室参与，连上台看一眼都不行。

“阿浩的手是真适合做肝脏手术，厉害，厉害。”孙主任的语气难掩兴奋。尤老大好像松了口气，也十分赞叹：“不容易，十一个小时，完工。”

李明浩的眼神颇有几分得意：“阿大先下，我来关腹。”话却说得谦和有礼。

开始关腹，罗震中放下大拉钩，只觉得腰硬得转不过身来，腿像一截树桩，完全不听指挥。相比站成一棵树的手术医生，麻醉医生是坐得天昏地暗。罗震中看了看麻醉机旁边那个小小的黑色转椅，想到手术的大部分时间里，麻醉医生都无所事事地坐在那里，有时候高声说笑几句，偶尔伸头看看手术进程，活像一群占了个好位置却不认真看热闹的围观群众。

罗震中出手术室的时候，天已经完全黑透，护士在她身后无声地拍了一下，她心里“咯噔”一下，就知道已经“坏事”了，刻意落在最后走出去，赶紧溜进女更衣室。

扔掉沉甸甸的卫生巾，“洪水”已经破堤而出，一大块的侧漏明显地印在蓝色的布料上，罗震中在更衣室里脱掉手术衣裤，就势瘫软地坐在脱下来的脏衣服上面，靠着更衣柜冰冷的铁皮门，好一会儿都起不来。

而大医生们的工作还没完。

手术室门口，李明浩在向病人的丈夫告知手术细节，麻醉科孙主任也在。

“手术已经最大限度地把肿瘤切掉了，病人需要好好恢复，准备化疗。”口罩在李明浩的脸上勒出了明显的印记。

“李医生做的肝脏转移灶切除，那真是做得细致……”孙主任扯着公鸭嗓，中气十足。

“谢谢医生。”病人的丈夫不停地道谢。

“阿浩，你做肝脏手术的水平，绝对赶上陆爹爹全盛时期了……厉害，厉害，已经与当年的沈公子没有高下之分了……”

李明浩默无声息，没有接茬，略微得意和倨傲的面孔，像极了左冷禅。

“做手术是尽力了，也不见得能延长多少生存期。”尤老大语气平和地对等候在办公室里的麻醉医生小马说，言语间并没有半分居功自傲，“跟我们手术前的评估是一致的。若不是阿浩，这个吻合口是做不下来的，即便是这样，消化道大改道之后，术后问题不会少。你们还是得把诊断缓和一点告诉病人……”

尤老大心里其实略有点疙瘩藏着，师弟这竭力想开的预设立场，有点妨碍对病情的客观判断，改天有机会还是要私下跟他说说，他正在技术精进的时候，偶尔医疗决策会略显激进，不够沉稳。吻合口做得是很好，但也未必最后能愈合良好，一旦胆漏就糟糕了……

小马在办公室的桌上堆了好些应季水果，唯唯诺诺地点着头。主刀医生这么不乐观，自己当然也高兴不起来。

“舅舅的意思是，等手术恢复得利落了，就告诉她……女人家，本就是个怕事胆小的，家里什么事都指望着老公做主，跟她说也说不清楚，万一拧着不肯做手术，那不是一点机会都不剩了吗？”

尤老大闷不作答，啃完一瓣汁水淋漓的西瓜，就奔赴食堂去吃那碗不知算是午饭、晚饭还是夜宵的雪菜肉丝面了，这碗面是食堂多年的“保留节目”，是所有忍饥挨饿做完手术之后的外科医生的“心头好”。

“病是根治了，我可是连根都被拔起来了。”罗震中吃掉一根香蕉之后，略缓过点劲儿来了。先前她刚从手术室回来，一言不发瘫了好一会儿。郑羿见她嘴唇都没了颜色，连忙上来询问情况。

“走吧，回去早点休息，有什么需要写的，我帮你干好了。”郑羿看着桌子上一堆病历夹说。见她有力气贫嘴了，这才安心几分。

“最好有人推个轮椅，送我去吃夜宵。”罗震中语气里有几分耍赖和江南小妞天然的软糯，淹没了她所有刚硬和棱角。她脑袋都快竖不起来了，眼睛红红的，整个人软绵绵地瘫在椅子上，手脚松软，像一只大号的布偶玩具熊。

“再装个起重机，把你吊回寝室里，对吧？”郑羿心头一阵窃喜，装作没好气，开始稀里哗啦地收拾办公桌，“走吧，去吃夜宵。”

郑羿自己也累了，出去换口气，讨好一下她。这妞虽说这些日子对自己都存着老大的戒心，工作上的援手倒是一点都没有少。郑羿从手术室回来，看见她帮自己贴得整整齐齐的化验单，心里不由得一阵温暖。她是挺天真的，工作累过了头，就忘了跟自己怄气那一茬。既然她终于肯主动跟自己说话，自然得趁这个机会，修复一下关系。

再说了，在外科这些日子，天天在病房、手术室里忙碌，像不见天日的苦力。前阵子本想偷空去看挺红火的大片《狮子王》，去了影院才知，影片早就下线了。

值班赵医生这时候来门口张望：“喂，同学，有个急诊肠梗阻，你们谁去？”

郑羿看了看赵医生，又看了看罗震中，愣神了片刻，朗声说：“我去吧！”他嘎啦嘎啦活动了一下手指关节，讪讪地向罗震中吐了吐舌头。方才的迟疑转瞬即逝，晚上的急诊手术，主刀通常会比较放手，哪有不去的道理？

罗震中揶揄道：“谢谢你的起重机。”

正说着，滕宏飞拎着一袋子刚刚出炉的梅干菜大饼进了门，还没等他招呼，罗震中已经欢呼一声，拿过一个便往嘴里塞，干脆的饼渣噼里啪啦掉在前襟上，她扫都懒得用手扫一下，吃得放肆又邋遢。

郑羿没好气地摇摇头，准备收拾去手术室了。这个妞简直可以把所有男孩子都混成好兄弟。他又回头看了一眼，只见滕宏飞看不过她那邋遢样，给她递过去一张纸巾，顺便替她拍一拍前襟上的饼渣，抱怨道："你这个人，幼儿园毕业了没有？"罗震中憨憨一笑，只管继续啃大饼，窸窸窣窣，又掉下好些饼渣来。

郑羿仿佛鼻子上中了一拳，酸涩难当。他拼命压抑心头涌上的不快，走了几步，不由得又回头看了一眼，暗暗叹了口气。

"今天这台胃癌挺后期了。"罗震中一边吃，一边对着滕宏飞嘟囔道，"瞒着人家开刀，总不太地道，凭什么随便替别人做主呀？"

"这倒是。"滕宏飞点头，看办公室里其他人都走光了，才说，"估计还是因为小马。给熟人看病不容易，小马这半懂不懂的麻醉医生，主观性又强，尤老大也挺难的。"

"这病人的老公也真做得出来，大男子主义，半点不懂得尊重老婆。我觉得我们家那边就不这样，关起门来都得商量。"罗震中忍不住打个大大的哈欠，发牢骚道。

"娶个像你这样的老婆，哪个男人敢不商量？还不被你一刀砍了！怨不着大男子主义，看人的啦。"准备回寝室的钱修远一边啃着梅干菜大饼，一边揶揄道。看看罗震中这大喇喇地坐在办公桌上吃饼的老饕状，谁还能指望这号人物在家里三从四德不成？

钱修远说着罗震中，眼睛却跟着郑羿去了手术室。一次一次地碰到这种"刚刚好"的情况，再迟钝的人也能感觉得到，外科对他额外关照。

“吃完收工，卖力不卖命啦！”滕宏飞了然地拍一下搭档的肩膀，心里知道钱修远和郑羿都是本地人，将来都可能留在这家医院，郑羿的“特殊待遇”免不了让这位兄弟有点敏感。

钱修远忽又想起什么来，说：“眼下腹腔镜能做的手术操作有限，将来如果这种手术也可以用腹腔镜做的话，那我估计病人的身体消耗会小得多。”

“哇，学渣也有疯魔的时候。”罗震中乜一眼钱修远，“听上去仿佛有那么三分道理啊！”

“这边靠近上海，到底经济跑在全国最前列，这腹腔镜什么的，要是在舟山、丽水那些地方，肯定得滞后好些年。温州附近也还有很穷的地方，不尽是做生意的。”滕宏飞说。

“对哦，”钱修远颔首，“其实说起来，这也算是先天优势，我们班长陈孝毅怎么肯回浙南的小镇去呢？回去山区海岛那种犄角旮旯的地方，当医生就不好玩了。”

“喂，你不考研吗？”罗震中仿佛想起什么来似的，问滕宏飞。

“考，如果能留在学校附属医院，先工作也无妨，读在职研究生好了。我想做两手准备。”滕宏飞爽朗地说。

“你看，正牌学霸就是凭实力，啥事都不藏着掖着，不像……”钱修远忍不住语带尖酸。

半夜醒来，罗震中发现自己衣服都没有脱，就那样倒头睡了下去。扣子和皮带硌着皮肤，怪不舒服的，赶紧松开。她蹑手蹑脚来到盥洗室，马马虎虎洗漱了一下。上下铺的室友都已经睡了，房间里均匀粗重的呼吸声此起彼伏。

罗震中的记忆略微有点断片，回头想想，昨晚她勉力完成了所有医疗文书才回寝室，爬上七楼，差点就快没命了。二话没说就一头栽倒，瞬间陷入深度睡眠。盛星宜仿佛问了自己一句什么话，她也没听清楚，舌头都大了，累到直接报废。

她洗漱完毕，再躺回到床上，盖上被子，元气和活力已经开始回来，只是两条腿上的肌肉，酸得不行。好在生理期没有逼得她太狠，汹涌的潮涌已经停止。

“太消耗体力的地方，脑子会笨一点，命会短一点，还是饶了我吧。”

罗震中借着窗外的微光，在枕头边的日记本上记了一句由衷之言。字迹潦草得像狗爬。

医院是一个永动机，一年三百六十五天，一天二十四个小时，始终需要有人睁着警觉的眼睛，在前哨随时灭掉风险。对面住院部大楼的灯光，比白天略微暗淡，夜班护士的身影忙忙碌碌，还没有停下来，每个小时巡视一次。

罗震中恍然想起那个麻醉科主任提起的“沈公子”，她听护士偷偷八卦过，这个人是陆主任的得意门生，学历又高，样子也好，一手技艺大有青出于蓝之势。可惜有一天早晨，突然就没有再醒来。听说发现的时候，人都硬了。事情过去也有两年了，医院里众人提起来无不唏嘘。

实习了几个月，罗震中还没有认真想过，如果这样的忙碌要持续二十年、三十年，身体能不能承受。自己未来的职业生涯，需要生根在这样的土壤里，而自己身单力薄，并不是精钢铸造的威震天，一年一年怎么过呢？

日出而作，早起的鸟儿们天一亮就开始各种忙活。梅芮忙着梳辫子，朱雅文在穿塑身衣，盛星宜正洗漱着，耳朵边上轻轻放着音乐。

“喂，干吗还不爬起来？”盛星宜见罗震中仰面朝天，两只手臂抱着头的样子，那个样子不像赖床，倒像是秋日艳阳里，得意扬扬地躺在草坪上，看着蓝天白云。

“享受一下不勤奋、不做好孩子的感觉。”罗震中闭上眼睛说。她在晨曦中醒来，已经有一会儿了。

“嗯！态度正确。”盛星宜一边梳头，一边从窗口探出头去张望一眼天气。

阴沉沉的乌云和远处起伏的山脉融为一体，篮球场上，沉重的球声“咚咚咚”远远传来，食堂里白粥的香味随着水蒸气到处弥漫。

梅芮很快就去背英语了，朱雅文被体检中心抓差，去帮忙做早上的心电图。一大清早，就剩下她们俩。

“做了三个月的好孩子，今天我要踩着点去上班。”罗震中懒洋洋地在床上伸展肢体。

这个点儿，按照惯例应该去给舒琼英检查引流管和伤口了，也不知道昨天晚上她的状态平不平稳……想到这些，罗震中的肌肉便不由自主地收紧，但转念一想，又放松下来。

去他的，肿瘤米已成炊，手术木已成舟，晚一个小时去换药也不会有什么了不得的后果，万一有事，值班医生在呢，不能太把自己当回事。

罗震中用手捏一捏自己的小腿肚，不由得“哎哟”叫了一声。

“不用把自己逼得太狠，更别把一辈子全赔进去，这才是职业之道。”盛星宜慢悠悠地说道，“你这个发育迟缓的迟钝儿，今天看上去略有点开窍。”

“外一科这种强度的科室，我就不力争上游自投罗网了。”罗震中一骨碌从床上爬起来，用手抓一抓不听话的短头发，准备洗漱。

“将来你如果找了外一科那种医生做老公，就得有心理准备，一个人去生孩子。”盛星宜继续用长辈的口吻教育罗震中。那些模模糊糊的传闻，她约略听到过一些，身为“娘家大姐”，她得趁早提醒一下这个幼稚的家伙。

罗震中满嘴牙膏白沫，从盥洗室里伸出头来，点头含混地说：“不找医生！”

她一边刷牙，一边对着镜子想，这可不是心理准备的问题，自己那个医生老妈怎么生的自己，这都是家族里由来已久的笑话了。

那年老妈怀上她的时候，正好排上来市第一医院心内科进修。机会难得，她竟然没跟家里说怀孕的事情，就这么去了。上班、值班一样没有落下，就这样虎虎生威地进修了半年，进修结束的时候，带教老师都没发现自己学生的肚子里有一个满六个月的胎儿。直到某天她下了夜班，宫缩发动，自己走进产房去抽空生了个娃，衣服、被子都没有准备，还是临时跟人借的。

医生家庭生活的忙乱和马虎，还用得着谁来告诉我？搞不好将来自己也得去真实体验一把呢！

手术后第一天查房，尤老大来到舒琼英病床前，用手挤压揉捏引流管的乳胶管道，蹲下来看引流液，挤压揉捏一下，他专注仔细，像个端详红酒品相的品酒师，又像个在观察麦子长势的老农。

管子里这些黏稠带血的液体起初是人体给手术新鲜创面的保护层，

完成这个任务之后，如果还留在腹腔缝隙里，就会滋生细菌，出现浑浊和感染。所以必须在各个新鲜的吻合口附近安置引流管，让多余的液体顺着管道流出腹腔。

“注意胃管的刻度，等下用胶布再固定一道。”尤老大说。伤口、引流液、引流管的刻度、体温、淀粉酶的数字……这又是罗震中在外二科没有接触过的病种和手术，临床知识库从这一格切换到了另外一格。她屏气凝神，听着尤老大带点口音的普通话，赶紧记录，唯恐听漏了。

舒琼英腹部切口有五根引流管，加上胃管、导尿管……带着这么多外接装置，她只能被动接受仰面朝天的体位，四平八稳地躺在柔软的气垫床上。她不知道自己已经躺了多久，腰背僵硬得不行，尾骶部的着力点压得肌肉生疼。

她想侧个身，胸前连着的心电监护导联线，拖拖拉拉牵着绊着，丈夫赶紧拿个小小的三角枕垫放在她身下，算是勉强侧过了一点。她嘴唇干涩得快裂开了，低声向丈夫抱怨：“渴。”声音嘶哑，几不可闻。丈夫赶忙用棉签蘸了水，给她湿润嘴唇。

舒琼英的身体动弹不得，她的思维却在躯壳中清醒地运行着。手术前医生的每一次谈话、丈夫的每一次解释和劝慰、早上的每一次查房，千头万绪，还有此刻的各种疼痛，让一道贯通般的电流划过心头。太傻了！她在心里对自己说：“胃溃疡哪儿会是这样？他们一定是事先约定好的！”酸楚和委屈在心头打转，转瞬变成眼角沁出的两滴眼泪。

罗震中默默伸手，在被子下面握了握舒琼英的手。虚弱无力的手指弯了一下，以示回应。她顺手拿了张餐巾纸，给舒琼英擦掉眼屎和眼泪。

手术的消耗实在是大，像把一棵树连根拔起，放在太阳下暴晒一天，伤筋动骨。罗震中第一次碰到手术时间这么长的病人，心里琢磨着，她这种无形的损耗，不知道要几时才可以缓和下来！罗震中用力甚重地在小本上写道：“开刀的损伤比想象的大？”她画了个圈，又画了个路标一样的标志，写下此时此刻的时间。

“哎哟。”值班护士乐乐忽然惊叫一声。罗震中伸头一看，乐乐在摆弄血压袖带的时候，那只玉镯子“噗”地碎裂开来，像春天的冰凌，一下子断开，从上到下裂开了两道深深的裂纹，碎成了三块。

查房众人的视线一下子全部聚焦过来。护士长脸都急得变了色，心里直叫苦，黄金有价玉无价，这可怎么是好！

尤老大和护士长两个人面面相觑，一下子没有回过神来，病人的丈夫满脸惊讶和错愕。罗震中也有点傻眼，心想完了，人家传代的镯子，要深究起价钱来，可不得了。说起来，这镯子是什么时候撞坏的？是手术的时候，还是回到病房搬运的时候……没有把病人的饰物取下，不管以什么方式损坏的，都算护理的差错。这赔偿起来，还说得清吗？

一片死寂中，郑羿径直从护士长手上拿过碎裂的镯子，仔仔细细地对着光看了看，用地道的本地土话说：“哇！让我好好看看……”语气里满是赞赏，惹得众人都惊讶地看着他。

“这就是传说中的灵玉啊！自己粉身碎骨，保佑主人遇难呈祥。”

他拍着病人丈夫的肩膀说：“等出了院，一定要用金镶玉的方法复原，那真是保佑主人一辈子平安了！”

那口地道的本地方言，像公开的密语，顿时让严肃和紧张一扫而空。

舒琼英的丈夫松了一口气，频频点头：“对、对、对……借医生的吉言……碎碎平安嘛！”说着他看了眼床上的老婆，显然他也不想她为这事着急上火，借着一句“遇难呈祥”的吉利话能混过去，那是再好不过了。舒琼英竟也没有深究，只弱弱地点了点头。他赶紧取出一方黄色手帕，包好碎掉的玉镯，放进床头柜的抽屉里。

所有人都暗松了一口气，如蒙大赦般完成了查房。

出了病房，护士长在郑羿肩膀上拍了拍，表示欣赏，转头又在值班护士乐乐的脑袋上敲了下。如果不是郑羿，这件事情，还不知道能不能这么轻巧地过去。

“你把舌头伸出来我看看。”等他们都走开了一截，罗震中轻声对郑羿说。

当众插科打诨到底还是慌的。郑羿紧张地控制着各种情绪，心里的慌乱好不容易压下去，他面无表情地挑一挑眉毛，露出几分痞气来。“嗯？”

“什么人的舌头是分叉的呢？”罗震中忍着一肚子笑，一脸深究的样子。

“我容易吗？”郑羿咬咬牙，似笑非笑地白她一眼。又委屈地露了个知错讨饶的小表情，好像在说：“将功折罪，饶了我吧。”

罗震中脸一红，噘了噘嘴，别过脸去。

“哎，昨天你在手术台上，跟我说一下，这一块是怎么做的？”滕宏飞把草稿纸铺开在办公桌上，问罗震中。

病人舒琼英的手术是最近一个月最复杂、耗时最长的，她的交班信息，几乎占了近一半的交班时间，可见陆主任非常重视，滕宏飞用圆珠笔在草稿纸上画了个草图，胃肠吻合、胆肠吻合、断端封闭……

“拜托，我就这么站着，能看见啥？”罗震中侧身做了个被李明浩的庞大体格逼到侧身拉钩的姿势，她根本看不见深处的狭小视野。而且自己昨天累得昏昏沉沉，注意力涣散，强撑着已经不易了。

“唉，早知道我就上台学习一下了。”滕宏飞惋惜地说，郑羿也在旁边点头。如此重要的案例，实际观看留下的直观印象根本不是手术图谱可比的。

罗震中抓起笔，在草稿纸上“噌噌”几笔，把肝脏转移灶的草图画了出来。“看，这个钉子户是这么长的，这我倒是看得挺清楚的，我心里觉得是开不掉了。”

“李老师的背像一堵墙，尤老师那一边的视线没有这一边清楚，后排参观手术的人，十有八九看不清腹腔深部的情况。”罗震中在草稿纸上画了几笔尤老大和李明浩的站位，语气中有明显的意兴阑珊。上手术台的次数多了，她对“有效视角”的估测还是挺准确的，自己当时参观手术的位置不太能看清腹腔深处的操作，难免有缺憾。

郑羿起身站在罗震中身后，挨着她，整整高出她一个头。他居高临下俯视罗震中的头顶，说：“你面前的墙可不是我面前的墙。”他见她并没有悄悄地溜开，心里不由得大乐。

他又俯视一眼滕宏飞，说：“看个热闹也是好的。看世界杯不能在现场，这么精彩的手术，滕宏飞怎么能不在现场？”

“去。”滕宏飞气不打一处来，“‘关键进球’没看见有什么用？”

“我嘴太笨，看清了也讲不清楚。”罗震中拍拍胸口，“不像有些天生舌头分叉的高人，又入了‘日月神教’……”

郑羿哼了一声。“一点良心都没有，人家帮你解围……”他低下头，错开眼，心跳如擂鼓，这小妞终于肯像先前一样跟自己开玩笑了。

04
二次手术的穷病人

五年才能手巧，十年才能心灵。

时间到了，积累够了，才有本事思虑周全。

“急诊病人来了，桐乡人民医院 120 转来的。”尤老大拿着门诊病历和 CT 片，打断一帮小鬼讨论。

门诊病历上提供的资料是：李贵全，男，26 岁，六天前在工地上被钢片穿进腹部，在桐乡人民医院做了急诊手术，术中切除了破损的肠管。术后三天，情况稳定，开始出现肠鸣音。第四天拔腹腔引流管时突然发现有粪质漏出来，怀疑肠管有破口遗漏，因为病人高烧不退，被转往市第一医院，要求再次做手术。

实习生们快速传阅了一下桐乡人民医院的出院小结，一起跟着尤老大到床边检查病人。病人体格高大健壮，烧得满脸通红，但精神还好，腹部纱布掀开，可以看见巨大的新鲜刀疤像蜈蚣一样从剑突一直延伸到下腹。白色纱布染上了粪质，污秽不堪。

尤老大一声令下：“准备手术。”

所有人马上开始工作，开备血单，写手术通知，写首次病程记录……

“我上台，你参观吧。”郑羿小声对罗震中说。罗震中神色疲惫，还没有完全缓过来，一双眼睛电量不足，没有了往日的神采灵动。

“多谢。”罗震中顿了顿回应。往常她若是察觉旁人对她有一丁点怜惜，必得逞个强。今天终于不硬扛这体力活了，确实是撑不住了。

钱修远斜眼瞟了一眼郑羿，见他面露疲惫，但还是强打精神，沾了点清凉油用力揉一揉自己的太阳穴。看得出这次是真的在帮小妞。

几个实习生谁都没有见过二次手术。滕宏飞、罗震中、钱修远一齐站在后排，踩着垫脚凳，伸着头看手术过程。

和其他病人不同，李贵全腹壁的结构层次不再清楚，打开腹腔，每层间都有粘连。按原来的切口层层深入，肠子表面一片炎红，纤维素大量渗出。沿着空肠一路探查，之前的手术吻合口长得很好，尤老大用手翻动了一下肠管，无影灯下，愈合的肠道修复得很好，完整无损。继续往下探查，倒回盲瓣的时候，发现渗出特别多绿色的粪质，手套上沾的也是，尤老大把手伸到面前仔细看了一下，说：“就是这里了。”

再翻一下盲肠，果然很深的隐蔽位置上有一个破口。

“越没钱，越麻烦。小肠破了，就切掉算数，盲肠血供那么差，这回只好先造瘘暂时解决大便的去路。”助手钱舒朗医生说完，不放心地加了一句，“老大，对吧？”

尤老大深深吸一口气道：“过几个月还得再开一刀，把造瘘还纳回去。费钱又费事！”他抬眼看一眼钱舒朗。钱舒朗刚工作第二年，手还毛糙，眼下对手术的选择刚能跟着客观适应证做判断，还顾虑不到费用、报销、时间成本等。五年才能手巧，十年才能心灵。时间到了，积累够了，才有本事思虑周全。钱舒朗还早呢！

切完盲肠，在腹壁上造好瘘，接下来就是缝合腹壁了。过程比较麻烦，连开了两刀的组织，已经无法清晰分层了，只好用巨大的牛角弯针穿粗丝线做全层的减张缝合。

深夜 11 点多，台上还在缝合腹壁，罗震中、滕宏飞、钱修远这三个“看热闹”的，累得撑不住，先下了手术台。

“我觉得第一刀不难，第二刀就像修复古迹，简直要顶尖高手才行。”滕宏飞一边趴在办公桌上画手术草图，一边对着罗震中感慨道。

“等下问问尤老大，这个裂口是第一次手术时医生粗心没有发现，还是肠道蠕动之后才裂开的。”钱修远待在一边看草图，眼睛眯缝着，大大地打一个哈欠。

“这话问得有理，我是这么想的：外伤的时候回盲部肠壁有挫伤，没有漏，不然腹腔探查的时候一定会发现，倘若没发现，术后前三天腹膜炎表现也会非常严重。这不符合我们在急诊病历上看见的描述，所以我推测这是后来漏的。”滕宏飞画完了盲肠结构，想了想说，“这里的血液供应差，挫裂伤不一定能自己长好，肠道一蠕动，就挤裂了，我猜是这样，等下问问尤老大。”

“粪性腹膜炎是很严重的感染，等着看尤老大怎么开术后医嘱。”罗震中说，她瞄一眼相处甚好的钱修远和滕宏飞，想想学霸滕宏飞和学渣搭档，却从来没有过一丝嫌弃抱怨，厉害却不傲慢，实属难得。

大家都知道关窍，如果第二天早上来，当然能看到现成的医嘱，但是其中让主刀举棋不定、反复斟酌的细节才是他们关心的技术关键，于是大家挺有默契地在办公室里等着主刀回来。

等尤老大回到办公室，三个人都已经困得东倒西歪了。

一个手术下来，账单上已经欠了一千多块钱了，尤老大计算着费用，在草稿纸上潦草地列着算式，无论如何先得把今晚的药物支应过去才行，不然肠道细菌入血繁殖，转眼就能要了病人半条命，刀也算白开了。身边一堆小鬼，看他像账房先生一样算钱，钱舒朗拿着医嘱本子，等着尤老大下最后的结论。

踌躇了好一会儿，最后尤老大开了丁胺卡那、灭滴灵、头孢曲松三联抗生素，说道："没办法了，今天先借病区的药给他用，明天记得催钱。再去问问他，他们老板准备怎么解决钱的问题。"

"还有更好的提议吗？"尤老大问。

几个人面面相觑，交换了一下眼神，大伙儿都挺熟悉这个问法。尤老大这习惯跟陆主任一模一样。这三联抗生素，既能保证用药安全，又比较便宜，也算考虑周全了，毕竟巧妇难为无米之炊。

滕宏飞说："我那 34 床倒是在用泰能，不过要是挪用了泰能，明天护士长会毙掉我们卢老师的。"

"少出馊主意啊！这顿用了泰能，下一顿在哪里呢？"钱修远看了他一眼。要是挪用了泰能，明天护士长要毙掉的肯定是尤老师。

"一顿泰能要是有用，让护士长毙掉也就算了……"尤老大温和地笑了笑，起身带着钱舒朗往病房里去了，没有看见手术后的病人稳定下来，他是不会去值班室睡觉的。郑羿当然知道尤老大的习惯，赶紧跟上去。几个人困马乏的小鬼，谁也不甘示弱，一起跟去了病房。

查看完手术后的病人，时间早过了午夜零点。病房通往宿舍区的铁门已经锁上。按规定，铁门要等所有后夜班的护士下班之后上锁。夜班保安每天兢兢业业，一丝不苟。铁门旁边的围墙上却留了个不高不矮、不大不小的窗洞，黑洞洞的，大家都心知肚明，还有过了午夜才归来的夜猫子们。

翻越这种障碍，对男生来说，完全不成问题，三个人快速穿越，轻盈无声地从墙头跳到对面。罗震中个子矮，看了一下高度，迟疑了一下，停在窗口试探了一下。

郑羿伸出手说：“跳！”

“咚”的一声，还没等他准备好，罗震中就毫无弹跳力地坠落了下来，往前一栽，把郑羿一起带了个趔趄，两人差点都倒地。

“啊哈……”走在前头的两个人忍不住哈哈大笑。

“坠机吗？……彗星撞地球吗？”郑羿忍不住抱怨道，一边笑，一边把她拽起来。这次，他握着她的手，不敢再造次，等她站稳当，赶紧放开了手。

罗震中站直了，歇了一歇，仰着脸气鼓鼓地说：“威震天降落的时候，每次都会把地球表面砸个坑的……”

“挺后悔开这个刀的。”舒琼英躺在床上，勉强支着身体，看罗震中给自己腹部伤口换纱布。蜿蜒的切口像一条蜈蚣。几天过去，她总算略略缓过点活气来了。趁丈夫不在身边，舒琼英吐露了一些心里的想法。

“一天一天在好起来，自己总有感觉的！”罗震中用镊子展平切口的纱布，妥帖地护在引流管周围，用胶布固定好。

“身体是自己的，开完刀，我就明白为什么大家都这样说话了。”沙哑的声音带着无限的怨怼，“谁的话都不能相信……”

罗震中心里突地一跳，侧头望了望病人。灰暗的气色蒙在她脸上，头发乱蓬蓬地在脑后扎了个辫子，几丝白发刺眼地支棱在外面，一场手术让她骤然成为一个脱形的老妇人。她自己猜到了！

“儿子快回来了吧？”罗震中只好换一个话题移开她的注意力，双手的镊子片刻不停。

病人沙哑地咳嗽了一下，并不作声，接着又倒吸了一口气，可能是换药的镊子碰疼了新鲜的切口。

从舒琼英的病房出来，罗震中把用过的换药碗、换下的敷料分门别类处置掉，快马加鞭地开始另外一场工程量浩大的换药。她站在治疗室窗口前深吸一口气，伸头和钱舒朗打了个招呼。这个去年外一科挑来的唯一一个医生，据说完全符合入选外一科的基本要求：男性，党员，名校临床医学系红卡毕业生[1]。罗震中吐吐舌头，心里嘀咕，看来外一科没有颜值要求，他长得……真挺……“意外”的。

钱舒朗全副武装，正在给特殊病房的病人换药，病房门口挂着一个绿色的小挂牌，上面写着“Pseudomonas”。

“搞定几个了？”罗震中站得离他远远的，从治疗室的柜子里取纱布。

“现在开始第二个。”换一个病人，更换一次隔离衣，钱舒朗小心翼翼又略不耐烦。

“这干吗还搞个英文牌子，洋泾浜兮兮[2]的。”罗震中问。

“你不知道，你倒写个绿脓杆菌试试，病人间还相互嫌弃，以为是什么烈性传染病！”钱舒朗回答道。

绿脓杆菌伤口感染是最近外一病区的大麻烦之一，现在隔离病房已经进去了三个病人，为避免交叉感染，陆主任非常严厉地要求钱舒朗不

1　可以双向选择单位的优秀毕业生。
2　方言，不中不洋的意思。

计成本地用一次性隔离衣，严格执行标准防护流程。

“小钱，严格按规范操作，不偷懒，不省钱，这三个病人交给你换药。”

“手术再好，一旦感染就会打回原形。”

郑羿也在治疗室里清理换下来的一次性物品。换药盘里的纱条和纱布都血呲呼啦的，有浓浓的血腥味和腐臭味。

“肝破裂那个病人，填充物已经全部拔出来了吗？”罗震中看见郑羿扔出染血凡士林纱条，知道他刚从那个外伤性肝破裂的病人床边过来，赶紧问。

“等下可能要去手术室取，前两天都是每天取出来一点，昨天拔的时候不是很顺利，昨晚渗血有点多。李老师说去手术室取，万一出血了，马上再止血。”

“记得开足冰冻血浆和冷沉淀，不然又要被他凶了。”罗震中瞟一眼门外，“味道已经有点重了，再不拔出来，会感染吧？”

李贵全手术切口的换药工程浩大。临时肠道开口上套的塑料袋，接满了不断溢出的大便，暴露在腹壁外面的肠管一层一层盖满了凡士林纱条。

“还好吗？”罗震中戴着两层口罩，在床边摊开一堆器械，准备干活。

李贵全有点呆呆的，也不说话，只会轻轻地点点头。罗震中掀开被子，病人多日不能洗澡，一股浓重的汗酸味直扑鼻子。他的头发又黏又油，一缕缕耷拉着，枕头早睡出了明显的油印。

李贵全年迈的母亲，佝偻着身子，怯生生的，一句话也不说，见罗震中过来立刻起身让开，沉默而恐惧地走到床尾，看着儿子腹部巨大的伤口。

瘘口的腥臭味穿透力极强，透过两层口罩直冲罗震中鼻腔，她换好肠瘘，用塑料袋封闭开口，然后换一副工具处理手术切口和引流管口。

“这是肠子吗？”邻床老柳的老婆走近一看，露出惊骇的表情。肠子的造瘘口上的肠黏膜露在身体的表层，让人不寒而栗。她问完又打量了一下李贵全的母亲，见老人头戴褐色的头巾，身着已经褪色的蓝色单布衫。耳朵上一对陈旧的银耳环，身材矮小。

李贵全母亲也打量了一番老柳的老婆，对方一头烫过的银发，身上穿着一套格子花布的睡衣，一看就是很洋气的城市人，她胆怯地退后一步，一言不发。

李贵全欠起身来看自己的伤口，随即全身脱力般倒回去，表情十分麻木。

“你怎么吃得消！”老柳的老婆问罗震中，“你一个小姑娘，做这样的工作。”她从抽屉里拿出一块德芙巧克力，不由分说塞到罗震中的白大褂口袋里，像在犒劳幼儿园回家的孙女，搞得罗震中啼笑皆非，一时倒也腾不出手来推却，只好潦草地说了声谢谢。

“觉得冷吗？”她匆匆地问李贵全，给他把被子盖好。病人沉默地摇摇头，和他母亲一样都格外沉默和木讷。

病房交班还没有开始，就听到护士站里护士长平地一声雷：“这么多的钱倒贴进去，医院如果让病区承担，我们下个月就都不用吃饭了！”

“那你说怎么办？”尤老大像吃了枪药一样，语气和态度都硬邦邦的，“他老板昨天把人送来就逃走了，电话也不接，你不借抗生素给他，看他去死吗？”

“你反正得去催！你跟李明浩都是一屁股债堆在我这里，欠费这么多，再这么下去，你们担大头，这个月、下个月都是给你们白做的！”护士长也顾不上那么多了，索性把话摆在桌面上说清楚。医生通常不管这些琐事，却不知道护士跟药房借药有多么费神。光总账合不起来这一点，就得护士们厚着脸皮一趟一趟去磋磨。

罗震中和滕宏飞赶紧逃开。他们俩头一回遇上外一科的“家务事”，正在针锋相对的时候，趁早躲远点，免得受池鱼之殃。

连他们两个实习生都知道，这个月已经有一个离奇的三床病人让“管家婆”很头痛了。那个胃穿孔的家伙开完刀就没有交过一分钱，欠了病区里两千多块的药费，护士长每天都在想办法和药房周旋，李明浩催钱催得一肚子火，怒气冲冲地嘱咐郑羿：“不能给他拔引流管！一拔他肯定逃走！”

于是，直到手术后第五天，三床病人肚子上的引流管还一直连着大引流瓶。谁知道有一天晚上，他居然带着引流管逃得无影无踪。连邻床都愤愤不平：“你看，这叫什么人，连我借给他的蚊香、火柴都全部拿走了。”整个科室里的人都很生气，大家一致同意去讨债。这笔钱要不回来，大家都得扣奖金。

有一天下午，李明浩就真的带着郑羿按病历上的地址去讨债，一直到傍晚，两个大个子才讪讪地回来，脸被太阳晒得红通通的，一言不发。护士追问李明浩：“怎么样？没有找到人？”

李明浩不说话，板着脸，双手一摊，一脸无可奈何。

“找倒是找到了，哪里讨得出钱来？家里什么也没有，就一个土房子，还是漏水的。”郑羿说，“我还没见过这种房子可以住人的！”

“那他的引流管呢？”护士长问。

“求村里的土郎中给拔了。”李明浩一边喝水，一边扇风。他心里其实自有打算，中午去的时候就带着无菌包，不管病人交不交得出钱来，都得给他拔了。难道还真能让引流管一直放着吗？见面时脸还虎着，却上去就先看切口的问题，外科医生的职业病也是没得治的。

“李医生，你是真好，还特意过来看我，我真是没脸见你。”病人唠唠叨叨，坐在屋里唯一的凳子上，让李明浩检查伤口。切口愈合得还不错，引流口略有渗液，没什么大碍。李明浩用纱布把引流口盖上，一边操作，一边在心里纠结，直到临了也没好意思把催钱这件事情说出口。

“手术才那么两天就急着回去收稻子，干农活，也是为了赶紧收了稻子卖钱，好还给医院。”郑羿说着偷偷看了李明浩一眼。

记得那个农屋的破八仙桌上，放着几个山芋和一小缸子腌菜心。手术后才几天，就吃这样的食物，干这么重的活，郑羿眼珠子都瞪大了。出院医嘱、健康教育，对这样的病人来说，不是废话吗？郑羿长这么大，衣食无忧，最艰苦朴素的时候，也就穿过几件大哥留下来的旧衣服。他就没见过这种生活，简直大受震撼。这种差距，如果不是亲眼见到，完全无法想象。

郑羿出去跑了一天，觉得还应该在护士长跟前说句公道话：“李老师看他太可怜，还留了 50 块钱给他。”

李明浩干咳了一声，立即站起身，装作溜出去过烟瘾了。

“李老师脾气臭得很，不过心是真的好。”回想起这件事，郑羿偷偷对罗震中说。那一次，在外面跑了一个下午，他才知道还有人生活在这样糟糕的条件下，也算不虚此行。

“李老师看我们实习生从来都是从头嫌弃到尾，没有哪个能入他法眼。”罗震中点点头说，“这样看来他倒也不是处处这么讨厌。”她已经连续几次被李明浩挤得掉下踏脚凳，每次掉下来，还要被他呵斥，所以她一向对李明浩敬而远之，紧紧跟着尤老大。听郑羿说了讨债的事情，不禁瞟了一眼叉着腰的护士长。

这群平时凶神恶煞的老师，其实都是刀子嘴豆腐心，吵完架还是会辛辛苦苦借了药来给病人。她又偷偷看了眼郑羿，虽然匪里匪气的，偶尔会失控，但他对病人真挺好的，再跟他计较，也显得自己太小心眼了。

只是尤老大和李明浩难免又得相对叹气——这个月算白忙了，大概又要被扣钱了。

“李老师，傅天新的呼吸一直有点快，早上我给他测了个氧饱和度，才 92%。”郑羿换完药，看见李明浩一上班就套上白大褂，一边扣着扣子，一边紧趁查房前的空隙先来看重点病人。

李明浩手里把玩着听诊器，眼睛看看郑羿。手底下带的这两个实习生早上来得都很早，步骤复杂的换药在交班前都完成得妥妥当当。病人手术切口的敷料、肚子上的腹带、身子底下的中单也每天都更换得很及时。他老到的目光扫过，虽然从来不说什么，心里却是有数的。李明浩看郑羿一眼，打算考一考他：“这几天输进去的液体，总量实在太大，肺水肿、胸腔积液都是免不了的，依你考虑是什么问题？”

“右侧下肺的叩诊像是浊音，没有听清楚呼吸音，我觉得应该是胸腔积液，是不是该查一下超声？还有，我有点担心胸腔内有没有积血。”

“咚……咚……咚！”李明浩的手指叩击在胸壁上的声音格外清晰，他点点头，“约个床边超声，肝脏、腹腔、胸腔都查一下。”这小子判断力不错，思路也开阔，不仅手脚勤快，还用了心思。

胸腔的叩诊仿佛触痛了病人，傅天新不安地扭动了一下，脸色苍白，嘴唇干燥。三天做了两次手术，身体里的血液几乎被换了一遍，他现在连抬个手指都觉得困难。

“傅天新，觉不觉得胸闷？”郑羿大声问病人。

年轻的病人睁开眼睛，看他一眼，神态淡漠地轻轻摇一下头。年轻的面孔，仿佛被抽去了所有的生命力，只剩躯壳。

“李老师，我觉得需要做血气分析，是不是还应该做一下血淀粉酶？”郑羿侧头问李明浩。

“好，按你说的做。”李明浩颔首。

两人一起到了走廊里，李明浩一边走，一边对郑羿说：“严重创伤病人最考验外科医生的理论功底，接着还会有肝功能异常、肠外营养支持、腹腔感染、胆汁引流问题……光这一个病人够你学大半部《外科学总论》了，好好用心管着吧！”他的大手拍了拍郑羿的肩膀，鼓励般用力晃了晃。

“嗯！明白。”郑羿这几天都在《外科学总论》各种繁难的公式里兜兜转转，本来有点头昏脑涨，听李老师这么说，顿时有豁然开朗的感觉。心想，大三的时候，自己也太偷懒了，排球联赛集训完，接着大学生运动会集训，欠的那几个月的理论课程窟窿恐怕得花大功夫去补足。

郑羿看一眼李明浩，这李老师，手上厉害，理论基础又扎实，还心地善良，郑羿佩服的目光之中顿时平添了几分亲近，而且感觉得出来李老师的好，是真正师长式的好，不像章越主任的过分热情总让人觉得背后有别的东西，无法不倏然生出警惕来。

病人李贵全的肠道蠕动开始得特别晚，手术过去了五六天，才出现肠鸣音。肠道的通畅性有问题，每天就只能靠静脉输入几瓶糖水来维持。同病房有个老头得的是胰腺炎，已经十多天没有吃东西了，完全靠静脉输营养，每天一个雪白的三升营养袋，慢慢地从早挂到晚。

郑羿管的那个肝破裂病人也是，有白蛋白和营养袋支撑着，病人的精神也好，水肿消退得也快。刚手术完那天，像快死了一样。但是一天一个样，一个星期下来，病人就能坐起来靠在床上，活力一点一点都回来了。

李贵全的账面上如果有钱，就可以先改进抗生素、输血，但事实是他没有。

“还好吗？”每天早晨例行换药的时候，罗震中都会问。病人并不好，她心里知道，体温单上的曲线就没有正常过。罗震中尽量温和友善地对他，她有些无赖地想，我反正是免费劳动力，轮不上我操心病区奖金的事，欠多少钱都跟我没关系。

病人只会“哦”“嗯”地回答，他好似不愿和人交流，或者根本不懂得怎么交流，那种虚弱和胆小让罗震中更加同情。

每次换药的时候，老柳的老婆都会站在边上看，次数多了，她也不怕看肠造瘘了，还会忍不住多嘴几句：“他那个小老板也真是下作，这就不管他了。叫人家怎么办呢？！真是，报警去抓他，这种人……”她还每次都把老柳富余的糕点、汤面接济给李贵全母子两个。

“鸡汤面，自己家里刚下的，干净，不要嫌弃啊！”

“红枣白木耳汤，煮了一下午，不是金贵东西，我们家老头子吃不了那么多。”

李贵全的母亲总是怯怯地全部收下，小心翼翼地道谢。

有一天中午，罗震中看见她正在吃午饭，一个满是凹痕和刮痕的小搪瓷盆子里，几块小小的南瓜拌着硬如谷粒的一两米饭，掺着一点点热水。

“这样穷的，好像不大常见。”罗震中偷偷对郑羿说，“医院不管吗？政府不管吗？”

“估计管不了，现在你发起个什么筹款，谁会理会呢？”医院缴费窗口处，多的是愁眉苦脸的人，郑羿又想起了那天他看到的让他震惊的贫穷。

“傅天新每天的营养袋、白蛋白、护肝药……光营养用药就得两千多块钱。”郑羿翻一翻医嘱单说，“还有抗菌药，今天升级到复达欣了。”

郑羿这几天管着这个肝破裂病人傅天新，病情连连出现状况，李明浩老师预言的并发症，接连地挑战着病人身体的极限。胆红素最高的时候，已经达到让人担心的两百了。

不过，郑羿心里也隐隐有一点庆幸，尽管傅天新每天也有发烧，腹部的切口渗液厉害，黄疸也严重，但有药物强有力的支持，这些天，他已经能斜靠在床上缠着老婆挑三拣四了。

“我要吃五芳斋的菜粥。”

“我要换那套条纹的睡衣，医院的病号服硬死了……”

“给我再垫个枕头，腰里有根管子，这样弯着酸死我了！”他的声音虽然不响，生命力却流淌在那些刁钻的要求里。

年轻力壮的底子加上四百块钱一瓶的白蛋白，他的精气神总算一天比一天好。

有时，罗震中帮郑羿打下手，顺便看一下傅天新手术后一直在动态变化的“T”字管引流和双套管腹腔冲洗。他肚子上的手术刀疤在渐渐愈合，临时接驳引流的乳胶管引流出淤积的胆汁，肋缘下的切口不停有渗液。给他换药也挺费精神的。

“肉长起来了吗？”傅天新小心翼翼地问戴着乳胶手套正在操作的郑羿。

“还行，组织愈合得算可以了。估计再过一段时间可以拆线。”他用无菌镊子分一下皮肤切口。新鲜的肉芽组织正在生长，颜色红润。

“验血报告上那个可怕的数字，及格了没有？”傅天新和郑羿混得很熟的样子，说话没有对着李明浩医生时的敬畏和距离感。

“还没及格，但是快了。”

病人自己抬起身子，看看自己腹部的伤口，看着罗震中和郑羿两个左右帮手，一来一回地交叠捆扎，把干净的腹带重新绑紧。他自己扣上睡衣的扣子。

“我以后还能不能吃肉啊？”傅天新仰头躺好，喃喃自语道，好像记挂着天大的繁难事。

“噗……”罗震中不由得笑了出来。胆汁是消化脂肪的重要消化液，胆管排泄不畅的病人的确不能吃大荤的饮食。

郑羿把换下的一堆废弃物收拾好，冲他笑一笑。“我们会为了你的理想而努力的……”

傅天新呵呵一乐，却触痛了刀疤，他抱着肚子，继续无声地笑了笑：“能不能吃肉无所谓，反正我都能活下来了……好险啊！”

有时，滕宏飞、郑羿、钱修远都会给罗震中打下手，也顺便看一下这个复杂的换药过程。郑羿看到她对着肠造瘘口，对着粪便污染的切口，对着身上汗臭浓郁的病人，没有一点点嫌弃，言语软软的，同对着旁人一样，心里难免会涌起复杂的感觉。

“要做到对病人一视同仁，说着容易，做起来真的挺难的。”滕宏飞偷偷对郑羿说，“有时候对亲人、对身边人都会控制不住疏远，人本能总会怕臭，对吧？我爷爷糖尿病烂脚的时候，那个味道我也怕，哪怕我跟爷爷再亲，也有点吃不消。”

“嗯！眼下还容易，等到明年工作了，收入和临床决策挂钩，那才真能看得出来人的本性。”郑羿点头。心里想，这么辛苦地管病人、换药……一个月下来还要扣奖金，让人情何以堪？李老师、尤老师是怎么消化不良情绪的呢？

“我现在稍微有点能理解了，美国的医生干吗都挑中产阶层以上的子弟，因为对钱真的要不在乎一点才能做医生。”滕宏飞叹一口气。

这几年，各大城市开始销售商品房，一套像样又住起来方便的房子，房价都不菲，对谁家来说都是一笔巨款，将来对着每个月都要付的贷款，还会真诚地对待每个病人吗？自己做不做得到呢？！

“我收回之前的话，罗震中不是幼稚，她应该是……”钱修远佩服归佩服，让他直接夸罗震中那不太可能。

“啥？”

“晚熟。”

“对，你才是真幼稚……”

05

手术并发症还是发生了

遇到问题，解决问题，归罪是成熟外科医生的大忌。

手术后的一个星期，舒琼英逐渐好转，已经可以下床走走，喝点鸡汤、吃点稀粥。可这天下午，她忽然开始剧烈地打寒战，抖得整个床面都在晃动。

值班护士乐乐测完体温，在办公室抓住罗震中，一脸紧张地说："你快去看看，我还没见过这样打寒战的，舒琼英体温还没上来，盖了三层被子还在抖。"

罗震中隔一会儿跑病房看一下，隔一会儿又看一下。

"除了保温、测生命体征、留血培养，我们还能做点别的吗？"她探头问问郑羿。

"我刚去找尤老大汇报过了，眼下想到的，好像也就这些了，等她体温上来了，再用降温措施。"郑羿挠挠头，左右一看，问道，"滕教授，还有什么馊主意？"

这时尤老大和陆主任都到了，罗震中和郑羿赶紧跟在两个人后面进了病房。

陆主任听完肠鸣音，把听诊器取下来，捏着腹腔引流管说：“这个颜色不是太理想。”引流液是深黄色的，略微带一点绿色，还些微有点凝结的血块，这看上去和昨天并没有什么明显的不同。

“胆管炎？”罗震中轻声问尤老大，一双眼睛不敢迎接陆主任威严的眼神。尤老大沉默了片刻说：“等体温正常了，拉到 CT 室做一下上腹部 CT，希望不是胆漏。”

胆漏！罗震中心里“咯噔”一下，翻开口袋里的小本子，翻到几天之前那一页，在路标的标志上又写下了此刻的日期和时间。那天她重重写着：“开刀的损伤比想象的大？”字的上面还有着重的圈圈，旁边画着肝脏转移灶的解剖图。

“这个地方的引流液做一下淀粉酶，会不会有用呢？”郑羿忍不住问。这几天看的《解剖学》《生理学》《外科学》，密密地翻腾起来，此刻在他脑子里融为一体。

“做！有用。”陆主任的回答干脆有力，眼光在郑羿身上逗留了片刻。这得跨越几级技术阶梯才能问出这样的问题来，真是个好苗子。

陆主任和尤老大一边商量更换抗菌素，一边走出病房。舒琼英的丈夫跟在两位大医生的身后，弯着的背影看上去有几分凄切，他不敢随意插话，一直跟到了走廊上。

“我要死了。”

病房里，舒琼英总算停止了剧烈的颤抖，面色灰败。

罗震中伸手在被子里轻轻握一下她的手，安慰道：“不会的，感染发热会难受一点，总归有办法，等下好一点我们去做 CT 检查一下。”

“都不是真的。”她低低的声音带着委屈、怨怼和失望，“谁都不跟我说真话。”

她的面色慢慢变得绯红，沉沉地哼着：“水。”

罗震中顺手拿过桌上的杯子，把吸管递到她嘴边。她吸了一口水，又大口咳嗽了起来。

“真不应该开这个刀，告诉我是癌不就得了。”舒琼英低低的声音，像是呓语，又像是呜咽。她侧过头去，厌倦地紧紧闭上眼睛。

“别这么想……”罗震中劝慰道，话一出口却住了嘴，其实自己心里也是这么想的，不是吗？在手术中看到的肿瘤组织有那么大，几乎可以想象，一个一个癌细胞从血管、淋巴管里漂向远处，像蒲公英的种子一样掉落在腹膜上……

换好覆在舒琼英额头上的冷水毛巾，罗震中快步从病房里退出，一出门差点绊着蹲在墙边舒琼英的丈夫。中年男人蒙着脸，捂着嘴，正无声地哭得肩膀一耸一耸的。

“开血常规，马上抽血培养，上腹部 CT。”尤老大吩咐道，神色十分沉重。“……腹水淀粉酶、血淀粉酶。”他补充道。

罗震中迟疑着，强行忍住心中的疑问，却在草稿纸上潦草地写：“过犹不及？”

尤老大眼尖，一眼看到，沉默了片刻说：“尺度的把握，比手术技能要难。”语气十分感慨。

他知道，手术台上的决策只在一念间，对错无绝对，出现了并发症，必须站在现在这个点上往前看，而不是在面对困难的时候吃后悔药，或者怪罪师弟过于激进和自负。遇到问题，解决问题，归罪是成熟外科医生的大忌。

罗震中默默点点头，开着 CT 申请单，心情沉重。窗外的紫藤花架上，郁郁葱葱的叶子在初秋的阳光下开始有了秋色。让舒琼英心向往之的南京露天音乐台，也有美丽的紫藤围廊，花季到来，串串累累的紫藤花像水彩晕染一般。漫长的治疗之后，不知她还有体力去重温旧梦吗？

CT 片插在看片灯上，每个医生都仔仔细细地看了好几遍。

“不会的，局部有渗出、有感染也正常。”李明浩的语气有点不悦，视线久久地停留在肝门附近的一小片区域，脸色阴沉。

“疑病从有，先按照胆漏的方式来处理。”温和的尤老大自带威严，没有半点商量。办公室里没有旁人，罗震中悄悄把刚刚发回的腹水淀粉酶化验单递给尤老大，赶紧溜出办公室。

只听“咚”的一声，化验单被尤老大搁在李明浩桌面上，两个人都没有再讲话，隔着墙壁，罗震中都感觉得到那种气氛。混得久了，罗震中知道，李老师虽然脾气凶点，但是对师兄有着长兄为父一样的敬服，尤老大温和的沉默就已然带着教训的意思了。

刚才看到化验单的时候，她跟郑羿已经讨论过了。“看，这是胆漏的证据，胰液从胆肠吻合口漏到了腹腔里。”郑羿一边画图一边解释给罗震中看。

“缝得好不等于长得好，唉，这话其实蛮有道理的。”罗震中不由得睁大眼睛看着郑羿。这家伙居然一下子把功课补得快赶上滕宏飞了，挺用心思的呀。

她转念一想，胰液是腐蚀性最强烈的消化液，这要是漫延到了腹腔里，吻合口还长得起来吗？这不是肠道漏了个口子吗？吃不了东西，又腹腔感染，那后面怎么办呢？！

郑羿拿了本《解剖学》过来，翻开胰十二指肠的管状面图谱，指给罗震中看：“肝破裂的傅天新就有同样的问题，他是肝脏破裂面的毛细胆管漏出了胆汁，问题还不是太大。”

“他的胆漏是怎么处理的呢？”罗震中支着下颌，看看郑羿。

“用了生长抑素减少胆汁分泌，禁食，用静脉营养也可以减少胆汁分泌，还有就是外科永恒的法宝，通畅引流[1]喽。”郑羿说。

“不一样的病，遇到的共性问题还是很多的，你看最近我们组这几个病人，一拨腹腔感染，一个一个都发热。”罗震中一边记笔记，一边感慨。

“可不是嘛！李老师说用心管一个重病人，就够学习大半本《外科学总论》了。”

“这地方又是渗液，又是渗血，换药换得好痛苦。”郑羿叹一口气，“不过比你那个肠造瘘的病人，还是要容易一些。”顿了顿又说，“而且他不缺钱。”

罗震中看了看解剖书上细小的铅笔字：生长抑素药理作用见《药理学》第111页，静脉营养医嘱计算见《外科学》第275页。这阵子郑羿面色有点憔悴，手术上得勤，理论也得补，两头发力，难免睡眠不足。

听他细细解释完，罗震中点点头，她一双大眼睛落在郑羿的侧脸上，“恢复邦交”之后，他对自己格外周到和细心，那种感觉是挺让人暖心的。有时候会发现他在凝视自己，却又仿佛生怕吓着了自己，有一刹那的躲闪。

郑羿感觉有双清冽的杏核眼定定地看向自己，不由得回过脸去，避开她的视线，心突突地跳。

1　炎性的分泌物需要用引流管引流出来，这是预防和治疗感染的基本环节之一。此处表达比较口语化。

舒琼英起起伏伏的体温曲线，连续三天像过山车，罗震中在繁忙的查房、换药、听课、写病历之余，始终揪着心。

麻醉师小马和李明浩医生比旁人更加焦急，一天早、中、晚三趟在舒琼英床边兜兜转转，看体温，看引流液。舒琼英的丈夫则日复一日凄切地坐在床边温言劝她："你别这样好不好，你别这样……求你了。"

刚刚吃过晚饭，李青云到办公室里来，抓住滕宏飞说："今晚科教科来点卯，跟他们说都得准时在啊！"

"没问题，我们天天都在，点不点卯都一样，不然活儿都干不完。"滕宏飞说。李青云看看办公室里的样子，"扑哧"笑了。六个实习生，个个都在忙着手头的活儿。罗震中从一大沓病历夹中抬起头来看看李青云。钱修远老远地向老搭档虚开一枪："啪，去你的通风报信的小贼。"

"加油，小奴隶，我通知妇产科去了……"李青云咧嘴一笑，没空和他拌嘴，立刻就走了。

罗震中往窗外张望了一眼，高胖魁梧的身影还在篮球场上，抬头向宿舍的窗口看一看，窗口也似乎有人影闪过。这时候点卯的话，准有人给抓个现行。

没一会儿，科教科的赵老师就来了，手里拿着实习生名册，站在办公室的门口张望了一眼："哦！外一科管得真是不错，李明浩管的教学，有什么可挑剔的。"赵老师一边点人，一边打钩。

"小鬼们，外一科是我们医院的金牌科室，晚上的急诊手术大家要积极啊！"赵老师还不失时机地教育大家一下，"回学校的附属医院实习，哪有这么多的动手机会！你们得珍惜眼前……"

等他走出病区，罗震中伸头看了一下对面自己寝室的窗口，只见盛星宜的大头从窗口晃过。

“啊！”罗震中跳起来就往宿舍跑，这个死家伙，慢吞吞的，要来不及了。她一路飞奔穿过小花园，狂奔上七楼的楼梯，气喘吁吁地喊道：“快快，科教科点卯。”

宿舍里，刚洗完澡的盛星宜的头发湿漉漉的，正用毛巾包着头。梅芮的辫子还没有梳好。两个人听见罗震中报信，一起跳了起来。各自用手胡乱整理整理头发，跳起身就跑。

“快快。”罗震中去隔壁寝室敲门，只听门里一阵乱，噼里啪啦的脚步声回荡在长长的回旋楼梯上。

罗震中倒在自己床上。心想：这流传久远的“住院医师 24 小时留院制”真是挺要命的。整整三年，都得接受这种晚上随时被抽查的紧张气氛。医院宿舍里那么多的双职工、医护配，估计都是被这个制度逼的，天天待在医院里，就只能在附近顺便找个日久生情的。

可是，若没有这全天仔细观察的哨兵，医疗仿佛就缺了点连续性，观察病情也就像连续剧跳着看，少了点起承转合的连贯性。唉！这制度既然能传代，再残酷也有它的必然性吧！

她站起来，活动活动腿脚，慢慢地再走回科室。走过那条完全不照顾人体力的旋转长楼梯，让脚步声在深井一般的回旋处隐隐回荡，仿佛永远走不到尽头。

宿舍每一层的长走廊里，都传出淋浴洗漱、碗筷叮当、拖鞋踢里踏拉的声音。空气里弥漫着洗衣粉、花露水、方便面、下水道各种味道混合而成的人间烟火气。不知道哪间寝室正在放音乐，淡淡忧伤的女声在唱：“我想念你的笑，你的外套，你白色的袜子和手指间淡淡烟草味道……”

罗震中站在楼梯上，侧耳听了一会儿，所有的情歌唱的，仿佛只有一个内容——男女之间的错过！怔忡间，她长长地叹了口气。

“阿大，小马叫我出面联系了医学院附属第一医院，明天就转那边去。难为情，难为情，科室兄弟托我，我也得替他做这个主……”麻醉科孙主任搓着手，有点为难的样子。

“也好，我们今天把资料全部整理好，化验结果，CT 片子都带去。”尤老大语气平静，并没有片刻犹豫。

“引流一下，消消炎，也许过几天就长好了……”李明浩嗓音干涩，一直不停地清嗓子。两个人一前一后地站着，长幼有序的样子。

“我舅舅一定要转院，舅妈开刀前不知道自己生的啥病，现在谁说的都不信。舅舅说，换家医院，她也许肯有点治下去的想法。”麻醉师小马语气歉疚，站在孙主任身后，垂着头，自觉做错了事，垂头丧气。

小马最近连续几晚都睡不着。想当初，手术前是他替舅舅跑腿帮忙，嘱咐所有的医生、护士瞒住了胃癌的事，对舅妈只说是“开个小刀治”。至于手术，也是他一力撺掇舅舅一定要动，开了总比不开刀要结果好。

现在这个结果，求本院顶尖的外科医生开了刀，并发症也出了，舅妈自己又不肯治了，亲戚面前简直交代不过去，医生同行面子也折了。眼下无论如何要想办法弥补一下。

“两位大哥，我不是不信任咱们自己外一科的招牌，实在是不得不如此，我只盼着舅妈自己有点活下去的想法。”小马像要挖个地洞钻下去，自己这事情做得不地道，只得求了孙主任来替自己说事，不然对着尤老大，他都觉得开不了口。

“转，只要对病人好，怎么样都可以。现在先不要顾虑别的。”尤老大肯定地说。李明浩沉着脸，不再说话。

罗震中看着尤老大的脸，有点感动，他就像书中的大侠，胜不骄，败不馁，稳当妥帖，值得相信。

“这样转院好吗？”罗震中偷偷问郑羿，“这里开的刀，弄起并发症来总有把握些吧！”

“我觉得主要是信任度的问题，失去了病人的信任，说什么都不灵了……你快写出院记录吧！我帮你整理化验结果。”郑羿一边整理病历夹一边说。病理报告刚好来了，他拿在手里仔细看了片刻，递给罗震中。

“胃低分化腺癌，肝转移，淋巴结转移。”罗震中一字一句读了出来，抬眼看了看郑羿，叹了一口气。

“小马是该挖个地洞钻进去。”郑羿说。实习生也懂得，恶性度这么高的晚期肿瘤，哪怕没有手术并发症，也活不了多久了。

“昨天我听李老师跟那个肝癌病人谈病情，就是二中的老师，姓谢。病人接受得挺好。”滕宏飞说，“仔细问了手术方式和术后化疗的情况，情绪稍微有点波动而已。”他手里没有停，轻轻地继续聊着。

“是不是性别歧视啊？对男病人就直说，对女病人先瞒着。”罗震中一边写记录一边抱怨道。

“不完全是性别，我觉得跟文化程度有点关系，人家谢老师怎么着也是师范大学毕业。”

舒琼英疲软得像失水的叶子，每次一帮医生围着她查看的时候，她都侧过头，厌烦地闭着眼睛。转运的救护车来了，她就一直那样半睡半醒地躺着，不动、不说话，神色间失去了活气，一床被子把她密密地裹起来。医生、护士帮她整理物品的时候，她也一动不动，听凭外人摆布。

舒琼英的丈夫抓着她的手，凄切地反反复复劝着："你不要这样呀！"心头有无数的后悔和自责，没法用言语来表达。

李明浩默默地目送担架从病区出去，再多不甘都已无可挽回。

救护车就在窗外的停车坪上，罗震中站在床边发了好一会儿呆，直到清洁工阿姨进来清理床铺，才打起精神来准备离开。这样的结果，即使像李老师这样强硬的外科医生，心里也是难过的吧。也不知道他心里会不会后悔。

罗震中的视线忽然扫到半开的抽屉，一样黄色的东西被遗留在角落里，仿佛是块手帕。她打开抽屉拿出来一看，原来是那只被包裹起来的碎玉镯子。那一痕浓艳的翠绿已经裂成了三块，在黄手帕的映衬下像逐渐枯萎的叶子，失去了灵动和剔透。罗震中拿在手里看了好一会儿，沉沉的，像有自己的生命。她忽然意识到，它是被故意遗弃的，它没有保佑主人"逢凶化吉"的法力，反而成为一件让人看到就伤心的残品。

"李老师，血培养结果出来了，是肺炎克雷伯菌。"郑羿看见李明浩回来，连忙把傅天新的血培养报告递上来。忽然注意到李明浩满脸阴霾，心不在焉的样子。只见他瞪着眼前的化验单，呆滞了一瞬，又恢复了日常的神态，"按结果，用泰能 1g/q8h[1]。你去加一次临时医嘱。"他语气平静地吩咐郑羿。

"好的。"郑羿迅速记录了一下。

"腹腔感染真的个个不好弄！"罗震中伸头看了看血培养报告。

郑羿看着李明浩的背影，跟罗震中咬耳朵："我觉得李老师真不容易，

1　每 8 小时给药 1 克。

信心刚受了重重一击，对着别的病人，仍然要打起十二分的精神，兢兢业业……”一看他原来是往病房里去了，郑羿连忙一路小跑地跟过去。

“引流管每天冲洗一下。”李明浩蹲在傅天新的床边，挤捏着腹腔引流管。

“好！”郑羿点头答应。

“李医生，验血报告结果不好是吧？”病人额头覆着冷水毛巾，面色红红地问道。

“意料之中的不好，也不算特别意外，刚调整了药物。”李明浩安慰他，语气平静。

“死不掉就行。”傅天新玩笑般说，这位中年李医生底气甚足，看见他黝黑的国字脸和浑厚的宽肩膀，傅天新心里对各种不适的惶恐都会淡一些。

郑羿站在李明浩的一旁，心情有点复杂，片刻之间，又要抗挫折，又要做理性的判断，还要成为病人的心理支柱，不能疏忽细节，还要兼顾公平，这得有一颗精钢打造的心啊！

若不是深深地“嵌”在实习医生的工位上，深入参与，近距离目睹，哪能体会一个高年资外科医生的艰辛和苦涩。

“李老师，刚科教科把外科教学查房的要求拿过来了，放在了办公室里，说是下周三比赛……”郑羿觑着李明浩处理完毕病人的事情，不失时机地帮忙传话，“还有，院办的干事过来看了一下，说外科党支部下半年活动的计划和预算，需要尽快上交。”这些日子处下来，他知道李老师的习惯，临床的事务永远放在最重要的位置。

“哦！好。”李明浩脸上的阴霾仿佛转瞬就已经过去，面对源源不断琐碎的工作，淡然地点点头。

06

应激性溃疡出来了，他会死的

医生这个行当真的是，入我门下福祸莫怨。

脚步沉重地退出病房，罗震中迎头差点撞上了李贵全的母亲。佝偻的老太太不知道是在门口等了很久，还是刚巧在那里。她畏畏缩缩地站在靠近办公室的墙边上，低着头。

“要换一换。”老太太用混着浓重土话的普通话说，像犯了错误似的。这几天，李贵全刚恢复饮食，每隔几个小时可以喝几调羹稀饭、米汤什么的。开始了饮食后，肠瘘的口子上，大便就不受控制地流出来，每天要换几次接粪便的塑料袋和被粪便污染的纱布。老太太从不大大方方地走进医生办公室，总是在走廊上叫住罗震中。罗震中赶紧把手里的东西往白大褂口袋里一塞，跑去治疗室取东西。

“这大换药不便宜的啊。”乐乐看见罗震中在取换药用的物品，轻轻地告诉她，罗震中顺手帮她扶正跑得快滑下去的护士帽。

“这些要多少钱？”罗震中扫一眼手里的一大堆东西。纱布得不少，还有消毒的碘伏、棉球等一次性物品。

“材料费就要将近150块钱。”乐乐最近上了几次主班，对收费渐渐熟悉了起来,“不过,混在一起,谁知道你换了几次药呢,他挺可怜的,别被护士长看见就好。”乐乐小声说。有些无菌材料的账混在一起,根本算不清楚。纱布和换药碗要用就去治疗室里拿,谁去清点还剩了多少呢?

“稍微薅点羊毛不要紧。”乐乐张望了一下,没见护士长在附近,偷偷地对罗震中说。

罗震中很感激地拍拍乐乐的肩膀,端着换药的东西出去了。

“噢!”罗震中整理完出院病历,抬头看看钟,天已经乌黑。把舒琼英厚厚的病历整理停当,用弹簧夹夹成整整齐齐的一摞,密密麻麻的文字和数字记录着两个星期来每一个技术细节,没有期待,没有遗憾,没有绝望。把病历摞在一堆出院病历的上层,罗震中活动活动酸痛的腰,脱下白大褂,准备回寝室。

迎面看见郑羿疲惫地从门口进来,“扑通”一下坐在凳子上。

“咦!又是刚下手术台?”罗震中把小瓶可口可乐扔给他。

郑羿“噗”地打开,咕咚咕咚直灌下去。“好累。”他揉一揉脸,长腿架在桌上,感受着静脉回流带走肌肉里的酸胀和不适。

“走吗?”罗震中问。

“不行,还有一大堆要写。”郑羿累得连眼皮都抬不起来,用力揉一揉自己的太阳穴。

“那几本病历已经整理过了,化验单也贴了。”罗震中跟郑羿说,眼睛扫过他轮廓分明的脸颊,脑子里闪过的却是李明浩从手术台上下来略含得意的神情。等他到了那个年纪,是会像尤老大那样呢,还是像李老师那样?

“刀开得很好,万一病人却没有好起来,那……”罗震中像是在问郑羿,又像是在问自己。墙上挂了好几面病人送来的锦旗,“妙手回春”“仁心仁术”，感激之情溢于言表。罗震中的视线从每一面锦旗上扫过，声音轻得像在自问自答……郑羿没有回答。

片刻之间，他歪在椅子背上，双手环抱在胸前，脚搁在桌子上，已经睡着了。他牙齿不十分整齐，长长的犬齿一笑就会露出来，气息沉沉，放松的面容透着七分稚气、三分英气，片刻就能睡着，显然已经疲累至极。

罗震中见状轻轻坐到他身后的椅子上，心境茫然，托着腮帮子出了一会儿神，又侧头看了看他熟睡的脸庞，顺手拿起桌上的一本书。褐色皮面的英文原版哲学书晦涩难懂，罗震中勉强分辨着其中的语义，一小段一小段地看着：

“磨炼和净化心灵，剔除腐败和不愈的创口，没有奴性，没有矫饰，不纠结也不消沉，不怨天尤人也从不逃避。最后像曲终人散的演员一样鞠躬谢幕，这样的生命是完整的。”

闭上眼睛，一字一句，从遥远的时空传来，面目模糊的哲学先贤在用自己的生命历程指路，声音悲悯而平静。

风从长窗外吹来室外植物的芬芳，混合着清新的水汽，夜晚的时间在无声的陪伴里，静静流淌。郑羿均匀的呼吸声传来，罗震中似乎也有片刻睡着了。

“哎！回了。”盛星宜在办公室门口探了探头。

“来了。”罗震中如梦初醒，应了一声，腾地站起来。郑羿被惊醒，坐直了身体，揉揉眼睛，看着罗震中背着包和盛星宜一起出去了。

郑羿回过头，看看身后的椅子和桌上扣着英文版《沉思录》。啊！睡着的片刻，她一直坐在自己身后，咫尺之遥……他心神一阵荡漾，嘴角不由得露了微微的笑意，翻开陈旧的扉页，上面龙飞凤舞地签着名字——“晨曦”，他摩挲着书页，仿佛能触及她留下的气息。

“听传言，郑羿明年内定在外一科。”盛星宜一边走，一边压低了声音对罗震中说。

“那机会很好啊！”罗震中回头看一看外一科病区门口那满墙的荣誉。和郑羿相处的时间不短了，这个家伙一向心思格外细密，自己但凡什么时候犯迷糊，总是有他一言提醒，但凡想要赖的时候总有他垫背。他能留在外一科的话，也算是求仁得仁、心想事成。

“我看他……”盛星宜用手戳了戳罗震中的脑门。

“这肯定得有点实力，但他也不会随便告诉我。”罗震中走出住院部大楼的门，深深呼吸，好像要把满肺的消毒药水味道尽数清除掉，换成空气中弥漫的夜来香的甜香气息。

“我说的是，他一双眼睛盯在你身上，已经有一阵子了！你老实说……”盛星宜浅笑着拽住走得飞快的罗震中。

“哪儿有？我可没看见。”罗震中赶紧撇个干净，回头想想他那种默契是对着伙伴，还是单对着自己，自己心里可半点把握都没有。反过来说，自己对他也挺义气的呀，和滕宏飞、钱修远不是混得也都挺默契的吗！那次纯粹是个意外……那种轻薄莽撞的样子，后来再也没有露出来。大男孩子玩过了头，会过分一些吧……

“你是个打铁使蛮力的，没有一个雌性的细胞，女性的内分泌系统分泌不足……神经系统发育不完善，就像一个聪明的幼儿园小孩……”盛星宜气结，一边走，一边数落。

“哎呀……没有……没有！”罗震中跳了两下表示抗议，半边脸颊却是不争气地烫了起来。

舒琼英刚刚转走，李贵全开始频频出状况。

陆主任召集科室组织了一次疑难病例讨论。讨论结束的时候，治疗方案确定下来，一大堆事项需要马上调整。

“护士长，钱的事情，我向医院反映，我会打电话给住院部先开通一些费用，你先跟病区药房借药。”陆主任略带强硬的语气让护士长欲言又止。

“小罗。”陆主任对罗震中说，“这个病人，他会死的，你要管好。”罗震中点点头，心里“咯噔”一下。以陆主任的权威，在科室讨论的时候这样说，多少有点让她意外。李贵全还很年轻，手臂肌肉壮硕，腹部没有一点多余的赘肉，这样一个彪形大汉，尽管面色差，但怎么看都离死亡还很远啊。

一个念头倏然钻入罗震中的意念之中。

每天下午李贵全的高烧都会如约而至，裹着几层被子，抖得仍像风中的残叶，这让罗震中想起想去南京的舒琼英。舒琼英的感染还能阻止吗？转去那边，有了更好的条件，不计代价地治疗，她的病情还能好转吗？医疗到底有多大的力量拉下刹闸，来阻止生命消逝的进程呢？

寒战过去，体温常常要到 39 摄氏度，李贵全整个下午都昏昏沉沉。他在床上不怎么动，也很少说话，热退的时候，汗出如浆，老远就可以闻到浓重的汗味，头发都滴得出汁来。

酒精擦浴，冷毛巾敷，罗震中也是想尽了办法。这一组的医生，每天一大早，常常不约而同全部先去查看李贵全的情况，看前一天的记录和化验。尤老大和李明浩都很焦急。

体温单上，每天都是一个个尖锐的体温高峰。尤老大和陆主任商量了好久，开始给他用肾上腺皮质激素，每天输血和血浆。大家都不再提钱的问题，也不知道是陆主任请示了医院，给了暂时的解决方案，还是债多不愁，大家懒得去想了。

抗生素又升级了一次。这一天下午，李贵全的高热好了许多，精神也似乎回来了。换药的时候，虚脱般躺着的病人用含混不清的土话对罗震中说：“你最好了，你最好了……”他好像不知道怎么用其他词语表达，说了一半便说不下去了。

罗震中不知道怎么回答，心里不是滋味，好在口罩捂得严严实实，只看着他点点头。大家都在努力啊，她觉得自己是最没用的一个。

这时她发现，造瘘口的袋子里，是一种从来没有看到过的黑色粪便。她把滕宏飞拽到了床边问道：“你看，这是应激性溃疡出血吗？这算是……柏油样便吗？”

“我觉得应该是。”滕宏飞不太肯定地说，“不管是不是，先开个大便隐血试验。我觉得还是报告上级医生吧。”滕宏飞第一时间的想法和判断总是比罗震中要成熟一些，她信服地径直走进尤老大的办公室汇报。

“应激性溃疡还是出来了！”尤老大到床边，仔仔细细地查看造瘘袋里半袋黑色的粪便，重重叹一口气，仿佛一切都在他的意料之中。

“那是血便吗？”罗震中不确定地问，手里拿着刚开好的急诊化验单。

“早几天就有一点了，你没有看见他的脸色？”尤老大翻开大病历，指着血常规让罗震中看——血红蛋白只有正常人的一半。原来病人近日体温和精神好转都只是药物作用的假象，他们一直在饮鸩止渴！

罗震中仔细端详病人的脸色，才发现和几天前又有显著的不同，他的脸色如同白纸，嘴唇也是白里透着青，喝口水都会让他累得喘好久。罗震中不禁自责，自己天天看见他，又天天陷在一堆实验室数据里，眼睛还是会忽略掉一些显而易见的事实。

“这样重的感染性休克，我看是没有办法了。”尤老大有点颓丧地摇摇头，“也许就是这几天了吧。”身为医者，当然想让病人的病情好转，想再拉他一把，但是能怎么样呢？他的状况岂是几千块钱能挽回的？如果一开头就这样不计代价地投入……唉！救急救不了穷，哪有什么如果？

罗震中抬眼，焦虑地看看尤老大，又看看李明浩，再看看待在床尾的那个小老太太。很想问：我们还能做什么？

“肝破裂那个病人，体温下降得很快，下个星期可以出院了。”郑羿看看罗震中说，语气中有一丝兴奋。

这是他这阵子管得最辛苦的病人，虽说病人胆管损伤，注定要带着T管[1]出院，过几个月也还要再回来处理胆管的问题，但他毕竟活了下来。这个过程历经千辛万苦，让人觉得出院真是个好消息。在出院病历首页上，填上“傅天新”“好转”的字样，真是让人从心里愉快地冒出泡泡来，郑羿忙不迭地告诉罗震中。

“花了多少钱？”罗震中问。

“已经八万四千多了！”郑羿看了一下收费清单，吐了吐舌头。车祸虽然重，好在有保险公司负担费用，所以手术后输血、输白蛋白都没有什么顾忌。

“唉！”罗震中长长地叹一口气。

“这阵子，管着傅天新，真是接招都来不及，刚搞清楚补液公式，凝血功能就崩溃了；刚处理好DIC[2]，就毛细胆管炎了……我的感觉就像是在……集训——外科理论集训。”郑羿一边整理傅天新厚厚的住院病

1　T形的胆道引流管。

2　弥散性血管内凝血。

历，一边意犹未尽地感慨道。

“像铁人三项吗？”罗震中侧头看看他，神色中有掩饰不住的疲惫，也有掩饰不住的欣慰。

“我觉得，李老师像是永远在十项全能的赛道上……”

李贵全手术后的第14天应该是拆线的日子。一早去换药的时候，罗震中觉得他的伤口长得并不好。张力太大了，线压着皮肤的地方，皮肤开始自溶。线结反应比一般人重得多，粪便袋里，全都是那种黑色黏稠的液体。她用镊子把巨大的手术切口分开一下，果然，一端的表皮完全没有愈合，从小切口下涌出来污秽的黄色液体。

罗震中偷眼看了一下李贵全，他仿佛没觉得痛。不如还是等尤老大看过再说，罗震中心想，搞不好里里外外的切口都没有长好，若是腹壁全部裂开来，那就糟糕了。

一个上午李贵全先是小便解不出来，插了导尿管，不一会儿又呼吸急促起来。他躺在床上，吸着氧，胸部快速起伏着。

一个星期前陆主任那句“他会死的”言犹在耳。他当时的语气，似乎对这个结果已经有了肯定的预判。那他为什么不阻止呢？已经来不及了吗？罗震中想不清楚，在哪一个时刻可以按下刹车闸，阻止这辆高速行驶的死神列车隆隆向前。现在还来不来得及？迫切和焦灼，让她一上午都坐立不安。

下午跟尤老大去放射科做经皮肝脏穿刺，回来的时候，罗震中看到三病房里人头攒动，赶紧跟着尤老大进去。李明浩正在一下一下有力地给李贵全做心肺复苏，麻醉师已经给他插了气管插管。在场的医生交替给病人做着心肺复苏，罗震中没有插手的机会，只能在远处心情复杂地看着。老柳的老婆轻轻地拉了拉罗震中的衣袖说："刚才一下气喘不上来，就这样了，小罗医生，他会不会死？"

"我不知道。"罗震中心情复杂地摇摇头，凄惨的哭声从走廊外面传来，声音越来越喑哑和干涩。

时间不知道过去了多久，轮流上去做胸外心脏按压的几个医生，背上都被汗水湿透了……

病人的心跳恢复了，呼吸机一下一下向肺内送气，抢救造成的紧张气氛缓解下来。陆主任叫罗震中和郑羿道："小罗、小郑，今天你们两个来加值床边的班，让护士长教你们怎么用吸引器，怎么吸痰。你们两个帮着一起做他的特别护理。"

"嗯！好的。"罗震中看了一下床边的几台机器，呼吸机的面板上按钮众多，让她心里有点发怵。却见郑羿已经戴上手套，开始摆弄吸引器了，她赶紧过去帮忙。滕宏飞看到郑羿背脊上一大片汗迹，显然是累得不轻。"我也来帮忙吧！你坐一会儿，休息一下。"他拍拍郑羿的肩膀。

郑羿探头看了一下门外走廊，只见那个瘦小的老太太坐在楼梯间里，整个人缩成一团，肩膀一耸一耸地在抽泣。

抢救的余波慢慢平稳下来，剩下罗震中、郑羿和滕宏飞三个人。病床边上，呼吸机、吸引器、心电监护仪、输液架，阵容庞大，地上全是拖过来的电线和插座。病人的手脚上同时开通了好几路静脉，把血浆和液体输进去。滴答滴答，那单调的声音听着，让人感到很绝望。

看看床上的病人，三个人目光交会，交换着紧张、疲惫和担心。

郑羿坐在床边的骨牌凳上，扇一扇凉风，看着两个伙伴手脚不停地忙碌，说道："我觉得，挨不了很久。"

李贵全看上去已经是深度昏迷状态。口鼻中不断有黏液涌出。他的脸青白僵木，眼睛半开半闭，机械而缓慢地一会儿睁大，一会儿合上。眼球像颗玻璃弹子，茫然地、毫无焦点地向着无限远方。也许是脑水肿的缘故，全身每隔几秒就像触电一样抽动一下，抽得床铺发震。

“你最好了，你最好了……”罗震中脑海中浮现出几天前他说话的样子，没有想到那是木讷的他最后的道谢。

吸痰，测尿量，测血压。忙碌的工作让人脑子变得麻木，但是罗震中操作的时候，仍旧不敢看他。每一次看见那张熟悉年轻的脸庞，心中总会升起一种克制不住的愧疚。

郑羿去拿蒸馏水的时候，罗震中忽然发现不对劲儿。李贵全的脸上有了种很奇怪的变化。她立刻去看心电监护仪，测脉搏。

“快去叫值班医生。”罗震中大喊，接着立刻开始做心肺复苏。护士推了抢救车过来，静脉推注肾上腺素，胸外心脏按压又开始了……

一切结束的时候已经是深夜。护士做完尸体护理，用白单子把他从头到脚盖起来，凄惨的哭声断断续续地传来，越来越无力。

直到最后的最后，床铺被清洁消毒干净，重新铺好干净的床单被褥，窗帘齐整地拉在一边，床头柜干干净净，空无一物，一切“清零”，好像他从来就没有来过。

隔壁的老柳被老婆搀着，在病房门口驻足张望了一会儿。“就这么没了？！”老柳最近枯瘦得厉害，胆管癌末期身体消耗严重，让他整个人瘦如骷髅。

老夫妻俩都沉默了好一会儿。

“可怜哪！”老柳的老婆感慨着，“穷到连个帮忙的亲戚朋友都没有……”

“改天我走了，你给我挑一套厚一点的棉毛裤，右腿的那个护膝不要忘了。”老柳扶着墙壁，静静地说，好像一个快出远门的人在收拾行李。

“好，记着了，灰色那套厚的。”老太太应着，紧紧地搀扶着老柳，彼此依靠着。

回到办公室里，罗震中脱力般瘫倒在椅子上，一言不发。面前堆着刚从金属病历夹中取出的李贵全的病历，化验单散落在桌面上。罗震中无心清理，把一沓纸页用大夹子夹好，扔在一边。两手抱着头，趴在桌面上，瑟瑟发抖。

郑羿轻轻走过去，坐在她身边，慢慢地松弛一下浑身的乏力和紧张，呼出一口气。一天内两通心肺复苏，做得他肌肉酸痛，手脚酸软。两个人待在一起，仿佛能相互支撑，借一点力气。

“怎么会这样？他死了？……”钱修远难以置信地对着罗震中大声问道，今天白天他都在手术台上，刚才从手术室回来，正赶上李贵全最后一波心肺复苏。这个结果，意外得让他简直无法接受，一个 20 来岁的年轻人会在眼前死掉，手术和药物竟然救不了！

钱修远对这个病人远不如罗震中熟悉。他跟着医疗组组长卢泽宇老师学习，卢老师的特长是陆主任指定的腹腔镜技术，跟了几次手术后，钱修远觉得神乎其技，于是收了玩的心思，待在科室里管病人、看手术的时间多了好多。不过卢组和周组两组病人周转都快，看了这边，就顾不了那边。李贵全这个重病人，只能隔一阵子在值班的时候过来看一下，对他的印象还停留在一个星期前。

那天全科疑难讨论时，李贵全的确在发热，但是面对主任的查体，他还能翻身配合。后来这断崖式下坠的病情，让他震惊无比。

滕宏飞无奈地撑着头说：“其实有阵子不好了，你没注意，感染加重已经一个星期。”

钱修远抱着手，侧身坐在办公桌的边沿上。

“那就救不了了吗？……”钱修远的声调总算是降下来了，看见几个伙伴都垂头丧气地瘫坐在椅子上，尤其是罗震中，面无人色瑟瑟发抖。忽然又一眼看到郑羿有点责怪地望着自己，终于闭了嘴。

尤老大拿过这摞病历，一页一页静静地翻着，在手术记录、术前讨论、病程记录上把自己的签名一个一个补上去，重重的钢笔签名，透着遒劲。

“回去休息，明天再说。”他温厚地对几个东倒西歪的实习生说，已经入夜了。

不是不想努力，只是疾病有它自己的规律，社会运作有它自己的法则。皱着眉头的尤老大，一点都没有跟这几个年轻人交流的意思，他知道这苦涩的感觉，他们需要十几二十年一一尝遍才能成为大医生。这一路坎坷泥泞，要靠自己手脚并用，才能走到陆主任那样的高度。

这些年来，尤老大一直唯陆主任马首是瞻，师父做医生是那样纯粹，他那不服输的性格从来没有变。直到资历渐长，自己才慢慢感知到师父的无奈、妥协和委屈，直到最近，自己的心才能和他一起分担那些不为人知的无奈、妥协和委屈。

还记得遥远的过去，师弟朗朗的笑声。“老大，我们这个行当真的是，‘入我门下福祸莫怨’……”谁能想到那朗朗的笑声，会在尝遍酸甜苦辣的途中，意外消逝，归于无尽黑暗之中。

做心肺复苏真是很消耗体力，罗震中做完后背脊上汗湿了一大片，当时忙乱未在意，此刻汗逐渐收干，浑身肌肉酸痛，冷得瑟瑟发抖。她走出病区走廊，站在住院部的北门房檐下，抬头望一望，前面的路黑洞洞的，穿过小花园，通向宿舍楼。路灯下漫天细密的雨丝，被风裹挟着，一阵紧似一阵，滴滴答答的雨水声衬得夜更加安静。

罗震中把双肩包捧在手里，挡着头，正准备一头跑进雨里，身后有人拿过了她的包，撑开一把黑色的伞。

“走。”郑羿背起罗震中的包，伸手揽住她，一起走进了雨中。雨打着伞面，沙沙作响。他轻轻抱着她的肩膀，自己侧身迎着风雨，大半的伞面遮着她，仍然感觉得到她冷得发抖，郑羿有片刻的冲动想要抱紧她，终是没有敢。他把脸转开一点，免得又吓着她，又是一阵风裹着疾雨横扫过来，两个人的白衬衫都被雨淋湿了半边。

郑羿收起伞，一边抖落雨水，一边沿着黑洞洞的楼梯往上走。她的背脊上，衣服湿淋淋地贴着身体，内衣的痕迹清晰可见。郑羿别过头，不敢再看。黑暗中，刹那间他感觉有酥麻的电流穿透自己的心。他喜欢看见她忙得满头大汗，有点抓狂的样子；喜欢看见她迷茫地对着窗外，悠然出神的样子；喜欢看见她目不转睛、全神贯注的样子，郑羿突然感到一阵鼻酸。

罗震中用冰冷的手从郑羿手里拿回双肩包：“拜拜。”她一边告别，一边躲避着对方的视线。视线这东西，无影无形，但是次数多了，总会有点感觉。郑羿灼灼的目光落在自己身上，让罗震中好一阵子不自在，心绪更加烦乱。

连打了几个喷嚏，回到温暖的寝室里，她赶紧抓起外套披上，肩头仿佛一直有被他揽住的感觉烙在那里，久久不能消散。刚才走在他的近旁，那暖融的体温，让人有靠近他的冲动。罗震中感觉得到，他在挣扎，刻意保持着距离。

罗震中洗漱之后躺倒在床上，浑身酸软，意识却像风暴后的海面，一波未平，一波又起。寝室里均匀的呼吸声此起彼伏，只有梅芮的床头还亮着灯，床帘映出她安静看书的侧影。罗震中拿起自己枕边的日记本，翻了翻，这些日子自己连提笔的劲儿都不太有，上一次寥寥写了几笔，还是一个星期前。

“李贵全……”罗震中写了三个字，脑子里排山倒海，桩桩件件流水一样从笔下涌出，没有头绪，没有组织，疲劳、酸涩、困惑、不甘、无力……很快就潦草地写满了三页。

“不管了，先写下来，现在我拿这些一点办法都没有，等将来，过了五年、十年、二十年，我再翻开这个病历问问自己能不能救他。”

末了，她慢慢地写下“郑羿”两个字，呆呆地看了片刻，合上本子，一头埋进柔软的枕头，陷入一片混沌。

轻轻的音乐声从耳机里传来，郑羿翻了个身，把耳机捂严实。男生寝室免不了有雄壮的呼噜声，耳机的功能并不是真为了听音乐。

男中音在唱“You’re the one who set it up（当初一切因你开始）……But there is something left in my head（但我脑海中总留存着一种感觉）……I won’t forget the way you’re kissing（我将永生难忘你是如何与我热吻）……”那男子似乎并未俘获芳心，他说爱是一场华丽的错觉，留在记忆深处的是热恋中的亲吻，有限的生命中那些华彩部分是如此的动人心扉，转瞬即逝的烟火却永远留在记忆中怀念和回味……

听着听着，整个人都沉溺在那种青涩酸楚的感觉中，慢慢地陷入睡梦空间。

07

出科考核

心里放不下功名利禄的人，很难把外科医生做到顶尖。

在医院待了几个月，罗震中已经习惯市第一医院里这种没有假期的工作节奏了。国庆节，罗震中站在住院部的顶层瞭望，半个城市尽收眼底。西南面那一大片粼粼的水光，是南湖的湖面反光。子城的半截城墙、教堂的拱形钟楼，突兀地矗立在一大片低矮的住宅楼之间。

中山路和禾兴路上，交通拥挤。市中心的十字路口，车水马龙。少年路步行街上逛街的男男女女人头攒动，沿街的店铺插了一溜小红旗。天空瓦蓝瓦蓝的，明艳的日光在逐渐转黄的树叶间闪烁。热热闹闹的节日街市景象到医院的围墙边戛然而止。

医院围墙就像个密不透风的结界，把世俗烟火隔得一干二净，听得着看得见但就是染不上，围墙里的白大褂们依旧步履匆匆，紧张有序、日复一日地忙碌着。

直到中秋，这种紧张的气氛才有些缓和，说来毕竟中国传统佳节观念根深蒂固，人人想着回家团圆，连住院病人都比往常少了两成。医院给单身职工发了食堂自己做的鲜肉月饼，实习生也是一样的待遇，晚餐比往日丰富一些。实习生有回家过节的，有回学校打听保送名额、考研消息的。女生宿舍走得只剩下了罗震中和盛星宜两个人。

“这些糟心事情，跟你我无关，也不用凑热闹挤车回家，这几天交通挤得不得了。某人在学校“吭哧吭哧”赶课题，也没工夫理我，我们就清清净净待在这里过中秋。”盛星宜拎着哈密瓜和啤酒回寝室，看见罗震中正躺在床上翻书。

“你说得都对，我已经快三个月没有休息过完整的一天了，今天就是天塌了，我也哪儿都不去。”罗震中晃悠一下二郎腿说。

“没有人约你吗？”盛星宜仔细看着罗震中的脸问。一起混了这么些年了，这个小妞没有一个表情能瞒过她。“哧”的一声，她打开一罐子啤酒递给罗震中，又开了一罐给自己，酣畅淋漓地把丰富的泡沫干掉，把头伸出窗外看了一眼：“今晚天气不错，没有云，月亮应该是能露个脸的。”

“不如搬到天台上去吧，明年中秋的时候，你多半忙着准备结婚，说不定肚里已经装着个娃，也没空理我了。”罗震中低着头熟练地给哈密瓜去皮、去子、切块、装盘。

“人生最好的几年……”想到明年此刻，盛星宜也不由得惆怅了，情不自禁往镜子里瞄了几眼，她打量着自己的脸庞和腰身，又灌下去一大口啤酒，“……接着就是结婚生孩子，柴米油盐，晋升进修，一地鸡毛……”

两个人端着水果、啤酒来到楼顶天台。从高高的天台望出去，城市的天际线绵延到远处，仿佛连接着低矮的云端。近处的灯火闪烁，戴梦得商场边的中山影城正拉起大幅电影海报——《廊桥遗梦》，梅丽尔·斯特里普的侧脸温柔而妩媚，头发花白的克林特·伊斯特伍德虽然满脸皱纹，两人合影的时候却仍然是郎才女貌，珠联璧合。

“哇！这廊桥的样子没有本地的好看。”罗震中指着海报上那车厢式的木头廊桥说道。

“是哦，建国路上就有一座，中式的廊桥花纹多，比那个火车一样的好看多了。”盛星宜往远处眺望一下。

天台中间的水泥台上，已经堆上花生、牛肉干……一箱青岛啤酒醒目地搁在地上。拎着啤酒瓶的几个男生，一看又来了酒友，嘻嘻哈哈开始起哄，噼里啪啦一顿拍手。

“哇哦！庆祝光棍的中秋。”李青云的干哑嗓音咋呼起来，丁零当啷啤酒瓶子乱碰。“男光棍和女光棍们，”李青云像司仪一样，清一清喉咙，高举着酒瓶子，向众人吆喝道，“各位兄弟姐妹，活到一大把年纪，还没有找到那个人的，先自罚一大口……”在酒精的刺激下，李青云有点兴奋，嗓门敞亮。又是丁零当啷一顿乱碰，李青云、高胖、罗震中、滕宏飞各自喝了一大口。盛星宜拿着啤酒罐，笑嘻嘻地看着众人。

郑羿倚在栏杆上，轻轻抿了一口，忽然发现盛星宜的视线扫过，马上拿了一块哈密瓜扔进嘴里。

“实习了三个月，还没有喜欢哪个科的，自罚一大口……”高胖、罗震中、盛星宜又一顿碰杯，喝了一大口。

“你们两个，真是麻木不仁……”李青云指着高胖和罗震中，嘲笑声中颇有几分醉意。

“天涯何处无芳草，英雄岂能无用武之地。”高胖一口气把瓶中酒灌下，他身材魁梧，身手却分外敏捷，“全部试一遍，好戏在后头……”语气透着得意扬扬。

众人的眼光都逼到了小个子罗震中身上。“哎哎，”罗震中后退一步，“高胖教练说得对……还没有尝一遍，怎么知道喜欢什么口味。”

“要不挑一个开始尝尝？要不要尝尝 M 号的？”李青云夸张地拍拍自己的胸脯。

“哎，身高不合格……”一群男生一起摇头起哄，逼得李青云哈哈大笑自嘲起来。

“喜不喜欢 XL 号的？”李青云拍拍高胖的肚子，拍得脂肪乱晃。

“叩诊浊音！”大家一起摇头，笑得放肆。

“喜不喜欢奶油香草味？”李青云跟滕宏飞碰了一下啤酒瓶。

盛星宜哈哈笑着摇头道：“不好消化……”

滕宏飞又好气又好笑，不服气地问：“什么叫不好消化？”

“不好消化的意思就是，迁就滕宏飞这么出彩的国民好老公，绝不是件容易的差事，需要三从四德，还需要懂工商管理。”这个家伙是小护士中的话题人物，在如狼似虎的小护士们环伺下，将来保不定就是医护配。

“还有一个，这么大个子，躲得起来吗？”李青云跑到站在阴影处的郑羿面前，一把钩住他的脖子，把他踉跄着拽到众人跟前来。

“还马马虎虎的……”“勉强可以的……”“将就一下的……”“不算太讨厌的……”一包薯片在众人手里传递了一圈，递到罗震中手里。

罗震中吐吐舌头，扔一片到嘴里道：“也不过就那样的。”

又是丁零当啷一阵子碰瓶子的声音。嘻嘻哈哈的笑声中，明亮的圆月慢慢升起，在天台上洒下皎洁银白的光。酒意上头，容易兴奋，一拨人靠在栏杆上，跟着禾兴路边沿街商铺里传来的音乐声，用酒瓶子叮叮当当敲击着节奏。

“村里有个姑娘叫小芳……谢谢你给我的温柔，陪我度过那个年代……”流行歌曲通俗又顺口，还带点魔性。商场门口那个破喇叭放多了，大家忍不住就会跟着那带着杂音的音乐，一遍一遍唱下去。

郑羿浅笑着，靠在她身边的栏杆上，借着酒意斜她一眼，轻轻问：“也不过就那样的？”

他隐隐有点胆怯，有点委屈，询问声仿佛被乐曲声遮没了，宛若石沉大海，没有回应，而患得患失的酸涩滋味却是那么绵密悠长……

外科实习阶段进入尾声，罗震中和钱修远要出科考核了。

“卢泽宇老师真是会放水，叫钱舒朗看着你，给你打分，太便宜你了。”罗震中对钱修远气呼呼地说。李明浩老师那锋利的样子才讨厌呢！她心里七上八下，平时在手术台上，他要是看不过眼，会拿起剪刀柄，在学生的手背上轻轻打上一下。金属敲击在筋骨分明的地方，会有点痛，更主要的是，众目睽睽之下，就像被私塾先生用戒尺打手心一样，让人不由自主地害怕。

钱修远往走廊看一眼，不怀好意地说：“钱舒朗自己也做得不怎么样，每次都需要个壮胆的。”滕宏飞白他一眼，还没上考场，先编派考官。

“小郑，做一助。”李明浩一努嘴，自己站到了二助的位置上，干干脆脆地袖手旁观起来，两只眼睛却片刻都没有离开无影灯下的手术视野，样子就像驾校的教练，时时刻刻盯着新手司机。

罗震中在李明浩鹰隼般锋利的眼神注视下，按阑尾炎手术的步骤一步一步往下走，切皮的时候她还有点紧张，进入腹膜后，渐渐有条不紊，凝神在手里的操作上。

关键的荷包缝合做得线距整齐，线结牢固，连罗震中自己看着都挺满意的。这么多日子的苦吃下来，到底还是有点长进了。她小心翼翼地抬眼望一望李老师。

只听李老师从鼻子里冷哼了一声，继续袖手旁观，连半分帮忙的意思都没有。罗震中立刻觉得脸上的肌肉都松弛了下来，甚至有点得意扬扬。没有评价已经是最好的评价了，还能指望在李老师嘴里听到什么好话不成。

“谢谢李老师。”罗震中缝皮完毕，对着李明浩露了一个大大的笑脸，娇憨的样子搅得李明浩都不好意思再黑着脸，“扑哧”笑了一下。

考试完毕看着麻醉师送病人回病房，罗震中和郑羿两个人一起从手术室出来，鼻尖油油的，脑门锃亮，容光焕发。刚洗完的手湿淋淋的，往屁股上一擦，白大褂的后襟上立刻印上了两个手印。

郑羿松一口气说：“你做得挺好的，李老师都说做得不错。”他心里总是拿自己和罗震中比较，自己能不能更稳、更好。顶多也就差不多吧！希望一个星期之后，自己的出科考也能够发挥稳定。

“哈哈，他怎么说的？”罗震中一跳一跳，心情分外轻松。

“他刚在更衣室里说，你的资质是难得的，可惜是个小妞。”郑羿模仿着李明浩的口气。

“啊！有这么夸人的吗？重男轻女……歧视女性……哪个女人瞎了眼嫁给了他，真是太倒霉了！”罗震中一路抱怨，样子却是兴高采烈的，抡起一大脚，踢飞了一个空饮料瓶子。

“我刚去打探过钱修远了……”郑羿斜眼看了看罗震中，微微一笑停住话头，卖个关子。

“钱舒朗有没有帮忙？肯定帮了！这个家伙前天请钱舒朗吃夜宵，我就知道肯定是求他放水。”罗震中满不在乎地说。

“该同学在本科室实习期间，学习努力，积极参与临床管理……”

罗震中实习手册上的评语是又小又方的手写体，笔力千钧。四平八稳的字眼，可能套用了几年间对所有学生的评语模板，不能说千篇一律，也算换汤不换药了。

李明浩才不屑在这些细枝末节上多花工夫。“手术做好，病人管牢……”是他教训人的口头禅。他倒不是不屑做这些事，实在是不能，除了临床，他还兼着支部书记、外科教学办主任等好些职务，忙碌程度令人咋舌。可他的手术还是一点都不比别人少，一天到晚赶时间。

拿到《实习生手册》，钱修远兴高采烈地说：“终于可以喘口气了，前阵子轮到妇产科的那些家伙，有的是玩的时间，哪像我们这么苦，高胖带着一群小护士看《未来水世界》去了，像那什么……进了盘丝洞。”

“你有什么苦的？实习干着，桃花运交着，这下好了，终于有时间尽情叽叽歪歪了。”罗震中看见他的操作分居然高过自己，气不打一处来。这家伙天天和周珏两个紧紧黏在一起，钱修远忙活的时候，周珏就坐在角落里翻护理书，有一搭没一搭，毫无效率。

“我才不要待在外一那种科室，你看他们，哪有自己的生活？”钱修远自知阑尾炎手术是他们两位水平都不怎么样的钱医生一起慌手忙脚搞定的，分数大有放水的嫌疑，但能气一下罗震中，他还是高兴的。

“外科医生的老婆大人们，都不知道是干什么的，收容这么一个永远不管家务事的大老爷们儿，那得多大耐性。”罗震中皱着眉头，瞄一眼门外。

“卢老师的太太是药剂科的，尤老大的太太是感染科护士长……”滕宏飞悉数说出。一帮小鬼一起无奈地摇摇头：“都是自产自销！”

“李明浩的太太呢？”罗震中不依不饶地问。郑羿笑着在她后脑勺上敲了下，叫她闭嘴。

“咦！你不是对腹腔镜挺着迷的吗？不打算争取一下？”滕宏飞问钱修远。

“外科是很好，可是压力好大。”钱修远叹一口气，“手术完毕，事无巨细要搁在心上，病人有点不好的征兆，睡都睡不着，万一人没了，先不说有没有纠纷、有没有错误，自己心里的疙瘩就能让情绪低落好久……”

话没说完，郑羿和滕宏飞都不由自主地点点头。看得出这阵子钱修远的确是在花力气管病人了，不是看热闹，不是小跟班，对医生这个角色入戏一深，就像努力学游泳的初学者，每个人鼻子里灌水的酸涩感，都一模一样。

罗震中把办公桌上自己的书本、笔记本、杂物，统统收到背包里，准备一起带走，忽然想到了什么，折回病房。

“老柳，我下个星期不在这里了，这个引流液，接我班的医生早上会来测的，他不知道的话，你自己告诉他。”这老爷子的身子不好不坏，看上去摇摇晃晃已经好久，每天仍旧在老伴的搀扶下去花园里走走。

“好，我会照应你的同学的，不让李老师凶他。”老柳瘦如骷髅，表情却一直很放松。

“罗医生，我们已经有十天没有吃东西了，每天靠这个袋袋，不知道怎的昨天还拉了挺正常的大便。”老钟每天的营养袋要挂十几个小时，他的耐性远不及老柳。老钟的太太不禁数落起来：“天天说躺得腰疼，为一泡大便，开心成这个样子。”

“我以前，像你这个年纪的时候，老是在想，活到 60 岁也够了，后面就随他去了。”老钟认认真真地对罗震中说。

“但是现在，活到70了，觉得看看世界杯转播挺开心的，有泡正常的大便也挺开心的，还是乖乖地活着比较开心。”他坐起来，仔细看看罗震中的脸，回头对老太太说。

“我还记得你的脸这么嫩的时候呢！”

老太太气结道：“谁年轻的时候不像水蜜桃，到现在还不就跟桃干一样了。”一句话，说得满病房的病友都笑了起来。

罗震中瞄一眼李贵全躺过的床位，此时一个车祸病人躺在那里。

时间一点一点把一个人残存在世间的最后图像慢慢抹去，不露痕迹，没有人再提起。不知道让自己第一次感受到生命之脆弱、死亡之无常、医学之无力的李贵全，在未来的岁月中，又会在什么样的时间以什么样的方式再出现在自己的脑海中，还是也会随着时间消失殆尽。

“我也得去看看老刘，他明天总算可以出院了。”钱修远抚着胸口说。

“他的二氧化碳潴留[1]好一些了吗？”罗震中问。

“应该还可以，本来想再测一次动脉血气的，昨天早上被他骂了一顿，只好改成静脉血气了。”钱修远吐吐舌头，“静脉血气测出来的结果是60上下！”

“你倒肯热脸贴冷屁股。”罗震中总算逮着机会，把这话回敬给了钱修远。

“那有什么办法，是我们术前没评估仔细，活该被他骂。”钱修远讪讪地说，语气里居然没有什么恼意。

1　临床上二氧化碳潴留的患者一般会出现白天嗜睡夜晚精神、球结膜水肿、乏力、萎靡等症状。引发二氧化碳潴留最常见的原因就是慢性阻塞性肺疾病。

老刘是半个月前来做胆囊炎手术的病人，70 岁了，是市政府退休的公务员，报销比例高，指定要开腹腔镜的。

“小钱医生，刀口小到底是好的，多花点钱不怕的，哪怕自费。”他说话习惯性地彬彬有礼，对着面容青涩的钱修远也是一样。不过，也不难听懂他言辞之间的优越感。

“手术时间很短，恢复也快，许主任开的刀，没几天就可以出院。”钱修远管着好几个要做腹腔镜手术的病人，看熟了之后，常规的那一套告知流程走得非常流畅。用本地土话交流，也就更加顺溜。

“第一医院的技术，我有什么不放心的。”

钱修远顺顺利利地帮着做手术，出血量几乎没有，几十分钟就结束任务，就等着麻醉复苏完毕，送病房了，结果……

“谁做的术前评估？”麻醉科孙主任的破锣嗓子压抑着怒气，“谁问的病史？”说着把一张血气分析“啪”地拍到了桌子上。

“二氧化碳分压 80 毫米汞柱！”麻醉医生小陆、卢泽宇、钱舒朗、钱修远都愣了。一帮人顿时个个都冒出冷汗来，难怪手术结束都好久了，老刘还在麻醉复苏室里一直没有醒过来。

“老慢支病人，手术前为啥不查肺功能、为啥不做血气分析？！”孙主任差一点要暴跳如雷了。

钱修远脑袋“轰”的一声，手术前问病史时老刘的确说自己抽了四五十年的烟，是个老烟枪。但是……真的没想到这给手术埋了颗地雷，也就是说，他虽然表面上中气十足，却是一个慢性呼吸衰竭病人，这导致他做完腹腔镜手术之后，膈肌功能下降，呼吸无力，二氧化碳分压比平时更高，高到昏迷的程度，这就像……那颗地雷一不小心爆炸了！

“就知道开胆囊，病人就长了个胆囊吗？送ICU。”孙主任压了压脾气，指挥着麻醉医生小陆把复苏室里的老刘转送至重症监护室。一路上还是怒气不减，想想麻醉师的术前评估也漏了重要信息，不由得拉了一张黑脸，瞪着小陆。

“报告主任，我错了……”小陆灰溜溜地低头认错。几个外科医生在孙主任的咆吼下都没了声音。

“你们都没问，没查？”连卢泽宇都有点灰溜溜的，避开孙主任的黑脸，轻声问手下两个兵丁。钱舒朗和钱修远相互看了看，又怯生生地看看卢老师，摇摇头，摊摊手。

老刘被送进了重症监护室，在里面待了三天才好不容易稳定下来，转回外科病区。这意外的“暴雷”让整组医生都吓得够呛，几个人每天一早就去监护室看一眼老刘有没有脱离危险，转头又去安抚焦急的家属。

“你们这些外科医生，就是不仔细问病史，他的基础就是II型呼衰[1]，腹腔镜打个气腹之后，膈肌上抬，呼吸功能当然更差……

“麻醉药、止痛药、肌松药，哪个不影响呼吸肌？麻醉术前评估的流程执行完善了吗？

“病理生理一点都不重视，肺功能临界状态的病人不是不能开刀，要找上级医生会诊啊……”

监护室蒋主任向来眼里不揉沙子，他那种数落人的方式，又别具一格，口气平稳中正，一针见血，用逻辑严谨的病理生理和医院的核心制

1 即Ⅱ型呼吸衰竭。参考动脉血气分析结果，如果氧分压小于60毫米汞柱，二氧化碳分压大于50毫米汞柱，就要考虑Ⅱ型呼吸衰竭。

度做依据，一字一句从带教老师卢泽宇骂到钱舒朗和钱修远，连麻醉科孙主任和小陆也没放过。

一连三天，吓得钱修远早也去张望一眼，晚也去照看一下，好不容易盼到老刘呼吸稳定转回病房来了。

“开个胆囊炎，把我送到监护室里抢救三天，你们这帮医生真是吊儿郎当。”从监护室里出来的老刘一边吸着氧气，一边骂娘。

“顺顺当当出来就好了，你消消气。”连老刘的老婆都觉得不好意思了，在一旁给卢泽宇解围。

“消消气，气管炎是老毛病了，胆囊总要开掉的，后面嘛……吃了点小苦头，总算也恢复了！”卢泽宇有点讪讪的，仗着脸皮厚，连消带打地化解着老刘的火气。钱舒朗和钱修远两个在旁垂手站着，各㞞各的。三个人一天三遍小心翼翼地呵护着手术后的老刘。

钱修远接连三个晚上在办公室里埋头啃书本，从《病理生理学》的血气分析、肺功能，看到《内科学》。恨不得把关于慢性支气管炎的内容挖地三尺翻个遍。

“唉……”钱修远一边看书一边唉声叹气，“唉……”

“好了，好了，下次长记性就行了，也不是你一个人的错。”滕宏飞劝道。

“上梁不正，下梁歪……”罗震中轻声抢白道。郑羿抿嘴瞪她一眼。

早上去给老刘换药，钱修远就像顶着枪林弹雨一般，讪讪地赔笑道：“老刘，胃口好一点没有，刀口长得很好了……

“加了个雾化吸入的药，肺里的痰咳得出一点，我帮你再拍拍背啊……

“老刘，今天再抽个血气，二氧化碳指标下来了，就好早点出院……”

“去，抽得痛死了，被你们玩死了，早知道就去浙二医院开刀了，碰到一窝不靠谱的！”老刘心里的恶气没出够，要么不理不睬，要么冷言冷语。

“只要他能好好出院，哪怕我被他踹成一块年糕呢！”钱修远心有余悸，叹口气，“百爪挠心了两个星期，真是做人都没味道了。”

“水平不太高，良心还可以。”罗震中白他一眼。

“我还有一个星期才换科，后面妇产科，咱们还是在一起。”郑羿想到接下来几天看不到罗震中跑出跑进，竟然挺失落难受的。想到滕宏飞跟她一起换科，心里就更不是滋味。

“李老师挺看中你的，能对上他老人家的刁钻口味，真是服了！我还是喜欢尤老大，一点都不硌硬得慌。”罗震中撑着下巴看着他，看得他不由得侧了脸，躲开她的视线。被她明亮的大眼睛瞪着，郑羿表情会忍不住不自然起来，连他自己都觉得太明显了。

“他分担的工作又多又杂，当然希望有个得力的帮手。”郑羿的面色有点疲惫。连连有机会跟台手术，他不是不知道，李老师身后一直有功力深厚的陆主任提点和关注，而陆主任十几年前支着下颌对着棋局出神的宽厚背影，一直刻在自己记忆深处。

“我是很原谅自己的。”罗震中托着腮帮子说，“外二科还勉强凑合，外一科这种工作强度已经超过我忍受的极限了，讨饶不难为情的。”这阵子，她已经把普外科从未来的专业选择中剔除了，力有不逮，这是没有办法的事情。反正医院有这么多科室可以选择，总会找到合意也合适的专科，长长远远做一辈子。

郑羿有点乏累，一边聊天，一边跷着腿。

这阵子每个最艰难的手术，他都能把过程看得很清楚。在手术台上，少言寡语的李老师经常会在关键步骤上提点一二。做完手术的每个晚上，郑羿都勉力把文字工作完成掉，接着在厚厚的书本中补完基础理论的不足。这“铁人三项”——手术、病历、书本，把他每天的精力耗得一点不剩。

每天查房的时候，李老师虽然习惯性地一言不发，但同组的医生，谁有没有把工作及时细致地完成，都逃不过他鹰隼般锐利的眼睛。

收获感是会成瘾的，日渐娴熟的技术，上级医师的认可，病人伤口的愈合，刺激着郑羿投入更多的时间、精力、注意力……虽说临床工作就像个巨大的黑洞，不管投入多少进去，都没有够的时候。但是多投入一点，总还能多增加一分收获感，这真是让人欲罢不能。

前阵子，郑羿跟台手术的那几个病人，一个一个都顺利出院了。肝破裂的外伤病人傅天新活了下来，患肠梗阻的老钟能够正常饮食了，患肝癌的谢老师顺利摆脱了病灶；即将出院的病人经常会送锦旗和水果给病区医生，简单直白的感谢，有回味甘甜，回头来看，会觉得手术那天就算再精疲力竭也是值得。

只是体力消耗得多了，郑羿少不了在心里偷偷问自己，职业生涯的最初五年、十年都要面对这样的压力，自己扛不扛得下来。难道真的要把人生最精华的时段，一丝不留压榨干净，全部贡献给工作？

看得出来，李贵全的死亡对罗震中的刺激挺大的。对一个医生来说，看到有危险状况发生，百般阻止却阻止不了的时候，真的很折磨人。治疗失败，是心头的一个伤。

好几次，看她发起呆来，用手托着脑袋，脸色也很不好看。

“咦，怎么了？”滕宏飞有次眼尖发现了，温言劝慰道，“这又不是谁的错，这里的老师其实心肠都挺好的。”罗震中不自觉地点点头。她挺听得进去滕宏飞说的话，跟郑羿倒免不了伶牙俐齿、拌嘴抬杠。

“我们做的事情，不过是尽人事听天命。”滕宏飞说，只见罗震中沉默地趴在桌面上，神游天外般，一脸茫然。

晚上的办公室里，很多小小的昆虫在灯下活动，淡淡的夜来香香味从阳台的缝隙里飘来，罗震中伏在桌上，侧头看看桌上那厚厚的一堆出院病历，长长地叹了一口气：“唉……”

外一科的老师们都有点工作狂的气质，尤老大经常会在休息日，忽然出现在病房里，到某个病床旁边晃晃，看看引流液的质地，有时候什么话也不说，又忽然消失了。

李明浩性子急一点，有谁没有做到他要求得那么完美，冷冷的警告就会像刀一样划过去。外科医生好像都在打一局高难度的电子游戏，用尽全力，嗨得太久，已经成瘾。

有一个深夜，忙完之后，李老师没急着回家，坐在桌前拿着一杯热茶慢慢喝着。面前的桌上堆着舒琼英的大病历，厚厚一沓。他粗糙的大手摸着纸页，并没有认真看其中的字句，只是那样摸着、摸着……机械地撸平每一张卷角的纸页。

郑羿忙着完成手术记录，无意中抬头，发现李老师的神色少了几分平时的冷峻，竟笼罩着一层淡淡的忧伤。

感觉到郑羿的目光，李明浩不由得苦笑了一声。站起身来，淡淡地说：“两年了，到现在，还觉得他会忽然从门口走进来坐到我跟前……”

他的语气十分苦涩，黯然地摇着头走到黑漆漆的阳台上，深吸着夜色中植物的气息。

两年，不长不短。

那一年，去香港大学进修三个月的机会，横亘在李明浩和沈子钧之间，那是省卫生厅中青年医生培养计划给出的名额，整个禾嘉市只有一个。名额拨到医院的时候，整个大外科暗流涌动。张松海、卢泽宇，连过了点年纪的尤老大都有点动心。

那是去香港啊！这次培训投资不菲，对英语的要求很高，香港大学要求能用英语做专业交流和汇报。学完回来就是给自己镀了层金，被医院提拔和重用是必然的事情。医院领导对着经过几轮选拔出来的外科医生名单，也颇举棋不定。

“最后剩下我们两个的话，就‘石头、剪刀、布’好了。”沈子钧半开玩笑地说，顺手在李明浩宽厚的背脊上捶一拳头。以沈子钧的英语水平和手术能力，他入选的可能太大了。

“镀了金回来，可能会被调去医务科搞行政，也可能到科教科管教学，不一定是福气！”李明浩心里顾忌的，是放不下手里的技艺。他翻来覆去地看着自己常年做手术的手，指甲被剪得极短，在家也从不下厨，担心手一旦被烫了，破了皮，不好消毒。

“那也不错，说不定就此踏上康庄大道，将来成为李院长。”沈子钧背着师父，和同届的李明浩说起话来，口无遮拦。若是平时，这种玩笑话他是断说不出口的。

“你这么想，主任肯定不高兴。”人人都知道陆主任把沈子钧看得像亲儿子一般，情分不同寻常。李明浩怎么也想不到，平日专注于技艺的沈子钧会坦然说出离开外科这种事，即便主体对象是他。

“高不高兴，日子也得往下过，难不成所有师兄弟都一辈子众星捧月般围着师父不成。”沈子钧叹了一口气，“此一时，彼一时，将来尤老大继承衣钵，我们总也得有点盼头啊！”语气之中有几分遗憾、几分不甘。

李明浩有点意外地看着这个师弟，相比之下，自己人到中年还痴迷于手术技艺，似乎是有点幼稚了。他说的未必不是事实。外科医生做了十来年，极少有与父母、妻儿亲密相处的时间，从长远来看，图的是什么？难道仅仅是手术技艺的提高吗？

最后，去香港的还是沈子钧。

沈子钧高大挺拔，大有明星气质，科室里的小医生、小护士都对他充满崇拜，连副院长都开玩笑说：“沈子钧的英语听上去正气，不带咱们当地的粽子味儿。”

李明浩接了沈子钧原来扛着的一大堆杂活。带教，教学，组织支部活动，做科研秘书……大家都说，干同样的活，沈子钧的风度像明星领衔，李明浩的态度像人民公仆。

人民公仆就人民公仆好了！李明浩之前也从未想到，除了手术还可以往另外一个方向去，真要做起来，也不是不可能的，他使出了做手术的钻研劲头。

时间花在哪里是看得见的，阶段性成果很快就来了。

第二年，李明浩开始担任更多的兼职，组织教学的能力被院长一次一次在大会、小会上表扬，荣誉一个一个捧回来，渐渐地，“李明浩”三个字在医院里变得炙手可热。回头想想，倒好像是子钧一语点醒了梦中人。

陆主任一生痴迷于手术，痴迷于医生职业。在他心里，医生就应该长长久久地做一辈子。用张国荣电影《霸王别姬》里的话来说：“是一辈子，少一年，一个月，一天，一个时辰，都不算是一辈子。”所有的功名利禄，行政事务都应该退而求其次地放在后面，而李明浩这样行政、临床满把抓，分心实在太多，陆主任肉眼可见地对李明浩又见外了很多。

沈子钧就不一样了，他在陆主任眼里就是一个升级版的自己，一双青出于蓝的巧手，还有兼顾科研的本事和能力，这才是真正具备学者气质的顶尖外科医生。

一年间，沈子钧拿了好些重要的医学会学术兼职，脸色经常十分疲惫。他从来不跟陆主任抱怨，也不会跟尤老大啰唆，众人面前从来都是一脸深明大义、隐忍耐烦的深沉老成。只有单独对着李明浩时，才会偶尔发发牢骚。

“好累，阿浩，你知道最累的是什么吗？”

“我不累吗？老弟，咱们不一回事吗？”难得有手里拿着杯啤酒的时候，李明浩也会放下习惯性绷紧的脸，松弛一下精神。

“顶级外科医生，不可能出在我们这一级的医院，我已经谈好了要走。”沈子钧竖起一根手指示意他噤声，他的眼睛像探照灯一样，在李明浩脸上一转，像是在探查他的反应。

沈子钧的想法又一次惊到了李明浩。

“藏着心事，是最累最累的。”沈子钧颓然地瘫坐在椅子上，“我这辈子总是想法太多，太不知足……”

“去哪里？”李明浩看着沈子钧，轮廓清晰的脸上却没有表露出任何情绪。中年的他，已经没有少年时候的清朗，铠甲包裹着重重的心事。“上海一家顶级三甲医院。”听沈子钧说得这么肯定和具体，就知道他不是嘴上说说而已。“收入不错，为了自己，也为了孩子将来的选择会更加自由。”

这么直白，李明浩沉默了。熙熙攘攘皆为名利，那些曾经闪闪发亮的理想去了哪里呢？个人前途当然重要，但是对给予机会的医院和科室呢？他又该如何面对恩师？

沈子钧像是听到了他心里的话，斜眼看着他微微苦笑，两个人的鬓边都已经有星星点点的白发。

“人生是这么短的一瞬，转眼就过去了一半……”出类拔萃的他总是言若有憾。

“真不该去香港一趟，阿浩，不甘心，你知道吗，拿不到最好的条件，去做最好的手术，我真的是安不下心来。”

他借着酒劲儿一吐心事。“我们以为的最好，和这个时代实际上最好的，差太多了……”

在那个繁华都市住了三个月，天天穿梭在峭壁般的摩天写字楼间，看着那些年入百万的城市金领穿着名牌西装，在生意场上搏杀；看着璀璨的霓虹灯装点着豪华的橱窗，美元和港元是所有生活的底色。维多利亚港的海浪，一波接一波地拍打着沈子钧脆弱的内心，过去几十年建立的勃勃雄心，瞬间变成了无助和不甘。香港在准备着迎接 1997 了，此时香港大学的硬件和技术能力已经达到这个时代的顶尖水平，岂是内地一个地市级医院能够相提并论的？

出色的不是一个高手、一间手术室、一套手术设备、一个实验室……站在维多利亚港，眺望辉煌的香港夜景，沈子钧清晰地听到自己内心轰然破碎的声音。

外人看不懂，旗鼓相当的两个外科医生，有各自的锋芒，何以关系却那么要好。只有李明浩自己知道，他们俩是不会有竞争的，子钧要的始终和自己不一样。

沈子钧心心念念用前半生的努力作为赌注，可以有机会去博后半生的期待，可是……

“心里放不下功名利禄的人，很难把外科医生做到顶尖。”

“太要强的，总是容易折了自己。”

陆主任经常随口说的这两句话，多少年来听习惯了，早已深深植入到李明浩的内心，与他的观念化为一体。但是在深夜一字一句地审视起来，李明浩满心酸苦，仿佛艰难的职业生涯不过就是两句话的注脚。

做好了跳槽准备的沈子钧，遇到了和舒琼英一样的肝门处病变病人，他做的肝癌根治术不可谓不尽心，万万没想到，病人在手术后 8 个小时突然腹腔大出血死亡。

医务科在家属的压力下，迅捷地封存了病历，律师拿着整本大病历挖地三尺寻找法律漏洞，医疗鉴定和诉讼来得那样迅猛而无情……

“过犹不及啊！”尤老大看着沈子钧真是又生气又心疼。但是外科医生一辈子，又有谁能永不失手呢？沈子钧风扫落叶般失去了脸上的神采，几周之内鬓边尽是白发。

李明浩揉一揉酸痛的眼眶，想到这一切几乎要落下泪来，沈子钧的心气是那么高，摔得又那么惨痛……两年前那个让所有人痛心的早晨，他就那样走了，平静的脸上竟然带着一丝解脱般嘲讽的笑意……那张无情的死亡证明书上，写的诊断结果是：急性心肌梗死，心源性猝死。

世上有什么技术，能够诊断那样的失望和心碎呢？

有时在熙熙攘攘的白天，看着一屋子的年轻医生忙得热火朝天，他心里会有一种茫然的错觉——另一个李明浩和另一个沈子钧正在上演着熟悉又陌生的一幕，那些恒久的困惑和无奈，像一张巨大的蜘蛛网，让所有人身陷其中，无处可逃。

连续上了几个夜班，郑羿觉得疲劳不堪。他夜间睡眠轻浅，护士又经常叫：“处理引流管！开点止痛药！几床的体温又高了！”几次三番下来，睡眠被切割得不成形状。有一次，他后半夜抢救患者做心肺复苏还折腾了将近两个小时。

自诩体力强悍的郑羿连续几天下来，鼻子塞得厉害，清水鼻涕流得哗哗的，浑身酸痛，竟然有想讨饶的冲动。

这天，他站在手术台上感觉冷汗直冒，一阵一阵心悸。下了台，一屁股坐在更衣室的地上，手脚都软了。后背被更衣柜的铁皮门硌得生疼，竟然没有力气移动。

“怎么了？”李明浩皱着眉头问。伸手抓住郑羿的手腕，准确地按在桡动脉搏动的位置上。

“什么时候开始有早搏的？”李明浩问，仔细看了一下郑羿摘掉口罩的脸。

“可能太累了。”郑羿仰头靠在柜子的门上，疲乏到顾不得对师长的礼貌了。

“病毒性心肌炎。”

李明浩拽着他在外间的麻醉复苏室躺下，熟练地在他胸口装好心电监护仪。只见监护仪上，高大畸形的室性早搏波形明白无误地证明了他的诊断。

“去住院检查一下，别太逞强。”李明浩有点严厉地对他说，“要做外科医生，日子还长，长长久久做一辈子……”

“好，谢谢李老师，我会去检查一下，请几天病假。”郑羿冷汗直冒，对冷口冷面的李老师，他心里还是挺感激的。

就这样，郑羿住到了内二科病房，明明在实习怎么当医生，忽然就变成了住院病人；前些日子还活力十足在篮球场上挥汗如雨，忽然就要安静卧床休息，这个变化让郑羿措手不及。他躺在床上，先捧出巨厚的《实用内科学》，把书上“病毒性心肌炎”的章节原原本本一字不漏地看了一遍。

“心肌损害，肌钙蛋白升高，心律失常，心肌扩张……”这些方块字和自己的身体与命运联结起来，变得格外有杀伤力，搅得郑羿心神不宁。

“我去科教科给你请假，先请一个星期吧。”滕宏飞在病房里把他安置好，关照道，“好好睡觉，留个早搏的病根下来，可不是玩的。”

“损失也不大，轮到妇产科，写写病历，少点手术，休息一阵子也就好了。”李青云安慰道。

“书上说，三个月到半年不能剧烈活动，损失也还是有的。”杜逸忍不住叹口气。话刚说出口，就被李青云和滕宏飞前胸后背各捶了一拳。这个捣蛋的家伙，也不看看郑羿情绪低落的样子，说句劝慰的话都不会，就算待在病房里看也看会了。

眼下是毕业之前的重要阶段，考研、保送、红卡名额……学校的各种机会咕嘟咕嘟不停地冒着泡泡，刺激着即将毕业的实习生们。谁都知道，在毕业季请病假，不可能没有代价。所以生病住院这么大的事情，郑羿都没敢告诉父母。

频发室性早搏的感觉很不好受，心跳变成了一种负担，隔一阵子会感觉漏了一拍。早搏像一个强烈的惊叹号。疲乏的感觉更加不好受，力气仿佛从肌肉中被抽走了，郑羿恨不得坐着或者躺着，全身的不舒服都在警告自己，生病是件没法较劲儿的事情。

郑羿躺在床上，看着心电监护仪的屏幕，数了数早搏的次数。屏幕上高大畸形的室性早搏很刺眼。竟然还有连发的早搏。不用心内科医生来看，他心里都知道这有点麻烦，不禁挺丧气地软倒在床上，仰面朝天发起呆来。

“我来问病史了。”盛星宜拿着病历夹站在床边。

郑羿坐起来，仍然侧着头看着心电监护仪。

“我自己写吧，写几个字还不算体力活动。”郑羿看着盛星宜，感觉这场面有点好笑，内科实习还没有开始，就要给自己写第一份内科大病史，真是黑色幽默。

“这可不行，病史我来写，明天查房的时候，主治医师难道还能让病人报病史吗？”盛星宜一口拒绝，心里早打起了主意。

“约了心脏彩超和动态心电图，明天一早空腹抽血。”盛星宜以很职业的口吻关照床上的病人，随即又问，“罗震中呢？”

郑羿听到她忽然询问罗震中，脸颊有点发烫，装作淡淡地说：“她不知道我住院。有几天没碰到了。”细细想来，真的有好几天没有见到她了。他故意侧过头，躲过盛星宜直白的目光。罗震中这么不理不睬，是真的在妇产科忙着接手病人呢，还是根本没把自己当一回事？想起来，竟有点懊恼和委屈。滕宏飞怎么也不告诉她？

“你没告诉她？她也不主动来看你一眼，你跟她还挺见外的喽！”盛星宜毫不客气地探听起来。郑羿有点招架不住，移开视线，双手抱在胸前，尽量不把沮丧的神色露出来。

“哪会……”郑羿对罗震中的这个铁杆闺密带着三分敬畏，本想多聊几句，谁知自己的心思被她看得透透的，直直地落了个下风。

“要我告诉她吗？”盛星宜眉毛一挑，腰一叉，居高临下地问。

“她……”几乎脱口而出的问题生生顿住，郑羿涨了个大红脸，露出尖尖的犬齿，咬着嘴唇。

盛星宜只装看不见，拿起听筒，按在郑羿胸口，认真听诊起来。“早搏还是蛮多的，杂音倒是听不出来，第二心音有点分裂。”被一个熟悉的年轻女性查体，郑羿挺不自在，仿佛听诊器还能听到他的心事。

“我……有机会吗？”郑羿鼓起勇气，轻声问。

“那我就不知道了。”盛星宜把听诊器往脖子上一挂，双手往胸前一抱，点点头说，“我叫她来看看你……”

郑羿羞涩地笑一下，点点头。

盛星宜回头叮嘱：“这小妞有些方面像颗土豆，是糊涂浑蛋白痴到一种境界的。”

听到她用这样的形容词，郑羿内心再气苦，也忍不住“扑哧”笑出声来。

住院的这两天里，郑羿躺在病床上，一睡就是一个白天，睡了整个白天之后，也不影响晚上继续睡十个小时。半夜里护士来测血压、查房都只能让他沉重的眼皮子略微抬一下，片刻之间又沉入了睡梦中，仿佛是欠债太多了，身体需要加倍地补偿回来。

“哎……”暗淡的光线中，郑羿迷迷糊糊醒来，看见罗震中站在床边，一时不知道自己是在做梦还是醒着，也不知道现在是傍晚还是清晨。他一把抓住她的手，像抓住一个转瞬就会溜走的梦，翻身从床上坐了起来。

罗震中站在床边，并没有立即把手抽回去，由他紧紧地攥着，把手放到脸颊边贴在他的脸上，神情有点羞涩。他久久地凝视着她，目光在她脸上逗留，不忍移开。

“……好多早搏，不知道会不会室速[1]。”郑羿指指胸口，鼻子都发酸了。他带着点委屈看着罗震中，视线贪恋地落在她脸上。忽然伸手揽住她，用力把她圈到怀里。

“等你长大等得心都快碎了。”郑羿的嗓音沙哑，充满眷恋。他把脸埋在她的脖子和肩膀间，试探着，等待着她的反应。深深呼吸，她的气息温馨而温暖。他感觉到她绯红滚烫的面颊，用力抱紧她，炙热的亲吻负气般重重地落下，再无顾忌。心电监护仪“嘀、嘀、嘀”，显示着他瞬间加快的心跳……

罗震中并没有挣脱，由着他耳鬓厮磨腻着她，脸涨得通红，小小的身体微微有些颤抖。

“你就别捣蛋了，乖乖躺好，像个病人的样子。”她把脸靠在他肩膀上，温暖的鼻息拂在他的脖子上，轻声在他耳边说。

“哎，你每天都要来看我，知道吗？”郑羿小孩子脾气似的用力拽住她，“说好了！”

罗震中一双大眼睛转一转，吐吐舌头说：“好吧。”

“喜不喜欢我？”郑羿继续“威逼”。

“嗯……”罗震中装作认真地想了想，“也不过就那样吧！”

不等他反应过来，罗震中终究还是害羞了，脚步轻轻地转身逃走。

黄昏的光线越发暗淡，病房里黑漆漆的，明亮的灯光从门口的走廊里射入，一室寂静无声。好像没有人来过，好像绮梦一场。

1 室性心动过速的简称。室性心动过速是一种心律失常。室性心动过速发作时，心跳加快，通常达到每分钟 100 次或以上。

第 三 关

LEVEL 3

妇产科：

如果为势所困，不如自省吾身

01
下三路查房

等妇产科实习结束，我觉得我会变成另外一种生物。

从军训一样规矩森严的外一科，轮换到嗓门高八度的妇产科，罗震中狠狠地不适应了一阵子。每天查房问的都是经期、白带、同房、流产……招招不离下三路。头一天跟在老师后头听着，她就一直僵着脸，尴尬了一路。

幸好带她的老师是气质文雅的副主任医师吴晨曦。钱修远和滕宏飞就没这么幸运，分到了大嗓门主任医师薛惠芳那儿，那个大嗓门咋咋呼呼的，听着就酸爽至极，薛老师说到激动处，听她说话的人，耳膜都快被炸破了。他们俩每天跟着薛惠芳老师出诊，经常皱着眉头，一边侧耳分辨本地口音浓重的普通话，一边挤眉弄眼。

“一次月经量多不多啦？用几块卫生巾……”薛老师查房时丝毫不加掩饰，让男生们尴尬得倒吸一口冷气。

李青云比他们早轮过来两个星期，用一种老兵的姿态欣赏着几个人僵硬的面孔，哈哈笑道：“世上有三种性别：男性、女性和……”他顿一顿，拉长了语调，“不分男女的医生。”

“你会给男人插导尿管。

“你会用器械看女人的宫颈。”他指指面前的几个新兵，“那是因为，病人眼里你们没有性别可言，走进妇产科病区大门的时候，记住！一定要穿好白大褂。”

“记住了，穿了白大褂就没有性别，这样脱了白大褂，还给自己剩下点欲望和感觉。不然就真的什么都没有了，到女厕所里去拉屎都没有感觉了。”李青云一边说，一边笑。

“好吧，我一定把口罩戴起来。看来脸皮真是不够厚，还需要穿一层防弹衣。”罗震中说。

“对了，白大褂、口罩，还可以戴个帽子。全副武装，就不怕她们招招直指下三路了。”

“等妇产科实习结束，我觉得我会变成另外一种生物。”钱修远叹一口气。他第一个星期在妇产科门诊观望了一趟，就一路咋舌逃回来了。“一天看五十个宫颈，我不知道自己还是不是处男。”

“噗。”罗震中笑得一口水从鼻子里喷了出来。

滕宏飞白他一眼不说话。他翻开实习轮转表，仔仔细细地研究后面的轮班，心里盘算着，妇产科就算了，想喜欢都喜欢不起来，不如趁着这个空当，先把后面最难的内容预习起来，也不算是浪费时间。于是他翻开厚厚的笔记本，开始列月度计划。

趁着对医院的环境渐渐熟悉，去急诊、门诊都探过一回路，要找到感觉，到底是要“跑量”的，整个一圈看下来，实属晚上的夜急诊最有挑战性，病人又急、又重、又难。

“还好就两个星期，晚晚都有想讨饶的冲动。”李青云拍拍胸口，向滕宏飞介绍经验，“过瘾是真过瘾，不比妇产科那个婆妈劲儿。就像一边是火焰，一边是海水！”

“最最过瘾的就是抢救车祸病人了，脑外伤、多发肋骨骨折、脾破裂、股骨骨折……快把半个医院的会诊医生都叫出来了！最后还是大外科主任拍的板，先开脾破裂，开完固定股骨……”李青云讲得眉飞色舞，滕宏飞听得心驰神往。

“结果这个还没搞定，120 又送来车祸中另一个伤员，简直快忙疯了！”

市第一医院急诊的大门正对着闹市区的中心，一到晚上，不时有 120 急救车从禾兴路上转弯进来。由于交通便利，内外科夜门诊常常川流不息直到深夜。

滕宏飞到急诊抢救室张望一眼：“黄老师，晚上来给你打下手，当学徒，行不行？”

黄浙明双手插在口袋里，闲闲地靠在护理台上，打量面前的男生。夜急诊常年昼伏夜出，让白天的他看上去懒洋洋的。白天的急诊室冷冷清清，不管是门口的挂号收费窗口，还是各个诊间都没有病人。抢救室敞着大门在通风，抢救室里空空荡荡，一个病人也没有。整个急诊室就像只睡着的巨兽。

“明天我值夜班，你下午 5 点钟准时来，晚上 11 点走，给我看着外科门诊……中间不许溜号。”黄医生笑一笑，“条件是，清创缝合都让你做。”

“好嘞！谢谢黄老师。”滕宏飞眼睛一亮。

“好小子，来呗！下班我请你吃粉丝煲。”

实习已经过去了 3 个月，身为一个“老兵”，大家都对医院的工作有了点感觉。“喂，内科一天到晚在忙什么？”罗震中躺在床上，问正在心内科轮转的盛星宜。这些天不用再一清早去大换药，一下子觉得时间多出来不少。

“早上查房，一查查到10点半，然后开医嘱，做操作。前阵子在呼吸科，早上做胸穿，抽血气……现在在心内科，老师会叫你做一堆床边心电图……下午写病程记录。轮到手术日的时候，做气管镜手术、装心脏起搏器，其实内科的手术操作也不少的。”盛星宜像报流水账似的说。

“病程记录要写那么久吗？一个下午？”罗震中觉得不可思议。

“喂！内科的婆婆妈妈你还没有尝过呢，病程记录就是主任医师语录，要记得清清楚楚，你得写某某主任医师查房后分析，按目前症状体征及化验结果，诊断急性病毒性心肌炎明确，频发室性早搏。鉴别诊断包括冠心病、扩张型心肌病、心包炎……目前治疗原则主要是卧床休息、加强心电监护、抗心律失常……药物治疗建议……”盛星宜看罗震中一眼，啰啰唆唆的内科不是很对自己的胃口。

“你轮下来，哪个内科好玩一点？”罗震中一边穿衣服，一边问。

“心内科病人最有意思。”盛星宜不怀好意地看着她。

“哎哟……”罗震中小声耍赖地推搡她一下。

“嗯，我一点也不喜欢妇产科，眼下算是花一个多月，实地考察生娃这件人生大事吧。”罗震中扯开话题道。

“啧啧……酸爽。”刚刚轮完妇产科的朱雅文忍不住发表了一下感想，“我已经考察完毕，得出结论了，将来就剖腹产生一个，就一个，完成任务就好。”

相比快人快语嗓门敞亮的薛惠芳，带着罗震中和其他三个年轻医生的吴晨曦就文静多了，她长相清秀标致，烫过的头发向外微微翻卷，一看就讲究精致。露在发角之外的耳垂上，小小的钻石耳钉时时反射一点七彩的晶光。那种恰如其分的漂亮，让人觉得格外悦目。

不甚关注容貌的罗震中，都会经常不由自主把视线留在吴晨曦的侧脸上，心绪有些难得的旖旎和温柔。有时还会忍不住照照镜子，想象一下，再长大一点，自己的圆脸蛋会不会有吴老师那样悦目好看。

“不错。”跟了没几天，罗震中就得到吴老师的首肯。“外科轮过来的同学，手练得有几分样子了。”在外科实习三个月练出来的身手，一看就知道轻重。

“吴老师这发型，是斜西街上‘云丝’的大师傅阿海做的，每个月都得修修弄弄，可花本钱了。”住院医师小宋趁吴老师不在，闲闲地说。

“晨曦是单身贵族，不用打理老公、孩子，我们可没那个精力和钞票。”护士长一边整理病历车，一边搭讪。

妇产科的工作的确比外科轻松，没有大手术需要站到晚上，也没有那么多疑难病例需要紧紧盯着。傍晚，盛星宜就拽着罗震中道：“走，跟我去心内科。”

“之前跟我说什么来着，还不让我找医生……”罗震中慢吞吞地跟在盛星宜后面，忽一眼望见市委秘书又来约朱雅文，两个人不由得一起放慢了脚步，仔细打量。

那个男人个子不算高，清瘦白皙的脸庞，戴着眼镜，下班也穿着质地挺拔的整套藏青色西装。手里拿着玫瑰花等在影像楼底下的香樟树下。

这棵香樟树有年头了，一人粗的树干纹理粗糙，巨大的瘤子该是幼年时的伤疤，眼下被无数双手摸过，表面光滑圆润。树冠像一把巨伞，铺得密密实实。为了保护树干不被频繁来往的食堂餐车、小货车撞到，树下围了一个水泥围栏，小花坛里立了一块小小的牌子，标着这棵大树的生辰——1903 年，那个男人就在围栏边踱着步，等着。

朱雅文已经打扮过了，穿着中跟鞋袅袅地从楼梯上下来，淡淡的妆，穿着深色的大摆长裙，一步一步，走得摇曳生姿。两个人客套地打个招呼便一起出去了。

“难怪老朱不穿高跟鞋，不然站在一起倒还是老朱高些。”罗震中笑道。

“他看上去食之无味。”盛星宜撇撇嘴说，“老朱估计也觉得弃之可惜，两个人谈得干巴巴的，一边算计，一边凑合，有什么味道呢？”

“哇！照你说，该怎么样呢？”罗震中眯着眼睛，看看两个人的背影。肩并肩的男女，有丝绒一般的玫瑰花在旁边陪衬着，就是情侣的样子。但是……罗震中仔细想了想，老朱好像没有那种飞扑出去、笑得像一朵花那样灿烂的势能，唉！

“一辈子，总要有一次，什么道理都不讲，就是靠本能相互吸引，你看周珏这小丫头，没头没脑的，不算计也不摆架子，钱修远不喜欢也喜欢了。”盛星宜老三老四地教育罗震中，“不问缘由，不计代价，不管后果……”

“好吧……好吧……你说得都对。”罗震中马马虎虎地应答着。

盛星宜像看弱智儿童一样，怒其不争地说：“就像某人说起一颗土豆，鼻子都发酸了。那种感觉就对了。”她在罗震中光亮的大额头上敲敲，“而且我帮你问诊过了，这家伙家里条件不错……”

不知是抗心律失常的药起效了，还是休息得彻底，郑羿的心悸症状几天就缓解了，早搏少了许多。住在心内科病房，角色真有点错位，上午查房的时候，他躺在床上，老师分析完病情，几个同学上来，在他的胸口不客气地视触叩听做专科体检。

当着一大群人，被人拉起上衣来，在裸胸上又叩又听，到底还是有点害羞的，他虽然经常锻炼，腹肌也不算太难看，但还有女同学在，他们不尴尬，郑羿都快招架不住了。

李青云特地拎着心电图机过来，给他做了个十八导联的床边心电图，II 导联心电图加长等了一个早搏[1]。他认认真真地看了一遍，打了个正规心电图报告。

“窦性心律，P-R 间期[2]0.15……QRS 波宽大畸形[3]……”

“你看，这是你的心上人。”李青云指着室性早搏对郑羿说，“我们用抗心律失常药，把她彻底干掉。”

“哧。”郑羿忍不住笑了。

自己生病后就成了活靶子，同寝室的同学、隔壁寝室的伙伴一个个抽空跑来探望一下，说是探病，每天都有五六个听诊器，不由分说地按到胸口上，听诊几回。

高胖把血常规、生化、肌钙蛋白……所有化验单和动态心电图都拿过来，一起摊开分析了一会儿，一本正经地得出结论：“付洪流主任医

1　不是太频发的早搏，需要心电图等候一下，延长时间让早搏的形态显示出来。

2　P-R 间期，指心房开始除极到心室开始除极的时间，正常范围为 0.12~0.20 秒。

3　宽大畸形的 QRS 波可以见于多种情况，像室性早搏、室性心动过速、预激综合征、右束支传导阻滞、左束支传导阻滞等。引起这些心律失常的疾病有心肌炎、心肌梗死、风湿性心脏病、先天性心脏病、肥厚型或扩张型心肌病等。

师查房后认为，该病人预后良好，发生心源性猝死的可能性不大……”

“从胸锁关节摸到耻骨联合，敞开给你们看了个通透，看够了没有？”郑羿把上衣拉好。气呼呼地抱着手，护在自己胸前，斜靠在病床上。

“这有什么？如果是下消化道出血的话，我会到肠镜室，从肛门一直看到回盲部……”高胖一副语重心长的样子，两只眼睛骨碌碌地瞄了瞄某处。

“滚蛋。”

忽然，嘻嘻哈哈的同学们一起闭了嘴，好像树上啾啾叫的麻雀，忽然安静下来。心内科主任付洪流陪在一个年纪略长的医生身后，一前一后走进病房。实习生们一看阵势不对，一个一个悄无声息地溜了出去。

“郑羿，今天症状有没有好一点？”付主任的口气同任何一次查房一样，亲切却不过分亲近。

郑羿点点头说：“还好。”又冲着来人轻声打了个招呼：“大伯伯……”

同来的年长医生身形高大，头发有三成白色，显得庄重威严。白大褂里面是考究的浅蓝色衬衫配深蓝色领带，一看就是级别颇高的行政人员。胸口的工牌上写着：郑天明，主任医师，党委书记。

“诊断结果是没问题，还是病毒感染后的结果，心肌损害不算重，早搏用点药缓解也快。”付主任对着郑书记说。郑书记的手背在后面，腰背挺直，微微欠一欠身道：“多谢付主任，你忙吧，治疗就拜托你们，我跟小鬼聊两句。”

待付主任离开病房，郑书记端详一下郑羿的脸，摸摸他的板寸头说：“搞什么鬼，不跟爹妈讲吗？要不是阿浩特意来跟我说，你打算瞒下去是怎么着？”

“大伯伯，我已经好多了，没说是省得我妈太烦，这个周末出院，反正会回家休息。”郑羿分辩道，“我没事的，休息好了，已经没有症状了。”

“有没有事，是由你说的吗？”郑天明习惯性地看看心电监护仪的屏幕。前阵子，听李明浩对小鬼的评价不错，说他悟性好，又肯努力，是个可造之材。不承想可能是小鬼太要强，累过头了，搞得李明浩倒有点愧疚，不好交代。

“后面也得悠着点，轮转轻松点的科室，打个病假证明，别值夜班了。”郑天明语气温和，却没有任何商量的余地。

郑羿是在郑天明眼皮子底下长大的，从小被他抱在怀里教下棋，大一点了教游泳，再大一点教篮球，自己女儿都没有这么宠过。郑羿半大小子的时候，闯了祸，不敢告诉爹妈，都是求大伯伯包庇着蒙混过关。他读医学院当外科医生的愿望多半倒是受了郑天明的影响。家中几个子侄，就他一个读医，人又聪明，郑天明格外偏疼。

郑羿瞥一眼边上的空床位，心里忽然打了个突。心内科一向挺忙的，这个双人病房却一直是他一个人住着，原来如此。

从住院部大楼的长窗望出去，中山路上的车水马龙，一览无余。沿街的行道上，树开始落叶，法国梧桐巴掌大的叶子在风中沙沙作响。心内科病房的楼层刚好和教堂钟楼等高，夕阳西下，这宏伟而破旧的哥特式建筑格外美丽。

郑羿从小就听老一辈的人说起过，这座钟楼是圣母显灵大教堂的一部分，几十年来一直是本地的最高建筑。建造教堂用的水泥、钢材、松木、彩色地砖都是从法国进口的，曾经号称“中国第一、远东第三”。然而，这曾经极负盛名的景观在后来被破坏殆尽，只余下眼前这几处建筑。几十年的时间过去，人们至今仍能从华美细腻的雕刻中窥见当年的风采。郑羿还知道，这市第一医院的前身，就是法国天主教巴黎仁爱会开办的圣心医院，和钟楼风格一致。不知是不是因为从小知道这些逸闻，仅是看看这古老的建筑，他都能深深感受到疗愈的平静。

郑羿一个人在窗边望着外面，教堂的钟楼近在咫尺，仿佛触手可及，夕阳一寸一寸地斜向地平线。

盛星宜叉着腰，在门口问："喂，你还好吗？"

这是真正的管床医生来夜查房了。

在病房里一直套着件灰色卫衣的郑羿，面对穿白大褂的盛星宜，不知道为什么，说话也变成了病人的口气，身不由己地矮了一截。"嗯！还好。"

盛星宜把身后的罗震中拽出来，推一把道："去吧。"

两个人顿时都红了脸。

待盛星宜出去，郑羿询问般地看着罗震中，指指自己的胸口说："今天被听好几回了，还要不要听听？"

罗震中吐吐舌头，有点害羞，又有点尴尬。

"来，你看，太阳还有最后一点点。"

夜幕已经降临，落日余晖光线通红，毫无力量。

绚丽的晚霞正在收起最后的七彩斑斓，高大的身形从背后紧紧地拥住了罗震中。

02

第一次看接生

下半截的残酷血腥和上半截的母子温情就这样横亘在面前，

分裂又统一，矛盾且和谐。

“看过生孩子了吗？”李青云站在罗震中身后，叉着腰，狞笑一声。

罗震中往产房那边望望，摇了摇头道：“可以进去看吗？需要换参观衣吗？”

分娩室的墙壁和地面清一色碧蓝，干净肃穆得如同无菌手术室，让罗震中不敢轻举妄动。

“没那么讲究，武装好了，我带你进去。”李青云戴好口罩、帽子说，“生个娃嘛，在家也能生的，在北方的土炕上也能生，没有接生婆也能生。”

“说得好像摘西瓜似的，娃又不长在你肚子里。”罗震中跟着穿过两重门，此起彼伏撕心裂肺的呼痛声瞬间刮过耳膜。

李青云面不改色，继续发表妇产科“老兵”的高论：“间接经验那也是经验，我没生过，可我看过啊，就那本《丰乳肥臀》，你没看吗？一开篇，这边北方农村女人在土炕上生娃，那边鬼子进村、骡子生娃，你想想那场面……”

罗震中来不及回应李青云描述的魔幻场景，就走进了分娩室，李青云瞬间闭上了嘴。

产床上的产妇体格庞大，肚子隆起如山，粗壮的大腿分开踏在踏脚上，会阴部已经露出了黑黑的一大块胎头，羊水、血水从阴道口滴落，这赤裸裸血肉模糊的场面，让见惯开膛破肚的罗震中倒吸一口冷气。

助产士一边检查一边喊：“往下用力，用力……”带着颤音和产妇呼痛的惨叫一唱一和，胎头一点点露出，撑破了阴道口，随着惨呼逐渐连续成号叫，胎儿连屎带尿一起被“推”出产道，湿淋淋、红通通的婴儿稳稳托在了助产士手里。

汗水淋漓的产妇忽然不叫也不动了，呼吸沉沉，陷入脱力的沉睡中。

切断脐带、擦干血水，新生儿“哇”地哭出声来，纤细的手脚不情愿地划动着，由着助产士检查，清洁，评分，按脚印……完成初来人世的第一轮“验明正身”。

“七斤六两，女宝宝。”助产士像大功告成一样吆喝一声，继续回到产床看着胎盘娩出，给昏睡中的产妇检查阴道裂伤、缝合侧切的切口。

罗震中简直不敢直视这鲜血淋漓的生门：除了生产时蛮力膨胀和挤压留下的多处黏膜撕裂创口，还有为了快速娩出胎儿而切开的阴道侧壁伤口，侧切切口整齐，新鲜刺眼，大写的皮开肉绽，新鲜的血液不断渗出。

助产士见惯了这种场面，一边检查，一边逐针缝合各个裂口，再逐个检查出血情况。这一针一针戳在皮肉上，罗震中看着都疼到骨缝里，却硬是没有唤醒昏睡中的产妇。她就那样瘫在产床上，一动不动。

没等助产士结束操作，罗震中就轻轻溜了出来。李青云一看苗头不对，罗震中这种轻伤不下火线的人也会提前退场？赶紧跟了出来。

罗震中径直出了产房，摘下口罩，加快脚步，从电梯、楼梯径直下去，一下子冲到了室外的草坪上。

李青云问："喂……"

罗震中迎着冷风深深地呼吸了几下，松开衣领处的扣子。她只觉得满鼻子的血腥味，十分反胃。扇扇风，透透气，等这股子味道在风中渐渐散去。

"不要紧吧？"李青云端详一下，罗震中的脸色已经略微缓和，她冲着李青云点点头，不敢讲话，抚着胸口，生怕一口酸水泛上来。

"你怎么这么没用。"一看罗震中没事，贫嘴恶舌的李青云当然不肯放过她。

"男人最多就是便秘了痔疮出点血。不可能搞出这么七斤六两的一大泡，出这么多的血。"缓过一口气来了，罗震中在花坛沿子上坐下来，一时不想往病区走。不知道为什么，妇产科病区里，一天到晚弥漫着一股子中药味儿，十分难闻。她往常还勉强能耐得住，今儿这样给折腾过一下后，气血翻腾，怕是真顶不住了。

"看你说的，中国有十几亿人口，这件事能有多难呢？"

"说得倒轻松！……生孩子明明就是硬往下掰，把产妇的身体活活分裂开，硬扯下来的。"

"哈哈，要是放在一百年前，你都已经是三个娃的妈了。"

罗震中被说得倒吸一口冷气。肉眼见到的惨烈，跟发生在自己身上可不是一回事，问题是同样的器官也长在自己身上，一想到将来还得亲身经历一回……顿时一股酸水从食道涌向口鼻，罗震中俯身吐了个翻江倒海。

李青云吓了一跳，赶紧收起油腔滑调，过来给罗震中拍拍背，递上餐巾纸。

“没事没事，多看几回就好了，妇产科的大目标，总共就那一件事……快逃回寝室去躺躺吧。”李青云像是想起了什么，吐吐舌头，“你在妇产科病区门口折腾成这样，下午就得有老阿姨来问，你是不是有了我的孩子。”

罗震中一听恼羞成怒，使出蛮力踩了李青云一脚。

没想到第二天，罗震中就跟了一次剖腹产手术。

那个孕妇身高一米五一，足月的肚子高高隆起，两只脚肿得跟馒头似的，走起路来活似可爱的帝企鹅。她骨盆狭小，腹中四十周的宝宝实在是太大了，不可能阴道分娩，为了安全起见，只能进行剖腹产。

这台手术由吴晨曦主刀，做助手的有住院医师小季、小童以及实习生李青云和罗震中。

“罗震中，做二助。”没等罗震中琢磨完自己可能站在哪个位置，就听到吴晨曦清亮简短的指示。

罗震中有片刻诧异，李青云也一愣，这小妞来了妇产科没几天，就被带教老师这么连名带姓地称呼，挺被当个人的。来不及多自豪一会儿，罗震中站到了吴晨曦身边。

剖腹产手术逐层进入的过程与所有手术一样，按部就班一层层切开，湿淋淋的宝宝就见了天日，做完检查和清理，这个没有经过自己努力就出生的宝宝也发出一声气势如虹的啼哭，宣告驾临。

“来看一下，男宝宝。”护士捧着“意见很大”的新生婴儿跟母亲打招呼，明亮的光线下，宝宝纤细的手脚仿佛是透明的。还处于麻醉状态的产妇丝毫感觉不到下半身正在进行手术，她平静地侧过头看向孩子，如获至宝。

罗震中侧头将这母子相见的场景尽收眼底，来不及多想又立刻把视线收回无影灯下的手术视野中，大铺巾遮蔽了产妇的视线，她看不见自己的下半身，看不见医生继续在无影灯下处理胎盘、缝合血淋淋的切口，而这下半截的残酷血腥和上半截的母子温情就这样横亘在罗震中面前，分裂又统一，矛盾且和谐。

到底还是剖腹产文明些。没有剧烈宫缩之后的惨叫，没有阴道长时间的挤压、暴力撕裂，没有精疲力竭痛不欲生，相同的结果，不同的过程。

“出血200毫升……胎盘完整娩出……”手术台上，有条不紊，平静如水，工整有序的操作流程一项一项依次完成，罗震中顾着手里的活儿，长出一口气，心想：虽说仿佛工业流水线下产出了一个新产品，有麻醉的剖腹产和没有麻醉的自然分娩到底不是一回事。

接下来的步骤简单得出奇，子宫是没有什么难度结构的肌肉组织，红色一团如同一个收拢了的“睡袋”，粗针大线即可收拾完毕，关闭下腹部切口更加没有什么技巧可言。

“不要太紧，愈合才好。”吴晨曦轻声提醒一助小季。

“嗯！比阑尾炎手术还简单。”罗震中一边帮助完成操作，一边在心里比较。难怪脐带绕颈的时候，产科医生可以十分钟就把宝宝取出来，就像在肚子上拉开一条拉链似的。做惯了外科，习惯了苏绣的繁复精细绣工，产科手术做缝合，就像用寸把长的粗针大线缝了条被套。

“罗震中，缝皮。”吴晨曦换了指示。

罗震中换到主刀的位置上，谨慎操作。肚子里面倒也罢了，肚皮上非有一条疤的话，也不能让疤太粗太难看，因此线距和线结要做得格外小心。

吴晨曦用剪刀柄轻轻敲了一下进修医生小季的手背，说：“你看清楚她的方式，你要练习一下。”

“外科谁带的你，李明浩还是张松海？”吴老师问。这女娃儿前几天第一次上台给她留下深刻的印象，一个新手，操作起来居然挺赏心悦目的。

“外一科是李明浩老师带的，我被他用剪刀柄打过好几次。”罗震中老老实实地说。她瞄一眼吴晨曦，柔长的丹凤眼角上略有鱼尾纹。看年纪，吴老师估计是李明浩、张松海老师的同届同学。这几位老师连用剪刀柄敲别人手背这种小习惯都一模一样，搞不好还有过一段？

“今天做得真的挺漂亮。”等下了手术台，李青云笑嘻嘻地看看罗震中说，“这针线功夫要向你学习，看样子我是太欠揍，跟着张松海老师的时候，给他多打几下就好了。”

“剖腹产挺文明的，我觉得好接受多了。”罗震中和李青云一起回病房。实松了一口气，她心里有些想法说不出口：如果必须完成生孩子的任务，将来还是选剖腹产好了，反正也就一次。嗯！娃恐怕还是得生的，看到一个和自己眉眼酷似的小宝宝来到人世，这感觉还是挺好的，手术台上母子初次相见的场景，像极了西洋油画中小天使来到人间。

“也不都这么文明的，上个星期我就看见一个产后大出血的，那出血速度，轰的一下就800毫升，轰的一下变成1500毫升，没止住的话，就真的一脚踏到阴间去了。”李青云想到当时的情景，眉头不由得紧了紧，“你别看今天手术室里大家不慌不忙的，那天可是一转眼就鸡飞狗跳，人人都恨不得立刻长出八只手来，手术室一下子就变成了战场。”

事情虽然过去一周了，李青云一回想起来还是有点头皮发麻。

之前自己在外科见惯的是带着压力射出血管的动脉飙血，哪见过这种洪水决堤般奔涌而出的阵势，根本就无从下手，没法堵。突然之间，一大摊浓稠的血液都不知道是怎么冒出来的，瞬间就浸透了一次性敷料。

当时台上主刀的是蔡燕老师，虽说她已经到了主任医师这个级别，李青云也看得出她瞬间出了一头的汗。没有时间犹豫，当场就得立刻决策要不要扎子宫动脉、切子宫。

麻醉师电话打得震天响：“血库！快！4 个单位 B 型浓缩红细胞，400 血浆，后面还会叫，产科！产科！”声音都变调了。

“孙主任，增援第八间，转全麻，产妇大出血。”不知是谁冲走廊里大喊了一嗓子，仿佛空军基地拉响了防空警报。

妇产科钱晓彤主任、手术室卢红梅护士长不知道从哪里冒出来，忽然就都出现在手术室里。各种尖厉的、高调的、慌忙的指挥，整个手术室瞬间“炸锅”。

“插管，转全麻，氧饱和度低过吗？”麻醉科孙主任踢里踏拉跑进来，快速地查看完监护仪上的数据，一把把床头的年轻麻醉师拽开，亲自站上“主麻”的位置，用最快的速度做气管插管。

“找大的静脉再开两路，我这里穿颈静脉了……”他也是急了，插管成功，把气管插管的器械撂过一边，立刻“唰”的一声更换手套，打开深静脉穿刺包，开始穿刺颈内静脉。

“主任，氧饱和度好的。”

“抽血气分析，血常规，凝血功能，赶紧送……”

病人的床头是麻醉科孙主任主持的战场，腹部就是产科医生的战场了。

只见钱主任飞快地换好手术服，急切地示意：“让开。”

一助、二助位置上的年轻医生赶紧躲开，让出空间来。

“别等了，夹闭。”钱主任额上瞬间冒出了密密的汗珠。

“止血钳。”蔡燕向洗手护士大喝一声。

“加快！加快！”病人的手上、脚上，转眼之间又打进了两个留置针，两边的林格氏液[1]一路直线地往下滴。巡回护士把输液速度不断开大。

“双侧子宫动脉结扎！”

“双侧子宫动脉结扎！”两位医生复述一遍，示意飞奔而来增援的产科主治医师到手术室外去谈话。

此刻手术室里人头攒动，医务科科长迅速从通道跑了进来。“什么问题？出了多少血？循环维护得住吗……”他上气不接下气，大声喝问。

“出血量 1500 毫升，双侧子宫动脉已经阻断，正在向家属告知风险。”钱主任大声报出病情，苍老的女性声音听上去坚硬果决。

“血压 100/50 毫米汞柱，转全麻顺利，呼吸 12 次 / 分，氧饱和度 95%。”孙主任用破锣嗓子大声报出病人的生命体征。

所有人都有头晕目眩感。就刚才那不长的几分钟时间，病人的出血量已经高达 1500 毫升。

1　在生理盐水中加入氯化钾及氯化钙，就是“林格氏液”。因为它是由英国生理学家“林格”发明的，所以称林格氏液，实际上就是常见的复方氯化钠注射液。

阻断血流，切除子宫，出血速度快速由“洪峰过境”，变成“静如平湖”。

护士抱着送血的箱子，用百米赛跑的速度“嗖”地冲出取血去了。过不了一会儿又抱着箱子，喘着粗气，“嗖”地跑回来了。

“B 型，Rh 阳性，浓缩红细胞 4U。”

“B 型，Rh 阳性，浓缩红细胞 4U。”

随着双人核对的快速语音，浓稠的红细胞快速输入病人的深静脉。

所有人都分秒必争。

待病人转去重症监护室，抢救总算成功地告一段落。

母子都告平安，算是再好不过的消息，但是无奈之下，不断出血的子宫还是被切除了。身受剖腹产和大出血双重打击的病人，需要在监护室严密监护至少二十四小时。

“切吧，命要紧啊！求求你们啦，一定要保住大人啊！”手术室外，产妇家属也受到了惊吓，不停跳脚和祈求。

“有羊水栓塞吗……”

“刚氧饱和度有过一阵子到 90% 上下，我也判断不太清楚……”

“还好是白天，半夜的话，帮忙的人没有这么多……”

病人转走了好一阵子，手术室里的麻醉师和护士们还惊魂未定地在复盘抢救时的种种病状……大伙儿都给这雷霆一击惊出一身冷汗。

这是李青云第一次碰上手术室里“炸锅”的抢救场面。他下了手术台，简直有一屁股坐倒的冲动。从此，他对生娃这件事由衷平添了敬畏感。

“再说了……再文明，妇产科也有两个不肯生娃的女人。”李青云说，“比如说，吴晨曦老师。”

“哇！这你都知道。”罗震中瞄了李青云一眼，看不出这家伙如此八卦。

“瞧你说的，那可是妇产科，女人堆里哪有秘密可言？站在护理台听一个礼拜，保证你什么都知道了……嘿！女人开始八卦之前，有一句经典开场白：‘我跟你说个事，你别跟旁人说啊！’……”

罗震中朝他白一眼，这个小男人在妇产科待了也没多久，婆婆妈妈的啰唆劲儿真是见长。

李青云越说越刹不住车，笑嘻嘻地看着罗震中：“我们吴老师身上的传奇，曲折缠绵得很呢！”看到吴晨曦和小季一起从电梯里出来，他立刻打住了话头，指一指另一处看上去像手术室一样设置的房间，“知道这是哪里吗？”李青云不怀好意地问道。

罗震中看了一眼，“小手术室”大门的上方贴着蓝色的招牌。门口的走廊里靠墙放着两排长椅，挺像分娩室的。

“改天带你去看人流手术。”李青云叉着腰道，“妇产科万变不离其宗，就那一件事。”

罗震中朝着李青云恶狠狠地翻一个白眼。看妇产科手术跟外科最大的不同是，桩桩件件都会联系到自己身上来，未来的某一天可能自己也得去尝一回。这个难受劲儿，没长子宫的人哪里能体会得了？

说话间，只见钱修远从门诊通道往回走，迎面而来。

“嗨！逃回来啦！”李青云叫道。

“嗯！受不了。我投降了，有点招架不住。”钱修远一边走，一边抱怨。

03
一边排队做人工流产，一边排队看不孕不育

没有妇产科，女人真是太危险了。

早交班时，为了判断一个产妇宫口开的是一指还是两指，夜班护士和夜班医生起了点小争执，霹雳火暴的徐护士长和中气更足的薛主任掺和进来，把交班音量瞬间调高成了吵架模式，最后由气场强大的钱主任权威收尾。

几个主治医师忙着安排手术和看门诊，压低了声音向小医生们交代马上要去做的事情。

小医生们默不作声，耳闻心记，拿着本子写写停停。

整个办公室高中低波段多声道混响，罗震中不由得一阵耳鸣。李青云、钱修远几个男生不约而同地悄悄溜到了办公室外面。

“手术记录我会写的，你帮我把术前讨论搞定就好。”刚留院工作的胡诚医生桌上堆了一沓病历，对郑羿说。

“没事，你说好了，写多少都行。”郑羿“咔啦咔啦”活动活动手指关节。

“有你帮我已经很好了，上个月，我一直在想，要不就算了，躺下不干了。”胡诚托着脑袋，意兴阑珊地瞧着低自己一届的校友郑羿。

几个月前，胡诚刚定到妇产科那会儿，医院里颇为轰动了一阵子。他的名字没多少人知道，但是提到“妇产科那个新来的男医生”，大家都会意味深长地“哦”一声。妇产科这么多年都没有定过男医生，万花丛中就这一个“独养儿子”，钱主任都乐坏了，大大小小的手术都指定他当助手，亲自带着他。更别提胡诚是本地城市户口，从小父母对他的仪表、品行就有约束，在同一批报到的男医生里，他明显比分在外科和超声科的两位男生要言语得体、外形出众，惹得妇产科上上下下所有人火力密集地给他介绍对象。

“我现在只能帮你多写点，反正也上不了手术台，当当秘书罢了。”郑羿这阵子也挺不好受的，住院一个星期之后，又在家待了几天，刚重新回到轮班的岗位上。从此心内科付洪流主任开的诊断证明被粘在医生排班表里，翻开排班表，谁都看得到那页敲着公章的诊断证明书：

“郑羿，男，24岁，诊断：病毒性心肌炎，建议病休，建议停止体力活动三个月。”

这等于公开给他贴了个标签：这是一个需要被照顾的“伤兵”。挺大的个子，待在女人堆里，还要接受病假照顾，真想把自己缩小一点，让旁人注意不到自己的存在。

罗震中正坐在李青云对面，一边看书，一边咬指甲。她埋头于桌上摊开的《妇产科》教科书和《解剖图谱》，细细理解消化里面女性会阴部的细致图案和密密麻麻的说明，努力搞懂分娩章节，偶尔也会开小差，视线跑到郑羿这边盘旋一圈。

“你早点回去好了。”郑羿对胡诚说。

“回去也很烦……”胡诚忽然冒了一句本地土话，“父母也不想我干妇产科，说出去不好听。”

“他们都希望儿子是外科医生，面子上好看，心里也舒服。”郑羿也用本地土话回答。

郑羿心里也挺不忿老妈的态度，也不问自己喜不喜欢外科，反正外科“就是好！就是好！就是好……”想跟更年期的老妈交流明白，是件太有难度的事情，跟大伯伯沟通反而能得到理解，他有时候还挺哥们儿地包庇自己一下。就比方说这次住院，父母以为是在郑天明的全程监护下治疗的，倒也没有提瞒报病情这回事，大伯伯说没有什么大碍，老妈也就信了。

胡诚沉着脸，埋头对付手术记录。

“可不可以换科呢？”钱修远问。这可真是个问题，明年就可能轮到自己头上。要是自己也碰上了这种情况可怎么办呢？钱修远的眉头皱了起来。

“你当科室由你自己挑吗？”李青云凶神恶煞地回答道，“人事科、医务科是放着看的吗？搞不好还得业务院长来谈话！还得科主任愿意要，哪能由自己的性子。”喑哑的嗓音里带着点兔死狐悲的凄凉。

“那换个医院总是可以的。”钱修远大大于心不忍。

“禾嘉这个地级市，就市第一医院最像个样子，其他像中医院、妇保医院都很小，根本没有可换的地方。”郑羿说，“而且你说换就能换吗？有国家编制的医生，换医院不是还得通过卫生局吗？”

“因为定科室跟自己单位搞僵了，卫生局才不会随便给你换医院，不服从组织调配是个挺不好的帽子，还会影响将来晋升、晋级。”李青云说着，瞄一眼胡诚。心想，这道理胡诚肯定不知道被教育多少遍了。

“有些是做着做着才喜欢的，就像包办婚姻，结了婚再谈恋爱，慢慢也就喜欢了。”罗震中试着安慰胡诚，但一想到妇产科白天那个聒噪，自己也觉得欠点说服力。

“来了一个星期，不是子宫次切，就是子宫全切，花样实在不多，”钱修远说，“然后就是一边排队做人工流产，一边排队看不孕不育。”他停下手里的一堆活，收拾收拾准备溜。周珏正往办公室的门口探头，嫣然一笑，却没有进来。

罗震中冲着钱修远脑袋就扔了一个回形针过去。

钱修远还想贫两句，一看胡诚的脸色，赶紧识相地闭了嘴，一溜烟儿跟着周珏走了。

郑羿瞄一瞄埋头沉着脸的胡诚，不禁悠悠地叹了口气。

干一个行当，如果怨气丛生，或者体力透支，最后难免只剩下满心的憋闷。难怪李明浩老师说：“喜欢就长长久久地做一辈子。”

“算了算了，改天我在医院对面开个水果店好了，保证比你们这些医生收入高。”李青云摇摇头说，“斜西街‘云丝’的大师傅阿海，人家理个头发，收入都比脑外科齐博士高三倍呢！”

在产科的实习，让罗震中一身力气无处可用。

产妇、孕妇多是白白胖胖的，手术过后都被汤汤水水调理得十分滋润。手术创口换两次，就能顺利拆线，全是健康的伤口，没有愈合不良的。这和外科提心吊胆的日子完全不可同日而语。

像那个宫外孕的病人沈竹青，用化疗药物杀死在输卵管上的胚胎之后，就住在床位上踏踏实实养了两个多星期，除了中间复查一次 B 超看看胚胎有没有吸收，剩下的时间，要么在病房和医院的花园里逛逛，要么躺在床上看看书。每天查房的时候，罗震中只需要在床边问一声“还好吗”，甭提多轻松。

“没有妇产科，女人生孩子真是太危险了。”离开病房，罗震中随口感慨道。

“危险？”郑羿莫名其妙地看看她，眼前这“病人”哪有一点危险的样子？

“现在看上去这么简单的宫外孕，放在两百年前，是不是就要了命了？”罗震中说。

“说的也是。”沈竹青这个三厘米大小的胚胎只要逐渐长大，总有一天会撑破输卵管，破裂出血的那一瞬，她就大限临头，若是放在没有外科技术的时代……

“投胎是个技术活，这个小宝宝技术实在太差。”郑羿虽然感慨，却也带着几分事不关己的轻松。罗震中发觉这种心态李青云也有，在妇产科实习的大男孩们都有。女性的生殖系统凭空会生出这么多危险来，这帮没心没肺的大男孩却只是看看热闹。不比自己，每见证一个病例，就更添几分对自己的担心。

“闲得无聊就看看胡诚这里的病人，子宫脱垂的、卵巢扭转的、畸胎瘤的都有……”郑羿说。郑羿最近老是坐在办公室的一角看书和写病程记录，提醒自己“养病、养病”，还把“偶染小恙”这四个字写在笔记本最显眼的地方。

其实郑羿的体力已经恢复得差不多，日常查房和操作并没有大碍。只是活动后的心悸和偶尔的早搏感仍然在提醒着他，心脏的故障还没有完全过去。

这些天，看着罗震中跟李青云连续待在产房里参与接生，郑羿虽然有点眼馋，但并不敢一起进去，《内科学》上关于心肌炎的文字有点吓到了他。

“一颗牛一样的大心脏，动动就会心衰，预期寿命十年。”

急性心肌炎之后的扩张型心肌病，要是真的发生在自己身上，那确实什么都不用想了。

在球场上挥汗如雨、为学习挑灯夜战、上手术呕心沥血的时候，郑羿是想不到这些的。疾病当真是命运的一部分，注定要砸在头上的时候，躲也躲不了，落到具体的人身上就是百分之百，任何挣扎都是徒劳。看似人生刚开始，还有好几十年远大前程，可真遇上了，除了认命，简直根本无法可想。想通了这番道理之后，不能跑步、不能打篮球的“不爽”变得好忍耐多了。

“你给我好好待着，休息好了再说。真不能做外科，五官科、心内科不都挺好的。”大伯伯郑天明懂他的心思，“心律失常可轻可重，年纪轻轻的一个人，说没就没，我们都是亲眼见过的。”生怕他不听话，还要再恐吓几句。

“大伯伯，医院里面若是给定了科室，万一做不下去，还能换吗？”郑羿头一次来大伯伯位于大厦顶楼的行政办公室，地方虽然不大，但窗外视野开阔，半个城市的风景尽收眼底。

“傻孩子，临床科室就有不少选择。如果不去临床科室，也可以去辅助科室，做行政岗位；不待在这家医院，可以去其他医院。哪怕是不做医生，做什么工作都可以好好的。”郑天明心里知道，以快要大学毕业的年轻人的心态，这道理不说不明，说了也未必全懂。

“不过呢，专心在一门功夫上，一门心思做精，比较容易出类拔萃……像陆主任……”郑天明摸摸侄儿的板寸头，就和他还是个半大顽童的时候，赖在他家书房里玩象棋的时候一样。

“那你干吗不做骨科……”郑羿支着脑袋，坐在办公桌对面直直地看着他的眼睛，深究一般地问。

“笑我不务正业是吧？那不是做不到第一名吗？搞不过赵木匠，做做别的，也就这样了……”郑天明瞧着侄儿的样子，语气有点讪诮，也有点自嘲。从来，下属坐在那个位置跟他谈工作的时候，都是正襟危坐，字斟句酌，这浑小子没把他当回事。

几十年的职业生涯，被初出茅庐的侄儿摁在那里问个究竟，问得郑天明自己都挺感慨的。回想起来竟然觉得少年时的初心，跟眼前这个快毕业的臭小子，也别无二致。

可究竟是从什么时候起，从日复一日的手术、查房，变成日复一日开会、做报告的呢？手里的手术刀，是从哪一年开始逐渐疏远的呢？当时那一步一步走来的伤痛和遗憾，在时间里慢慢愈合和淡去，化为看不见的年轮，真是似水流年啊……少年人长起来真是一刹那的工夫，不经意间郑羿的个子已经追上了自己，又不经意间快要大学毕业也要当医生了。

大伯伯的这番话让郑羿对胡诚的同情少了一些，他那一门心思盯着外科、非外一科不可的好胜之心也淡了许多。

养病就养病，郑羿翻翻面前的《妇产科》，心里想，反正将来也不做妇产科，学《妇产科》对男生的最大作用是，用一种技术性的方式来彻头彻尾地了解雌性人类，毫无情色，认知精准。钻牛角尖没意思，等半年后，心肌炎的急性期过了，再想定不定外科的事情。

话是这么说，有时候看着罗震中跟李青云、滕宏飞跑进跑出，切磋拌嘴，兴致勃勃的样子，心里未免总有点酸溜溜……

“让一让。”

只听一声吆喝，罗震中和郑羿赶紧贴墙站住，靠边给一辆长条状大推车让路。

推车里十几个小毛头躺成上下两排，全部穿着白色印花的连体衣裤，同手同脚不停地蹬踏着，嘴里咿咿呜呜的，一股子奶香味飘得满楼道都是。

李青云、滕宏飞、钱修远几个人赶紧从办公室里跑出来看热闹。

一进洗澡间，护士从车里当胸抓住小毛头的连体衣，一手一个，像从网里抓条大鱼出来，麻利地依次脱衣服、洗头洗澡、消毒脐带、擦干、穿衣服。

钱修远像参观水族馆一样，蹲着看双层车上的新生儿：“你看，你看，这个拥抱反射……这个巴氏征是阳性的。”他指着婴儿小得几乎透明的小脚丫说。

李青云是老手了，撸起袖子加入了帮忙洗澡的工位里，他捂住新生儿薄透的小耳朵，不让水灌进耳道。滕宏飞赶紧到消毒脐带的工位上帮手。两个小男人表现经验丰富，让两个护士老阿姨嘻嘻哈哈一阵乐。

“喂，同学，帮忙一个一个抱回去。”护士吆喝罗震中和郑羿。罗震中吓了一跳，看了看眼前这个正张大嘴哭得惊天动地、惨绝人寰的新生儿，摇摇头，换另一个目标——这个婴儿喉咙里发出柔和的“啊啊”声，有点像在打招呼。罗震中伸手想试试，比画了一下，又有点不敢。

“你干吗？抓鱼吗？”郑羿在她身后忍不住笑了。他大手一伸，熟练地抱起一个放在臂弯里，送到双层车上。罗震中学着他的样子，抱起软软的一个，姿态僵硬但顺利地放到了车上。

“你怎么像很有经验一样？”

“我姐的儿子，一生出来我就抱来玩的呀。”郑羿忍着笑。

罗震中姿态僵硬地抱起一个宝宝，用足蛮力，一边抱紧，一边用手去捏不停蹬踏的小脚，眼睛却不忘认真端详了一下怀里的小人儿。只见他没有牙齿的柔嫩小嘴，已经会摆出微笑的造型了，近在咫尺的婴儿气息，柔嫩温馨，奶香扑鼻。忽然，她把宝宝快速放回到操作台上，指了指说：“里面发生了点状况！”

护士一听，立刻把这个“发生状况”的重新放回队伍里，解开连体衣，解开尿布，果然，里面臭气熏天地来了一大泡。

“咦！”罗震中嫌弃地倒退一步，看着护士熟练地擦拭大便、换尿布。这时婴儿的小嘴巴里又溢出了白色的奶液，这下倒好，刚换好的连体衣只好再换一遍。

“哇，这吃了拉，拉了吃，工作量也太惊人。”罗震中一边看，一边抱住另外一个婴儿放回车上去。“难以想象，你将来怎么自己生娃带娃。”李青云一边洗，一边笑嘻嘻地看罗震中僵硬生疏地帮忙。正洗得热火朝天的护士“嘎嘎”笑着说：“新手爸妈，也不过就像你们这个样子，不会比你们强的！”手里的婴儿凑热闹一般，哇哇哭了起来，伤心欲绝的表情十分趣怪。

罗震中指指净顾着看热闹的钱修远说：“这种生物要是能当爹，那我估计问题也不会太大。”

“当爹的难度是零分起步，当妈的难度，起码六十分起步。”钱修远反唇相讥。

“嗨……早上好。”钱修远正在跟一个婴儿打招呼，“这个我好像认识欸，昨天在分娩室里看着她新鲜出炉的……”

操作完毕，把婴儿送回病房的时候，罗震中看到一个面容白皙的产妇穿着淡黄色碎花睡衣，在窗边踱步。咦，罗震中一阵惊异。昨天看见她的时候，她正在生死关头，只过了一个晚上，她竟然已经恢复如常，这温文娴静的样子和昨天在产床上简直判若两人，反差未免过于强烈。

“这个家伙要一辈子管我叫妈，压力好大哦。”产妇慢慢地走过来，扶着腰，看着摇篮里的婴儿，对着婴儿狡黠一笑，她看婴儿的眼神中少了些传说中的温情脉脉，更多是茫然不知所措。

“她刚洗澡的时候，有点不高兴，总算是哭够了。”罗震中打量一下那个产妇，虽然面容还有几分浮肿，但遮掩不住五官姣好、皮肤细洁，难怪宝宝也是眉眼端正惹人喜爱。

“前几天还希望她早点出来，可是昨天晚上，她一会儿要吃，一会儿哼唧，半夜还拉了好大一泡。烦得呀……还不如住在肚子里消停。”产妇笑嘻嘻地抱怨道。

“啊……”摇篮里的新生婴儿仿佛听得懂这话，小脸一变，旁边的外婆和爸爸闻声赶紧过来。

罗震中见状心里想，这倒好，生娃这事情好像是“母系氏族”的事务，外婆管起来最顺当。以后我生娃，也交给老妈来管好了。

她这样一想，瞬间卸掉了心理的负担，有妇产科帮忙，有老妈帮忙，将来自己这一关估计也能蒙混过关。

04

肿瘤切除，尿袋随身

自己这一生方向能由着自己，是何其幸运，

而且一定得由着自己，必须清醒。

这阵子最有难度的病人，就数钱福娣了，她的“盆腔肿瘤”让罗震中格外留了心思。

还是半个月前，钱福娣就来吴晨曦的门诊看过，吴晨曦清晰地告诉她和家里人，这个刀早就该开了，现在这么多问题，都是拖了太久拖出来的。钱福娣出了诊室，和老公、儿子吵扰了好一阵子，最后不了了之，直到今天才姗姗来迟，要求住院做手术。

钱福娣只会讲温州土话，交流起来十分费劲，她骨瘦如柴，却挺着孕妇一般隆起的下腹部，老迈的面容配着孕妇的体形，看着极不协调。头上包着一块棕色的头巾，脸色棕黑无光，沟沟坎坎全是皱纹，像干核桃壳，让人判断不出年纪。

罗震中就是在给她触诊腹部时被吓到的。触诊的感觉真是有点可怕，肚脐突出，皮肤菲薄，感觉整个瘤体就在薄薄的腹壁下方。她乳房以下的位置上有一圈色素沉着，大概是经常把裤腰带系在很高的位置上，长年累月摩擦的结果。

“你能不能帮忙翻译一下，问一问她为什么这么久不去检查，等到肿瘤这么大了才动？”罗震中拉一拉郑羿的白大褂。

“她刚才说了，肿瘤是一点一点变大的，也没当回事，现在有时候小便不受控制了，影响生活，才不得不来检查。”

“其实我觉得她从年龄来说也不算很老，才 60 岁，但她给我的感觉，像快要……石化一样。”罗震中印象里 60 岁的人不该是这个样子，自家邻居宋阿婆退休已经好久，孙子都工作了，哪里老得这么彻底。

“农村人一辈子干粗活，老得快，她说 17 岁生第一个孩子，20 岁生第二个孩子，然后 23 岁流产了一个，30 岁、38 岁又各生了一个孩子。”郑羿告诉罗震中，“现在她的大女儿也已经做了外婆。”

罗震中茫然地摇摇头道：“我的天哪！”

“都是在家生的，没有去过医院。”郑羿补充道。

钱福娣说得断断续续，颠三倒四，老头站在旁边一直打岔，问检查的费用、床位的费用、手术的费用，罗震中陷在温州土话“立体声”里，一句也没有听懂。心想，这种人生经历简直就是粗生粗长、自生自灭，难以想象。

问完病史，罗震中跟着吴晨曦老师看妇科查体，钱主任也戴好口罩进了诊疗室，手术前的妇科检查，手术医生必须亲自评估清楚。

人一多，为了照顾病人和家属的心理感受，几个男实习生就被拦在了诊疗室外面。

钱福娣穿着整套条纹病号服，样子十分古怪，好好一条裤子在她身上显得又大又宽，裆里鼓鼓囊囊，等到脱下裤子，罗震中才发现，她真的垫着尿布，两腿之间和大腿内侧的皮肤上尽是新新旧旧的皮疹，一层层色素沉着，看上去污秽不堪。

待钱福娣躺到诊疗床上用“膀胱截石位”大张开了两腿，暴露了尿道口和阴道口，在场检查的医生都不由得倒吸一口冷气。

会阴部色素沉着更加严重，一块黑色组织突出松弛，坠在那里，像枯萎腐烂的莲蓬头。黏膜上明显被摩擦出了新鲜的破溃伤口，正在渗液，凝固的血痂和脓痂烂糟糟的，散发出腥膻酸臭的味道……

“这样严重的子宫脱垂，最近这些年已经不多见了。”钱主任戴好手套，亲自做了宫颈检查。她感慨了一句。盆底组织松弛，子宫、阴道、肛门都失去了正常的形状和功能。

“晨曦做得不多，对吧？”

“嗯！这个是最严重的，很少见！”吴晨曦点头道。

“二三十年前，连续生育八个、十个的那一代人，生完就干重活，才会发生这么严重的脱垂。”钱主任摇摇头说，“有人因为耐不住，合并大小便失禁……选择了自杀。”她放低了声音。眼前这个场景让她回忆起若干年之前，那些身不由己的女性和她们不堪回首的人生经历。

最近这二十年，女性的生育量明显下降，生活水准提高，医疗条件改善，这样“原始”状态的严重疾病，几乎绝迹。

“这样严重的脱垂，做完手术之后，很多病人会重拾做人的信心。”钱主任看着病人的会阴部，仿佛一个设计师在想象工程完毕之后的图景，也仿佛在追忆多年前一次又一次困难的手术经历。

整个妇产科病区的疑难病人不多，有了钱主任这样的评价，钱福娣成了大家都关心的重点病人，病区里所有的医生都围过来听手术前的讨论。

“瘤体巨大，容易扭转和出血，压迫尿道引起张力性尿失禁，手术切除肿瘤的指征非常明确。”钱主任一字一句做着总结，“病人如果能够耐受，就一次性解决子宫脱垂的问题。”

科室里的医生们纷纷点头，再无异议。

“这种状态活着，不知道该说什么好。”听完科室里的术前讨论，罗震中不由得感慨。

“其实手术后的结果，可能也不见得怎么样，这明显是个良性的肿瘤，也未必解决得了排尿的问题。”滕宏飞收起记录本，偷偷评论，“我是说，她的那个盆底结构已经塌方了，重新再造不知道会不会再塌方。”

除此之外，两人心里也暗自有些不好意思问出口的问题：这对老夫妻，夫妻关系名存实亡估计已经十多年了，不然同床共枕的人，难道一直没发现她有这么严重的问题吗？

摘掉肿瘤也还罢了，反正已经没有性生活了，会阴部的重塑还有必要吗？

“哎，刚才我没有听懂，盆底结构修复是什么意思？”李青云和滕宏飞两个人拿着草图翻过来倒过去地看，讨论个不休。

“哎呀，就是找个梁，把松了之后坠下去的子宫组织挂住，不要拖在阴道外面。”钱修远话糙理不糙，解释得倒也十分形象。

“你们没见肚子里的器官脱到外面来的样子……”罗震中想要再描述一下，转念一想，不是亲眼看见，谁能理解那种感觉呢？

走廊上传来一阵模糊的吵扰声，奇怪的土话里弥漫着暴躁的气氛。郑羿伸头出去看了一眼，只见钱福娣的丈夫，那个矮小干瘦的小老头，正在和一个30来岁的男子说话，仔细听一下，好像是父子二人在为手术的事情拌嘴。他们一开始还压着声音，说着说着，火药味渐浓，声音就控制不住地大了起来。

“……你舅舅说你不孝，都借钱给咱家了，还能不做手术？”老头气呼呼地数落儿子。

“怎么还这个人情，舅舅的钱不是钱？拿了要还回去的？……手术完了不补充营养？！”儿子觑着病房里母亲的动静，尽量压低了声音，脸涨得绯红，“说得好像你现在才知道妈有病似的！早干吗去了？”

“医生叫你想想，开一次刀还是开两次刀，你要她受两次罪吗？传到你舅舅耳朵里去，不剥了你的皮……”

说着说着，老头粗嘎的嗓门占了上风。

罗震中听得云里雾里，看了一眼郑羿。“为钱吵架吗？”

郑羿叹了口气，道：“你说还能为了什么？”

“四千块钱做这么大的手术，也不算很多啊。”罗震中听小季算过大致的治疗费用。

“听这意思，他舅舅说话，分量还是挺重的，又出了手术费，所以这儿子也是被架到这里了，不开刀要被亲戚戳脊梁骨骂。”郑羿说，“其实，光切掉肿瘤，还要不了这么多……”他刚跟滕宏飞窃窃私语了一下，两个人的看法倒是蛮一致的，既然费用有限，会阴部重塑的那一部分手术不做也行。

罗震中和小季交换了个眼神，心说，你们这帮男孩子哪里能体会？这个老妇人坐下来就压着这一大块软组织，走路也会擦破。这个隐秘，又累赘，又难受，又不能宣之于口。能修复的话，当然要解决掉喽！

吴晨曦医生办公室的桌子上，摊开着厚重的《妇产科手术图谱》。静谧的夜色在渐渐降临，病区里也逐渐安静。她巡视完病房，回到桌前逐字逐句地看图谱，在心底分步演练手术的过程，不由自主在草稿纸上逐格描画。钱主任秘不可宣的一层意思，她心里明镜似的。师徒多年，再有一两年钱主任就退休了，她比任何人都希望在退休前，让吴晨曦完整、彻底地传承她的手术技艺，这是一个难得的高难度盆底修复案例啊！

钱福娣的手术如期安排在了大手术日，钱主任亲自主刀，吴晨曦一助，小季和小宋占了二助和三助，李青云和罗震中只剩下站在后面参观的份儿了。

病人很瘦，以致切开皮肤之后不需要做多少肌肉和软组织的分离，就进入了腹腔，白色包膜下的巨大瘤体显露出来，有半个篮球那么大。

“她到底是怎么忍受这个肿块长到这个体量的？跟足月的胎儿似的。”麻醉医生小马伸头看了一下，忍不住咋舌。

“粘连得这么厉害，跟肠管都长在一起了，分离的时候小心。”钱主任跟吴晨曦一边分开组织间隙，一边离断，回头向小马说：“看看隔壁普外科手术间谁在，这肠管分离不开的话，还需要援兵帮一把。”

“马思远和李明浩在第 7 间，张松海和王主任在第 10 间。”巡回护士回来报告。

“哎呀，你看，说什么就有什么，这肠管得修补一下。”钱主任小心翼翼分离瘤体的时候，肠管还是破了个洞。

李青云和罗震中相互使个眼色，在肚子里暗笑，这妇产科的手艺真不如外科，这种中等难度的粘连，做肠梗阻手术的时候两人见过好多次，大部分都不会破，破了就医生自己补补呗，还不就像补个袜子一样小菜一碟。虽说实习生自己手艺还不怎么样，到底也在外科见过世面。

钱主任冲着小马说："看看谁有空，叫过来帮个忙。"不一会儿，张松海从门口高举着洗完的手进来。

"松海，来，我不会缝肠子，你来教教我们。"钱主任哈哈一笑，豪爽地让开主刀的位置。

"钱老师，小事一桩，您休息一会儿，马上就完事。"张松海用眼神跟默不作声的吴晨曦打个招呼，在两个人的配合下，破裂的肠管没一会儿就修补平整。不知怎的，看惯张松海娴熟技艺的罗震中，觉得他竟有三分紧张和刻意。

"厉害，到底是专业的人做专业的事，谢谢松海。"钱主任高亢地赞叹一声，又回到主刀位置。

巨大的瘤体放在弯盘里，触目惊心。接下来要做的是修复盆底。

在狭小的视野里做这么繁复的修补可比切肿瘤花的时间长多了，细针细线在狭窄的缝隙里进进出出，直至松弛膨出的组织基本恢复正常的形状。

"这里……松解……"大部分时间，都是钱主任轻轻指点一下，由吴晨曦来操作。

这边妇产科是恒山派掌门在训练恒山派大弟子，隔壁外二科是嵩山派掌门在调教嵩山派大弟子。罗震中略微有点走神，心里想，陆主任只在关键决策上拍个板，钱主任动嘴不动手，这都是快要交棒的老主任了，而张松海、吴晨曦看上去都像"主任实习生"……

"哎哟，有阵子没有站这么久参观了。"李青云回到办公室，坐下来，连忙敲敲腿，"看到会阴部那个可怕的样子，我就理解为什么要做这手术了，不看不知道……"

"你看到的是膀胱截石位状态的脱垂，其实她走路的时候坠得更厉害……”罗震中吐吐舌头，“哎，你觉不觉得他们俩有点那啥。”罗震中忍不住看看对面护士站里正在处理术后医嘱的吴晨曦。

从手术室出来，吴晨曦没有摘一次性帽子，她那种考究的鬈发不耐压，上完手术戴过手术帽之后，得洗好、吹好才能恢复精致与蓬松，与其脱掉帽子任由鬈发瘪塌着，还不如戴着一次性帽子看着清爽精干，医生精英外形中的那份专业性分寸，吴晨曦历来拿得精准。

“吴老师和张老师是‘前任’关系，知道吗？”李青云压低了声音说，“散伙了。吴老师一直没再结婚，也没生孩子。”语气带点可惜。

钱修远凑上来问：“张松海呢？”

“张老师这种行情，马上就再婚了，现在儿子都上小学三年级了。”李青云说，“‘三高’的女生销路不好，高学历、高龄、高收入……懂吗？‘三高’的男生行情好得出奇。”

“他们俩肯定是冷战，你开你的刀，我开我的刀，冰冻三尺，一句话不说……”钱修远忍不住又要扮演面若冰霜的张松海老师。

“吴老师这么漂亮，没有人追求吗？”罗震中有点不解地说。

“谁找个忙得要命的女外科医生当老婆，又要值班，又要考研，家里没个热饭热菜。升职还比你快，奖金又比你高，还拖着不肯生孩子。”李青云这腔调像足了盛星宜。

“高学历、高龄、高收入、高体重、身高太高或者太矮、短头发、脾气太硬、嘴巴太厉害，都是扣分项，懂不懂？”钱修远一副幸灾乐祸的样子看看罗震中。

“唉！”罗震中长长地叹了一口气说，“这阵子待在妇产科，真是再三刷新我的三观。投了个女胎，就像抽了个坏签，难度好大！”

“别急，还有更刷新三观的，昨天我去看了次引产手术……”李青云揉了揉自己的太阳穴，一副忍无可忍的表情，倒也不像是装出来的，“我都差点吐了……”李青云瞅了一眼，终于没有当众说出来。外科待过的，那些血呲呼啦的肿瘤、从人的身体上取下来的断手断脚，也见得多了，但是这个“血呲呼啦”还带着……一张脸……那种惊悚难以言表，越不想看，越忍不住把视线停留在那里……

进修生小季从手术台上下来，急着下班。她踌躇着看一眼病历，又看一眼已经黑了的天色，抱怨道：“又迟到，没有一次能准时。”她匆匆忙忙抹点口红，整理整理头发，叫住了罗震中，“小罗，帮我把手术记录写一下。”说完，还没等罗震中答应，就匆匆忙忙走了。

“手术记录有点难度，这活儿你也敢接，不怕明天被主任骂？”胡诚看一眼罗震中，又向旁边的小宋医生努努嘴。

“别，钱主任那要求，就饶了我吧……”小宋没等人开口，就打退堂鼓了。

罗震中冷哼一声，坐下来，把厚重的《手术解剖图谱》抱到自己跟前，说道：“任务是砸下来的，又不是我自己要来的，也没给我拒绝的机会啊！”

“修肠管那部分写不写呢？”胡诚提醒道。他自己都没写过这种手术中出了意外纰漏的记录。钱主任的意思是照实写呢，还是用春秋笔法跳过去？这个稚嫩的圆脸小妞，还没尝过钱主任的厉害劲儿，那火暴的脾气、那火眼金睛……

罗震中用手支着脑袋不吭声，手术记录按规矩是主刀医生或者一助写，手术中的结构必须一字一句地描述清楚……唉！管他呢，又不是我要写的，写出来如果主任没有发现，岂不是说明她蒙混过关的水平也挺高的！

于是，她又是翻《解剖学》，又是翻其他床位的手术记录，一张手术记录，又涂又改。韧带和血管的名字，手术台上就没听清楚，靠回忆就更加模糊；悬吊的结构到底该怎么描述，没有参照物可寻……算了算了，先混到明天再说，先写点东西搪塞过去，总比空着记录没写要好。

“你这迎难而上的呆功夫，倒是越发硬气了。”郑羿凑过来看罗震中修改誊抄完毕的手术记录，个个大字顶天立地。他眼睛快速地扫过，默默帮她通读了一遍……仿佛也没有什么太大的不妥，觑着办公室里没有人，他凑近罗震中的耳朵，感叹一声：“主任就是说你写得不对，也得看在这份功夫上，骂轻一点。”说着迅速在她脸颊上轻吻了一下。

吴晨曦写完明天医学院上课要用的教案，脱了白大褂从办公室出来，一眼看见罗震中和郑羿的背影。罗震中把手里的手术记录递给他说：“好好帮我再看一遍啊。”

“好好好……”郑羿的语气宠溺迁就，满心满眼都是她。

吴晨曦的心情也转瞬温柔了起来，不由得抿嘴一笑，脚步轻轻，消失在走廊尽头。

大清早，罗震中在钱福娣病床前碰到术后来访视的麻醉师小马。

“小马老师，钱福娣昨天晚上状态稳定，还没有进食，现在引流管的量是 80 毫升，导尿管、胃管都没有拔。”罗震中流畅地报了一串病人信息。

“哦！你在这里了。”小马总算是认出了这个面孔还算熟悉的实习生。

“小马老师，你舅妈转到那边医院之后怎么样了？”罗震中一边更换切口纱布，一边问正在填写访视单的小马。

小马叹息一声，沉默了片刻道：“上个星期没的。”

罗震中愣了一下，才反应过来。啊！她已经死了……她的名字叫……舒琼英。

“转过那边去，本来要做一次腹腔引流的，她死活不肯做，谁说也不肯听……”小马摇头，一脸沮丧。

“那其实转院也没做成什么？”罗震中又问，“她儿子从芝加哥回来了吗？”

“后来我舅妈眼睛里都没了活气，医生、护士，谁跟她说话都不理睬，我舅舅后悔得快吐血了，一下子好像老了十几岁，赶紧叫儿子从芝加哥回来……从机场直接到医院，舅妈已经在弥留之际……也不知道听到儿子叫她了没有……”小马说着，眼睛红了。语气中带着浓重的悔意。

“你等一下……”罗震中抓住他，噔噔噔跑回更衣室找到自己的书包，打开牛仔双肩包侧边缝隙拉链，一个黄色的布包露了出来。

黄色手帕里是那个断裂成三段的玉镯。一个多月来，罗震中一直没有拉开拉链，因为自己也想不明白要拿这玉镯怎么办。

现在她知道了。

“小马老师，这是您舅妈转院的时候忘记在抽屉里的，请还给她的老公。”小马展开手帕，断掉的玉镯黯淡无光，那一泓通透的绿色已经失去了水光潋滟的灵动，“对了，那天手术前，她跟我说，想去南京中山陵旁的露天音乐台，那个地方对她肯定很重要。”罗震中再看一眼断掉的玉镯。

“好的。”小马又惊讶又难过地合上手帕，放进口袋，“我会找个合适的机会，把你的话带到，谢谢。”

处置完所有换药工具和敷料，罗震中甩着湿淋淋的手，看着窗外发了一会儿呆。不知道哪个病房里，一个小婴儿正在不依不饶，呜啊呜啊哭着。她不由得想起舒琼英手术前那日突如其来的柔声细语，顾盼神飞，转瞬即逝，那个紫藤围绕的地方或许是她平凡一生中的一个绮丽梦境吧。她想要的是那样简单，手术却让这个简单的愿望都没有机会实现。

她还有了另一种微妙的感觉：对于舒琼英、钱福娣她们而言，自我是个多么弱小的存在，所有的决定都得仰头听候老公和儿子的裁决，结果她们得到了什么呢？自己这一生方向能由着自己，是何其幸运，而且一定得由着自己，女人必须清醒。

罗震中苦笑了一下，茫然的内心深处又仿佛有什么东西更笃定了。这个病人也许会渐渐在记忆中淡去，直至消失，而她心里的结却未能淡去，就像那阻止不了的感染性休克。也许她会在未来的职业生涯中，不断自问，彼时彼刻，凭着自己的本事，能不能阻止隆隆向前的死神列车。

忽然，办公室里传出大嗓门的呵斥声，像是钱主任的声音。

“快快，挨骂了，乖乖去听教训。”胡诚跑来拉拉罗震中道，“手术记录犯事了，好心没好报，乖乖听着别犟嘴！”他低声嘱咐道。

“解剖结构看清楚了吗？站在台上眼睛是干什么用的？写得不对就是看得不对，这么浅显的错误都会写上去……”只见钱主任对着罗震中写的那一页手术记录，正在大发雷霆。小季木着脸，站在钱主任跟前，默不作声听着教训，也不申辩。吴晨曦刚到病房，一边套工作衣，一边过来看情况。罗震中悄悄走近，看看自己到底什么地方写错了，心里一阵紧张。

“这不是季医生写的，小季还不至于把这里的解剖结构认错。”吴晨曦淡淡地替小季解围。把耻骨子宫韧带认错，那是新得不能再新的新手才会犯的错，稍微一想就知道是谁干的。吴晨曦心里难免也有点自责，昨晚忙着做教案备课，今天早上应该早点看一遍手术记录的。这么困难的重建手术，就算小季用心写，也未必能过得了钱主任那关。

“那是小宋写的吗？叫过来！”钱主任怒火未熄，往桌子上重重地一拍。罗震中脑袋嗡嗡作响，举手灰溜溜地说：“是我写的。”说完屏息凝神，准备好挨那雷霆一击。

钱主任朝罗震中看去，犀利的眼神在她脸上扫了两圈，停顿了一下。“实习生写的倒也算了，这么个小鬼，谅你再聪明也还只有两个星期的本事……”

回头声音立刻提高了，继续冲着小季说：“谁叫实习生写手术记录的？规矩要不要了？正经医生是干什么的？手术记录这么重要的医疗文书，推给实习同学？……你就是再有事，也得完成手术记录才能下班！”

小季看着桌面上的手术记录，一言不发。眼泪蓄得满满的，像即将决堤的洪水。

“重新写，下次及时完成。”吴晨曦推一推小季，她那平静到近乎冷淡的声音，像冰水一样慢慢冷却着主任的火气，“也是我的错，等小季写完了，我会仔细检查的。”

小季拿起手术记录，掉头跑进了办公室，一屁股坐下。

罗震中不敢走开，也不敢进办公室。觑着钱主任收了怒气去门诊，她才松一口气。走回办公室，小季正趴在办公桌上伤心地“呜呜”哭，声音越来越大，犹觉不解气，拿起那页手术记录，一下撕了个稀巴烂，扔到罗震中脚前。

罗震中不知道怎么办好了，低头看看地上自己忙活了一晚上的成果，到底是有点心痛。转念又觉得归根结底还是自己惹的祸，看看小季，不由得有点内疚。她小心翼翼求助般地看着自己的同伙。

李青云皱皱眉，小声说："主任骂的重点不是你，老太太火眼金睛，还是明事理的。"

钱修远白她一眼道："多管闲事的后果，没规没矩……你也活该……"

滕宏飞拿起地上的碎纸，拼起来，看了一会儿说："你今天早上让季医生看一下，估计就不会被抓到了。"他瞟一眼办公室，心里想，季医生自己不早点来检查一下，这要是他写的话，也就是差不多的水平，都是入门几个星期的小菜鸟，哪儿来的能耐替你这高年资住院医师？

郑羿老远冲罗震中做了个鬼脸，他有点心疼，也有点好笑，还有点后怕，待会儿等这家伙回过神来，一顿气没处撒，这笔账非算到自己头上来不可！

胡诚听着哭声还没有平息，向这几个人使了个眼色，示意他们别叽叽歪歪了，一不小心又火上浇油，招惹不自在。

办公室里传出的哭声，呜呜咽咽，似透着无限幽怨和心酸。几个实习生站在门口相互看来看去，一声不响地整理病历夹，尴尬地等着大医生们平息火气，善后收场，开始查房。

"主任也是的，人家好不容易处个对象，真耽搁成老姑娘嫁不掉，您老人家就好意思了？！"徐护士长和着稀泥一唠叨，钱主任留在每个人心头的余悸顿时淡了不少。

"昨天，她回寝室里闷声不响，说男朋友把电影票一丢，掉头就走了。像我们这种年纪，对象本就是靠着介绍来的，凑合着，迁就着，算计着，勉强到可以讨论嫁娶的地步，哪禁得住这么几下子，这算是又完了。”同病相怜的小宋茫然地翻着病历夹，语气里满是逆来顺受的平静。

“小季就是耽搁了半天没写，也不是什么弥天大罪，写完就好了嘛！”另一个年轻女医生低声帮腔，“真格地每个班都要上到一丝不苟，自己家的日子还过不过了。”语气里多多少少有点幽怨，“有家有室有孩子，谁的生活都是一地鸡毛，要我说，总是嫁人要紧。年纪一大，想生都生不出来了。”产科医生的职业病，谈话间就会流露出来。

“你有你伟大的事业，要救死扶伤，我配不起你，等你有空，一辈子已经像场电影，放掉一大半了。”小宋冷笑了一声，低头说，“这话是我前男友说的，我们这种大龄女医生，你说是不是难兄难弟？”

吴晨曦神色冷冷地从办公室出来，看了一眼小季，浓厚的黑发绑在脑后，正是青春饱满的大好年华。

女医生的时间是一种稀缺资源，要用来在竞争中优胜劣汰，也用来在刚刚好的时间段结婚生育，哪一边都不能错；哪一边都不能疏漏，若是经营不善踩空一脚，要么蹉跎职业晋升，要么耽搁家庭幸福，哪个都不等人，哪个时间窗口都有限，错过了，再难回头。

当初，自己也是过着那样的日子，你攀着你的外科高峰，我熬着我的妇产科生涯，一味上进，而忽略了柴米油盐，省去了儿女情长，直熬到三个月身孕以出血不止收场……

人到中年，他感慨过：“性子太硬，总是容易折了自己，若不是这样，怎么会错过了一次又一次？”

人生半场，她也感慨过：“医生的时间是有限资源，若一直沉溺在年轻时候的那种感觉，我给不了你，你也一样给不了我。”

若非不得已，谁又真的愿意去做“万婴之母”呢。

吴晨曦平复了一下情绪，用日常淡定的语气喊道：“好了好了，查房。”

手术后，可能是因为留置导尿的关系，小便没有外溢，钱福娣身上那股子淡淡的异味逐渐消失了。

“这个伤口，如果表皮不愈合的话，一下子就看到肠子了。”小宋看了看钱福娣腹部的切口，又戴上乳胶手套，开始检查会阴部的恢复情况。

“多吃点东西，知道吗？不然刀口没有肉可以长上。”吴晨曦跟躺在床上的病人说。

这个问题可太难了，钱福娣那点饭量，换了罗震中，两口就可以干掉。旁人送的补品，小小的一罐，她和老头子推来推去，都说吃不下。营养不良简直是理所当然的事情。

果然，钱福娣听完，絮絮叨叨说了一长串，吴晨曦叹一口气，只好跟小宋商量修改医嘱。

“她说什么？”罗震中轻轻问郑羿。

“她说，女儿都嫁了，是别人家的人，也不好给娘家出钱出力。儿子还要攒钱娶老婆。老头子够苦了，和她一起遭罪。能省就省一点，早点出院，别糟蹋钱。”郑羿弯腰在罗震中耳边轻轻说。

“怎么她生病开刀，好像自己做错事似的，真是卑微到泥土里去了。”罗震中十分不解。

“要不怎么说投胎是个技术活儿呢？”

然而钱福娣很争气，在这样的营养条件下，伤口居然逐渐愈合了。到了可以拆线的时间，淡红色的疤痕组织已经重新封闭了手术切口，罗震中查看时只觉得不可思议，细胞到底从哪里获得的能量？

眼看着要“结束战斗”了，谁也想不到那根导尿管出了麻烦。

只要一拔掉，病人就解不出小便，不到一天的工夫，膀胱涨得圆滚滚，逼不得已又得把导尿管插回去。几次三番，一个星期连插了三次导尿管。到第三次的时候，病人还没怎么样，老头倒先爹毛了，一边用温毛巾帮病人敷小肚子，一边语气暴躁叽叽咕咕个不停，听语气就知道是在抱怨。

钱福娣惊恐中带着自责，不停地去卫生间，坐在马桶上，来来回回折腾，她一边抽抽噎噎抹着眼泪，一边自怨自艾拍着大腿，像是在怪自己不好好配合，做错了事情。

“怎么办呢？这好像还不如用尿布！”罗震中和李青云两个人大眼瞪小眼。再一次插完导尿管后，一边脱手套，一边商量。

几天之内，热敷、按摩、针灸……能够促进训练排尿的方法用了个遍，没有用就是没有用，原先怎么都关不上的闸门变成怎么都打不开了。身体像一辆老破车，修好了发动机，轮胎又破了，怎么做都不能让它顺顺当当地正常运行。

钱主任说：“肠子也是张松海帮忙的，尿潴留还是请他出马吧，我来打电话！”接着又对吴晨曦说：“这种尿潴留是能恢复的，只是住院时间免不了会拖长，跟家属再谈一下吧！”

张松海一路从病区门口走进来。“张老师。”罗震中、李青云两个赶紧拿着病历夹，跟在张松海后面往病房去。

“张老师，病人就是前几天你在手术室里补肠子的那个患盆腔肿瘤的，手术后一周，反复尿潴留，导尿管拔不掉。”罗震中赶忙口齿伶俐地汇报病史。

“钱主任和吴晨曦老师开的那个，做了子宫脱垂修复。”李青云补充道，偷眼看看吴晨曦在不在办公室里。

“尿潴留怎么处理，在外科的时候不都跟你们讲过了吗？”张松海检查完病人下腹部手术切口，接着查看导尿管。

“学的那些招数全用上了，热敷、按摩、针灸、水声刺激。”罗震中吐吐舌头，“不灵光啊！”

“只要导尿管一拔掉，膀胱就开始胀，胀到一定程度就漏点出来，排空不了。”李青云说。

“看看术前 CT。”张松海从病房出来，一边洗手，一边指挥两个小鬼把 CT 片插到看片灯上。办公室里的一帮小鬼都围了过来，忽然又“呼啦”一下让到两边，原来是吴晨曦迎了过来。

“术前压迫很厉害，盆底的修复范围大吗？”张松海用眼神很不明显地打个招呼，问道。

“子宫、直肠都有严重脱垂，做了悬吊，做了加固。”吴晨曦淡淡地说，用手指了指 CT 片。

“短期内恢复会有困难，膀胱排空多训练一阵子，条件好的话，复查个盆腔 CT，再评估一下。”张松海抱着手，看着 CT 片说。

“好。”吴晨曦的视线也落在 CT 片上，没有正眼对着张松海。他刀砍斧凿一样的面孔看得出岁月的痕迹了，常年抽烟，靠近了就有股淡淡的烟草味道。

一帮实习生在旁边听着，都不敢开口。你看看我，我看看你。气氛怪异而凝滞。

“张老师，她还有机会恢复吗？得多久呢？”罗震中小心翼翼地问。

“手术范围内细小神经的损伤，有些恢复不了，试试 α 受体阻滞剂[1]。”张松海坐在桌前写会诊单，用似笑非笑的眼神看一眼罗震中，话却是说给吴晨曦听的。

张松海一走，吴晨曦也去护理台开医嘱，一帮小鬼松了一大口气。

“吃窝边草不太好，你看这动不动就会碰上前任。”钱修远自嘲般哼了一声。

“怎么有种看《廊桥遗梦》的感觉，现在两个人近距离还会产生电流。我没看错吧？”李青云看看郑羿。

“是同班同学吗？”郑羿捅一下李青云说，“忍着八卦也很辛苦的，你就说了吧。”

“滕教授？α 受体阻滞剂能开什么口服药？”只有罗震中不忘初心。

“降压药用在尿潴留上，我也不太明白，翻翻书。”滕宏飞一边翻《常用药物手册》，一边看着李青云，等着他八卦那些医院里的传奇旧事。

“他们那一届分在这里的格外多，有七八个呢，眼下都是大牌了。吴老师是班花，裙下之臣可不止张老师这一个！”李青云压低了声音窃窃私语道，“沈子钧……听说过吗？”

虽然张松海医生确定了方案，吴晨曦也下了医嘱，但徐福娣一家等

1　α 受体阻滞剂是指可以选择性地与 α 肾上腺素受体结合的药物，能阻滞相应的神经递质及药物与 α 受体结合，从而产生抗肾上腺素作用。主要用于治疗血管痉挛性疾病，也可以用于抗休克。

不及再多做几次膀胱训练了。这天李青云更换尿液的引流袋时，老头站在床边，用激烈的语气，叽里呱啦对着李青云讲了一长串。意思是要出院，没有钱了，儿子说了，即使导尿管拔不掉也得出院。

“带着导尿管怎么生活？”罗震中觉得不可思议。

“不行也得行，尿袋挂在裤袋上，定时放一放小便。膀胱就变成了外接装置。”李青云的脑子倒是转得快，他脑子里已经转过好多次这种向现实妥协的方法，还特意往外二科跑了一趟。

余运东说：“你以为解小便就是开龙头放个水吗，神经反射很精巧的，好吧？真不行也只得靠导尿管！”

“单把盆腔肿瘤摘掉，不做脱垂的修复，尿潴留的问题是不是就不会有了？”李青云看看办公室里没旁人，忍不住问道。

“可能也会有，盆腔手术之后发生尿潴留的比例是很高的，但是开弓哪有回头箭，外科就难在这里，人体是个黑箱，不到见结果，本事再大也只能推测。”余运东不置可否，“唉，小鬼！”他加重了语气，“切忌出现了并发症就吃后悔药，看见眼前的困难，就埋怨当初不该手术，懂吗？”

“那还有恢复的机会吗？”

“尿潴留嘛，就那么回事，时间长点短点，膀胱功能再多训练一阵子，多半能恢复。门诊随访也不少。”余运东的语气让李青云还是松了口气。

总而言之，虽说原来阴道口膨出的那一大块黑色组织现在是看不到了，那些黏膜破溃和渗液也已经消失，从外观上看，手术的效果实在是不错。但病人变成这种样子，裤腰上得每时每刻都挂着尿袋，恐怕是见不得人了。李青云的懊恼很明显。

“鞍区[1]有这么多细小的神经，经过手术之后，损伤的损伤，切断的切断，有些本来就被那个大肿瘤压死了。我对这个人的排尿问题悲观得很。”滕宏飞瞄一眼门口，看没有大医生在附近，直爽地发表了一下个人见解。

“这样的手术结果，很难说是成功的。”罗震中把《局部解剖学》翻到鞍区局部解剖图像那一页，纤毫毕见的黑白图像上是一个成年的、健康的、肌肉丰满的女体结构。她不由得想起尤老大说过的话：“尺度的把握，比手术技能还要难！”

“可不是嘛！刚才那个老头，连谋财害命这种话都说了出来……”李青云吐吐舌头。

“谋财害命？”钱修远大吃一惊，“这么大个肿瘤开下来，他儿子不是在手术室门口都看见了吗？”白色球形的巨型肿瘤端到手术室门口给家属过目的时候，等候区里一片惊讶之声。其他手术病人的家属都忍不住围过来窃窃私语。

“手术前的问题是解小便会漏，要用尿布；手术后的问题是小便解不出，要用管子，请问手术解决了什么问题？”李青云斩钉截铁地问钱修远。

“……”钱修远一时语塞，明明觉得李青云强词夺理，又无从反驳。

第二天，在一片吵扰声中，钱福娣出院了，她的儿子一边脸红脖子粗地骂骂咧咧，一边拎着大包小包往外走。老头扶着钱福娣，一步一步慢慢地跟在后面。钱福娣的外衣很长，刚好盖住挂在裤腰带上的尿袋，

1　会阴部形状类似于马鞍的区域。

走路姿势格外别扭，显然还没有习惯导尿管插在那里。

“欠着费，还这么横，无法无天了。”徐护士长没有跟家属起冲突，看他们走出了病区之后才气呼呼地抱怨。毕竟欠着费办出院，也是请示过钱主任的。

“人穷志短，算了算了……”吴晨曦轻声劝着护士长，她的淡定让罗震中意外。就这样搁在一旁？全心全意完成高难度的手术，还要被人恶语相向，这口气怎么咽得下来？！

“你的导尿管可以在附近的卫生院更换，过半个月再到妇产科门诊来看一下。”她追上几步，对老妇人说。

钱福娣低着头，垂着眼睛，没有正眼看吴晨曦，她仿佛听到了，又仿佛没听到。老头搀着她，欲言又止。

“好了，好了，谢谢你们了，害得我们这样，要看病也不会来这里了！”钱福娣的儿子折回来，怒气冲冲地瞪着吴晨曦，徐护士长赶紧过来……

“我告诉你，以后出大事了，我会来找你们的！”钱福娣的儿子吼了一句，怒气冲冲地走了。

吴晨曦目送一家三口消失在病区外面，拂一下耳边的碎发，说:“我们也有错，没有搞清楚，她儿子要的不过是找医生看过这个事实而已。不看是不孝，看了没法治，那就不是谁的错了。”

她微微地苦笑。一个复杂而精巧的工程，用最小的成本完成，却事与愿违，出现了麻烦的术后并发症。

出院前钱福娣儿子说的话，如同刀子一般锋利刺耳。

“医生，你就说不会开就好了嘛！你干吗不早说呢？”一点点可怜的狡猾藏在实诚的面孔后面，他通过主动攻击来保护自己可怜的颜面和自尊，这样他的亲戚朋友便没有把柄来指责他了。

面对来探视的亲戚朋友，他提高了声音：“苦头也吃了，最大的医院也来了，钱也花得冤枉去了，医生开坏了嘛！又不是我们不想治。”他拿着缴费单，大喇喇地拍在桌子上。

面对这种心知肚明的伎俩，辩驳又有什么用？

吴晨曦的耳边忽然响起了他的话：“我们这个行当，真的是入我门下，福祸莫怨哪……”那张俊朗的面孔，也曾苦苦忍耐着与她共通的酸楚和折磨。

“谢谢医生，我们出院了，谢谢，谢谢！”又是一阵响亮的吵扰，这回是一个产妇在一大家子的簇拥下出院了。襁褓里的婴儿被奶奶抱着，如宝如珠。一张可爱的小脸露出来，跟病区的医生、护士告别。

欢天喜地的爷爷，每一条皱纹都露着笑意，把一大堆水果和喜蛋搁到办公室的桌子上，逢人就拱手道谢：“我们家平平安安喜得贵子，太感谢了啊！”

吴晨曦礼貌地向着家属点一点头，招呼着出院的产妇，淡然依旧。

“我们做了应该做的事，剩下的尽力去弥补。”吴晨曦记得钱主任那坚毅果决的语气，病人的问题已经基本解决了，余下的不足也会随时间慢慢消散。

钱主任的意思，身为弟子的她太明白了，一个即将接掌门户的“掌门人”，必须有胸襟去拥抱所有的不确定，接纳所有的不如意，剖析自己的不足，消化所有的情绪。

这，本就是医生的宿命。

05

23岁的梅毒阳性和妊高症

治得了病，改不了命。

“哎，帮我问问那个吴医生，明天可以办出院了吗？”冷冰冰的年轻女声突兀地叫住罗震中，连称呼都没有。

罗震中回头一看，是昨天刚收进来的盆腔炎病人施燕霞。不过20出头，穿着一套粉红色碎花睡衣的她，此刻正坐在床上，对着小镜子画眼线。一只拖鞋钩在脚指头上摇摇欲坠，玫瑰色的脚指甲十分鲜艳。在多是白胖丰腴的产妇或中年妇人的妇产科病房里，她的美艳格外惹眼。

“超声做出来，积液不少，白带化验的结果也不算太好。明天抗菌药疗程肯定还要继续。”罗震中用温和的语气回答。

“不痛，不发热，就出院好了，以后的事情以后再说。”施燕霞反应冷淡，一双水光潋滟的丹凤眼看向罗震中，从脸颊边松出来的一缕头发，弹簧卷似的，衬得她越发妩媚。

话音刚落，一个身着白色运动背心的高大年轻男子走了进来，他一头板寸根根竖起，脖子处露出一截金色盘龙文身，炫彩的太阳镜挂在领子上。

施燕霞的眼神立刻如同被细线牵了过去，她不顾病房里旁人的眼光，菟丝花一般紧紧地贴住来人，丰满的果冻色嘴唇直触他的耳畔，低语着将柔软的手臂攀上了他的肩膀，仿佛磁力相吸般坚牢。

罗震中哪见过这架势，吓得退后一步，径直溜出病房，又忍不住回头看了一眼：两人的身体纠缠紧贴，浓情蜜意得像电影里的情侣。

“李青云，你管的 24 床要求出院。”罗震中对李青云说，她心知肚明这个病人不好交流，不如让李青云这个碎嘴去对付。

李青云正急着出去，翻出一张化验单往桌上一拍：“女性朋友们的生活多姿多彩，等一下回来再关心 24 床。我先去送会诊单，那个妊高症[1]病人的血压快 200 了。”

他交代完罗震中，就拿着会诊单往外跑，嘴里不忘唠叨：“说什么都不听，28 周的娃住在她肚子里，算是倒了霉了……”

罗震中低头看了一下桌上的化验单——24 床施燕霞，梅毒抗体阳性。

抢救室里，徐护士长正在床边装微量泵，准备给妊高症病人吕襄群上静脉维持的降压药。往日里能让护士长亲自动手操作的病人，都是病情有点麻烦的，而眼下这个孕妇，居然没有安安稳稳地躺在床上。

“等我吃完再用药。手上挂着药，还怎么吃东西？”体重 180 多斤的孕妇吕襄群不耐烦地说。

她顺势往床上一坐，折磨得病床发出一声惊悚的嘎吱声。两条极粗的大腿肉多到并不拢，索性大喇喇坐了一个外八字。

说完，她看也不看护士长，拿起床头柜上的保温壶，吃得酣畅淋漓。徐护士长眼见这家老公气势不足，婆婆也不敢吱声，赶紧给病人的

1　妊娠高血压疾病。

老妈使了个眼色。

“阿囡，慢慢吃，护士长等着呢，先把盐水挂上。明天少放点火腿，给你烧清淡点的母鸡汤！亏不着孩子的。”这老妈面目和善，说起话来倒三不着两。

“来，药用上。就是不看在孩子面上，你自己也还有两个月要过，已经喘到这份儿上了！”几个护士为了在肥厚的脂肪下找到稍微粗点的静脉，围着她又拍又捏，焦头烂额。

徐护士长调整好微泵，看着药液从输液管中缓缓推入病人的肘部静脉里。

“我好着呢，吃得下，睡得着，哪有你们说的那么可怕……”她“呼哧呼哧”的喘息声，带着浊重的口气。

“这么高的血压，万一脑血管爆掉了……”罗震中想帮着护士长劝一下这不听话的病人，话还没有说半句，边上的老妈就翻脸了。

“不吉利的话不兴说的啊！我们是来生儿子的，欢欢喜喜的，不是来看病的。”

吕襄群像弥勒佛一般端坐在床上，特大号的汗衫被撑得滚圆松透，罗震中一抬头正看到她隔着衣服呼之欲出的巨大乳房和深色乳晕，赶紧移开视线。

“襄群。”吴晨曦拿着病人的心脏彩超报告进来，柔和的语气平息了火药味，“没事，你先吃着，我把心超的结果跟阿姨说一下。”她纤长雪白的手搭在病人滚圆的肩膀上，对着床边两个老太太说道。

“这心超，有点像我们去年的一个孕妇，护士长，你还记得吗？”吴晨曦看向徐护士长。

“晓花嘛！”徐护士长应完顿了顿，呼呼气喘的病人、老妈、婆婆、老公不明就里，不由得把视线都集中到了她身上。“当时也是30周的时候血压高，保到32周的时候，子痫[1]了，只好剖腹产，她自己倒是一点没事，就是……就是娃生出来太小，肺还没成熟，结果上了呼吸机，在监护室里放了十天才出来……”

“后来呢？”病人的老妈先紧张了。

“前阵子在门诊碰到，在看儿科，孩子因为早产，身体一直不好，动不动就得肺炎，住了好几次院，一家大小没消停的时候。”吴晨曦对着她笑笑，口吻里透着点大姐责怪自家顽皮小妹的热络劲儿，“襄群妈，补是要补的，等催奶的时候再说，眼下先把孩子保到瓜熟蒂落是正事！您说呢？”

“听医生的，阿囡……”“老婆……”一大家子七嘴八舌敞开了嗓门，集中火力劝起了吕襄群。

吴老师这招四两拨千斤，让罗震中心里暗暗佩服。她从吴晨曦手里拿过病人的彩超单，仔细一看：女，23岁，左心室增大，心肌肥厚。她不禁心下惊异，吕襄群竟然和自己一般大，婚姻还没来得及让她心智更成熟，却先让她成了母亲……

“吴老师，这边还有个麻烦。”李青云把24床施燕霞的化验单拿过来，指指那边的病房道，“淋病、梅毒都是阳性的，她自己还要出院。”

妖娆的施燕霞也难住了李青云。

照理说，一群实习生里李青云的脸皮就算厚了，各科也转了这么久，可愣是几次鼓起勇气去交流，都被施燕霞三言两语晾到了一边。那

1 子痫是妊娠期出现抽搐、癫痫发作的严重疾病，是妊娠期高血压疾病非常严重的阶段。通常表现为全身强直阵挛性抽搐或昏迷，往往进展迅速。

个文着蟠龙文身的男子倒没说什么，可那一身江湖气看着就让人发怵，轮廓分明的脸总透着几分狰狞。

吴晨曦看了一眼化验单，碰也没碰那页纸，淡淡地说：“我去告知一下，真的要走，开点口服药让她出院好了。”

“吴老师，就这样让她出院了？”李青云忍不住问，“体格检查昨天才写完，记得清清楚楚：专科体检可以查到明显的下腹部压痛，宫颈糜烂，阴道的分泌物脓性。两三天的输液抗炎离完成正规的疗程还早着呢！”

“我们只是妇产科医生，又不是训导主任，治得了病，改不了命。”吴晨曦淡淡地说，“你把她叫过来吧。”

“喂！你问过病史，她是做什么的？”罗震中向李青云打探。

“职业填的是‘个体’，谁知道是做什么的。问家族史的时候，倒是挺让我大跌眼镜的。”李青云滑稽地用中指推了一下眼镜，“她爹妈都是再婚，爹是亲生的，带着四个女儿，妈是后妈，带着一儿一女。她是这六个人之中的老四。”

“她读完初中就离家出走了，在上海打了一阵工，后来才到这里，家里也没有再找她……”李青云翻出大病历，放到罗震中跟前。

“我问她家庭地址……”李青云指了指门诊病历，只见家庭地址这一栏写着——钱乐 KTV。

罗震中不由惊得张大了嘴。自己是独生女，家里的掌上明珠，一路过关斩将成为重点大学的医学生，目力所及的范围内，从来没有见过这种奇异的人生路径。想来那种幼年失去母亲，又不得父亲关爱，在匮乏的生存资源下，和兄弟姐妹争抢的处境是多么可怕。而她独自飘零在夜店的生活，可怜是可怜的，但总让人感到有点羞耻，终究该自爱不是吗？

惊愕间，施燕霞已经迤迤然从办公室里出来，神色自若地踩着高跟拖鞋，“啪嗒啪嗒”往病房里去了，粉红睡衣露出一侧香肩，像凋零落入泥的花叶，满目风尘。

吴老师打开门，对李青云说：“办出院。”

“明白，带两周的口服药？”李青云用询问的脸色请示。

“一个星期。”季医生在一旁啼笑皆非，“她……还管你疗程不疗程？在意她自然会来看，不在意开什么也没有用。”这个“她”字说得又长又绕，意味深长。李青云听季医生这么说，心里自然也明白，不由得尴尬地吐了吐舌头。

把出院病历拿给施燕霞的时候，罗震中注意到了门诊病历本封面上病人的出生年月，竟又是和自己同年。

“23岁。”这一次，她不由得说出了口。

“可不是嘛，好老了。”施燕霞冷笑一声，“我们这种人，23岁也就是半辈子了！不是祸害旁人，就是祸害自己，不是药能治好的。”语气中透着几分凄凉。

出院时施燕霞换上了一身黑色连衣裙，身材玲珑有致，连衣裙一侧开衩一直延伸到大腿根部，显得双腿格外雪白纤长，她袅袅婷婷地走向长廊尽头。企鹅般步履笨重的孕妇吕襄群恰好向她迎面走来，两只手在臃肿庞大的身躯后甩着，努力地遵医嘱慢慢遛着弯，两人擦肩而过那一幕落在罗震中眼底，竟有一丝说不出的怪诞。

“看不出，吴老师那样一个人，倒真能见人说人话，见鬼说鬼话。”罗震中对着李青云感慨了一句。

“道行，懂吗？我们是刚修炼的小鬼头，人家是修炼了3000年的……白蛇精。”李青云压低了声音说，“其实我猜就是直接告诉她梅毒和淋病阳性的结果，需要多少疗程，需要怎么预防。摊在桌上说呗！”

“这跟告诉吕襄群控制饮食、控制血压是一样的。虽然方式一样，但有的病人任性，有的病人认命，都由不得医生。”罗震中转头看看心内科的会诊记录。

“罗姐姐。”周珏悄悄地在走廊里张望了一眼，压低声音喊了一声。

罗震中向来只听她连名带姓地称呼自己，一下子这么亲热，居然感觉有点不适应。

“你来，有点事找你。”周珏勾手叫她，拖着她到病区门外的连廊上，神神秘秘的。

“罗姐姐，这个该怎么办？”周珏递给罗震中一张化验单。

罗震中拿起一看：HCG，阳性。顿时大吃一惊，一把抓住她的胳膊，压低了声音悄悄问：“你有了？钱修远的？”

“不是啦，不是啦！”周珏又是羞，又是急，一通跺脚，哆嗦着指着化验单上的名字，差点话都说不清楚。

“是我们班同学燕子的，不是我，不是我，我不会乱来的……”她朝远处投去一个眼神。

罗震中顺着她的视线望去，走廊入口处有个苗条的女孩子，犹犹豫豫不敢过来，只是深深地垂着头，一副惊魂未定的样子，那份娇弱让罗震中不禁惊讶，再一想，护理班的女孩子们本来就年纪小一些，一眼看去和中学生没啥差别。

罗震中翻了一下化验单，努力让自己平静下来，道：“快去做人工流产呗，难不成还有什么其他选择不成？”

她眯着眼，又看了看那个站在阴暗背光处的女孩子。依稀想起，夏天的时候好像见过她，这个女孩和周珏这些叽叽呱呱的护士实习生一起，经常呼朋引伴一起玩。清灵活泼，是很青春的一个小女生，举止也没有一点轻浮，仿佛有个穿格子衬衫的男生经常和她一同进出，但是实在记不清长什么样子了。

“在门诊做，会不会被妇产科的老师认出来？我们都快毕业了，学校一旦知道，会被通报取消学籍的吧？”周珏的声音都发颤了，带着点哀求。

对这些护理学校的学生来说，跳出农门在大医院当护士是挺难得的机会。要是因为这件事被开除，丢了文凭和工作，回到家里，既丢了父母的脸面，还要被街坊邻里说闲话，真不如死了算了。刚看到这个化验单的时候，周珏都被吓糊涂了，没想到怀个孕是这么容易的事情，她完全没了主意。

“换个假名字，打扮得像村姑一点，门诊这么忙，只看屁股，不认脸的。”罗震中跟着去过几趟妇产科门诊，知道人工流产是怎么个流程，挺有几分把握地说，“再不然，去妇保医院做，谁认识？”

“天哪！你们医生说什么都轻巧得很。”周珏叹了一口气，心里多少有点佩服，这读医科大学的女孩子年纪比自己大不了几岁，想法可成熟多了，几句话一说，就有行动方案，自己就只会吓得心乱跳。

听完罗震中的回答，周珏顿时冷静了些，要瞒天过海的话，确实也就只有这条路可走。想定了，她一颗紧张到快要炸开的心，稍微稳定了一点，一直死死拽住罗震中的手松了下来。

“先让她横下心来，必须做，接下来就是想什么时候、什么地方、多少钱的事情了。好姐妹们帮她筹划一下，解决得掉的。”罗震中帮周珏把长发撩到耳后，心里想，那手术里面的肉麻和血腥，我就不跟你形容了，无论有多害怕，都没有回头路走，反正也得挨那一下子。

“不用花很多钱吧？”周珏犹豫着说，“对，不用很多。”随即又自言自语。她定下神来，到底也在医院里干了几个月的活了，划价收费见过好多先例，并不是一个无法企及的数字，七拼八凑总能搞定。听了罗震中的话，她仿佛有了主心骨，一项一项细想起来，仿佛也不用太慌。

“她男朋友呢？”罗震中嘴上这么问，心里想，她千万别说出名字来，万一是自己认识的伙伴或者同班同学，那可是受惊不小了，谁这么烂？一想到这里，耳朵热烘烘地发烫。

“别提了，死活不承认，撒手不管。我也劝她，找那男的也没有用，难道还嫁给他不成？”周珏握着拳头，义愤填膺——他的惊慌失措、他的推脱否认比什么都伤人，就是那天之后，燕子就像是霜打过的茄子般彻底蔫了，掉了魂一样，连句话都说不出来了。

“停经多久了呀？太久了可不成，你问问清楚，叫燕子快点做决定……”罗震中看着周珏，心里替那个姑娘着急。

“你别跟人说啊！千万千万……”周珏张望一眼远处走廊里的身影，定一定心神，一溜烟儿跑走了。

罗震中往妇产科门诊的方向看了看：阴暗的走廊里，面目相似的年轻女人们坐成一排，在门口等待。

妇产科的流程她当然清楚，人流室的“手术日”，就是女人们一个接一个用“膀胱截石位”仰躺在那个特殊的治疗床上，先把带着血块的组织碎块吸出宫腔，再用金属器械在子宫内刮出残余物，一个“麻烦”就此停止。

一个龇牙咧嘴地慢慢出来，下一个再满面憔悴地进去……差不多半个小时就能搞定，出来后在休息室的躺椅上躺躺，然后回家。

“你知道吗，今天有个护士实习生准备来做人工流产。她看上去好小好小……”罗震中在郑羿耳边窃窃私语，她震惊过度，还是忍不住说了出来。

“你有没有帮忙请操作好一点的老师来做？”晚上的天台寂静无人，郑羿跟她肩并肩站在栏杆边，两个人一边眺望着市中心繁华的街景，一边聊天。

“没有，我怕老师问她是谁。”罗震中回想了一下，白天那个受惊过度的小姑娘只怕还不到 20 岁，她那无助的样子，让人忍不住有点担心。这件事对她造成的伤害，不只是手术本身，弄不好会成为心理阴影跟随一辈子，痛彻心扉却没有人可以分担。

“太小了，一点都不懂得保护自己，你不顺手帮她一下吗？”郑羿问道。

“主要是那种痛和恐惧，我也害怕，所以就不敢凑上去说帮忙的事情……”罗震中有点羞窘，觉得跟一个大男生没法再讨论下去了，便住了口。

“心理上若是扛不住，她搞不好会寻死觅活，万一做得质量不好，影响了一辈子的生育就更完了……”郑羿的感叹在罗震中听来，多少有些像在帮小姑娘求情。

栏杆外黑洞洞的，黑暗中独自一人时的想法和意志力，都和白天大大不同，有时候，不良情绪的爆发，也就是一念之间的事情。她仿佛看到苗条的身影独自在天台徘徊、哭泣，心碎和绝望突然在某一刻爆发，纵身扑向黑暗……罗震中想到这里，顿时冒了一身冷汗。

“好吧，看在你的分儿上。”罗震中看着郑羿点点头说，心里仔细琢磨着怎么去找门诊老师做这件事，如何帮得毫无痕迹。

“什么看在我的分儿上……去你的……”郑羿尴尬地笑了出来。

罗震中回手就重重给了他一下子，不依不饶，没轻没重。

郑羿一边笑一边举起手投降。

“喂……这么凶？”

罗震中单独对着他的时候，黏腻依赖的是她，蛮横耍赖的也是她，没道理可讲，和平日工作时的小妞判若两人。这份不同郑羿自然感觉得到，他心里涌起一阵甜蜜，那是她越发把自己放在心上了……

“妇产科待得我快内分泌失调了。”李青云一边整理出院病历，一边抱怨。

“你也有生理周期吗……”滕宏飞脸皮没有李青云那么厚，虽说在打趣他，自己白皙的脸和脖子却隐隐透出红晕来。他这阵子脸色看上去有点疲惫，上班的时候也不怎么说话，难得插句嘴。

“好在轮转的时间也快差不多了……”李青云转了口气说，“你没感觉吗？妇产科的各种病人，都会让人联想到自己未来的老婆……什么流产、剖腹产、宫外孕、妊高症……各种心塞，各种不爽！”

“世界上大部分的男人不需要这样体验一遍，所以男妇产科医生是个很不一样的人类亚型。”钱修远又开始贫嘴贱舌了。

“我可是要联想到自己身上去的，那种不爽，可比你更加不爽！”罗震中泄气地说，“我将来才不要做妇产科，信心坚定，绝不动摇。”

疲惫的滕宏飞看了眼钱主任的办公室，一句话到了嘴边没有说出来——高职位的女医生简直都是神人。从每个月出血，到肚里揣个四公斤的娃，再到几个小时哺乳一次，经历完这些，还要兼顾一家三口的柴米油盐、衣服鞋袜，还要跟男人在同样的起跑线上，竞聘职位、晋升。她们都是怎么做到的？

罗震中听男生们说笑，眼睛不由得瞟了瞟正站在护士台边上签出院病历的吴晨曦。她即使穿白大褂也比旁人考究，淡蓝色的衬衫领子衬得她格外娴静，只是那份娴静里总有股郁郁寡欢的味道。这么娴静如水的她和冷若冰霜的张松海老师有过热情如火的恋情吗？

仿佛能听到自己闷闷的心跳声，罗震中耳朵都红了起来，借着拨一拨刘海，赶紧拂去一些不适，提醒自己在公众场合，不宜想这么荤腥的问题。

妇产科看似清闲的科室，其实时刻得保持十二分小心。在妇产科待久了就能发现一个规律，那就是产妇的紧急状况总不在正常上班的八个小时内发生。半夜三更的，一会儿急产了，一会儿胎盘前置的产妇要生了，还有胎心慢了要立时三刻剖腹产的。手术虽然简单，却是半刻也耽误不得。

而妇产科门诊的病人，也可以用川流不息来形容。

星期一是罗震中跟着吴晨曦老师上的第一个妇科门诊，一早开诊，她还没有一点心理准备，号就像流水一样挂出去了。刚准备好诊疗桌，门诊就人山人海了。

“白带怎么不好？”

“末次月经是什么时候？”

“上次排卵期有没有同房？”

…………

火辣刺耳的各种问题开启了上午人声鼎沸的门诊。

坐在吴老师对面，罗震中默不作声地先张望了一下门诊的流程：先在外间的桌子上一对一问诊，接着就是到里面的小房间做妇科检查。

做检查的小房间很简单，妇科专用的“膀胱截石位”诊疗床放在房间的正中，地下一个污物桶，门上挡着帘子。

检查的流程同样简单得有点枯燥：需要检查的女人进去脱下裤子，在诊疗床上“四仰八叉”躺下，两只脚刚好搁到旁边的支架上。医生戴上手套，用左手的手指插入阴道，配合右手上下一起做双合诊，查看子宫的位置和压痛，然后用扩阴器打开阴道，看一下宫颈的情况，用棉签留白带标本。

检查做完，医生脱手套、洗手、更换一次性铺巾，从检查间出来后完成开检查单和开药。

这就算是一个病人大致的诊疗过程。

吴晨曦和年长一些的张玲医生同时看诊，共用一个检查间，所以两边的门诊病人依次排队上检查床。一个人出来，另一个人立刻进去，等着双合诊，用扩阴器……

罗震中在诊疗床边看了一会儿，让感官稍微适应了一下整个诊疗节奏，暗自吐吐舌头，简直比排队上厕所还要毫无廉耻和隐私可言。尿道、阴道、肛门，三大管道的尽头展露无遗，真的是太坦白、太彻底了。

她忽然一念想到了胡诚，一个男医生在这里出门诊，可该怎么办呢？心里一句绝不敢宣之于口的话是：若这都能习以为常，一天看这么多的宫颈，对女人还有欲望吗？！想到这里，罗震中赶紧去找了个一次性口罩戴了个严严实实。

张玲见罗震中一个小实习生不停地在诊疗床边看，一个也不放过，不由得笑嘻嘻地问：“妞，你是将来想到妇产科吗？”

“不是啊，我只是跑个量而已，不然我怎么分得清正常还是不正常。”

她看了几个之后就开始帮手，准备物品，更换一次性铺巾，如果带教老师和病人都不吱声，就用扩阴器看一下宫颈。

“那些男生都是看不了半天就逃跑了，还没有哪个实习生做得比你多。”张玲年纪大得多，头发有两分白了，她一点不掩饰对罗震中的喜欢，放手让她操作的次数倒比吴晨曦还多。

做着做着，罗震中就顺理成章地做起了双合诊。不多一会儿，她就感觉到得力的手劲和技巧，用鸭嘴扩阴器打开、查看宫颈口的手法已经十分自如。那展露在罗震中视野中的女子宫颈圆圆的，像瓶口一般，若不是亲眼所见，就这小小的通道，能通过那么巨大的胎头，真是不可思议……

操作了没多久，罗震中脑子里跑的信息量已足够她准确描述看到的信息了。

“阴道通畅，少量白色分泌物，宫口为已产[1]，无新生物，轻度糜烂……”罗震中试着报出自己的判断。

吴晨曦老师看了一下她的手势，检查了一下病人，略感惊异地颔首说：“挺有感觉了，学得倒也不慢！”

罗震中在口罩的掩护下，咬咬牙为自己鼓鼓劲。接着立刻更换手套准备检查下一个病人。

门诊结束，罗震中洗完手之后，拼命地甩甩右手，为了精确有力地把鸭嘴扩阴器张开，虎口处肌肉持续保持着紧张，两个小时下来，右手的虎口酸得都快要抽筋了。

1　意思是生过孩子或是大月份引产过。

06

失手戳破的处女膜

人做事情，都有失手的时候，若没几分刚硬克制，

就做不了一辈子。

门诊结束，看着罗震中收拾诊疗室、擦桌子、倒垃圾，张玲医生一边脱白大褂一边对吴晨曦说：“这妞倒是挺勤快的，今天省好多力气。”

“你没见她缝皮的功夫，手势都像足了李明浩。”吴晨曦笑笑，压低了声音对张玲说，“我们工作几年的几个住院医生，还不如她呢。”

罗震中心里暗暗高兴，出门诊第一天，就可以学到这个程度，她心里有点小得意，不过实在不宜在老师跟前翘尾巴，还是闷声不响最不会惹麻烦。

有了第一天工作的默契，周末全天门诊罗震中和吴晨曦的配合越发密切了。

一早上，门诊病人中混杂着很多来做妇科检查的单位体检员工。

“哦！这企业体检也放在门诊做，真是没完了，今天都是民丰纸厂的，后天开始是五芳斋的。”吴老师皱着眉头抱怨了一句。

体检人员扎堆，门口等候区的长椅都被坐得满满的。两位门诊医生

不由自主地加快了速度，恨不得开足最大马力先完成这部分工作。

整个走廊里充满叽叽喳喳的聊天声。罗震中侧耳听了一下，话题尺度之大，语调之豪放，句句不离下三路，什么子宫、卵巢、白带甚至还掺杂着夫妻生活的话题……她赶紧把口罩戴了起来，生怕自己的脸皮招架不住，红起来显得自己很不专业。

几轮磨合之后，为了加快操作流程，就变成了罗震中长驻在操作间里做检查，用鸭嘴扩阴器打开阴道，叫老师过来查看确认宫颈情况，然后罗震中用棉签做白带采样，老师去填写体检报告，流程顺畅，做完一次检查全程用不了 5 分钟，眼见着门诊人数很快就少下去了。

意外就在这个时候悄然发生了。

当罗震中用扩阴器如常插入一个年轻女孩的阴道时，耳边响起了“啊！”的一声惊叫，听上去很痛，这声不太寻常的叫声让吴晨曦立刻起身，她警觉地走过来，仔细看了一下，立刻问道：“你同房过吗？”

吴晨曦问得直来直去，着实让罗震中心里一惊。

妇产科门诊里，有很多种很隐晦的词语说那件事，比如会说：“一起过吗？是第一次吗？有过很要好的男朋友吗？”年资如吴晨曦这样的医生，为了避免年轻女子尴尬，会有无数种委婉的方式问出，此刻却这样单刀直入。

“没有。”年轻女工满脸通红，窘迫地回答，她仍旧仰面躺着，抬起头来看吴晨曦。

罗震中顿时脑袋“轰”的一声，完了！闯祸了。

她这才意识到刚才自己干了什么，怎么不多想一下再做呢？干吗不问她？她低头看着鸭嘴扩阴器，那么硬，那么宽。

“你们单位怎么会开妇科检查单给你呢，来，让我看一下。”吴晨曦立刻戴上手套检查她的会阴部，阴道口有一个位置在出血。罗震中的心简直快要沉到水底去了，有溺毙的窒息感。她瞪大了眼睛仔细看，那简单粗糙的一圈结缔组织，颜色灰红，没有什么特别的功能，非常不显眼，一眼之下根本分不出来是完整的还是有裂口的。

处女膜这回事，罗震中当然是明白的，尽管从生理上来说，它是一个组织退化的遗迹，但中国传统文化里，那是个带着道德、节操、廉耻、贞洁等众多符号的复杂体，带着证明清白的含义。

她惶恐地退后一步，不知道怎么办好了。心里不住地说："完了完了！完蛋了，害惨了人家，也害死自己了……"

吴晨曦轻声对这个女工说："忍一下，我用可吸收缝线给你修补一下。"接着她拆了一个极细的线包，用弯针在她流血的地方细细缝补了一针，年轻女工一声不响地皱着眉头挨着。罗震中则跟在吴晨曦后面仔细看着，手脚发软，不敢出声。

一会儿就修补好了，年轻女工穿好衣服，也不哭，但是面色极其难看，看得出非常难过。罗震中仔细地看了她一下，这个面容普通的工厂女工，年纪最多也就 20 岁。想到这里她更觉得自己罪过了。

"你等到十一点左右再过来，我给你检查一下，消消毒，看看还有没有事，应该是没有问题的。"面对高峰时段门诊一个接一个的病人，显然无暇仔细解释太多，吴晨曦沉声简单宽慰道。

张玲医生也过来看了一下，神态自若地安慰了病人一句："没事的，不用担心。"

罗震中看着年轻女工慢慢地一步一步走出诊间，木着脸不敢说话，心里想着她应该不会真的有事，要不然新婚之夜之前，女人岂不是都得上医院来"验明正身"？但这又不是单纯身体的事儿，她心里肯定是有事了，清白被一个傻帽实习生不懂事地毁了，她会不会做出什么事情来？

罗震中越想越怕，接下来完全不能集中注意力干活，两条腿软得都快站不住了，只得在诊疗桌这边坐下来，帮助吴晨曦开化验单。吴晨曦没说什么，继续快马加鞭应对台面上源源不断的门诊病人。

时间变得无比漫长，整个上午罗震中都如坐针毡，内心转过万般念头，假想了各种最差的后果：她的婚姻会不会受影响，她的丈夫会不会因此而责怪她，自己的毕业会不会受影响……上次年级老师说过，有个实习生，拿错了刺激性的消毒液，给病人做黏膜处消毒，结果造成了黏膜烫伤样改变……那个学生后来连毕业证都没有拿到，只算是肄业。

她强行控制着各种乱哄哄的情节和假想，不敢看吴晨曦，也不敢看门外。

快到中午的时候，门诊病人已经少了，女工从门口进来。

“你躺下来，我检查一下。”吴晨曦再次查看撕裂的情况，修补的状况还好。

“已经修补过了，不出血，过几天会长好，线也不用拆，自己会吸收的。”吴晨曦语气平静地安慰女工。女工木着脸爬起来穿裤子，并不哭，也不怎么说话，脸色依旧极其难看。

“以后，你婚检的时候，到我这里来。”吴晨曦给她看胸口的工牌，“我会给你做证明。”

这句话好像很有安慰的作用，她的表情稍微松弛了一点。

“不要紧，我们都在，婚前检查的时候，会给你证明的。”张玲老师说话更慢、更敦实，那份长者特有的温厚仿佛给女工吃了定心丸，让病人的神色又轻松了一分。

罗震中魂不守舍地收拾完门诊卫生，背着包往门诊外面走，感觉自己像踩在云里，实在是有点恍惚，就这么完了？她明天会不会闹上门来？她家里人知道了会不会到医院要个公道？她的厂里会不会到医务科来追究责任？她慢慢走着，面无人色，也没有一丁点的胃口，整个人就是行尸走肉。

她在心里反复地责备自己：怎么会发生这样的事情？！真是恨死了自己，干吗这么毛毛躁躁？

走过医院正门的时候，不知怎的瞬间就坚定了决心，罗震中对自己说：我要把这事情封装起来，这样过了是最好，错也已经错了，绝对不能从自己这里说出去，一点风声也不能走漏，至于能不能瞒天过海，瞒过医务科，瞒过学校教务处，那就碰运气好了。心里必须结成一个坚硬的结核球，暂时，不，最好是永远把这件事情封装在自己的身体里。

罗震中用余下的所有勇气，像铁甲一样密密地包裹住这个上午的所有事情，就像人的免疫系统启动起来包裹结核菌一样，用密密的纤维组织一层一层地包裹起来，让它不要对身体的其他部位产生不良影响。

秋天的阳光从枝叶间洒落，艳丽明媚。罗震中脚步虚浮地走出阴冷的门诊大楼，大脑被后悔和害怕塞得满满当当。她心里知道此时若是回到寝室，谁都会发现自己的异常。索性出了医院，到附近散散心，让浓重的情绪消散一些。她的身体像脱力一样，在姚家埭的小街上一步一步地沿着医院的外围墙往前挨，沿街小饭店的喧嚣一点都进不到耳朵里。

“哎！”迎面却碰到郑羿从紫阳街斜对面跑过来，高大的身影站在罗震中面前，把陷入钝滞状态的她吓了一跳，后退了一步。

“怎么了？”郑羿注意到她的脸色十分难看，嘴唇干燥苍白，看起来心事重重，便关切地问。

有一刹那，罗震中几乎想一头埋到他怀里去，从他温暖的身体里找点依靠和支持。而明亮的光线和来往的人群，仿佛是强烈的提醒，让她拼命克制着自己的冲动。

郑羿抓住她的手。

手指冰冷，不像这个季节应该有的温度，再看她眼睛里的迷茫和无助，好像闪着一泓泪光。

“哇！你的手怎么冷成这样？”

片刻间，罗震中的眼里闪过了凶悍和坚决。她收敛软弱，眼睛里的泪光迎风一吹而干，硬生生恢复了平日里挺拔的身姿，甚至更甚一些。

“没什么，上午有点累，有点低血糖。”罗震中声音极低地说。

郑羿伸手抓住她的肩膀，拿过她手里的书包，询问的眼神急切地落在她的身上和脸上，却只轻描淡写地问一句：“去吃午饭？”

他感觉到罗震中一定有沉重的心事，但此刻的她像一颗防御层厚厚的坚果，半点都不肯流露出来。

“嗯。”她终于还是紧锁住所有的心事，只余留了一些阴霾在眉宇之间。

下午回到门诊的罗震中，总觉得有一双眼睛在角落里冷冷地盯着自己，像质问，也像怨怼。整个下午，她都低着头，沉着脸帮吴晨曦完成门诊病历和化验单，手里的活干得飞快。

吴晨曦自然能感觉到小妞的惊惶和自责。但看到她小脸绷得紧紧的，竭尽全力控制着保持情绪稳定，这骨子里的刚毅反而让她隐隐有些喜欢。

渐渐地，她把几个看似比较容易处理的门诊病人放到罗震中跟前去，自己一边处理眼前的门诊病人，一边用余光关注着她，看她是否有独立处理的能力。

罗震中的注意力逐渐落在眼前的病人身上，紧张慢慢淡去，眼睛越发炯炯有神。她仔细地查问病史，在流畅的问答后开出处方，用眼神示意吴晨曦检查一下有无疏漏，门诊病历夹着处方递到她跟前签名……一气呵成。

吴晨曦翻阅了一下病历，点点头，几乎没有修改。在处方上签名后，她鼓励般看罗震中一眼。罗震中正在询问下一个病人的病史，老妇人讲的不知是哪里的方言，交流有点困难。

罗震中注意到吴老师的目光，回眸应了一下，明亮的眼睛平静而专注。

一个秘密沉重地搁在心底，用血肉之躯去化解，真是要了人命。接下去的几天，罗震中每天都觉得自己脸色灰败，如同惊弓之鸟，唯恐哪天医务科、科教科找过来……

白天忙得没有一丝一毫空闲倒也罢了，想得少些，心头的煎熬也少一些，到了晚上，有时间去胡思乱想的时候才是真的难挨。罗震中踩着下班的点回寝室时，一路都是犹犹豫豫的，也不敢去妇产科自习室，若是郑羿坐在身边温言抚慰几句，她说不定就会崩溃地哭出来，那可更加没法收场了。

“急诊室晚上需要帮忙，你来不来？这几天都忙疯了。”罗震中迎面碰见滕宏飞穿过宿舍区铁门，急匆匆地往急诊室的方向去。

此时，医院门口禾兴路上熙熙攘攘，处处是下班的人群，纷乱的车声、人声，夹杂着店铺里震耳欲聋的音响声。仿佛宣告着忙碌的劳作即将结束。整个门诊大楼已渐渐沉寂，随着医院对面戴梦得商场华灯初上，急诊室像醒来的巨兽，每个窗口的日光灯都开得雪亮，挂号窗口开始排队，人声越来越嘈杂。

“我能帮得上忙吗？”罗震中赶紧问。

“我们两个顶一下外科诊间应该还可以，比如腹痛待查什么的，都不算太难，要是抢救室有心肺复苏或者清创的话，也可以操作一下。”滕宏飞想了想说。他的白大褂口袋塞得鼓鼓囊囊的，左边口袋里揣着《内科常见病处方手册》，右边口袋里是叩诊锤、手电筒，脖子上架着听诊器，胸前的口袋里插着一排圆珠笔。身上装满各种装备，像临上战场的士兵。

“我有点慌，但是你在……应该不要紧。”罗震中晚饭也不吃了，掉头就跟着滕宏飞去了急诊室。

“滕宏飞！”负责急诊室夜班的主治医师黄浙明老远就跟滕宏飞打招呼，“你又来帮忙了，生力军啊，你没问题的……”

急诊挂号室门口排着长队。罗震中瞄了一眼队伍，搓搓手，揉揉太阳穴，准备开诊。

腹痛、小外伤、腰痛……病人一个接一个坐在诊疗桌前。罗震中在脑子里调动所有的知识库，查体，开检查单，开药。

病人倒也不嫌弃两个实习生太年轻，一个一个就这样处理下去了。实在搞不定，罗震中会求助一下：“滕宏飞，帮我看看这个药……”

“没问题，三天量就可以，三天后反正要来换药。”滕宏飞能顾住自己不说，还时不时帮一把罗震中，修炼得有点门道了。罗震中忽然意识到，为什么这阵子傍晚的时候，妇产科小教室里总看不到他的影子。他才不是钱修远，忙着跟周珏看电影、逛南湖，看这样子，准是天天在急诊室帮这帮那。这个又聪明又努力的高才生，趁着各个空当给自己加码，用不了几年谁还能是他的对手？

罗震中心里不禁隐隐有点后悔，早知道自己也该来这里，哪个医生的经验不是靠“跑量”跑出来的，而论“跑量”的话，还有比急诊室更好的地方吗？！

“嗯！你速度挺快的，记得碰到拿不准的腹痛待查，一定要叫黄老师来看一下，别漏诊了急腹症。”趁着小憩的空当，滕宏飞忙不迭地提醒道。他偷眼看一下罗震中，几个病人看完，面色也好看了，眼光也灵动了，就像热身完毕的运动员，精气神顿时大不一样。

“明白，滕教授。”罗震中答应道，有种许久没有过的轻松。

清创室里，黄浙明正在给被酒瓶划破的大汉缝合伤口，地上鲜血淋淋。

“滕宏飞，给他开破伤风针，口服抗生素三天。”

“罗震中，开个头颅 CT 扫一下，瞧这熊猫眼，搞不好颅底和眼眶都有骨折。”

黄浙明手脚不停地缝、打结、剪线，还能见缝插针开个口头医嘱。

“嗷、嗷……”躺在治疗床上的大汉忍不住哀号。

“这里酒店、大排档、KTV 多，晚上多的是这种喝醉打架的，你要是连着来一个星期，清创缝到你过瘾。”滕宏飞一边开处方、开收费单，一边对罗震中说。

几个大块头酒气逼人，坐在换药室门口等着，大着舌头，疙疙瘩瘩地聊着天。张扬的声音响彻半个走廊。小个子女医生容易吃酒鬼的亏，这个滕宏飞心里有数。他有意识地把罗震中挡在身后，把开好的处方和收费单递给其中一个看上去比较清醒的壮汉。

罗震中看看那几个大块头，满嘴酒气，走路都不稳当。都十二月了，还有一个光着膀子，露着黝黑的腱子肉和肥硕的肚腩。他衣服上血淋淋的，可能是那个伤员的血迹。

罗震中做完清创，还来不及收摊，120急救车又来了。

粗壮的工人小陆拖着平车一路从停车坪把病人拉进抢救室，“肚子痛，又来尿路结石喽！”他在抢救室门口喊一声，省了护士还要拉铃叫医生过来的麻烦。小陆待在急诊室好多年了，对好些常见病，比分诊护士都有经验，他随口喊出的诊断，经常都是准的。

夜色渐渐浓重，急诊室仿佛是个战场，抢救室、清创室、留观病房、诊间、输液室，几条战线激战正酣。等到病人渐渐稀稀拉拉，抬头一看钟表，夜色浓黑。已经接近午夜了。

“小鬼们今天到此为止啊！”黄浙明长嘘一口气，像个工头一般吆喝一声，“可以回啦，长命功夫长命做，不然明天干不动了啊！”

夜晚的凉风迎面而来，急诊室门口的香樟树一阵沙沙响，整个城市都开始安静下来了。

罗震中跟着滕宏飞一起往回走，一晚上又动手又动脑，干活的时候倒也不觉得有多累，等到结束收工，才感觉嗓子眼冒火，全身酸痛，简直快要累瘫了。

“你每天都去急诊室吗？”罗震中的声音已经沙哑了。

“不是每天，白天没手术的话，晚上就在急诊室帮忙，有时候早上体检多，他们会叫我去帮忙做心电图。”滕宏飞把白大褂脱了下来，递给罗震中，自己先翻过住院部那个窗洞，然后回手接应从高处跳下来的罗震中。

“你这个重心不稳的机器猫，慢点！”他看到罗震中眼睛都红了，心里明白她头一天就在急诊扛起这么多工作，又动手又动脑是最累的，这小妞当真是硬气。自己都适应了好些天，心里才不太慌张，疲劳才没有这么明显。

罗震中回到寝室，洗漱的力气都快没有了，爬到床上三秒钟就陷入沉睡，最后的意识是："还是这样好，就这样吧……"

接下来的每个晚上，罗震中都习惯性地跟着滕宏飞在急诊室帮忙，这简直成了她的救命法门。

急诊是个火热激战的前线阵地，也是锻炼操作的宝地。小手术室里，清创缝合搞个够。在抢救室抢救的时候，胸外心脏按压、电除颤、洗胃……搞到人精疲力竭，直想要讨饶。

任你心里有千般情绪，往急诊室的诊间里一坐，所有的注意力都会被各种不听话的病人、各种诊断不清的腹痛占满了，只能时时刻刻都绷紧了神经待命，见招拆招，拼命想办法。

"我们不住院，你开点药给我们，真是阑尾炎的话，后半夜我们会再来的。"一个大妈对着罗震中这个稚嫩的小个子大声嚷着，和所有本地中年大妈一样，一句也不肯听医生的劝。

"两瓶盐水下去了还在痛，有没有好一点的药，我还有事呢！"彪形大汗拎着输液瓶子，捂着肚子不停地拉铃叫医生来看。他的视线从矮小的罗震中头顶越过，没把她当成一个可以对话的医生，"你叫那个年纪大一点的男医生来跟我说话，你卫校才毕业吧？"

"慢点按，幅度减小。"抢救室里气管插管完毕，麻醉医生指挥着罗震中挤压呼吸皮囊，数着拍子看着滕宏飞做胸外心脏按压。

衣服被汗水浸透了，又再次变干；气噎喉堵了，到更衣室背一遍《心经》定定神；脑子卡壳了，抽个空当躲起来翻几页《常用药物手册》。

一转眼又是一个晚上。

罗震中觉得这样心无旁骛地消耗体力、脑力，简直就是自己最需要的。这样残酷的自虐般工作，有点像长程游泳，把人的意志力调动到极限，把体力消耗到极限。带来的好处是，每天晚上回到宿舍，脑袋一沾枕头就迅速陷入深睡眠，连梦都没做一个。第二天醒来又是新的一天。

滕宏飞真是个好伙伴，两个人穿插，相互补位，像球场上的队友。

“黄老师，抢救室……”滕宏飞高喊一声，和护士一起推着从救护车上下来的平车，一路小跑进了抢救室。

病人躺在平车上，淋淋漓漓滴了一路的鲜血，真是触目惊心。

“西马桥建筑工地送来的，金属物品高空坠落，扎入胸腔。”120的跟车医生在，语速极快地跟推门进来的黄浙明交班。

“这东西从几层楼的高处掉下来，巧不巧……他在下方走过。”跟车医生有点后怕般地抖了一下。心里说，敲中脑袋的话，好歹还有安全头盔挡一下。

“哦！这眼下不能动。”黄浙明戴上手套检视了一下病人胸前的伤口。

滕宏飞不由得倒吸一口冷气，与罗震中交换了一个眼神，只见诊疗床上的壮年病人胸肌发达，一把金属锥子从右前胸直扎进去，只留下寸把长的握手露在外面。鲜血似凝非凝地在胸前洇红了一片，染血的工作衣被剪开一个大口子。

滕宏飞看得懂罗震中的眼神：“这该怎么办呢？”她越是紧张就越沉默，只剩一双眼睛灵活地传递着疑问。

“叫床边片，叫外科总值班……嗯！今天刚好是张松海。”黄浙明不慌不忙地做胸部叩诊，对着滕宏飞和罗震中指示道。

“看到没，这是右侧，我们先判断锥子的位置，运气好只有血气胸，运气不好，伤到血管、肺、膈肌、肝脏，那就上手术台大弄……”黄浙明一边比画一边说，“反正这得进手术室，让胸外科在暴露清楚时候拔出来。”

“兄弟，不碍事，别紧张。”黄浙明凑过去对辗转呻吟的病人说道。

滕宏飞心想：“这句‘不碍事’说得可太有大将风度了！”

“备血 4U，血浆 800 毫升。”黄医生看看满脸紧张的两个实习生。心知他们还没有见过这么可怖的伤势，有点手足无措。

“明白。”罗震中手脚飞快跑去安排，滕宏飞戴上手套，配合着黄浙明用棉垫处理一下伤口。

“病人眼下生命体征稳定，说明身体里的小破口都被这把锥子堵住了，所以我们尽量少去动这个异物。”他对护士和两个实习生说。

片刻间，床边片拍完，张松海也已来到抢救室，径直走到看片灯前。

“20% 气胸，问题不大，肋膈角的这点出血量也不算大，看这位置膈肌已经伤到，得胸腹联合切口，还得处理肝脏。”张松海指着触目惊心的锥子创口说。

“你说啥就是啥！”黄浙明笑嘻嘻地对张松海道。

滕宏飞心里暗暗嘀咕一声，这些大医生，只要看见头还连在脖子上，别的什么都能说成“问题不大”！

“对张老师来说，什么都问题不大……”罗震中在张松海身后轻笑了一声。

“要不要做 CT？”黄浙明问张松海。

“算了，一来一回搬动，小心捅破大血管，还是早点送手术室……”张松海沉吟一下道。

“检查是为了治疗，不是为了满足眼睛的欲望，懂吗？”张松海低头看看罗震中说。

“张老师要不要我上台拉钩？”罗震中问。

滕宏飞犹豫了一下问道：“……还有我。”心想，碰到少见的胸部贯通伤，哪有不跟手术的道理，这刀估计得开到后半夜，但怎么也得上台看个经过。

张松海觑一眼罗震中，对黄浙明说：“病人送手术室，两个小鬼借我当帮手。”

“好嘞！今天已经忙完，你抓着小鬼给你卖命去好了！”黄浙明吆喝一声，嘻嘻一笑，打电话通知手术室去了。

滕宏飞和罗震中赶紧帮着护士做转运。

“你们俩先帮忙，等下余运东和周训霆从家里过来接手，这……可不是你们能帮忙的台子。”张松海似笑非笑地看看两个小鬼。

“明白。”罗震中很明显地松了一口气。

滕宏飞看她一眼，这小妞也真是要强，明明体力顶不住了，还要上手术台帮忙，真是玩命。

“吃得消吗？我看完手术，明天跟你说好了，别太勉强了。”滕宏飞避开旁人轻声问。

夜已经深了，整栋住院部大楼的灯光开始暗淡，从早上查房开始到眼下，已经连续工作十五个小时，滕宏飞浑身黏腻，透着酸臭的汗味，嗓子干涩难受，两腿酸痛。想来她也不会太好受。

“你顶得住，我也没问题。”罗震中点点头，戴好手套，准备去帮护士推平车。她没有抬眼正视他的目光。

滕宏飞注视着她，这阵子的状态，让人感觉有点异常，少了之前的古灵精怪，心事重重，眉宇之间一直带着强自忍耐的凶狠和阴郁。

罗震中看滕宏飞也是一样的感觉，他天天来急诊室，忙到精疲力竭才走。语气虽然和以前一样温和，但是没有了往日和煦如清晨阳光一样的笑脸，他那自虐般的状态和自己一模一样。

某个深夜，在回寝室的路上，罗震中在影像科楼前的香樟树下叫住滕宏飞：“你有心事，最近碰到什么事了，这么玩命？”

“你也有心事，对吧，不用瞒我。”滕宏飞停下来，看看小妞，两个人都精疲力竭，眼睛发红，脸上冒油。

为了学习和练习，没有必要天天玩命到这种程度，两个人心照不宣，浓重的心事怄在心里，真想倾诉，但谁都不想先说。

夜风沙沙地吹过，两个前夜班下来的护士，叽叽咕咕说着话从面前走过，往宿舍去了。她们走过香樟树下，好奇地瞟他们一眼。这一男一女，情绪低落，深夜还在徘徊，宛如一对吵架怄气的小情侣。

滕宏飞叹了口气，别开脸，低下头说：“她跟我彻底一拍两散了，说我是个无情无义的机器人，是个没有感情只知道算计的人渣，对伴侣只知道索取……我这辈子还没有被人这样当面骂过……”他看上去，像是心被戳了一刀，神色伤感，和刚才在急诊室跑来跑去的样子，判若两人。“我没有想到这么深地伤害了她。”

罗震中自嘲般无力地“嘿”了一声，这个一路表现都很优秀的男孩子，被现实迎面痛击了，自信心大受打击。她也叹了口气，坦白道：“我上班的时候做错了事情，很错……具体是什么事情我不敢说，多想一会儿，心里都乱得很，我也怕说出经过，我就轻易原谅了自己。唉！”她抬了一下头，让几乎涌出的眼泪在风中自然干涸。“伤害旁人真的是……”

“我们俩都是在接受体罚，对吧？”滕宏飞点点头，惨淡地笑了一声，“也好，‘两全其美’也是好的。”他主动伸开手臂邀请着，罗震中不由得用力和他拥抱了一下，她大力地拍拍滕宏飞的背，安慰着一路安静无私帮助自己的伙伴。

就这样日复一日，每天忙得精疲力竭，罗震中有阵子没再去碰触那件事，心里紧紧包绕的不良情绪开始慢慢松解、消融掉一部分，她不像开始那么难以纾解了。待在寝室的时间仅仅限于睡觉，室友们倒也没有察觉罗震中神色有异，只当她又兴致勃勃地当苦力去了。

白天在门诊，罗震中更加不敢有丝毫疏忽，吴晨曦感觉得到她神经异常紧绷，偶尔也会说句：“操作始终需要谨慎，不过人做的事情，总有错的时候，得学会原谅自己……”但每次抬眼看看面前的小妞，都发现她仿佛没有接受任何劝慰。吴晨曦当然看得出这妞狠狠压抑着的平静下面涌动着很多情绪，就像平静水面下的暗流和漩涡，无时不在，无处不有。可即便如此，却丝毫不耽误她手脚勤谨、头脑清楚地看诊和查体，不露丝毫破绽，这股狠劲儿让吴晨曦心里涌起一股久违的温柔和疼惜。

诡异的平静中，门诊一天一天进行着，罗震中紧紧守着那个秘密，就像手里捧着一块炙热的火炭，明明捧不住了，却绝对不敢放下来，再难受，也只能咬紧牙关硬撑。

这一切，当然也落在了张玲眼里。

人流室手术日这天，张玲手把手地教罗震中操作刮宫。

罗震中不敢懈怠，一个接一个地学习，用心控制手上的力道和精准度，全副身心都聚焦在眼前的工作上。借着这股专注抑制着情绪，整个白天，罗震中连话都说不了三句。

“你怎么了？今天一直在敲腿，很累的样子。”张玲是妇产科的

“总教头”，看着罗震中一得空就用拳头敲腿，不由得问。

“没事，昨天晚上在急诊室做心肺复苏，轮流按了一个小时才把一个病人按回来，体力有点扛不住！全身乳酸堆积。”罗震中操作完毕，“唰”地脱了乳胶手套，准备下一个查体，脚步灵巧，看上去没有扛不住的样子。

“晚上还去急诊室帮忙？”张玲略微惊讶地看着这个小个子女生，“帮到几点？”

“差不多到零点，病人就少了。急诊室里什么样的病人都有，我吓得脸都快僵掉了，不过挺过瘾的……”张玲不禁倒吸一口冷气，这小妞一天工作超过 15 个小时。再凝视一下这双明净的眼睛，眉宇之间的坚毅沉稳让她看起来并不像她的外表这么稚嫩。

“嗯……”年轻女病人躺上人流手术床的时候，急切又仿佛是羞窘地对着罗震中哼了一声。这声招呼提醒了罗震中，她侧头仔细一看，啊！是一张熟悉的小脸。

“张老师，这个您来做吧，我手酸得有点抖……”罗震中把操作位置让出来，让张玲老师来做。

“哦……”燕子肌肉绷紧，似有若无的呼痛声如同幽怨的哭泣。亲眼看到一次盲目的情爱结晶血淋淋地化作“医疗废物”，罗震中暗自叹息，在这个小手术室里，冰冷的器械毁掉一切绮丽的幻境。

罗震中顺手帮燕子整理了一下衣服，架着她到休息室的躺椅上躺下，暗暗地给走廊上的周珏使了个眼色。

“躺一会儿，出血不多再回去休息。”她尽量把语气压抑得与日常一样平静，“张医生做得很小心的。”

她凝视了一下燕子的脸，几天工夫，这女孩子变得憔悴萎靡。无影无形的沉重压力，让她像变了一个人似的。

“会好起来的……最麻烦的一关已经过了，后面一定会好起来的。”罗震中握着她的肩膀坚定地说。

她心里知道，一个人最慌神的时刻，需要的就是那股子有点盲目的勇气和信心。如果自己能够借给她，如果她也需要，那这也是此刻唯一可以给她的了。

痛苦会随着时间淡去，痛苦也只能由自己苦苦挨过去，这一点没有比最近这几天更让她感同身受的了。

门诊即将结束，罗震中如常在里间整理器械、打扫卫生、拖地板，吴晨曦和张玲在外间清理台面。

“这妞倒是不躲，不讨饶……”下班时分，张玲的语气轻松了很多。她把水龙头开得哗哗响，从手洗到胳膊，湿淋淋的，洗掉黏稠腥臭带来的不适。

“是个狠角色，也是个聪明娃，你看她这个星期长进多少，快赶上好多年轻医生一两年的修为了。”吴晨曦忙了一天，有点慵懒，嗓音略带沙哑，靠在墙上抱着手臂，等着张玲洗手。

“我就知道你这个人……”张玲轻笑一声，“越是狠角色，你越是心软……”

“人做事情，都有失手的时候，若没几分刚硬克制，就做不了一辈子。”吴晨曦用极低的声音说，“瞧这小妞，以后一定是个厉害人物，信不信？”

“信……一言不发，玩命死磕，真的是……”张玲有点惆怅地说。她朝吴晨曦看看，沧桑疲惫的眼睛，仿佛透过漫长的时间，看到了二三十年前青涩的自己，看到内心刚毅的少女吴晨曦。

“这事就这么着吧，我们替她兜着，估计也就没下文了。”张玲也用极轻的声音跟吴晨曦说。两个人心里都有数，那不算是生理上的损伤，当事人若是过得了心理上的障碍，甚至不算损伤。

“小罗，《实习手册》的分数写好了，给你放这里了。”张玲冲罗震中喊了一声。

罗震中吓了一跳，心跳不禁“怦怦怦”地加速。

“张老师……”她用惶惑的眼神看着张玲，没敢伸手拿放在桌上的本子。

吴晨曦已经先走了，清洁工人也换衣服下班了。办公室里，只剩下张玲和罗震中两个人，脱了白大褂，张玲不肯在诊间的工作椅上再坐下了，她抱着手臂站在窗前，看一眼窗外下班的人群，语气平静地说:“那件事情，我们不提了，我跟吴老师商量过，给了你高分。”

“谢谢张老师。”罗震中沉默了一会儿，嗓音干涩地说。

“吴老师说，你是个聪明的妞，也是个狠角色，将来一定是个厉害的医生。”张玲看着罗震中，歪着头，像是在跟晚辈聊天，也像是在郑重地谈话，倒把罗震中吓得乖乖站好了听。

“你很硬气，我们都知道，不过，偶尔也得放过自己，知道吗？一个人太刚硬、太要强，容易折了自己。”她的安慰之中，不知怎的竟有几分惆怅。

张玲伸手摸了摸罗震中的头，又摸了摸她水蜜桃一样的脸蛋，搞得罗震中用力仰起头，抑制住快要夺眶而出的眼泪。

她又伸手在罗震中的脸蛋上捏了捏，这一伸手，就像穿过漫长的时间去劝慰刚入医门的吴晨曦，又穿过更久远的时间去抚慰年轻时的自己。

连续几天都没有见着罗震中的人影，郑羿越发坐立不安。白天的时候，他经常到妇产科门诊张望一眼，总是可以看见她挺守规矩地在忙着看病人。但一到晚上，食堂、球场和科室都见不到她的人影。她的忐忑、紧张、躲闪也不知是为了什么，半句解释和交代都没有。直到滕宏飞无意间说起，他才知道小妞天天在急诊室干苦力干到深夜。

“她学起来当真是快，躲到哪里去翻几页书，回来处方就开得很像样了……”

“这么小的个头，体力倒不差，心肺复苏的时候耐力比我还要厉害……”

滕宏飞对罗震中赞不绝口。

郑羿听在耳朵里，不知怎的，竟然会涌上无穷无尽的酸涩。

自己的早搏虽说控制住了，但心肌炎还在急性期，按照心内科主任的说法，最多能在办公室里写写病历，不能熬夜，不能运动，不能加班，自然不能到急诊室这么繁忙的前线去参战。她心里哪会不知道？可是这些天，她整个人坚硬中带着冰冷，那种拒人千里之外的沉默，不知有多伤人，简直就是一把把自己推得远远的。

偶尔，郑羿会在急诊大厅里张望一眼，总能看见她在急诊外科诊间里忙碌，神情专注紧张，时不时跟对面的滕宏飞有来有去地商量着什么。那时候在外科轮转，她对自己也是这样，一双明净的眼睛眨巴眨巴，有点期待，有点若有所思地望着自己……

连着几天，郑羿的心情起起伏伏，坐在科室里看书也经常走神。办公室里空气浊重，混合着“产妇康”浓重的中药味道，让人透不过气来，不管是产妇的喊叫，还是婴儿的啼哭，听着都让人心烦意乱。

下午的病房里，偶尔传来几声新生儿的啼哭，又恢复了漫长的宁静。

郑羿拿起书柜里一本泛黄的英文原版书，随手翻开，晦涩难懂的词句，好比此刻纠结苦涩的心事，让人说不出的委屈和难受。扉页上，刚健有力的签名，是“子钧”二字。他的视线在这个签名上停留了片刻，手指划过略微潦草的笔迹。

“你和你女朋友，毕业之后怎么打算的呢？”郑羿支着下巴问正在走神的钱修远，这个家伙很安静，若不是在人堆里，不大肯开口的。

“不知道，想那么远干吗，影响心情。”钱修远说得挺无所谓的。他和周珏正式单独约会有好几个月了，一起看电影，一起逛南湖，一起去食堂。习惯了周珏在身旁叽叽喳喳，习惯了她柔软娇媚的眼锋时时扫过，习惯了她缠绕自己的少女芬芳……这么多热烈的情感需要他回应，他有点搞不清楚自己是真的在恋爱，还是陷入了一个美好的假象里。

“护士嘛，在哪个医院都好找工作……”钱修远可能觉得自己的态度显得太过无情无义，赶紧补了一句，“她从来不说以后的事情。”

其实，钱修远自己也没考虑过以后。两个人心照不宣，到底是回避困难还是只顾眼前，真的很难去分辨。临近毕业，眼下这盲目而简单的快乐让人心虚。

“哦。”郑羿埋头错开眼神，他心绪烦乱，看不进去书，也写不动病历。酸楚，烦躁，还带着点隐隐的恼怒，手里的笔不自觉地在草稿纸上描摹书上的一句英文。一个词一个词地扭曲着线条，环绕，回转，拉长，在铅笔线条的游戏里，默默排遣心事。他惶惑不定地细想着，之前的亲密无间是不是一个美好的假象？自己深陷其中，看不清她的心思。

偶尔还是会心悸，心脏“扑通”一下早搏，有一阵子没有在球场上挥汗如雨了，若是往常，消耗一下体力，多少烦心事也能一下子丢在脑后。眼下，他的心情无力又沉重，竟是牵牵念念地放不下。

“我打算明天递辞职报告。”胡诚用本地土话对郑羿说。他在郑羿的对面轻轻地坐下，和往常一样，一本一本完成病程记录。

郑羿吓了一跳，往门口看看：“去哪里？”

“深圳一家大医院接收我了，脊柱外科，不想耽搁了，先过去再说。”胡诚的表情很坚决，迫不及待迎接机会的那种兴奋让他不自觉提高说话的声调。

“家里赞成你跑那么远吗？”

“不会赞成，也不会太反对，爹妈眼前不容易腾挪，我跑远了反而能畅快地干自己喜欢的……”胡诚带着一丝憧憬，视线从病区的走廊里扫过，悠悠叹一口气，“再过一年，香港回归之后，深圳那么繁华，医院不会差的。退一万步，反正我不想被强摁着做一辈子妇产科医生。”

临近子夜，救护车呼啸而来，送来一个心跳、呼吸骤停的中年男子。

抢救室里，滕宏飞和罗震中轮番给病人做心肺复苏，进行了快一个小时，间断的室性逸搏[1]有气无力地出现在屏幕上。

“肾上腺素。”

众医生一番折腾后，心电监护仪上总算出现规则的心电图波形，血压也在药物的维持下逐渐稳定，终于风平浪静。

等工人推着平车载着病人、护士捏着皮球，一路把病人送到重症监护室里继续抢救，滕宏飞招呼罗震中：“累死我了，我们撤吧！”

几次三番遇到心脏停跳的病人，滕宏飞和罗震中两个人的心肺复苏

1　室性逸搏是一种心律失常的现象。逸搏心律绝大多数是由于非常严重的心脏疾病导致的，比如冠心病，患者出现不稳定型心绞痛或者急性心肌梗死，导致心肌缺血、损伤、坏死。

按压技术已经掌握得很标准了。刚刚大运动量的按压，两分钟一轮换，这会儿停下来，两人背脊上的汗水就像小溪一样淌下来。

更衣室的桌子上，永远堆着高热量的饼干、方便面、可乐，让疲惫不堪的人随时用不健康食品来抚慰一下精神。

罗震中吃完夜宵，拍拍两手的饼干屑，看看墙上的钟，说："完了，那边铁门已经关了，又该爬墙回去了。"

滕宏飞三口两口吃完饼干，帮罗震中拍拍前襟上掉满的碎屑，给她递张纸巾，说："你真是我见过的吃相最豪放的小妞。"

"走，走，再不走，明天爬不起来了。"两个人一起穿过乌黑的花园小路，来到那个友好的窗洞前，罗震中手酸脚软，爬上矮矮的墙头，不敢往下跳。滕宏飞正要回头接应。忽然，一只大手伸过来抓住了罗震中的手，有人用力抱住她的腰，把她从墙头抱了下来。

是郑羿。他在墙边等她站稳了，仍然用力抱着她不放手，一点都不避忌滕宏飞诧异的眼光，一脸隐隐的恼怒对着他。

罗震中惊异地愣了片刻，疲惫不堪的脑子有点搞不清楚状况。

"拜拜。"滕宏飞一看郑羿有点恼意的眼睛正瞪着他，一溜烟儿跑开了。

罗震中头昏脑涨地看着郑羿，瞬间心中的委屈排山倒海涌上来，咬着牙拼命忍住眼泪。

"你来，我有话跟你说。"郑羿牢牢抓着罗震中的手，压着心头漫溢的恼怒和委屈，拉着她走上了长长的旋转楼梯，任一轻一重的脚步声在寂静中回响。

子夜的城市静谧无声，风中飘散着若有似无的柑橘香，清新爽脆。在住院部大楼灯牌"禾嘉市第一医院"的映衬下，黑漆漆空无一人的寝室楼顶天台上，就像一处远离喧嚣独立于世的存在。

四周安静下来，绷紧的精神忽然也松懈了下来，工作时被意志力狠狠压制的疲惫、乏力、纠结，还有沉重压在内心深处的恐慌、后悔统统泛了起来，罗震中忽然觉得自己整个人都快“崩盘”了，她一头扎进郑羿的怀里，用力抱着他，整个身体都紧紧靠了上去。听到他有力的心跳声，一阵安慰袭上心头，她越发把脸深深嵌入他温暖的胸膛，眼泪决堤，喷涌而出。

这一刻，她明白了自己要的是什么，自己那颗强壮的心，挣扎得好累。连自己也没有意识到，有一处安静的港湾可以停泊，是一件多么有安全感的事情。无须攀缘和索取的一棵树，也需要亲密伴侣一起抵挡风雨，一起分享阳光。

郑羿呆了一下，本来想要说的，想要问的，霎时全都丢到了脑后。他从来没见过小妞主动做出这么亲密的举动，就是有再多的懊恼、酸涩，也禁不住瞬间融化，一下子心软了，紧紧地抱住了她。等到发觉她在抽泣，越发心疼。

“怎么了？说给我听。”他柔声问着，脸贴在她细弱的发丝上，闭上眼睛，感觉着她强烈的依赖，感动到哽咽。

“你就像我们家那只玳瑁猫，冲出去打架的时候，什么都忘了，回来又黏人得要命。”

第　四　关

LEVEL 4

心电图室：

爱你的技艺，不管是否卑微

01

流浪汉最后的告别

他快死了，我们陪陪他。

清早，影像楼心电图室门口的长椅上坐满了等候体检的企业员工。他们大多穿着一身卡其布制服，一个挨一个挤在一起。空气里弥漫着一股浑浊的体味，七嘴八舌聊天产生的噪声，嘤嘤嗡嗡。

门口挡着布帘的几个小房间内，实习医生们一字排开，在“包工头”施昕医生的带教下，马不停蹄地做着心电图。

身材高挑的施昕盘着古典圆髻，颇为端庄，她一边飞快地打心电图报告，一边眼观六路，时而抽空审核对桌李青云打的报告，时而帮学徒工们收拾不太听话的心电图机，换一下热敏纸……实习生们时不时的一声“施老师，来一下”丝毫不让她觉得被叨扰，一张白皙的瓜子脸一会儿就热得泛满桃红。

“来来，赶紧学会，再开一路。”施昕用清脆的声音冲新来乍到的罗震中喊道。

“别急，再让我看一个。”罗震中一边给病人吸着胸前导联，一边记小球的位置，“红、黄、绿、褐、黑、紫……”

滕宏飞在心电图机上操作、定标，看到图纸顺畅地出来后，对罗震中说："别光做操作工，图纸一出来，就要读出诊断。"

"呼……"罗震中伸头过来，和滕宏飞一起辨认心电轴[1]、目测 P-R 间期，一时忙得额头冒汗，连答应的话都说不出来。

坐在办公桌前打报告的李青云拿着两脚规，遥遥地点着罗震中和钱修远说道："菜鸟，菜鸟。"又点点滕宏飞，说："不很菜的鸟。"又拍拍自己的胸脯说："打报告的菜鸟。"

一分神，罗震中又把一份新做好的心电图图纸"啪"地拍在他跟前的桌面上。

施昕用手比画出一个开枪的姿势，往李青云脑袋上"开了一枪"，断喝一声"呔……"制止他分心去插科打诨。

每个医生都忙得额头和鼻子出油，整个流水线运转得严丝合缝。做完心电图的企业职工们一边整理衣服一边往外间走，到了门口，顺手就能带走已经写好的心电图报告。

9 点半一过，体检的人潮渐渐像退潮一样离去，施昕看着打报告的李青云说："小菜鸟们，厉害！200 个健康体检完成了，下面是内科门诊病人，有问题的多，不能当操作工的哦！"

"加难度了啊！我刚能认心电轴和正常的 P-R 间期。"停下来洗完手的罗震中趁这个空当，跑到办公桌前，拿起一本《诊断学》，"唰唰"翻到心电图那一章开始恶补。

"认对了，下午奖励你们吃糖炒栗子。"施昕洗完手，甩着湿淋淋

1　心电轴是指心室除极过程中全部瞬间向量的综合。心电图上电轴左偏或右偏不一定是心脏疾病的表现，其意义应结合心电图其他表现及临床情况进行综合判断。

的手，盯着两个实习生仔仔细细地用分规测间距、写报告。在里间资料室里整理报告的乔老师看到这繁忙的日常工作被她搞得跟打游戏似的，笑道："悠着点，'拿摩温[1]'小姐。"

"小鬼们很聪明的，你得把他们累个半死，他们才评你是优秀带教老师……"施昕得意扬扬地抱着手，用指节在李青云眼前"笃笃"敲了两下，提醒他注意图纸的诊断没有看对。

"在我们这里，每天必须有进步，十级通关，打通关的同学已经不少了。"施昕神气十足地对几个实习生说，"在乔老师的仓库里随机抽三份诊断，全部过关的，这辈子心电图就算是学完了！"

罗震中和钱修远忍不住向里面的资料仓库望了一眼。五层的木头架子上都贴着编号，从地板到天花板，摞着满满当当的心电图资料。乔老师头发半白，老花眼镜挂在鼻子尖上，似笑非笑地从眼镜上方瞅瞅外间的工作状态，像卡通片里的宝库大管家。

罗震中不由得暗叹一声，年年名列最佳带教老师、让心内科主任赞不绝口的施昕老师，真是名不虚传。一个沉闷的小小临床辅助科室，硬是被她生龙活虎地注入了打擂台通关的顽童气质。

转眼忙到了中午的饭点，罗震中刚走出心电图室的门，就见郑羿正闲闲地坐在走廊上。他看见罗震中出来，就迎了上来，显然等了一会儿了。

郑羿也不避讳李青云和滕宏飞的眼光，接住罗震中的包背在自己肩膀上，伸手抓住罗震中的手，绵绵密密的目光尽数投在她身上。这般大

1 "拿摩温"是英文 number one 的谐音，意即"第一号"。"拿摩温"这个说法源于旧上海英国纱厂车间里的工头编号一般都是第一，即 NO.1。

大方方的亲密情状，却是之前从来没有过的。

“咦……”李青云只惊讶了一秒钟，随即似笑非笑地看看郑羿说，“听什么人说过，喜欢九头身的超模，这变得也太彻底了，改成了二头身的叮当猫……”

李青云说着做了一个夸张的惊讶表情，他总觉得郑羿有些异样，他的眼睛辗转回环，总会留在罗震中身上，他对她，似乎有种格外的敏感和专注。这下可算是被证实了，但这是什么时候成为既成事实的呢？回想一下，却摸不到头绪。

郑羿长手一伸，悻悻地在李青云后脑勺上拍了一巴掌，另一只手却没有松开罗震中。他今天有备而来，虽说耳朵热辣辣的，脸颊也烫得起火，却无论如何也不会放手。

“喂，你……拐走了我们班的妞，这个人特别不开窍，怎么轻易被你哄到手了……要是仗着个子大就欺负她，我们可不会答应。”钱修远摆出一副舅老爷的面孔，十分嫌弃地对郑羿说。罗震中认认真真查房、换药的样子，老给他一种小孩子认认真真玩游戏的既视感，没有想到小男孩般软萌不起眼的她……是个真的小妞……

滕宏飞呵呵一笑，看着两人都有点害羞，不好意思再调侃了。他瞄了一眼比自己高大半个头的郑羿，这个同窗了四年的体育健将，有点滑头，又有点懒惰，没想到栽在罗震中这么个跳腾的小个子手里，他们两人身高差距超过 30 厘米，站在一起实在是挺好笑的。但看过他在深夜徘徊等候时那懊恼、酸楚、盼望的复杂表情，心里哪有不明白的。只是他不由得升起一层隐隐的担忧，此时的恋情要面对分别，面对毕业工作的不确定性，紧紧相扣的十指能在泥沙俱下的时间洪流中不被冲散吗？

一向伶牙俐齿的罗震中此刻期期艾艾，一下子没有了还嘴之力，只好噘着嘴，把视线停在别处，一张脸泛满了淡淡的桃红。

正午的阳光透过玻璃窗，一格一格照射在磨石子的地面上，让医技科室通往行政楼的连廊显得格外宽敞明亮，两侧洁白的医院文化墙悬挂着医院的老照片。

“咦，来看这个是谁？”

滕宏飞指着墙上一张照片叫道。

一张运动会背景的照片上，矫健的年轻人在古老的泥土跑道上飞身跃起，跨越横栏。

“马思远？”李青云瞪大眼睛，惊讶地认出了那张熟悉的面孔。

平日里，这个年过50的半大老头安静地站在陆主任身边甘为贰副的形象，怎么也让人联想不到这个年轻、健硕、神采飞扬的年轻人身上。

“赵木匠。”郑羿指着一张国际象棋对弈的照片说。几个年轻人都笑了出来，不禁感慨骨科老主任当年原来头发如此浓密，神似歌坛天王谭咏麟。郑羿早已认了出来，背着身子和他对弈的另一位选手，正是大伯伯郑天明。年轻时的他，还要清瘦几分，侧影和自己十分相似。

“哇！来看这张。”钱修远站在一张长长的放大集体照前。

照片里，七八个年轻人站在医院大门口。彼时的大门是一个方方正正的门洞，白底黑字的木牌上写着“禾嘉市第一医院”。这张照片应该是庆祝他们刚成为医生的一个小小仪式，照片里每个人都是刚刚穿上白大褂的青涩模样。

“李明浩、张松海……”钱修远辨认着依稀相识的面容，那些曲折的岁月的痕迹，竟然让他们都更有味道。“外科医生还是中年了好看，那种凌厉劲看上去特彪悍。”他侧一下身，在镜框玻璃面上看了一下自己的影像，想象一下自己到了那个年纪会是什么样。

“付洪流。”李青云认出了心内科主任，“他比较划算，年轻的时候就像个中年人，现在也还是个中年人，一点没见老。”照片里，张松海展开双臂一边一个搭着付洪流和李明浩的肩膀，他的笑容腼腆拘谨，现在那种表情在他脸上已经永远消失了。

“吴老师当年就是美女，不过还是现在经看。”罗震中端详着照片中少女的脸说道。那未脱婴儿肥的脸庞看上去略显稚嫩，欠缺玲珑柔媚的线条，但明净的眼睛格外清透纯澈，没有半丝沉重。

“这是麻醉科孙主任。”滕宏飞指着一个矮小的男医生说。麻醉师日常都窝在不见天日的手术室里，戴着口罩、帽子，让人看不清楚五官。要不是他那敞亮的公鸭嗓格外与众不同，学生们就算听过他的课，也记不住这么普通的一张脸。

“这是谁？好像在哪里见过。”钱修远指着吴晨曦身后一个格外英气勃勃的高大男生问。人群中，他的姿态如一棵挺拔的白杨，明星般出众。

“他是沈子钧。”滕宏飞说，语气中不无遗憾。半年的实习轮转中，他不止一次听人提到这个英年早逝的医生。外一科的每个医生都说过，沈子钧是一个最要强不过的医生，一辈子都在追求目力所及之处最好的和更好的，不达极致绝不罢休……可大家说起这些，语气中又不全是认可和钦佩，还夹杂着复杂的灰色，让滕宏飞又有点疑惑，卓越难道不是每个医生都想达到的吗？

“是的，是沈子钧。”郑羿也把他认了出来，“咦……”他有点疑惑地辨认了一下沈子钧和吴晨曦的姿态，两人之间流转的气氛和肢体的相互应和无一不在暗示，他们是默契的情侣。尽管没有身体的接触，但那种气场错不了。但是吴老师与张松海老师又是怎么回事呢？是什么改变了他们的选择呢？以致他们在若干年里错过再错过……

一帮实习生不禁都停了下来，仔细端详这张十几年前的老照片。十几年职业生涯的雕琢让他们都改变了最初的模样，风流云散，命运如此不可捉摸。照片远处背景中的天主教堂钟楼轮廓清晰醒目，与今日无异，它建成之日名为“圣心医院”，收治病人跨越百年，默默见证了多少悲欢离合！

“我们也该拍张合影，等到过了十几、二十年，再看看命运把我们变成什么样子。”李青云说。

说话间，胡诚自长廊的另一头迎面走过来，肩上斜挎着沉重的大包，手里拿着个相机。

“哎……郑羿……李青云……我办完辞职了，各位，再见。”胡诚轻松地说。他拿着自己的工牌，看了一眼，放进口袋里。

“啊！……”大家发出一阵惊讶声。

“来来，正好合张影。”胡诚招呼道，“看命运将来会把我们变成什么样子……”

一帮年轻人一边列队，一边七嘴八舌地问：“为什么突然下决心了呀？”“去哪儿啊？……”“这么远……”胡诚对着窗外燕翅般展开的住院部大楼远远地拍了一张照片，露出一个惆怅的微笑。随即调整镜头，对一帮师弟师妹说：“碰到我在深圳打工的堂哥，他说：‘你怎么读书把胆子都读没了，我们老粗还要去闯荡江湖碰个运气……’”胡诚抬起头来，憨憨地笑笑，眉宇间的明朗舒展，却是之前从来没有过的。

罗震中和郑羿不由自主地相互望了一眼，他们从未想过命运还能这样去改写，一路过关斩将的优等生，被一个简单直白的“老粗”点化了。用自由舒展的心胸，撞向未知的世界。

“我也要来……”

“等我一下……”

从长廊里路过的杜逸和盛星宜一起冲进队列。闪光灯闪过，镜头记录下一帮年轻人散发热力的表情、紧紧握着的手和明净的眼睛。

“换一个角度啊！背景一定要有教堂的钟楼……”胡诚吆喝着指挥大家。

“你不会有多少时间跟我在一起，不过这些天总能一起吃饭，若是在急诊帮忙的话，我 9 点半准时来接你。”在寝室门口分开的时候，郑羿紧紧抓住罗震中的手，在她耳边轻轻说。

“好！”罗震中点头。

郑羿恋恋不舍的情绪，已经在昨晚消失了。他知道不久后，求是医科大学的实习小组即将“换防”。按照排班轮转表，罗震中要回到求是医科大学附属医院继续内科段的实习，另外一组交换过来……再过几个月，等到夏天再次来临，五年的医科大学学业就会结束，他们也将面临每个毕业生迈向命运的重要关口。时间一点一滴流逝，也许就是在昨晚漆黑的天台上，他内心隐隐有了一个决定……

刚入夜，整个急诊抢救室就忙成了一锅粥。一会儿把 1 床弯着身子的女病人拉去手术室，一会儿把 3 床中毒的病人推过来洗胃……

晚上 7 点多，120 救护车送来了一个全身刀伤的病人，两只手血糊糊的，头发也被血黏在了一起，衣服上淋淋漓漓都是血迹，抢救室的地上滴了一路的鲜血，看上去十分骇人，好在并没有伤到重要的脏器。

“啊……啊……”病人一声高过一声的呼痛声，让清创听上去像是在进行一种酷刑。

值班医生黄浙明当然不会被唬住，在急诊室，最险恶的危机往往悄无声息。

他轻瞄一眼刀伤病人，眼睛却盯着一个室上性心动过速的病人，心电监护仪上的波形时刻在变化，这种暗流涌动造成的紧张，是属于急诊科医生一个人的博弈。

急诊科的护士手脚极快地给外伤病人测量生命体征，挂上盐水。两个脑外科的值班医生，摊开无菌包清创缝合头顶直达颅骨的几个伤口之后，让位给五官科医生用更精细的针线继续缝补眉弓到鼻子上的伤口。

刀伤病人的几个朋友满嘴酒气，闹哄哄地进进出出，没多久，穿制服的警察也来到狭小的骨科诊间里问询和取证。整个急诊大厅酒气熏天，人来人往，喧嚣异常。

“黄老师，腹痛病人的超声结果出来了，可能是黄体破裂，我叫妇产科来看看。”滕宏飞伸头向黄医生汇报。他瞄一眼惨叫的刀伤病人，学着带教老师黄浙明的样子，对嘈杂声不为所动。

“黄老师，这个刀伤病人缝完了，看一眼，我开破伤风针了。”罗震中正在做最后的消毒，盖上无菌敷料前先让老师过目。有几个实习生在诊间和抢救室里帮忙，黄浙明手挥目送，一眼关七,一会儿就把拥挤在急诊室里的各种麻烦都处理完毕了。

刀伤现场收拾完毕，病人被送去骨科手术室修补双手肌腱，急诊病人忽然走了个精光，急诊大厅很快就安静了下来，就像大树上叽叽喳喳叫成一片的麻雀，突然都住了嘴。

“来，小鬼们，我们一起去看看加一床。”黄浙明见惯急诊的各种景象，早已经见怪不怪。他站起身，拍拍白大褂，带着滕宏飞和罗震中径直往留观室去了。

看见罗震中从抢救室出来，坐在等候区的郑羿也一起跑了过来。

加一床在走廊外的楼梯下，曲折的蓝布屏风在楼梯角封出一个狭小的空间，里面只有一张临时搭的钢丝床，床头立着个高大的氧气瓶子，显得十分简陋。床上躺着的人，已经独自窝在床上两天了。

这个中年流浪汉被 120 救护车从路上捡回来，消化道一直在出血。之前交接班的时候，滕宏飞仔细看过他的几项检查：常年喝酒，肝脏已经萎缩硬化，飙高的血糖和随之而来的酮症，让他一直处于意识模糊的状态。他怎么会独自一人流落在这个城市的街头？世上还有什么人惦记着他？全无信息。郑羿看了一下床头卡，他的名字叫“无名氏”。

“他快要死了。”黄浙明抱着手站在床边，看着床上的病人。

中年流浪汉常年不能好好洗漱，身体散发着强烈的腥臭味儿，一件看不清颜色的灰色汗衫皱巴巴地套在身上，脖子上一根污秽的红绳挂着一个劣质的玉石平安扣。他的呼吸深大，整个胸廓起伏着，气息浊重，“呼哧……呼哧……呼哧”的声音干燥磋磨，带着可怕的痰音，监护仪显示血压在 50/30 毫米汞柱的极低水平徘徊。

“警察也找不到他的家里人吗？”滕宏飞看了一眼黄浙明，有点茫然不知所措。病人听到声音，无意识地睁开沉重的眼皮，眼睛在微微一线间似乎看了一眼周围，又似乎什么也没有看见。

黄浙明点点头。

“我们来陪他一会儿……”他看着心电监护仪的屏幕，缓缓地说，“不要让他觉得，他是被这个世界彻底遗弃的人。”

沉重的电流一样的感觉击中了床边的三个年轻人，一种从未有过的感觉从心底升起……

“嘀……嘀……嘀……”监护仪一闪一闪发出低级别的警报声，划过屏幕的心电监护曲线，慢慢放缓速度，规则的形态逐渐变形，成为缓慢的室性逸搏波形。

心脏失去了有效的灌注，越来越无力搏出血液，身体里的废物积聚，代谢性的酸中毒让血钾越来越高，飙高的钾离子让心脏的电活动运转失效。

一个中年生命在归于沉寂，一生的时间进度条正在走向满格。

滕宏飞回想起几个月之前在外科目睹的那场死亡，李贵全的样子又浮现在眼前。他看看身边的罗震中和郑羿想起大家共同经历过那场抢救——一次一次全力以赴进行胸外心脏按压，迫切地注视着心电监护仪，直至……心电波形最后变成直线，那惊心动魄的抢救和随之而来的沮丧，则让滕宏飞刻骨铭心。

而眼前……

罗震中的视线正好与他交会，看见她的神态，他知道，这一刻，沉重的无力感也在她的心头萦绕。

滕宏飞又抬头望了望黄老师的脸。他忽然明白，这不开医嘱、不做胸外心脏按压、不推肾上腺素的安静时刻，是在给自己补上从未学过的一课。自己的职业可能在某个时刻，需要像牧师、神职人员一样，放弃所有的功利性目的，放弃对结果的追求，只为陪伴和抚慰病人而存在。

他看见罗震中蹲下身去，用平视的目光看着病人的眼睛。如果此刻病人还有意识，最后即将熄灭的目光会看见一双明净而悲悯的眼睛在看着他，他一定会以为那是天使的眼睛……

黄浙明抱着手，腆着肚子，站成个外八字，静静地看着病人。这个额头渐秃、腰身肥硕的中年医生，穿着一件有年头的白大褂，口袋底边上尽是洗不清的油墨。不知怎的，此刻，他的身上笼罩着一圈庄重神圣的光芒。

病人逐渐平静，用力的吸气越来越慢。

滕宏飞回想以前在阶梯教室里听过老师讲述人临终告别的场景，“纸上得来终觉浅”，这一刻，在黄老师的身后，在等待这个无名氏死亡来临的时刻，他彻底懂了。

“嘀……”心电监护仪发出连续的报警，心电波形、氧饱和度波形、呼吸波形全部成为直线。一个饱受苦难的生命平静地走到终点。

“兄弟，再见。”黄浙明伸手合上病人半睁半闭的眼睛。

“各位年轻人，谢谢。”他侧头看了看身后的几个若有所思的实习医生，心中明白他们都是热情努力的好学生。可是，医生这个职业的内涵太深远，只有陪伴过、感触过、体味过……只有站在病床边，才会真正明白自己的责任。多年前急诊老主任教会自己的这一课，现在由自己再教会他们。看着他们的神态和表情，他内心隐隐有一丝自豪，这几个年轻人在职业生涯之初这一刻获得的领悟，将会伴随他们终身。

拆掉仪器，拔去管道，一张白色的床单宣告一个生命永远归于沉寂，每一个生命在这个时刻都回归到了平等。

02
独特的出科考

谁能想到是急性心梗，这么小的鬼，人都还不能算呢，
反应也算厉害了。

子城城墙下的几棵巨型香樟树已经有两百年的树龄，浓郁的树冠如同巨伞，小小一截老城墙保持着一百多年前的旧貌。夜间城下的大排档传出煎炒烹炸交响曲，人声鼎沸，热闹非凡，露天小摊的羊肉串混着椒盐、胡椒的那种独特肉香味儿越过城墙，恨不得飘满街巷。

郑羿和罗震中并肩走在城墙下，他看看小妞，问道：“你在这里待了半年了，喜不喜欢这里呢？”

“也不过就这样吧！”罗震中随口回答。

这句熟悉的话一出口，郑羿立刻似笑非笑地看她一眼，仿佛自言自语般重复了一遍。“也不过就这样吧！”悻悻的语气中有点不平，这妞总不肯好好地把喜欢说出口，总是稀里糊涂地一带而过。

罗震中也忽然想起自己去心内科病房探病的时候，就是这么说的，不由得低头抿嘴一笑。

“你要不嫁给我吧！”郑羿的口气似在开玩笑。

“啊？开什么玩笑？我还不怎么了解你呢！”罗震中吓了一跳，她依稀记得夏天最狼狈不堪的那一天，她来报到，在影像科楼下初次和他相遇，那不过是几个月前的事情。

郑羿抚着香樟树粗糙的树干，看向远处。

“嫁给我，以后有一辈子的时间来慢慢了解……”

天空中有一弯细细的月亮，正在钟楼塔尖附近，钟楼拱形纤细的轮廓在皎洁月光的映衬下，华美得很不真实。

他的语气仍然似在开玩笑：“你买书的时候不是也只看封面、内容简介，难道整本看完才买？”

“可不可以再看一截？”罗震中也用玩笑般的语气回问，心里有点不敢去碰触那道坎儿。

郑羿看看自己，觑她一眼，问：“还要看哪一截？”

罗震中羞恼之下，一拳重重捶去，心想，这人真是脑子发热了。

“一辈子挨你打，保证不还手。”郑羿笑着抓住那只打人的拳头，响亮地亲一下，“不反对，我就当你答应了！”

罗震中张口结舌，一时拿不准要说什么。简单明了地说“好”或者“不好”都不是她往常的习惯，她瞪大了眼睛有点发呆。

“再问一遍，反不反对？”他觑着小妞，她像一个做不出题来的小学生，一脸局促、懵懂，不知如何是好。

郑羿轻笑一声，在她手背上重重亲一下，直到白皙的肌肤上出现一个玫瑰色的吻痕。

“敲个章，你是我的，一言为定。你反正也不留附属医院，也不想回父母身边，就归我了，说定了啊。”他瞧着一肚子惊讶、晕头转向的小妞，吹声口哨，自然地揽住她的肩膀。

“错了，应该是这里……”他在她的脸颊上吻了一下。

“喂，你这阵子在干吗？人影子都不见。”罗震中爬出被窝，跟正在梳头的盛星宜打招呼。“你又在干吗？白天去心电图室，晚上去急诊室，有你这么玩儿命的吗？”盛星宜反问道。

“早上能睡到自然醒，我觉得比在外科好多了。”罗震中往窗外望望。

夜晚的急诊室虽然忙碌，到底不用牵肠挂肚，今天是今天的事，明天是明天的事，不比外科，总让人牵肠挂肚，切口，引流管，化验，像一部长篇小说，不到出院就看不到大结局。待在心电图室，则更像考前刷题，没啥挑战，看图纸再难，毕竟没有压力。

“我这两周在消化科……”盛星宜背过脸去，连续碰到高危的门静脉高压[1]消化道出血病人，管这些病人，一个要花管十个普通病人的心思和精力，当真令人疲惫。“累死我了，回附属医院可能会好一点。”她抱怨道。快半年没有跟他见面，彼此隔着两个小时的路程，隔着堆山填海的学业，没法倾吐一下心里的各种小疙瘩，这也是她心思烦乱的原因，但这也不好意思向闺密宣之于口。

“你知道吗，朱雅文甩掉那个秘书先生了，嫌人家太矮。”盛星宜趁着寝室里没人，迅速跟罗震中八卦了一下。

“她伤心吗？”罗震中拖拖拉拉地起床，有一搭没一搭地问道。

“没放在心上的人，伤的什么心。老朱家里又给她介绍了一个室内

1　门静脉高压是疾病所引起的血管性现象，表现为门静脉压力升高的症状，大多数是由肝硬化引起的。

设计师，那个设计院就在理工大学斜对面，等我们回杭州去，楼下拿玫瑰花等着的该是体重一百八的设计师先生了。”盛星宜百无聊赖地伸伸懒腰，慵懒的语气，也带着点嫌弃。

“老朱家好有意思，像是集全家之力，要把她快快嫁出去。最好一毕业就结婚。”罗震中骇笑道，“一结婚马上生娃……然后就跟爹妈没关系了。”

罗震中对自己的老爹老妈有着与生俱来的笃定，她一辈子都是父母的掌上明珠。

“浙南的农村，不会习惯24岁的姑娘还没有着落，万一读起研究生来，更加要愁坏爹妈了……”盛星宜说着侧头想了一下。她心里虽然一直嫌弃老朱对婚姻如此功利，深究起来又有点同情。

“我早说嘛，投了个女胎就是抽了个坏签，难度好大的。”罗震中咯咯笑道，“还有难度更大的。一个女孩子，如果绝顶聪明，心思敏感细腻，又是名牌大学理工科硕士毕业……”

盛星宜笑得咳了几声：“那就只能当传说中的灭绝师太了……”

她皱着眉头端详一下罗震中说：“你也得注意点形象。头发留长点，不要老是穿没有腰身的运动衣……看那么多书干啥，够用就行了。”盛星宜扫了一眼罗震中的床头，才来半年，这家伙又在床头放满什么《平凡的世界》《红处方》《玛戈王后》《曾国藩家书》……一堆的书。看这么多书，心智却没见长大，一堆重物还得带回学校去，多麻烦！

“你老实交代，跟他到什么阶段了？”盛星宜揪着罗震中，凑近了问道。一起住了快五年，她熟知罗震中的习性，穿衣打扮一贯马虎，对人对事也任性得很。独生子女政策下诞生的这批“小皇帝”“小公主”

真的需要人时常操心着。

“就这么几天，忙成这样，能到什么阶段？”罗震中似笑非笑地跟闺密油腔滑调，“还能整出个娃来不成？”

她心里是绝没有勇气把昨晚约定的事告诉盛星宜的。那太像个玩笑了，这个性子温和的男孩子，开口就说终身大事，他到底是真心的，还是在开玩笑？

虽说疑惑，昨晚静下心来仔细想想，真的要行动，也不是非常困难的事情。眼下毕业大学生分配政策已经开始推行双向选择了，求是医科大学的红卡学生有很大机会可以在地市级医院里做选择，人事局和卫生局也不再指定具体名单到某家医院了，即便是档案到了某个县医院，调换也不是不可能的……

“哇！妇产科待几天，脸皮是厚了不少。”盛星宜捏一捏罗震中的脸蛋说，“看样子他还算捏得住你，各方面还算过得去，最好的地方嘛，是待你还挺实诚的。”身为闺密，这冷眼旁观给男方打分的责任是要负起来的。

“妇产科是挺让人长见识的，我们这些读书人，当然不能太随便，但是也不能练古墓派。”罗震中随口感慨道，心思有点飘到吴晨曦老师身上去。人到中年，一个人会不会太清冷了！

“唉！这话说的，算是有点长脑子了，有进步啊！”

“我准备将来做产科。”盛星宜大大方方地说，“这阵子想得比较清楚了，干外科我没有这个体力，做内科没有这个脑力，急诊科根本不是我这抗压力能去的。产科挺好的，市妇保医院也进得去，应该没问题。”

“啊？产科？”罗震中惊讶地问，“你怎么说喜欢就喜欢，都还没有听你说起过，就这么定了？”

“命里好多大事也是要看运气的，看到了喜欢的当断就断，下注去争取喽！妇保医院每年新入职医生岗位有限，难道会妥妥地等着给你不成？”盛星宜懒洋洋地说，“我最喜欢斯嘉丽那种调调，绿眼睛一翻，喜欢什么劈手就抢。而且又不是从旁人手里抢，没有歉疚感的。”

“好吧，你说得都对……”罗震中暗笑，这闺密简直像是在给郑羿当说客，句句歪打正着。这半年实习下来，自己还是有了点经验的，办一件难事，如果把最后目标先定了，接下来的注意力就会集中在实现目标的具体步骤上，比始终举棋不定要好受得多。

只要过了清晨体检和门诊的高峰期，心电图室的节奏就变得温暾而缓慢。

做完操作的空当里，滕宏飞、罗震中、李青云、钱修远几个人都待在心电图室的图片库里埋头读报告。施昕老师“一个星期通关”的目标设定在前，他们都开始较上了劲儿。

罗震中知道，介于操作和识别之间的心电图有很多细节。读《诊断学》的时候，靠蛮力死记硬背都没有记住，这阵子要快速学会，非得跑量不可。

每天上午快结束的时候，乔老师都会扔出来一份疑难图纸，几个头一起伸过去看。“房颤伴差传[1]……”经常是李青云率先报出诊断，滕宏飞拖后一小会儿，接着另外几个人陆续报出同样的诊断。

1 房颤伴差传，是由于心率过快出现了室内差异性传导。房颤患者的心率比较快，心脏发生一次跳动后，会出现一定的相对不应期，在相对不应期心脏的反应速度比较慢。在心电图上会表现为宽大畸形的 QRS 波群，临床上称之为差异性传导。

“这个是房颤吗？小 f 波[1]太小了，跟直线似的，认也认不清楚。”罗震中晚来了几天，速度差了一大截，噘着嘴问。她看一眼李青云得意扬扬的脸，叹一口气……老是拖后腿可太打击信心了。她索性坐到一边，拖过《诊断书》来恶补房颤那一截。

滕宏飞给李青云一个白眼，说：“你先别笑话她，她会一节一节长给你看，几下子就追过你了。”

他知道，罗震中和钱修远都不是上课用功听课的学生，但他们两个恶补基础的速度跟海绵吸水一样，不服不行，他们不过躲起来翻几页书，像是临阵磨枪，几次下来，居然也像模像样，过关斩将。

“我们俩是求是医科大学的学渣，你们俩是鹿城医学院的学霸。哼！”钱修远也有点气呼呼的。

接下来几天，罗震中以每天攻破一个关卡的速度前进，今天是各种早搏，明天就是各种传导阻滞，接着就是房颤。连续几天，功力以肉眼可见的速度上涨。

钱修远每天下午请科室吃水果，一会儿买西瓜，一会儿买蜜柚，一张甜嘴哄得乔老师也不好意思了，直接给他开小灶。根据他问的知识点，从仓库里挑出来一摞一摞不同的图纸给他看。海量图纸过眼，识别能力当然突飞猛进。

“不错，不错，今天连分支的阻滞都过关了。”这下连李青云也发现快被赶上了，他赶紧表扬一下同伴，免得哪次输给了罗震中，那伶牙俐齿也是不饶人的。

钱修远朝着李青云得意扬扬地晃了晃脚，这请客开小灶的窍门，正

1　大小、形态不一、杂乱无章的颤动波，在心电图上被称为小 f 波。

是他最近跟鹿城医学院那帮家伙学来的。最近他才发现，下夜班之后请吃夜宵，是他们找机会的不二法门，连样子老实巴交的滕宏飞都用得很溜，果然是温州这个商品经济最红火的城市出来的大学生，个个都习惯削尖脑袋找机会！

“喂！科教科给我们每人送本书，重死了……”李青云和陈孝毅每人抱着十本书来到食堂，重重的一大摞，往椅子上一搁，然后去打饭。

临近告别，一帮玩熟了的年轻人，在食堂吃饭时会不由自主尽量坐在一起，像是舍不得分别。

圆桌上已经在吃饭的几个人顺手捞了几本过来翻看。

那是本小小的英文原版书，褐色的封面印着烫金的三个字——“沉思录”。郑羿看看罗震中，李青云看看滕宏飞，都露出恍然大悟的表情。

这封面太眼熟了！在外科、产科、内科的办公室书架上、角落里、值班室里都曾经出现过。它待在哪里都不起眼，淹没在厚重的医学书籍堆里，像本英文小字典。

就是因为不起眼，在时间的长河里，它的封面褪去了烫金、纸页慢慢卷角。盖因英文语句晦涩，引不起太多人的兴趣，就那么沉默地存在着，成年累月被不同的手慢慢摸索。

原来它是这么来的！

“科教科说了，二十年如一日，每人一本原版《沉思录》。十块八毛，不管你们看不看得懂。”李青云拍拍纸面，把书一本一本传递给伙伴们。

“这什么意思，看都看不懂，学霸们，翻译一下……”钱修远翻开一页，敷衍了事地看一眼，递给滕宏飞。

“宁静不过是内心的井然有序……”滕宏飞翻了一页，挑了句最短的话，读了出来。

“这是古罗马‘哲学王’奥勒留的哲学书，斯多葛派哲学的经典作品。”李青云说，“刚科教科赵老师告诉我的，奥勒留……斯多葛……我没背错吧！”

“看哲学就像吃中药……”钱修远的话听上去好深奥，一帮人都把注意力转到他脸上。

“明明说不清楚任何机理，却一定要说它包治百病……”钱修远说着说着就底气不足了，心虚地看着一双双眼睛，不知道哪一个会跳出来跟他抬杠。

众人沉默了片刻，齐齐赞叹道：

“老钱简直是另一个哲学王。”

“深刻、深刻，难以想象这是一位妙龄花样美男说的。”

…………

宿舍楼下，银杏树的树叶通体转为明黄，在灿烂的阳光照射下，显得格外明丽，随风过处，壮丽地翻卷和飘落。郑羿站在树下，在书的扉页上重重地写下自己的名字，又在下方签上一个时间，合上书页递给罗震中。

罗震中低头一看，这是那天在子城的香樟树下，他玩笑般说“你嫁给我吧……”的时间，她羞涩地吐吐舌头，接过笔来也重重地签上名字和时间，递给郑羿。

郑羿拿在手里，惊喜地凝视她。那天晚上，没有听她明明白白地答应。眼下是她的承诺，无言，却肯定。

这是一个时间的标记。

罗震中顺手捡起两片飘落在地上的银杏叶，夹到书本里。纹理清晰的明黄色叶片，像把小小的扇子。

罗震中脑中浮现出某一个晚上，在外一病区看到的那本书上，那娟秀的小楷“晨曦”二字，字如其人。

郑羿想起在妇产科抽屉深处看到的那一本书，“子钧”两个字笔锋刚劲，如刀砍斧凿，力透纸背。

遥远的时间河流中，那两个面目模糊的年轻人，萦绕的情愫和困惑与他们此刻相像又不同……

“你知道吗，斯多葛学派认为不管周围环境怎么样，都应专注思考自己生命的担当。”郑羿轻抚书页的封面，对罗震中说。

“嗯！我现在还不知道，但是我会去找本中文版的来，先慢慢把内容看完……”罗震中嫣然一笑，把书放进背后的大包里。

“这本书你好好带着，别的课外书就别运回学校了，这么重，我先替你收着吧。”郑羿收好书本，恍若无意地说着，狡黠的眼锋往她脸上一转。

罗震中忍不住“扑哧”一声笑了出来：“好吧！”

“消化科，急诊床边。”乔老师放下电话，冲正在收拾桌子的几个年轻医生喊道。

“这个时间叫床边……好吧好吧。”快下班的人们看看墙上的钟表，低低地抱怨一声。还有两分钟，就到 11 点半的午休时间了，这个点叫急诊床边心电图，一路狂奔跑去做检查的人铁定会误了饭点。而且消化科在对面住院部大楼的十五楼，中午时段正是电梯被食堂的饭车抢占的高峰期。这个时间叫床边，有点挺不识相。

滕宏飞掉头去抱床边心电图机，罗震中抓起卷成一圈的导联线，两个人一起往外跑。

“这个点爬楼梯上去，那可是酸爽得很。”两个人加快了脚步往住院部的通道里走去。果不其然，在这个闹哄哄的点，从大楼下来的饭车和门诊做完检查的病人汇聚成两股纠结的人流，把电梯口堵得水泄不通，根本挤不进去。两个人只好捧着心电图机负重爬十五楼，呼呼直喘。

中午在病房的竟然是盛星宜，看着两个上气不接下气跑来的伙伴，她略有点不好意思地指着护理台对面的抢救室说：“这个病人痛得厉害。”

一个身材壮硕的老伯弯腰曲背地窝在床上，烦躁地翻过身子喊道：“哎哟，痛煞咧……”油亮的额头上满是汗水，显然痛得不轻。

罗震中和滕宏飞互望一眼，又看了看盛星宜。

“胃镜显示有胃溃疡，但这个痛法怎么看也不像溃疡那种痛。”盛星宜挠挠头，“所以我就叫急诊心电图了，感觉怪怪的……搞不好是……”

伴随病人急促的喘息声，空气里忽然升腾起一股紧张的气氛，几个人相互望着，心里有着一致的判断和警觉。

“病房里就你在吗？”罗震中一边连接肢体导联，一边喘着粗气问。

“曹爽老师在做急诊胃镜止血，还没回来，现在就我。”盛星宜探头往走廊看了一眼，医生办公室已经走空了，护士站里响着换瓶的铃声，值班护士正在治疗室里加药，她心里空落落的竟然有点慌……

滕宏飞拍拍床上的老人，大声问：“大伯，肩膀痛不痛？”那病人紧紧皱着眉头，点点头。

“你看 II，III，AVF[1]……”图纸从机器中吐出，罗震中和滕宏飞对望一眼，异常抬高的 ST-T[2]，显著地提示着病变的来源。

“我就说嘛！这痛得不对……”盛星宜凑过来一起看图纸，恍然大悟地一跺脚。

“右侧胸壁。”罗震中把吸球移到病人的右侧胸壁，做了右心导联的心电图。

“下壁和右心室急性心肌梗死。”三个人带着惊讶和一点点慌神，齐齐地把图纸上的诊断报了出来。

“我打电话给曹老师……还是先叫心内科来……”盛星宜原地兜了个圈，急得有点奓毛。

话音没落，只见床上的病人眼睛突然往上一翻，整个人僵直，剧烈抽搐起来，整个床都跟着剧烈晃动了起来。

“啊！……阿 - 斯[3]发作。”不知是谁大喊了一声，三个人顿时乱成一团。

“护士，推抢救车。”盛星宜冲着护士站大喊，“43 床……快！”

罗震中和滕宏飞两个人七手八脚地把心电图机搬开，想一想在急诊室里学的步骤，动手检查大动脉搏动。走廊里一阵嘈杂的脚步声响过，接着是噼里啪啦的金属推车的声音。正在治疗室的值班护士推着抢救车，慌忙赶来增援。

1　如果存在Ⅱ、Ⅲ、AVF 导联受累，通常是下壁心肌梗死。

2　ST-T 是指心电图波形中的 ST 段和 T 波。临床上通常参考 ST 段和 T 波的改变，来判断患者是否存在心肌缺血、心肌梗死的情况。

3　阿 - 斯综合征即心源性脑缺血综合征，是指突然发作的严重的、致命性的心律失常，心排出量在短时间内锐减，导致严重脑缺血、神志丧失和晕厥等症状。

“停了。”罗震中手按在病人颈动脉搏动点上，紧张得脸都快僵了。

“按呗……”滕宏飞在病人的胸骨下端比画一下位置，立刻开始胸外心脏按压。

“气道！气道！”罗震中一边嚷，一边快速从抢救车里拿出呼吸球囊和面罩。从来没有上手过的她，快速回想了一下在急诊室学到的操作，立刻开始用“C”字手法打开病人的气道，扣上加压面罩，连上氧气，开始加压给氧。尽管心里慌张，吓得快要哭爹喊娘了，手上的操作居然没有做错。

“什么事？……”慌忙赶来的值班护士吓得不轻，还懵懵懂懂搞不清状况。

盛星宜一边给罗震中做帮手，一边比画道：“这个人，不是胃溃疡，急诊心电图显示下壁心肌梗死。刚做完心电图，心跳就停了。”

滕宏飞“呼哧呼哧”按得满头大汗，大喊一声：“换手。”

盛星宜立刻飞身接上，细细的胳膊靠着身体的重力，开始一分钟一百次的胸外按压。

消化科曹爽医生从病区门口过来，一看状况，立刻狂奔到跟前。

“打麻醉科电话叫人来插管……”曹医生冲着值班护士暴喝道。

几通电话的工夫，滕宏飞、罗震中、盛星宜、曹爽已经交替轮换几个回合的胸外心脏按压了。人人热得汗湿重衣。呼吸球囊捏得盛星宜虎口酸痛，手都快抽筋了，可是体能又比不上那两个，看着矮小的罗震中一条腿跪在床面上，借着自身的体重，保证按压的幅度，她也跟着咬牙坚持。

曹爽拨开病人的眼睑，看看对光反射，喊道：“加油！瞳孔好的。”

麻醉科医生背着插管箱飞一样跑进来气管插管。

消化科、心内科的大医生一时都飞奔而来增援。

“有了！”曹爽喊道。

二十分钟的胸外心脏按压后，病人的心跳恢复了正常的节律。这边心内科的意见会诊明确下来，病人先推去重症监护室静脉溶栓，稳定生命体征。心内科主任付洪流指挥着“兵丁们”先去准备导管室，等合适的时机做冠脉造影。

病床上堆着监护仪，挂着氧气瓶，一堆人推着床，送病人去五楼的重症监护室。后面的操作和治疗，被陆续赶来增援的 ICU 和心内科医生接手。

付洪流向盛星宜一指，对曹爽说：“看，我们心内科教过的兵，还是知道腹痛要做心电图的……”语气颇有点骄傲。

抢救终于结束了。几个出来围观的病人和家属一边议论着，一边慢慢回到自己的病房，空了的 43 床边，一片兵荒马乱之后的狼藉。

滕宏飞和罗震中脚步无力地走出病房门，“咕咚”一声，一屁股坐倒在走廊窗边的长椅上喘气。盛星宜先是倚着墙东倒西歪地站了一会儿，但实在是脚软，“咕咚”一声坐倒在罗震中的身边，靠在她身上。三个刚从战场上下来的兵丁，靠墙坐成一排，满头冒着热气，又是累又是后怕，话都说不出来。

值班护士向刚刚赶到的主任和护士长汇报：“43 床，换盐水的时候，还好好的，只说有点肚子痛，后来就听……听见他们在喊心肌梗死……然后就开始抢救了。”年轻的小护士第一次经历这么惊险的紧急抢救，结结巴巴，满脸绯红。

曹爽说：“谁能想到是急性心梗，我刚从内镜室回来，这里已经在做心肺复苏了……喏……”他向瘫坐成一排的三个人一指，“全靠这三个小鬼……这两个是心电图室的。”

消化科主任和护士长惊讶地看看这三个东倒西歪的兵丁，紧张之余，不禁有些好笑。

“这么小的鬼，人都还不能算呢，反应也算厉害了。”消化科主任过来，把罗震中和滕宏飞一个一个地拽起来，顺手拿过滕宏飞的胸牌看看名字。

“快吃饭去吧，小鬼们，看来我们实习半年的小鬼也挺能当个人用了。”护士长伸手把盛星宜拉起来，拍拍她瘦伶伶的肩膀说。

“哈哈！厉害，你们俩是我们的荣誉成员，奖励一下，出科考可以免考满分！”施昕老师听完两个小鬼中午的“历险记”，得意地发出爽脆的笑声。李青云满脸懊丧，一念之懒，竟然没有赶上精彩纷呈的紧急抢救。

施昕捏一捏罗震中粉嫩饱满的脸颊说：“等你再长大一点，会比现在好看。”

“我已经很大了，我才不要免考，来来来，乔老师你挑三份图纸给我们……”罗震中向资料室里喊道，语气豪迈，带着点挑衅。旁边的滕宏飞抿嘴一笑，也不示弱。

“房颤伴差传。”

“预激综合征。”

“左前分支传导阻滞，偶发房早[1]。”

…………

1　房早一般指房性期前收缩。房性期前收缩是指早于基础心律（多为窦性心律）而提前出现的房性异位搏动，是临床上常见的心律失常，也称为房性早搏，简称房早。

滕宏飞和罗震中几乎同时报出了初步诊断，每张图纸一过眼就读了出来，都没有动用二脚量规。

“这不是小看他们吗？这个难度难不倒他们了。好，通关！”施昕在评分后面打个大大的满分，笑嘻嘻地弹个响指道。

她给了罗震中一个大大的拥抱，用力拍一拍她的背，像抱一个大号的玩偶。“这么可爱的小鬼，趁现在抱抱，过不了几年就会长成滕宏飞主任……罗震中主任……”

实习医生们没有多少身外物，把沉重的书本装箱打包，日常用品几下子就整理完毕。倒是左邻右舍的伙伴一起混了若干时日，新的球友、牌友，舍不得分开。一大队人吵吵嚷嚷，自动分成三拨：一拨被李青云邀请吃火锅去了；一拨大个子篮球打到乌漆墨黑，之后凑成一桌打牌去了；还有周珏和钱修远依依惜别，难舍难分。

“去南湖边逛逛吗？”郑羿问。

“累不累，心肌炎还没休息够三个月，不能多运动的吧？”话一出口，罗震中就发现急诊室待出来的职业病犯了，顺口就会告诫病人要注意饮食休息，好不解风情，不由低头憨憨地笑笑。

“讨你开心还真难。”郑羿的语气极其爱怜，又有点伤感和无奈。

他一直拉着罗震中的手。手指交错相扣，他用了很大的力气，捏得罗震中手都痛了。

“来。”他不由分说，拖着罗震中，来到寝室楼顶的天台上。

此刻，宿舍楼对面的整个住院部大楼灯火通明。

每个窗口都亮若白昼、影影绰绰，人们在房间里或躺或坐，有的收拾东西准备出院，有的躺在床上等待手术……整栋大楼像一本打开的巨型相册，一页页展示着病房里的人间冷暖。大楼之外的远处，漆黑的城市天际线无边无际地延伸，高耸的戴梦得大厦和圆盘样的戴梦得商场华灯初上，格外夺目。禾兴路和中山路这两条城市的中轴线上车水马龙，远远望去，如同两条熠熠闪光的银河。

漫长的分别即将来临，罗震中眺望着不远处灯火通明的住院部大楼，眼前蓦然出现自己第一天进入病房的样子，从这个病房问完病史，进手术室去拉钩，接着回来写手术记录，在走廊里鼓起勇气，到病房里去面对病人各种稀奇古怪的问题……像一只勤劳的工蜂，沿着毛线团般错综复杂的行动路线，不断努力挣扎着前进。

“告知就是把有效信息传递到位，明白吗？”余运东老师把医生生涯中累积的经验，一字一句直言不讳地告诉她。那是生平第一次，被带教老师当作值得信任、值得记住名字的合作伙伴来对待。

曹福弟的脓肿切除完毕，她吓得脑筋钝滞，惊魂未定时安慰自己：“下次不会再这么紧张了。”要经历多少次心惊胆战，才能成为下手精准的医生，太不容易了！

“我会告诉他所有结果，但是你需要振作一点，小伙子。”周凯峰医生的语气中不带任何情绪。站在吴老师身后，自己忽然就懂得了解决现实问题是最有力的劝慰。

“冷。”章一心在那个幽暗的病房里绝望地说，她在祈求奇迹发生，却被现实一次一次摁倒在污泥中。从她身上体会更多的，是医疗的无奈。

“太消耗体力的地方，脑子会笨一点，命会短一点，还是饶了我吧。”在外一科没日没夜地忙碌，记得一个晚上，她借着窗外的微光，在枕头边的日记本上记下一句肺腑之言。体能的限制是这么残酷，小个子女生必须得接受命运的优胜劣汰！

“你最好了，你最好了……”那是木讷的李贵全最后的道谢，想起他的话，心里就会纠结得想落泪。写得密密麻麻的日记本里，记录着自己复杂的情绪，那一刻她难以真正面对！

“等你长大等得心都快碎了。”郑羿的嗓音沙哑充满眷恋。心内科病房里，是他揪心的盼望和最初的告白。

“啊！”的一声惊叫，听上去很痛……那个意外的错误让自己的心简直快要沉到水底去了，有溺毙的窒息感。

“嘀……”心电监护仪发出连续的报警声，心电波形、氧饱和度波形、呼吸波形全部成为直线。一个饱受苦难的生命平静地走到终结，黄医生伸手把病人半睁半闭的眼睛合上。“兄弟，再见”……这是老师在用半生的信念告诉自己医生的职责和职业精神。

罗震中靠在郑羿身边，眺望着，沉默着……满心都是酸楚和不舍。

温暖的手细细抚摩过罗震中的脸颊，落下，双臂紧紧地拢住她的刹那，柔软的亲吻不由分说覆盖上来，罗震中像被蚕茧密密层层地包裹起来，动弹不得，七分炙热三分酸楚，心跳几乎当场漏了一拍。

“哦！”罗震中轻轻呻吟了一声，酸痛的肩膀被郑羿重重地一握，痛得叫出了声。

“怎么了？”郑羿轻声问。

“昨天中午的时候，跑到消化科去做床边心电图，爬了十五层楼，那个老伯是急性下壁心梗……刚把报告看明白，接着他心跳就停了……”

罗震中连比带画地把在消化科抢救的事情原原本本说给郑羿听。“从来没有按过那么长的时间……手都快按废了……”她形容着当时的惊险和各种尴尬的小细节，有些心有余悸，还有点小小的兴奋，不知不觉间，伤感和离愁都被她叽叽喳喳着稀释和淹没了。

郑羿一边听，一边替她捏一捏手臂和肩膀。

“嗷呜！……嗷呜……”她发出酸爽的惨叫声，一头埋进温暖的怀抱，耍赖般用力扭两下。

郑羿抱紧她，露出一个小小的笑容，心说：“这顽皮的劲头说不定到……将来是罗震中主任的时候，也不会变。”

“重症监护室值班的叶深老师带过我两个星期，我们不如去看看昨天那个病人怎么样了。”郑羿抬眼望一望灯火通明的住院部大楼，看看罗震中说。

监护室在住院部大楼五楼，两扇蓝色的电动大门都关着，门外一排一排的椅子上，或坐或躺着衣衫不整的病人家属。

“叶老师，我们来看看昨天在消化科心肺复苏抢救过来的那个病人怎么样了。”郑羿按了监护室的门铃，对前来应门的值班医生说。监护室里浑浊的热空气扑面而来，来人穿着监护室蓝色的刷手服，趿拉着一双工作拖鞋，一张方方的国字脸，眼神有点疲惫。

“郑羿啊！那个病人挺好的，昨天的冠脉造影的结果是……”他翻了一下病历夹，“右冠堵塞 100%，前降支[1]堵塞 75%。”

说完，他带着两人来到病人病床前。病人插着气管插管，连着呼吸机，监护仪上的数字一闪一闪，静默而稳定。

1　前降支，又称前室间支，是左冠状动脉的延续。心肌梗死多发生于此处。

叶深翻开病人的眼睑看了一下瞳孔，点点头说：“他的脑复苏挺及时，明天应该可以拔管了。”

“哇！昨天按了二十分钟，看来没有白忙活！”罗震中望望监护仪，又望望叶深医生。吐一吐舌头，神情喜悦。

“是你呀！小鬼，他们说，昨天是一帮实习的小鬼发现心梗，用在急诊室刚学会的心肺复苏抢救过来的，牛气冲天啊。”叶深打量一眼罗震中，把眼前这个稚气未脱的小个子女生和胸外心脏按压这个重体力活联系在一起，不由得有点想笑。

从监护室出来，罗震中仿佛放下了一件心事。冰冷的西风把身体的热气渐渐吹散，两个人在长廊里紧紧牵着手走着，带着淡淡的离愁，沉默无语。

“明天，你别来送我了，我会哭的……”罗震中平稳了语气说。

“记得你答应我的，我们一言为定。”郑羿郑重地凝视着她，“有事记得跟我商量，我们一起争取留在这个医院。”

“好！一言为定。”罗震中定了定心神，肯定地说。

“我等你，玩爽了，累趴了，记得回来黏着我，说给我听……”郑羿抱紧她的肩膀，把脸贴在她细细的发丝上，声音干涩，忍不住哽咽，沉沉的叹息透着满足和伤感。

清冷的初冬早晨，实习生们把行李全部从七楼宿舍搬运下来，一件一件码上中巴车。上班的熟人们路过篮球场，纷纷和求是医科大学的实习生们道别。周珏和几个护士小妞早就在等着了，她哭得两眼通红，一直依依不舍，黏着钱修远，拉着他远远地在香樟树下低低私语。

干了一早上搬运行李的重活，罗震中和盛星宜并排坐在篮球场的石凳上，等待最后出发的时刻。罗震中两只短腿荡悠荡悠，像小孩子般没个消停，脸色却极为平静，抬眼望向外科住院大楼。白天的繁忙嘈杂和晚上十分不同，一个老病人在阳台上探出头来同他们再见。“啊！是老柳……”罗震中赶紧挥手。

梅芮和陈孝毅不知道什么时候开始恢复了邦交，两个人肩并肩站在一起，在银杏树的落叶中，抬头仰望灰暗的宿舍楼。

滕宏飞和李青云在住院部大楼的通道里一路小跑。李青云说道：“罗震中这妞当真是个狠角色，连送都不让郑羿送。”

滕宏飞挥手杵他一下说：“你懂什么，人家是心疼他心肌炎才两个月，不能跑上跑下干重体力活。”

“而且，叮当猫出厂的时候可能没有预装哭的功能！”李青云笑道。

“这倒是，郑羿在的话，哭的说不定是他……”滕宏飞冷眼看着郑羿郁郁不乐已经好多天，忍不住从心底升腾起强烈的好奇和关心。这玩命工作的妞将来会怎样处理自己的感情和家庭呢？

“你见过性子比她更硬的小妞吗？就像是精钢铸造的，下定决心做什么的时候，什么都拦不住她……”

“反正明年我在这里工作的可能性挺大的，随时跟你们实况转播他有没有最后抓住机器猫小姐。”李青云志得意满地说。

高高的小区阳台上，郑羿坐在窗边，瞭望远处的市第一医院大楼。初冬的艳阳下，阳台暖烘烘的。难得的休息日，他下了偌大的决心没有往医院跑。揪心般的不舍让他故意远远躲开了一帮同伴，酸涩的泪水不由自主涌入眼眶。

玳瑁猫蹑手蹑脚地来到明亮的阳台上，飞身跃起，跳上他的膝盖，慵懒地伸伸懒腰，眯着眼睛跟主人打招呼。郑羿伸手在它背脊上轻抚，轻轻对它说：“要回来哦……”

玳瑁猫极享受般地拱起脊背，由他抚摩，好像在柔媚地应道：“嗯……”

后记

我是作者殳儆。

我是一个ICU医生。

《实习医生手记》终于要出版了，我恨不得抱头哭一会儿。

实习那会儿，我的形象不太好，同学们的说法充满嫌弃："你看你，像幼儿园的小朋友穿着白大褂上台去演医生，这么幼稚的样子，谁会找你看病。"

说得没错，身高158厘米的确是"硬伤"，娃娃脸也是"硬伤"，性别更是没办法的事情。比不得那些高大黑粗的男生，他们往往发际线后移，额头锃亮，如果再加上一副眼镜，妥妥的中年知识分子形象。甚至有些人实习的时候，就被病人误以为是大医生。长成这样，不是我的错，但我经常因此遭到冷嘲热讽，或者有时候别人的视线从我的头顶上掠过，把我当成空气。

从我成为一名医学实习生到如今，27年倏忽而过。1996年写的手稿，年复一年地躺在抽屉里，几乎被遗忘。等到某天我再将它们拿出来的时候，纸页已经发黄散架，未完成的内容也被我忘记得干干净净，渣都不剩。亏得我当年有这么大的劲头，那些青涩的少年感，那些已经淡去不复回的情绪，仍旧真实地保留在字里行间。

壮实的钢笔笔迹，记录着当年的勇猛和天真。以这些重见天日的文字为底本，从2022年春节开始，我在一个厉害的文科生指点下，开始写真正的长篇小说，努力还原着当初青涩的少年感，还原着属于少年的各种情绪。我仍是一如既往的勇猛和天真，一章一章地写，一章一章地改，终于还原出了那些流金岁月的样貌。

书中写到的那几位"狐朋狗友"，都可以在字里行间认出自己来，虽不是百分百还原，但是约略也有百分之七十的相似度。如果实在不很像，我也只能说对不起了。每一个角色都有自己的生命和特征，小说嘛，不是报告文学，不是日记。其实像不像都已经不要紧了，漫长的岁月中，我们都变成了另一种模样。

最后一遍修改的时候，我决定把实习的地点从金华搬到嘉兴，这样我就可以在下一本的故事里继续写下去了。遗憾的是，不能写金华的酥饼、金华的佛手、金华的河水和金华的大佛寺。这一改变纯粹是为了后面书中的人和事不需要再搬地方……用文字来还原一个城市的风貌，的确是一件挺难的事。后来我没有再去金华那家我实习过的医院，经过久远的时间，那里如今也没有了当初的痕迹。

有一天，我站在原来嘉兴市第一医院的旧址上，站在那片曾经熟悉的草坪上，面对着教堂的钟楼，我说："我希望你将来能成为网红打卡地。希望将来有很多年轻人能来到这里，发一个朋友圈——'这就是书里的那个地方，这个钟楼我在文字中见过它很多次！'"

为了写这本书，我在百度和万方上搜索了一下原来的伙伴们，网络空间里，几乎没有找不到的大医生。如今他们的样子我在网上都能看到——滕、李、钱……不管过去多少岁月，还是认得出来的啦！大家都已经是很靠谱的样子了！我也一样，成了中年人……中年的靠谱的医生，家属恨不得你多拨一点时间来好好谈谈病情和预后。

我的文字还很不成熟，一半是故意的，努力重现着少年的青涩感，另一半是真的不成熟。我是个医生嘛，一辈子写的是病历和论文，终究是不擅长长篇小说的。不过，终于还是完成了，对于此刻的我来说，完成比完美重要。

欢迎板砖，欢迎推荐，欢迎评论。

我们虽然不认识，但我也希望，你能从这字里行间感受到一个年轻人成长中的悲喜。或许，我们的青春都有共同的印记。

殳儆
2023 年 12 月

附录 书中涉及的人物关系图

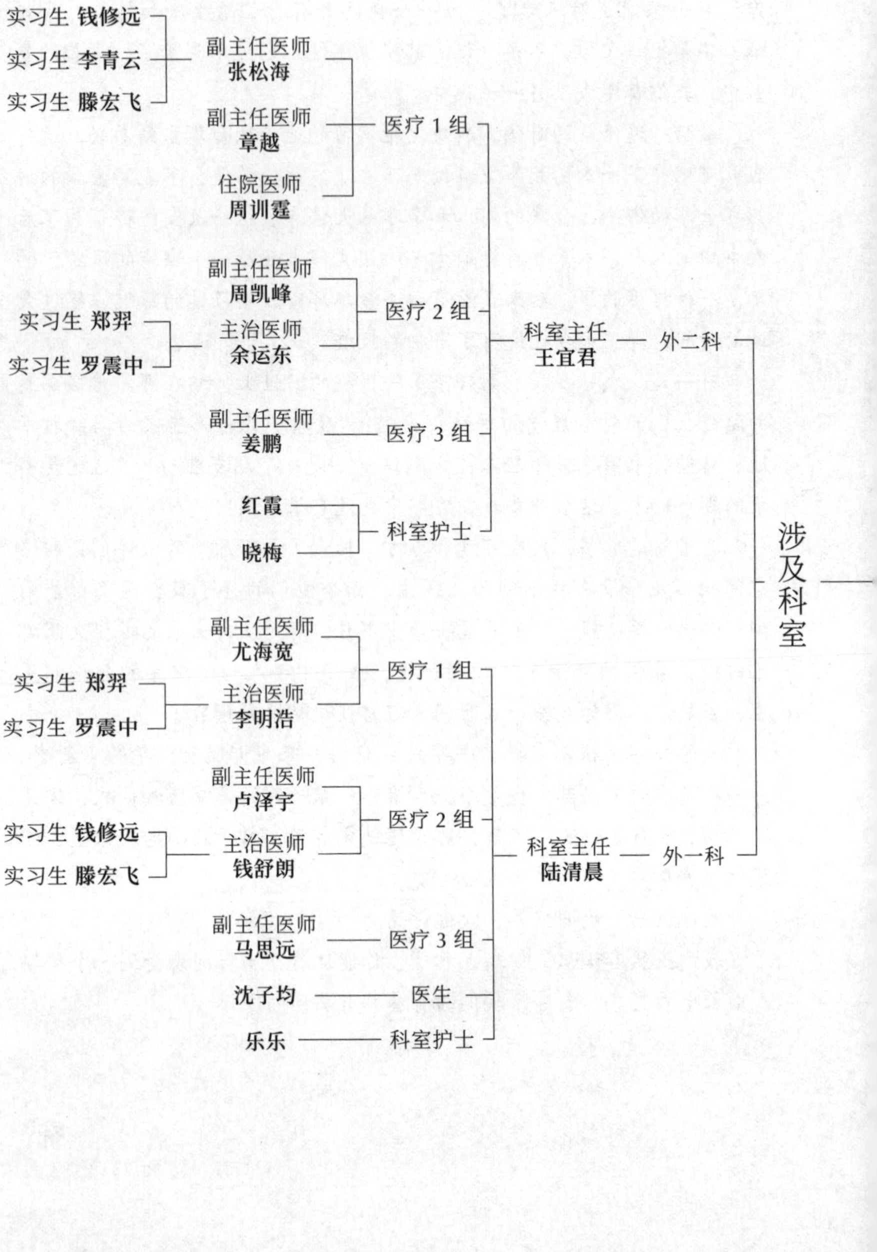

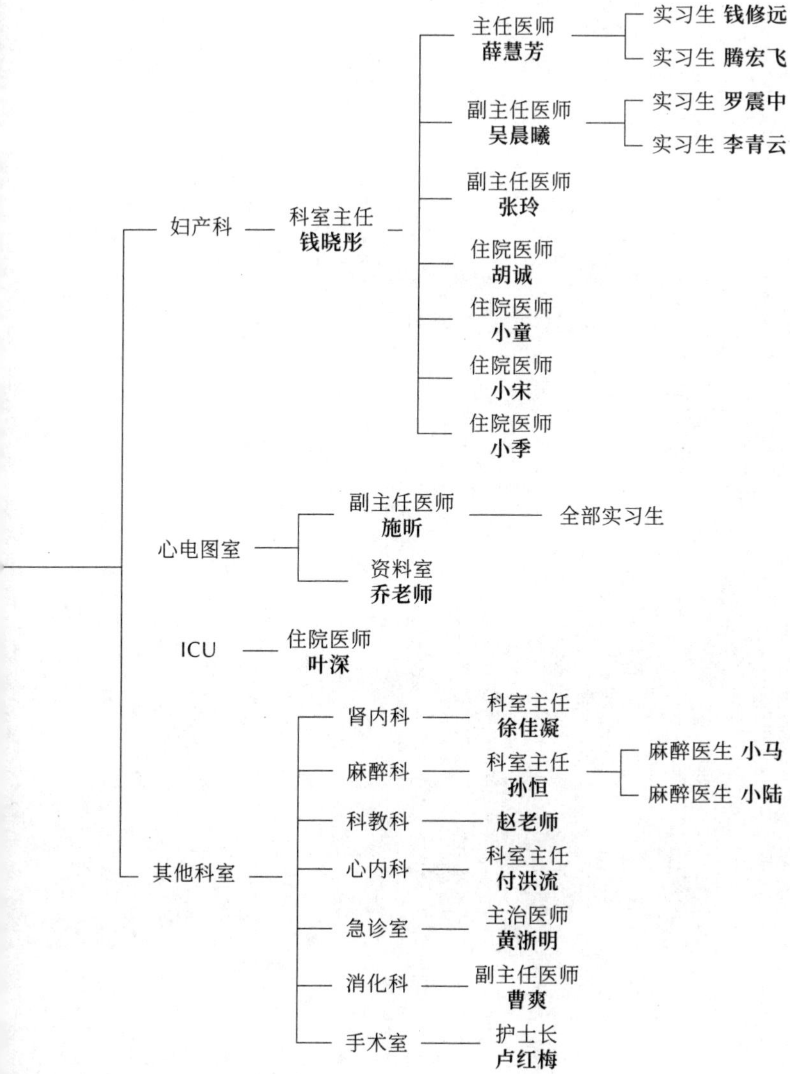

主任医师
薛慧芳
实习生 钱修远
实习生 腾宏飞
副主任医师
吴晨曦
实习生 罗震中
实习生 李青云
副主任医师
张玲
妇产科
科室主任
钱晓彤
住院医师
胡诚
住院医师
小童
住院医师
小宋
住院医师
小季
副主任医师
施昕
全部实习生
心电图室
资料室
乔老师
ICU
住院医师
叶深
肾内科
科室主任
徐佳凝
麻醉科
科室主任
孙恒
麻醉医生 小马
麻醉医生 小陆
科教科
赵老师
其他科室
心内科
科室主任
付洪流
急诊室
主治医师
黄浙明
消化科
副主任医师
曹爽
手术室
护士长
卢红梅

职场菜鸟
闯关手记

《实习医生手记》

赠品手册

挫败感

菜鸟嘛！人也认不清，地方也认不清，流程也搞不清……

碰点钉子好啊，打起精神来！

自我怀疑

进入实习，大家都瞬间变成正宗小菜鸟，成绩的优劣不再重要，人人都在各受各的打击。

谁也不是一下子就厉害的。

吐槽

被连捅了三刀，想死的心都有了……

哈哈，三刀而已，我哪天不被捅成马蜂窝？

办法总比困难多

零基础的菜鸟呢，最好找个靠谱的人先打个底子，比傻乎乎地翻书效率高。

术业有专攻，去找个人补。

不服输

你最多就只能是大黄蜂，大黄蜂是个头最小的汽车人。

除了拍集体照的时候，我都觉得自己是威震天。威震天每次被汽车人打成一堆废铁，转个身又气势冲天地来了。

放过自己

上班的时候做错了事情，很错……具体是什么事情我不敢说，多想一会儿，心里都乱得很。唉!

偶尔也得放过自己，知道吗？一个人太刚硬、太要强，容易折了自己。

成长

那一步一步走来的伤痛和遗憾，在时间里慢慢愈合和淡去，化为看不见的年轮，真是似水流年啊……少年人长起来真是一刹那的工夫。

时间到了，积累够了，才有本事思虑周全。

实习医生
面面观

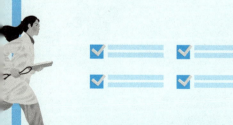

《实习医生手记》

赠品手册

为 什 么
选择学医？

罗震中

医生的变化可多了，做超声、拔火罐、打石膏、拍片子的都叫医生，总有一款适合你，不比银行、机关……闷得一佛出世。

郑羿

我从小又骨折又脱臼，对医生有点天然的崇拜感。脱臼弄进去的时候，“咔嚓”一声，吓了我一跳，但一点都不痛。

从校园到医院，遭遇“滑铁卢”？

罗震中

到临床才知道，五年本科快读完了，重点大学即将毕业，其实也就是一个小跑腿、小学徒、小跟班、倒茶小妹、速记秘书……一天到晚听着各种呵斥。

最不适应的是每每面对病人那些五花八门的问题时，翻遍学校里的教科书，就只在巨厚的《外科学》里翻得到几行字。这不知算不算是现实版的“书到用时方恨少”？医院里那些繁复的流程就更让人摸不着头脑，上工头一天的“下马威”只能算是小意思。

告知病情，

是个大难关

罗震中

瘤是自己长的，又不是我的错，可是不知道为什么，我就是不敢跟家属说出口。

余运东（带教老师）

告知就是把有效信息传递到位，明白吗？告知到位就好，每个病人都有他自己解决问题的方式和态度，医生不用干预太多。

对疾病的理解，

有何不同？

滕宏飞仿佛是个机器人，他就像地鼠掘隧道一样，纵横穿插，从理论到数据，从解剖到病理、生理，非打通任督二脉不可，那是谁也比不上他的。

罗震中理解病例，除了事实和数据，还要加上情感……和意义。

成为医生

会有怎样的困惑？

罗震中

太消耗体力的地方，脑子会笨一点，命会短一点，还是饶了我吧。如果这样的忙碌要持续二十年、三十年，身体能不能承受？自己未来的职业生涯，需要生根在这样的土壤里，而自己身单力薄，并不是精钢铸造的威震天，一年一年怎么过呢？

郑羿

对一个医生来说，看到有危险状况发生，百般阻止却阻止不了的时候，真的很折磨人。治疗失败，是心头的一个伤。

滕宏飞

我们做的事情，不过是尽人事听天命。

选科室，

医学生的

“人生大事”

罗震中

看妇产科手术跟外科最大的不同是，桩桩件件都会联系到自己身上来。这个难受劲儿，没长子宫的人哪里能体会得了？我将来才不要做妇产科，信心坚定，绝不动摇。

钱修远

外科是很好，可是压力好大。手术完毕，事无巨细要搁在心上，病人有点不好的征兆，睡都睡不着，万一人没了，先不说有没有纠纷、有没有错误，自己心里的疙瘩就能让情绪低落好久……

滕宏飞

我才刚实习呢，现在正是打基础的时候，对什么都有兴趣，将来做什么我可真心里还没有底。

盛星宜

干外科我没有这个体力，做内科没有这个脑力，急诊科根本不是我这抗压力能去的。产科挺好的。